Katie Hickman

Das Mädchen von San Marco

KATIE HICKMAN

Das Mädchen von San Marco

Historischer Roman

Übersetzung von
Maja Ueberle-Pfaff

Marion von Schröder

Die Originalausgabe erschien 2010
unter dem Titel *The Pindar Diamond*
bei Bloomsbury Publishing, London

Marion von Schröder ist ein Verlag
der Ullstein Buchverlage GmbH

ISBN 978-3-547-71140-0

Gesetzt aus der Bembo
Satz: LVD GmbH, Berlin
Druck und Bindearbeiten: Bercker, Kevelaer
Printed in Germany

Dieses Buch
ist meiner Tochter Maddie gewidmet.

A'az ma yutlab
Mein Herzenswunsch

Teil I

Kapitel 1

1603

Man sagt alles Mögliche darüber, was man in den letzten Augenblicken vor dem Ertrinken empfindet.

Dass es ein langsames, traumartiges Sterben ist. Dass man das ganze Leben wie im Zeitraffer an sich vorüberziehen sieht, während man ins Nichts hinübergleitet oder in die nächste Welt eingeht. Später, als alles vorüber war, konnte sie nicht begreifen, wie irgendjemand auf solche Ideen kommen konnte.

Nein, von den Geräuschen beim Ertrinken erzählen sie einem nichts. Damit ist nicht gemeint, dass sie einem verschweigen, wie das Wasser über einem gurgelt, wie die Wellen an den Bootsrand klatschen und wie das Holz knarrt, wie die gedämpften Stimmen der Ruderer *»Auf geht's, Jungs, beeilt euch, je eher wir die Sache hinter uns bringen, desto schneller sind wir wieder zu Hause«* rufen und wie das Meer schrecklich, ohrenbetäubend rauscht. Was man nie wieder vergisst, ist der Klang der eigenen Stimme, die bettelt, bittet, schreit: *»Nur das nicht, so nicht, nicht den Sack, bitte, bitte tötet mich gleich«* – immer wieder, sogar noch im Wasser, bis es das eigene Flehen zu sein scheint, das einem die Luft nimmt und einen erstickt.

Vielleicht sprach sie deshalb nicht mehr. Hatte seit jenen Minuten des Grauens nie wieder ein Wort gesprochen. Obwohl jetzt alles vorbei war und sie sich in einer anderen Welt befand.

Kapitel 2

An der süditalienischen Küste, 1604

Als die Frauen das Dorf erreicht hatten, erschien es ihnen noch armseliger als all die anderen, die sie in diesem ohnehin bitterarmen Landstrich bisher zu Gesicht bekommen hatten.

Obwohl sie die ganze Nacht auf den Beinen gewesen waren, wussten sie am frühen Morgen schon beim ersten Blick auf die Ansiedlung, dass es ein Fehler gewesen war herzukommen. Das Dorf war eigentlich kein Dorf, sondern eine Ansammlung von Fischerhütten, die wie Mollusken an dem trostlosen Strand klebten. Vom Meer aus mussten die Hütten wie ausgebleichtes Treibholz aussehen, das das Wasser angeschwemmt und aufgeschichtet hatte, und genauer betrachtet, bestanden sie genau daraus. Aus Treibholz und Lumpen.

Aus alter Gewohnheit machten die Frauen am Dorfrand Halt und begutachteten ihr Ziel argwöhnisch. Es gab offensichtlich keine Kirche, nicht einmal eine Kapelle. Ein einfaches schlichtes Steinkreuz an der Weggabelung vor dem Dorf war wie ein rudimentärer Schrein mit Blumen und einem auf ein Stück Blech gemalten Madonnenbildnis geschmückt. Darüber baumelten an Schnüren mehrere Votivgaben, geformt wie Frauen mit Kronen auf dem Kopf. Sie klimperten in der leichten Brise. Nicht weit davon entfernt standen halb zerstörte Gebäude, die einmal recht ansehnlich gewesen sein mussten. Die Dächer waren eingestürzt, geschwärzte Holzbalken bohrten sich wie Knochensplitter aus ihren Überresten, nur hie und da erkannte man zwischen den bröckelnden Mauern einen steinernen Türsturz oder einen beschnitzten Türpfosten – Zeugen des beträchtlichen Wohlstands längst vergangener und vergessener Zeiten.

Zwei der Kinder, Zwillingsmädchen von acht oder neun Jahren, sprangen von dem Karren herunter, auf dem sie gesessen hatten, und rannten flink wie Quecksilber in Schlangenlinien durch die zerfallenen heruntergekommenen Höfe. In ihren grellbunten Kleidern sahen sie aus wie flatternde Schmetterlinge. Maryam, die Anführerin der Gruppe, rief sie in scharfem Ton zurück.

»Was fällt dir ein, sie einfach loslaufen zu lassen!«, tadelte sie die Mutter der Mädchen, eine Frau mit einem traurigen, blassen Clownsgesicht, die neben ihr vorne auf dem Karren saß.

»Was schadet es denn? Lass sie doch ein wenig herumlaufen«, erwiderte die Frau milde.

»Ruf sie zurück!« Maryam machte ein grimmiges Gesicht. »Wir fahren weiter.«

»Aber wir sind doch erst angekommen …«

»Sieh dorthin.« Maryam deutete auf einen hölzernen Türrahmen, der schief in den Angeln hing.

Elena bemerkte es sofort. Ein unbeholfen mit Kalk gemaltes Kreuz. Ihr Herz setzte für einen Schlag aus. »Sie haben uns in ein Pestdorf gebracht?«

»Das würde einiges erklären, meinst du nicht?«

»Aber ich dachte, sie hätten gesagt – «

»Es spielt keine Rolle, was sie gesagt haben, wir bleiben nicht hier.« Maryam sprang seitlich von dem Karren herunter. Selbst barfuß war sie ein gutes Stück größer als die meisten Männer, und auch Schultern und Brustkorb waren kräftig gebaut. Die schweren ledernen Zügel wirkten in ihren Händen wie die Leine eines Steckenpferds.

»Aber wir können nicht mehr, wir sind seit Tagen unterwegs.« Ein heißer Windstoß zerzauste Elenas Haare zu wirren Zotteln. »Die Kinder sind so müde – wir sind alle so müde.« Sie wies auf die bunt zusammengewürfelte Gruppe erschöpfter Frauen, die sich hinter ihnen versammelt hatte, und dann auf das Pferd. »Und dieser arme alte Klepper kann auch keinen Schritt mehr weiter.«

Der ausgemergelte Gaul, an dessen Flanke man jede Rippe einzeln zählen konnte, ließ den Kopf so tief hängen, dass er fast den Boden berührte.

»Das ist mir gleich, wir bleiben hier nicht, und Schluss.«

Maryam gab dem Rest der kleinen Karawane ein Zeichen, hob die Zügel über den Kopf des Pferdes und führte es vom Dorf weg durch niedriges Gestrüpp zwischen den Fischerhütten hindurch zum Meer. Auf dem sandigen Boden am Rand der Dünen stolperte das Pferd und stürzte. Obwohl Maryam mit der Peitsche auf das Tier einhieb, bis sie die Schulter kaum noch bewegen konnte, stand es nicht auf, und es war klar, dass es auch nie wieder aufstehen würde.

Später, als die anderen auf einer freien, windigen Fläche im Schatten zweier krummer Olivenbäume ihr Lager aufgeschlagen hatten, fand Elena Maryam gegen einen Baum gelehnt auf einem Fleckchen Gras sitzen und gesellte sich zu ihr. Eine Weile lang saßen die Frauen schweigend nebeneinander und blickten auf die See. Der Wind war abgeflaut und man hörte nur noch das leise Klicken der Kieselsteine, die von den Wellen überspült wurden. Es roch durchdringend nach Verwesung, nach Algen und verrottendem Kiefernholz.

»Hier, das habe ich dir mitgebracht.« Elena gab Maryam ein Stück Brot und etwas Käse.

Maryam biss dankbar hinein. Sie schmeckte das Salz auf den Lippen. Das restliche Brot steckte sie in den Lederbeutel, der an ihrem Gürtel hing.

»Na, nun sieht es doch so aus, als würden wir hier bleiben«, sagte sie nach einer Weile mit rauer Stimme. Weder sie noch Elena erwähnten das tote Pferd.

»Wir brauchen Arbeit, das weißt du.«

»Arbeit? Panagia mou! Bei der Heiligen Jungfrau, hier gibt es keine Arbeit.« Maryam spie die Worte förmlich aus.

»Aber – ich dachte, du hättest gesagt …« Elena sah sie ratlos von der Seite an. »War da nicht ein Dorffest?«

»Es gibt kein Dorffest.«

»Was soll das heißen, kein Dorffest?« Elena versuchte, Maryams trübe Stimmung zu vertreiben. »Es gibt immer etwas zu feiern!«

»Was, in diesem Geisterdorf? Wie soll es an diesem Ort ein Dorffest geben, wenn keine Menschen hier wohnen?« Maryam wies mit einer verächtlichen Kopfbewegung auf die Hütten. »Wir dürfen uns nichts mehr vormachen, man hat uns reingelegt. Wäre ja nicht das erste Mal. Eine wandernde Gauklertruppe ist schlimm genug, nicht mehr wert als diebische Zigeuner. Aber eine Gauklertruppe, die nur aus Frauen besteht, ohne Ehemänner oder Väter, die sie in Schach halten – das ist ganz und gar wider die Natur.« Ihr Ton war bitter. »Ist es nicht ein herrlicher Spaß, sie zum Narren zu halten und in die Irre zu schicken? Dieser Kerl aus Messina findet bestimmt, dass wir noch glimpflich davongekommen sind …«

»Dieser Mann, Maryam.«

Aber Maryam hörte nicht mehr zu. Der Gedanke an das tote Pferd, das in dieser Hitze sicher schon angefangen hatte zu stinken, ließ ihr keine Ruhe. Sie verbarg den Kopf in den Händen. Sollten sie versuchen, sein Fleisch zu essen? Oder es zu verkaufen? Sie drückte die Finger so fest gegen die Augäpfel, dass Lichtfunken sprühten. Der Verlust des einzigen Pferdes war eine große Katastrophe, deren Folgen sie noch gar nicht überblicken konnte. Sie würden zunächst nach

Messina zurückkehren müssen, und zwar zu Fuß. Es hatte sie drei Tage gekostet, in dieses Dorf zu gelangen. Sie war die stärkste Frau der Truppe, stärker als drei Männer, doch trotz ihrer enormen Körperkräfte bezweifelte sie, dass es ihr gelingen würde, den Karren den ganzen Weg zurückzuziehen. Vielleicht, wenn sie sich ins Geschirr spannte?

»Maryam!« Elena schüttelte sie am Arm. »Maryam, hörst du mir zu?«

»Was?«

»Er ist da.«

»Wer ist da?« Maryam hob das Gesicht. Ihr Augen tränten.

»Der Mann, der uns angeworben hat. Der aus Messina.«

»Er ist hier?«

»Ja. Ich habe ihn gesehen.«

»Dann siehst du schon Gespenster.«

»Er ist kein Gespenst.« Elena lächelte. »Ich habe auch mit ihm gesprochen. Er ist ins Lager gekommen, und da sitzt er jetzt und wartet auf uns. Deshalb bin ich dir überhaupt gefolgt.«

Sie fanden den Mann, der sich Signor Bocelli nannte, bequem auf die Erde gelagert und herzhaft in ein Stück getrockneten Speck beißend, das er zwischen zwei Scheiben Brot geklemmt hatte. Maryam, die nie gern viele Worte machte, verschwendete ihre Zeit nicht mit nutzlosen Vorwürfen.

»Ich weiß nicht, warum Ihr uns in dieses Pestdorf gelotst habt, und es ist mir auch gleichgültig. Aber wir wollen für unsere Mühe trotzdem bezahlt werden, *capisca?*« Sie hoffte, dass er ihr die Verzweiflung nicht anmerkte.

Signor Bocelli antwortete nicht sofort. Es schien ihm Vergnügen zu bereiten, sie vor sich stehen zu lassen. Er holte aus seinem ledernen Ranzen eine rohe Zwiebel, groß wie ein Straußenei, und biss genüsslich hinein.

»Huu, das hatte ich vergessen!« Endlich grinste er zu ihr

hoch und schüttelte schmatzend den Kopf. »Du bist wirklich ein Riesenweib.« Maryam sah, wie ein Stück unzerkaute Zwiebel aus seinem Mund flog und auf ihrem Fuß landete. Er folgte ihrem Blick. »Huu, Füße, so groß wie ein Zyklop, und Pranken ...« Während ihm Zwiebelsaft über das Kinn rann, setzte er immer noch grinsend hinzu: »Huu, und abgrundtief hässlich überdies, bei Gott.«

Glaubst du, das habe ich nicht alles schon oft genug gehört? – Maryam betrachtete ihn ungerührt. *Das und Schlimmeres. Viel Schlimmeres. Fällt dir wirklich nicht mehr ein, du verlogener, betrügerischer Elendswurm? Weißt du, dass ich dir mit bloßen Händen den Schädel zerquetschen könnte?* Aber sie sagte nichts. Sie stand nur da, in ihrem unförmigen Männerkittel und ihren Stiefeln, und starrte auf ihn hinunter, bis er endlich sein albernes Grinsen sein ließ und fast verwirrt dreinschaute, bezwungen von der schieren Macht ihres Schweigens.

»Schon gut, schon gut.« Er rülpste laut und warf den Rest der halb verzehrten Zwiebel in seinen Lederranzen zurück.

»Warum habt Ihr uns in dieses Pestdorf geschickt?« Maryam hatte allmählich genug von Signor Bocelli. »Hier gibt es keine *festa*.«

»Nun ja, damit hast du Recht, eine *festa* findet hier nicht statt. Aber es ist kein Pestdorf.« Er blickte sie mit schiefgelegtem Kopf lauernd an.

»Was dann? Es gefällt mir nicht ...« Maryams Blick folgte einem einsamen Hund, der zwischen den verlassenen Hütten umherstreunte. »Dieser Ort hat etwas ... Seltsames an sich.«

»Hat es dir niemand erzählt? In Messina, meine ich?«

»Was erzählt?«

»Was für ein Dorf das ist.«

»Ihr sprecht in Rätseln, Signor Bocelli«, sagte Maryam ungeduldig. »Wärt Ihr wohl so gut, zur Sache zu kommen?«

»Hast du so etwas schon einmal gesehen?« Der Mann holte

einen kleinen glänzenden Gegenstand aus seinem Ranzen und hielt ihn ihr hin. Maryam ergriff ihn und drehte ihn vorsichtig hin und her.

»Was ist das? Ein Amulett? Eine Art Fisch?«

»Ein Amulett. Sieh genauer hin.«

Maryam kniff die Augen zusammen. Das Amulett bestand aus Silber und zeigte keinen Fisch, wie sie jetzt erkannte, sondern … »Eine Meerjungfrau!«

Die Meerjungfrau hing an einer Silberkette. Sie lag auf dem Rücken und blies in ein Horn. Auf dem Kopf trug sie eine Krone und an ihrem Schwanz hingen kleine Glöckchen.

Maryam erinnerte sich an das leise Klimpern am Dorfrand. »Ich habe so etwas schon gesehen«, sagte sie, »vor dem Dorf, an dem Steinkreuz. Ich habe nur nicht verstanden, was es ist.«

»In dieser Gegend glaubt man von alters her, dass Meerjungfrauen Glück bringen. Man findet diese Amulette fast überall entlang der Küste. Es wundert mich, dass du noch nie eines gesehen hast. Und in diesem Dorf werden sie besonders verehrt. Das Sache ist nur die«, schloss er und wirkte auf einmal nervös, »jetzt haben sie tatsächlich eine. Eine echte, meine ich.«

Kapitel 3

Sie lag hinter einer Bretterwand in einem der Ställe, ein schmales Bündel mit verfilztem Haar. Ein zweites Bündel, viel kleiner und schmutziger, lag neben ihr. Zuerst hielt Maryam beide für tot, so still lagen sie da, aber als sie sie eine Weile lang schweigend betrachtet hatte, hob das Bündel eine Hand, durchscheinend wie Papier, und ein heftiger Gestank stieg ihr in die Nase. Eine Wolke dicker schwarzer Fliegen schwirrte träge von den schwärenden Wunden an den Hand- und Fußgelenken auf, an denen sie sich gelabt hatten, und ließ sich dann wieder darauf nieder. Es stank nach Kot und fauligem Fisch.

Maryam wich zurück. Sie hatte genug gesehen.

»Wenn das ein Pferd wäre, würde ich es erschießen.«

Sie versuchte, an Bocelli vorbei nach draußen zu gelangen, aber er versperrte ihr den Weg.

»Lasst mich durch …«

»Nehmt sie mit. Ihr könntet sie bei euren Vorführungen verwenden.«

»Wie denn genau?« Maryam kämpfte gegen die Übelkeit. »Wir sind eine Truppe von Gauklern und Akrobaten, Signor Bocelli.«

»Ihr könnt sie ausstellen. Als Kuriosität.« Er legte Maryam die Hand auf den Arm, und sie unterdrückte nur mit Mühe den Impuls, sie grob wegzuschlagen.

»Als Missgeburt, meint Ihr?«

»Als zusätzliche Attraktion, ja! Jetzt verstehst du endlich. Das habe ich gemeint.« Zum ersten Mal verzog sich Bocellis Gesicht zu etwas, das man als freundliches Lächeln deuten konnte. »Ihr werdet mit ihr ein *Vermögen* verdienen!« Er rieb vielsagend die Fingerspitzen aneinander.

Maryam blickte zu ihm hinunter. Wenn sie vor ihm stand, war sie zwei Köpfe größer als er. Konnte er den Ausdruck in ihren Augen erkennen? Sie hoffte es.

»Nein, das glaube ich nicht.« Sie klaubte seine Hand von ihrem Arm. »Trotzdem danke ich Euch.«

Bocelli folgte ihr auf die staubige Straße. Die Sonne stand jetzt hoch am Himmel und die Hitze, die von den weißen Wänden abstrahlte, traf sie wie ein Schlag.

»Aber ... sie ist eine Meerjungfrau, eine echte, lebende Meerjungfrau!«, hörte sie ihn rufen, während sie sich vom Stall entfernte. »Du machst einen Fehler, einen großen Fehler ...« Seine Stimme nahm einen jammernden Tonfall an.

Erstaunt begriff Maryam, dass er die Möglichkeit, sie könne sich weigern, nie in Betracht gezogen hatte. »Wenn es so ein großer Fehler ist, warum nehmt Ihr sie dann nicht selbst?«

Noch im selben Moment bereute sie ihre Worte. *Außerdem ist sie keine Meerjungfrau. Das wisst Ihr so gut wie ich. Sie ist eine junge Frau, der die Beine gebrochen wurden. Gott allein weiß, was sie an diesen trostlosen Ort verschlagen hat.*

Während Maryam die Straße entlangschritt, dachte sie gründlich nach. Sie kannte die Bocellis dieser Welt. Noch flehte er sie an, fast furchtsam, aber das würde nicht lange so bleiben. Sie wusste, dass es falsch gewesen war, seinen Vorschlag so harsch zurückzuweisen. Sie musste alle Frauen so schnell wie möglich von hier fortbringen. Bevor Bocelli seine Wut an ihr – an ihnen allen – ausließ, was zweifellos zu erwarten war. Maryam grübelte, wie sie seinen verletzten Stolz besänftigen konnte. Er war ihr nachgelaufen und klebte jetzt an ihren Fersen.

»Zudem, Signor Bocelli, haben wir nicht genug Geld, um sie Euch abzukaufen.«

»Geld? Wir wollen kein Geld.« Keuchend bemühte er sich, mit ihr Schritt zu halten. »Ihr könnt sie umsonst haben.«

»Es tut mir leid, aber ich will sie nicht.«

»Wir geben euch ein Pferd.«

Maryam blieb abrupt stehen. »Was?«

»Ich sagte, wir geben euch ein Pferd. Wenn ihr sie von hier wegbringt.« Er atmete schwer. »Das ist alles, worum wir dich bitten.«

Sie starrte ihn an und traute ihren Ohren kaum. »Ihr wollt mir ein Pferd geben?« Wen er wohl mit ›wir‹ meinte?, fragte sie sich beiläufig.

»Euer Pferd ist krepiert, oder etwa nicht?« Maryam spürte, wie ihr der Schweiß über Schläfe und Wangen rann. »Wie wollt ihr denn sonst von hier fortkommen?«

Die Waage neigte sich zu seinen Gunsten, das spürte sie. Es kostete sie ihre ganze Selbstbeherrschung, nicht gleich zu antworten, und so hatte sie die Genugtuung, das dreiste Funkeln in Bocellis Augen wieder erlöschen zu sehen.

»Wohin wollt ihr als Nächstes?«, nahm er den Gesprächsfaden wieder auf, während er neben ihr herhastete.

»Die Küste hinauf«, erwiderte sie mürrisch, »zur Serenissima.«

»Nach Venedig?« Das schien er gern zu hören.

»In unserem Gewerbe führen alle Wege zur Serenissima«, antwortete Maryam kühl.

»Hör zu …« Er versuchte es jetzt mit einer anderen Taktik und schlug einen verschwörerischen Ton an, »die Dörfler haben Angst, darum geht es.« Er wies auf die menschenleere Straße. »Sie kommen erst wieder, wenn die Meerjungfrau fort ist.«

»Angst vor einer Frau mit gebrochenen Beinen?«

»Eine Frau mit …?« Für einen Augenblick blitzte ein Ausdruck in Bocellis Augen auf, den Maryam nicht deuten konnte. »Ach ja, richtig. Sie haben sie in einem Fischernetz gefangen. Wir dachten alle, sie wäre ertrunken, aber …« Er schüttelte den Kopf. »Sie starb nicht. Nicht einmal, nachdem das Kind geboren war.«

»Das Kind? Sie hat ein *Kind?*« Maryam erinnerte sich an das kleine Bündel neben der Frau. Das war es also gewesen. *Panagia mou!* Die arme Mutter und ihr Kind wären besser gestorben, statt Männern wie Signor Bocelli ausgeliefert zu sein. Maryam wischte sich die schweißnasse Stirn. »Die armen Geschöpfe!«

»Es ist nichts Geringeres als ein Wunder, wenn du mich fragst.« Bocelli wich ihrem Blick aus. »Entweder das – oder Teufelswerk, was wahrscheinlicher ist. Ist es denn so eigenartig, dass alle eine solche Angst haben? Wie ist sie in diesem Zustand hergekommen? Sie kann unmöglich …«

Doch Maryam hatte genug gehört und war des Gesprächs allmählich überdrüssig. »Sie kann eben schwimmen. Das ist doch nicht so schwer zu verstehen.«

»Schwimmen?« Bocelli sah skeptisch drein. »In ihrem Zustand? Und woher kommt sie? Die nächste Insel ist über hundert Wegstunden entfernt.«

»Es hat wohl noch niemand daran gedacht, sie zu fragen?« Maryam erlaubte sich eine Spur Sarkasmus.

»Sie spricht nicht.« Bocelli senkte den Blick. »Sie … kann nicht sprechen.«

»Ich dachte, Ihr hättet gesagt, dass Meerjungfrauen in dieser Gegend als Glücksbringer gelten? Warum behaltet Ihr sie nicht?« Jetzt war Maryam neugierig.

»Sie behalten? In dieser Gegend glaubt man schon immer, dass Meerjungfrauen Glück bringen. Man findet diese Amulette fast überall entlang der Küste … Ich bin überrascht, dass du noch nie eines gesehen hast.« Er zuckte die Achseln. »Aber eine echte Meerjungfrau …! Niemand weiß etwas mit ihr anzufangen, sie haben sogar Angst, sich ihr zu nähern. Sie hätten sie mittlerweile getötet, wenn sie nicht glauben würden, dass ihnen das noch viel schlimmeres Unheil bringt.«

»Und deshalb habt Ihr uns hergelockt? Damit wir sie mitnehmen?«

»Ja.«

Maryam sagte nichts. Aus dem Augenwinkel sah sie einen kleinen Staubteufel aus Sand und Erde über die glühend heiße Straße wirbeln. Das Meer hinter den Fischerhütten war von einem so tiefen Dunkelblau, dass es fast schwarz wirkte.

»Nehmt sie mit. Nehmt sie mit nach Venedig.«

Ihre Blicke trafen sich. Bocelli seufzte.

»Ich gebe euch mein Pferd.«

Maryam wandte sich ab und ging auf das Lager der Frauen zu, das sich zwischen zwei knorrige Olivenbäume duckte.

»Mein Preis sind zwei Pferde, Signor Bocelli«, rief sie über die Schulter zurück.

»*Zwei* Pferde?«

»Ihr wollt doch sicher, dass ich auch das Neugeborene mitnehme?«

Signor Bocelli besaß den Anstand, ein verlegenes Gesicht zu machen, und murmelte etwas Unverständliches.

»Gut, dann also zwei Pferde.« Maryam nickte kurz. »Ich bringe sie noch heute Nacht fort.«

Als Elena die junge Frau zum ersten Mal sah, gingen ihr viele Gedanken durch den Kopf, aber sie äußerte keinen davon. Sie und Maryam betteten sie auf dem Fußboden auf ein Lager aus Kissen, wo sie ganz still liegenblieb, das Bündel schmutziger Lumpen an die Brust gedrückt. Zwischen den Stofffetzen drang ein Laut hervor, der wie das Miauen eines Kätzchens klang.

Elena blickte zu Maryam hoch. »Sie hat ein Kind?«

»Anscheinend.«

»Das arme Mädchen.« Elenas blasses Gesicht wurde noch länger und trauriger, und sie betrachtete die junge Frau. »Was ist ihr zugestoßen?«

»Das weiß niemand. Sie haben sie in einem Fischernetz aus dem Meer geholt. Das behauptet Bocelli jedenfalls.«

»Und du glaubst ihm?«

»Ich und Bocelli glauben? Natürlich nicht. Sie wurde vermutlich einfach irgendwo ausgesetzt, von ihrem Mann, vom Vater des Kindes, wer weiß. Jetzt behaupten sie, sie sei eine Meerjungfrau oder dergleichen Unsinn.«

»Und sie haben Angst?«

»Zu viel Angst, um sie zu behalten. Zu viel Angst, um irgendetwas anderes für sie zu tun, als ihr rohen Fisch hinzuwerfen.«

Elena hockte sich auf den Boden. »Du armes Wesen.« Sie strich der jungen Frau über die Haare und redete mit leiser, beruhigender Stimme auf sie ein, als sei sie ein gefangenes Tier. »Ich tue dir nicht weh.« Aber sie hätte sich keine Sorgen zu machen brauchen. Die junge Frau hielt ganz still, auch als sie ihr die dreckigen Lumpen auszogen, die Wunden an Hand- und Fußgelenken auswuschen, die verkrümmten Beine säuberten und ihr ein sauberes Leinenhemd anzogen. Sie versuchte nicht, sich ihrer Fürsorge zu entziehen, sondern lag duldsam und stumm vor ihnen.

»Die Arme«, sagte Elena, als sie fertig waren, »sie hat nicht mehr Verstand als der Säugling.«

»Und diese Lumpen kann man nur noch verbrennen.« Maryam hob das Kleiderbündel auf und ein kleiner Gegenstand fiel zu Boden. Als sie sich vorbeugte, um ihn aufzuheben, sah sie, dass es sich um einen Beutelchen aus rosarotem Samt handelte. »Wo war das denn versteckt?« Sie hielt den Beutel hoch, damit Elena ihn sehen konnte.

Elena hob die Schultern. »Er muss irgendwo unter den Kleidern gelegen haben oder war in ihr Unterzeug eingenäht. Ich weiß es nicht. Mach ihn auf, er könnte uns einen Hinweis geben.«

Maryam zog den Beutel auseinander und holte einen harten, runden Gegenstand hervor, der in ein Stück Stoff eingewickelt und ungefähr so groß wie das Ei eines Zwerghuhns war.

»Was ist das?«

»Ich bin mir nicht sicher.« Maryam wickelte den Stoff ab und betrachtete den Gegenstand ratlos.

»Es sieht aus wie ein Stein. Ein gewöhnlicher Stein, wie man ihn am Strand findet.« Sie wog ihn in der Hand. »Es könnte tatsächlich einer sein, den jemand hier am Strand aufgehoben hat … Was ist los, Elena?«

Während Maryam den Inhalt des Beutels begutachtete, hatte Elena den Säugling auf die Knie gehoben und begonnen, ihm die schmutzige Windel auszuziehen. Nun starrte sie das Kind an. Ihr Gesicht war noch bleicher als sonst.

»Elena – was ist denn?«

»Sieht dir das an!« Elenas Stimme war heiser. »Sie ist … sie ist … Signor Bocelli hat doch nicht gelogen!«

Sie hielt Maryam das Kind hin.

Der Säugling war so winzig, dass sich Maryam im ersten Moment nur wunderte, dass er überhaupt noch lebte. Er lag ganz still auf Elenas Händen. Zuerst schienen seine Augen – die dunkelblauen Augen eines Neugeborenen, so blau und tief wie das Meer, aus dem es gekommen war – das einzig Lebendige an dem kleinen Wesen zu sein. Der zarte Brustkorb hob und senkte sich mühsam wie bei einem verwundeten Vögelchen.

Erst danach fiel Maryam auf, dass das Neugeborene an Stelle von zwei Beinen nur eines hatte, das unter dem Rumpf nach vorn ragte. Und da, wo der Fuß hätte sein sollen, befand sich ein fleischiges Gebilde aus weichem Gewebe.

»Siehst du, es ist doch eine Meerjungfrau! Bocelli hat nicht die Mutter gemeint, sondern das Kind! Wahrhaftig, eine echte Meerjungfrau.«

Kapitel 4

Venedig, 1604

»Er wird kommen, das wisst Ihr.«

»O ja.«

»Ob er betrunken sein wird?«

»Was glaubt Ihr denn?«

»Das nennt man wohl eine rhetorische Frage?«, ließ sich die Kurtisane Constanza Fabia aus dem Schatten ihres Salons vernehmen.

»Ich weiß nicht, wie man das nennt.« John Carew lehnte sich noch etwas weiter aus dem Fenster hinaus und spähte mit gerunzelter Stirn auf den Kanal hinunter. »Mir würden eine Menge Ausdrücke dafür einfallen – ah, da ist er ja.«

Carews Blick folgte einer Gondel, die ein Stück entfernt in den Kanal eingebogen war und das Wasser wie schwarzes Öl teilte. Die Lampe am Bug versprühte helle Lichtfunken. Doch als die Gondel näher kam, erkannte Carew, dass sie nicht das Wappen der Levante-Kompanie trug. »Ah, nein, ich habe mich geirrt.« Er richtete sich auf und wandte sich seufzend um. »Er ist es nicht, weder betrunken noch nüchtern.«

Der Raum im ersten Obergeschoss des Palazzo war einer der ungewöhnlichsten, in dem sich Carew je aufgehalten hatte. Die Wände waren drei Mal so hoch wie breit und wirkten umso imposanter, als im Raum kaum Möbel standen. Außer einem massiven Himmelbett, über dessen Kopfteil sich ein hölzerner Himmel befand. Darauf war silberner Brokatstoff drapiert. Obwohl die Wände mit Tapisserien behängt waren, machte das Zimmer einen leeren Eindruck. Zwei bemalte und beschnitzte Truhen waren gegen die Wände geschoben worden, an der dritten Wand stand eine ausladende Anrichte, ebenfalls aus beschnitztem Holz. Ein mit einem türkischen Teppich bedeckter Klapptisch befand sich am Fuß des Bettes, und an diesem saß Constanza. Sie wirkte auf Carew in dem hallenden Raum sehr klein.

»Um Himmels willen, nun setzt Euch endlich, John Carew!« Constanza hielt einen Satz Tarotkarten in der Hand, die sie gekonnt mischte.

»Es führt zu nichts Gutem«, sagte sie mit heller, unbeteiligter Stimme. »Das wisst Ihr.«

»Was führt zu nichts Gutem?«

Sie spürte Carews Blick auf sich ruhen und erwiderte ihn mit ihrem schläfrigen, katzenhaften Lächeln, antwortete aber nicht. Stattdessen machte sie einen Vorschlag. »Ich will Euch die Karten lesen.«

»Ihr sagt mir die Zukunft voraus?« Ohne seinen Aussichtsplatz am Fenster zu verlassen, legte Carew geistesabwesend die Finger auf die lange, silbrige Narbe, die sich von seiner Wange bis zum Mundwinkel zog. »Leider weiß ich schon längst, was mir die Zukunft bringen wird. Und Euch auch, Constanza, wenn wir so weitermachen.«

Aber Constanza schwieg, und eine Weile lang hörte man kein Geräusch außer dem leisen Rascheln der Karten und dem Zischen der Kerzen, die in schweren silbernen Wandleuchtern zu beiden Seiten des Fensters steckten.

»Wo ist er diesmal?«, fragte sie schließlich.

»Irgendwo über einem Weinladen. Beim Zeichen des Pierro.«

»Beim Zeichen des Pierro?«

»Ja, warum? Kennt Ihr es?« Zum ersten Mal nahm Carew

eine Veränderung im Verhalten der bisher so gelassenen Constanza wahr.

»Dann steckt er in Schwierigkeiten«, sagte sie nur.

Carew wandte sich ab und blickte wieder auf den Kanal, über den jetzt Nebelfetzen trieben. »Er wird sich noch umbringen«, knurrte er mit dem Rücken zu Constanza. »Entweder das, oder jemand nimmt ihm die Mühe ab, und dieser Jemand könnte ohne Weiteres ich sein.«

»Aber, aber«, tadelte Constanza und schnalzte missbilligend mit der Zunge.

»Er hat kein Geld mehr. Oder fast keines. Nacht um Nacht, Constanza ... es geht nicht um Geschicklichkeitsspiele, die er gewinnen könnte, sondern um Glücksspiel. Er hat durch die Würfel sein ganzes Vermögen verschleudert, und wofür?«

Constanza mischte die Karten ein letztes Mal, dann legte sie mit einer flinken Bewegung vier von ihnen auf den Tisch: der Turm, die Sonne, der Zauberer, neun Münzen.

»Er ist nicht glücklich«, sagte sie langsam.

»Nicht *glücklich?*« Carew spuckte das Wort fast aus. »Glaubt Ihr, ich schere mich einen Dreck um sein Glück? Ich sage Euch eins, Constanza, meiner Meinung nach ist er verrückt! Allen Ernstes, er ist verrückt.«

»Wie lange –«, setzte Constanza an.

»Wie lange noch, bis ich ihn umbringe?«

»Nein.« Gegen ihren Willen musste sie lächeln. »Ich meine, wie lange verhält er sich schon so?«

»Das wisst Ihr ebenso gut wie ich. Drei Jahre, nein, länger. Seit wir in Venedig sind, so viel ist gewiss. Seit wir Konstantinopel verlassen haben.«

»Seit er das Mädchen verloren hat, meint Ihr?«

»Das Mädchen, ja, seine Verlobte.«

»Von dem man glaubte, dass es Schiffbruch erlitt?«

»Ja«, bestätigte Carew düster.

»Was ist mit ihr geschehen?«

Carew wusste sehr gut, dass Constanza die Geschichte schon unzählige Male von Pindar gehört hatte und ihn nur fragte, um ihm einen Gefallen zu tun. Er ließ sich tatsächlich nicht lange bitten. Jede Ablenkung war ihm recht, das Warten zerrte an seinen Nerven.

»Sie hieß Celia Lamprey. Ihr Vater war Kapitän auf einem der Handelsschiffe der Kompanie. Wie Ihr gesagt habt, dachten wir, das Schiff sei in der Adria untergegangen. Aber es scheint, dass Korsaren es angegriffen haben. Sie ermordeten den Vater und alle anderen an Bord, nur das Mädchen wurde verschleppt und als Sklavin verkauft. Wir glauben – nein, wir sind uns sicher –, dass sie als Konkubine in den Palast des Sultans gebracht wurde. Ich habe sie dort einmal gesehen …« Carew schloss die Augen, als wolle er sich das Bild vergegenwärtigen.

»Ihr habt sie gesehen?« Constanza hob den Blick, als sei ihr dieser Teil der Geschichte neu. »Ich dachte, das sei unmöglich. Ich habe gehört, die Türken halten ihre Frauen strenger als Nonnen.«

»Doch, ich habe sie gesehen – obwohl ich seither oft glaubte, dass es ein Traum gewesen sein muss. Aber, Paul, nun ja, Paul hat sie nie gesehen. Wir haben es versucht, wir haben alles Mögliche versucht …« Er verstummte. »Dann hat die Valide – das ist die Mutter des Sultans – uns überrascht, und … Ach, es ist eine lange Geschichte.«

»Dann lebt sie also noch?«

»O nein, sie ist tot. Für ihn jedenfalls.«

»Der Kummer zerfrisst sein Herz«, sagte Constanza nachdenklich. »Deshalb hat er sich dem Glücksspiel ergeben.«

»Kummer? Nein.«

»Was dann?«

»Wut, würde ich meinen.«

»Wut? Wieso?«

»Er ist wütend auf sich«, sagte Carew. Er war selbst überrascht über diese neue Einsicht. »Weil er sie nicht retten konnte.« Carew trommelte mit den Fingern gegen den Fensterrahmen.

»Carew – kommt bitte endlich her und setzt Euch.« Die stets geduldige Constanza klang jetzt gereizt. »Ich habe Euch schon einmal gesagt, dass es zu nichts Gutem führt.«

Er presste die Stirn gegen den Fensterrahmen und schloss die Augen. »Aber was führt zu nichts Gutem?«

»Das Warten, das Aus-dem-Fenster-Schauen, das Fingerknacken. Um Himmels willen, Carew ...« Sie legte die Karten fort, stand auf und ging zu einer der Truhen, auf der eine silberne Weinkaraffe und zwei langstielige Gläser auf einer Leinenserviette bereitstanden. »Ein Glas Wein?«

»Nein, danke«, erwiderte Carew matt. »Ich habe in letzter Zeit die Lust daran verloren.«

Constanza goss sich im Stehen ein Glas ein und musterte Carew über den Rand hinweg. Ein paar Schlucke Wein täten dir gut, mein lieber Carew, hätte sie am liebsten gesagt. Sie betrachtete ihn aufmerksam – den drahtigen Körper, die fransigen Haare, die ihm bis auf die Schultern hingen, den flackernden, unsteten Blick. Wenn da nicht seine Hände wären. Diese erstaunlich schönen Hände, die man gern betrachtete, auch wenn sie von Schnitten und Verbrennungen überzogen – man könnte fast sagen, versilbert – waren. Einen Mann erkannte man an seinen Händen. Es kann nicht lange her sein, dachte Constanza amüsiert, dass du es warst, der zu den Huren und zum Glücksspiel ging. Du warst es, der ständig in irgendwelche Schwierigkeiten geriet. Und jetzt – wer hätte das gedacht? Jetzt spielst du das Kindermädchen für deinen Herrn Paul Pindar. Aber Constanza war viel zu klug, um diese Gedanken laut auszusprechen.

»Er wird kommen«, wiederholte sie noch einmal.

»Er muss kommen. Wenn er nicht vor Ambrose hier ist, bin ich endgültig ...« Wieder waren ihm die Worte gegen seinen Willen entschlüpft.

»Endgültig ...?« Constanza hob eine perfekt geschwungene Augenbraue.

»Endgültig erledigt bin ich dann, Constanza«, ächzte Carew. »Endgültig und rundum erledigt.«

Constanza kam nicht mehr dazu, die zweite Frage, wer denn nur Ambrose sei, zu stellen, denn durch das geöffnete Fenster drang das knarrende Geräusch einer Gondel, die unten anlegte. Dann ertönten gereizte Männerstimmen und schließlich fiel ein schwerer Gegenstand klatschend in den Kanal.

Constanza setzte sich wieder an den Tisch und mischte mit leicht zitternden Händen die Karten ein weiteres Mal. Die Kelche, die Schwerter, die Münzen, die Stäbe. Der Zauberer, schon wieder. Jedes Mal, wenn sie die Karten gelegt hatte, war diese Karte aufgetaucht. Die Stimmen entfernten sich. Niemand wollte etwas von ihnen.

»Dio buono!«

»Ich dachte, dass er es wäre!«

»Und ich ...«

Sie wechselten einen Blick und fanden beide die eigene Unruhe im anderen gespiegelt.

»Ihr habt nichts zu befürchten, Constanza«, begann Carew.

»Ich weiß«, unterbrach sie ihn mit abgewandtem Blick.

»Ich lasse nicht zu, dass er ...«

»Paul? Er würde mir nie etwas tun.«

Carew öffnete den Mund zu einer Erwiderung, aber dann besann er sich eines Besseren. In erster Linie musste er vermeiden, dass sie sich genauer nach Ambrose Jones erkundigte. Er hatte schon zu viel verraten. Mit Ambrose Jones hatte er seine privaten Pläne, die nicht zu früh ans Licht kommen durften, sonst würde er tief in der Klemme stecken. Es war ohnehin zu spät, sie rückgängig zu machen. Ambrose war entweder seine Rettung oder sein Ruin. Man würde sehen.

Wie lange sie noch gewartet hatten, hätte er später nicht sagen können. Von Zeit zu Zeit hörte er die Glocken von Santa Maria Maggiore, der neuen Kirche jenseits des Canal Grande, die mit ihrem hellen Klang die Viertelstunden schlugen. Einmal, tief in der Nacht, musste er trotz allem eingenickt sein, denn als er wach wurde, lehnte er zusammengesunken am Fenster und wurde sich plötzlich bewusst, wie dunkel es auf einmal war. Die Kerzen in den schweren silbernen Haltern waren heruntergebrannt, ihr Wachs hing wie dicke Spinnweben herab und hatte auf den Steinplatten am Boden perlmuttfarbene Lachen gebildet.

Constanza saß noch immer vor ihren Tarotkarten. Schlief sie denn nie? Carew betrachtete die Kurtisane im schwach flackernden Licht der Kerze auf dem Tischchen. Wie alt mochte sie sein? Schwer zu sagen. Sein Herr, Paul Pindar, Kaufmann der Levante-Kompanie, nannte sie eine Sphinx, sagte, sie sei alterslos. Er selbst, John Carew, Pindars Diener und ein durch und durch praktischer Mensch, wusste, dass sie weit über dreißig sein musste, wenn nicht sogar noch älter. Demnach alt, aber auch wieder nicht. Er sah zu, wie sie die Karten durch die Hände gleiten ließ. Sie trug das Kleid, das Pindar ihr geschenkt hatte, als er und Carew aus Konstantinopel zurückgekehrt waren: eine ärmellose Robe, wie sie hochgestellte osmanische Damen besaßen, aus blutrotem Damast, verziert mit Tulpen aus Goldfäden. Da sie das Gewand an der Taille offen trug, sah man darunter ein Unterkleid aus feinstem Batist, dünn wie eine Gazewolke. Es war am Hals und an den Ärmeln mit Rocailleperlen bestickt. Sonst kein Schmuck. Die dunklen Haare hingen ihr locker um die Schultern. Sie war die einzige Frau der christlichen Welt, für die Carew vom ersten Moment an so etwas wie Respekt empfunden hatte. So viel Respekt, dass er sich nicht einmal gefragt hatte, wie es wohl wäre, wenn er mit ihr ... Wie sie schmecken und riechen würde, nun ja, aber nicht detailliert und nicht oft.

Constanza spürte, dass sie beobachtet wurde.

»Ihr seht aus, als hättet Ihr geschlafen.«

»Ich weiß nicht recht.« Carew reckte die Glieder. »Und Ihr?«

»Ich? Nein.« Sie lächelte ihn versonnen an.

»Warum tun wir das? Was meint Ihr?«, fragte er, bevor er sich daran hindern konnte.

»Wer weiß?« Constanza zuckte die Achseln. »Weil wir ihn lieben?« Sie legte den Kopf schief. »Weil Ihr und ich, entgegen allem Anschein, uns recht ähnlich sind?«

Carew ging nicht auf ihren neckenden Tonfall ein. »Schmeichelt Euch nicht«, antwortete er düster.

Constanza öffnete erstaunt die Lippen, dann warf sie plötzlich den Kopf zurück und lachte herzlich. »Ich gebe mich geschlagen. Dafür, Carew, lese ich Euch jetzt endlich die Karten.«

Sie legte vier Karten auf das Tischchen und starrte konzentriert darauf. Wieder hörte er sie mit der Zunge schnalzen.

»Was ist?«

Sie schob die Karten zusammen und schien aus einer tiefen Versenkung aufzutauchen. »Nichts ist. Versuchen wir es noch einmal. Hier, mischt Ihr sie dieses Mal.«

Sie gab ihm das Päckchen, und als er fertig war, nahm sie die Karten fächerförmig in die Hand und hielt sie ihm hin. »Sucht Euch eine aus und gebt sie mir. Aber seht sie vorher nicht an.«

Er tat wie geheißen. »Sagt es mir lieber nicht. Es ist der Narr.« Er sprach mit einer bemühten Sorglosigkeit, die er nicht empfand.

»Der Narr?« Constanza bedachte ihn mit einem hintersinnigen Lächeln. »Der Narr bedeutet Unschuld und Torheit. Das passt nicht zu Euch. Jedenfalls die Unschuld nicht.« Ein Grübchen erschien an ihrem Mundwinkel. »Merkwürdig ...« Stirnrunzelnd blickte sie auf die Karten.

»Nun gut. Wenn nicht der Narr, dann eben der Gehängte«, sagte Carew trübsinnig. Genauso fühle ich mich nämlich, dachte er, wie einer, auf den der Galgen wartet.

»Nein, nicht der Gehängte«, erwiderte Constanza langsam, »obwohl das gar nicht so übel wäre, wie Ihr glaubt.« Sie hielt die Karte, die er gewählt hatte, so in die Höhe, dass er die Vorderseite nicht erkennen konnte. »Der Gehängte weist oft auf eine Veränderung im Leben, in den Lebensumständen hin.«

»Eine Veränderung zum Besseren?«

»Nun, das hängt davon ab ...«

»Viel schlimmer kann es nicht kommen. Lasst sie mich sehen.« Er streckte die Hand nach der Karte aus, aber Constanza hielt sie zurück.

»Nein, noch nicht. Ich versuche, mich zu entscheiden.«

»Entscheiden?«

»Was sie bedeutet.«

Eine Weile lang herrschte Schweigen, während Constanza offenbar nachdachte.

»Ihr sagt, Paul sei zum Zeichen des Pierro gegangen«, bemerkte sie schließlich. »Seid Ihr Euch dessen sicher?«

Carew stöhnte. »Sicher bin ich mir keiner Sache mehr.«

»Ach, wahrscheinlich hat es nichts zu bedeuten.« Sie schob die Karten zusammen. »Habt Ihr je den Namen Zuanne Memmo gehört?«

»Zuanne Memmo? Nein, an solch einen Namen würde ich mich erinnern.« Carew schüttelte den Kopf. »Warum, ist er ein Freund von Euch?«

Constanza gluckste leise. »Ich bezweifle sehr, dass Memmo

überhaupt Freunde hat. Er besitzt ein *ridotto,* in dem um viel Geld gespielt wird. Und wenn ich viel sage, dann meine ich *sehr* viel. Männer, Jugendliche, manchmal sogar Frauen – er lässt alle zu. Ich habe gehört, dass er sich auf Ausländer spezialisiert hat.« Constanza warf Carew einen warnenden Blick zu. »Ich habe gehört, dass keine Woche vergeht, ohne dass bei es einem von Memmos Spielen zu Blutvergießen kommt.«

»Und den habt Ihr in Euren Karten gesehen?«, fragte Carew herablassend, indem er auf das Kartenspiel deutete, das sie umgedreht auf dem Tisch abgelegt hatte. Er hatte keine besonders hohe Meinung vom Wahrsagen, ganz gleich, ob sich Constanza daran versuchte oder sonst jemand.

»Es ist noch nicht klar«, erwiderte sie. Dann fuhr sie leise fort, wie zu sich selbst: »Aber warum solltet Ihr es sein und nicht Paul … Und warum sehe ich ausgerechnet Zuanne Memmo …«

Laut sagte sie: »Ich habe gehört, dass in seinem neuen *ridotto* ein großes Spiel stattfinden soll, vielleicht ist es das, was mich verwirrt. Es heißt, der Preis sei dieser Diamant, von dem alle Welt spricht.«

»Ein Diamant?«

»Ja, Ihr habt doch sicher davon gehört, er ist *die* Neuigkeit der Serenissima. Am Rialto kennt man keinen anderen Gesprächsstoff mehr. Der Blaue Stein des Sultans, so wird er genannt. Er soll dem Großtürken gehört haben, dem Herrscher der Osmanen. Oder war es ein indischer König? Ich weiß es nicht mehr.« Sie zuckte die Achseln. »Wie auch immer, ein Händler aus Aleppo soll ihn hergebracht und dann beim Kartenspiel verloren haben. Es gab Gerüchte, Ihr wisst ja, wie es in dieser Stadt zugeht …«

In diesem Moment hämmerte jemand an die Tür. Constanza und Carew waren so vertieft gewesen, dass sie weder die Ankunft einer Gondel noch Schritte auf der Treppe gehört hatten. Als sie erschrocken aufblickten, sahen sie eine Gestalt auf der Schwelle stehen, einen Mann im Reiseumhang, dessen Gesicht im Schatten lag.

»Salve.«

Als der Mann nicht antwortete und nicht näher trat, erhob sich Constanza halb von ihrem Sitz.

»Salve«, wiederholte sie. »Paul, bist du das?«

Carew stieß einen undefinierbaren Laut aus.

»Nein, er ist es nicht«, zischte er leise, aber bevor er weitersprechen konnte, öffnete der Fremde endlich den Mund.

»Ist dies das Haus von Constanza Fabia?«

»Wer will das wissen?«

»Ich könnte genauso gut nach Eurer Identität fragen.« Eine muntere englischsprechende Stimme, eine knappe, präzise Aussprache. »Man sagte mir, ich würde hier einen Mann namens Pindar finden«, erläuterte der Fremde. »Paul Pindar, Kaufmann der Ehrenwerten Levante-Kompanie.«

»Mr – Jones? Ambrose Jones?«, quetschte Carew hervor, als stecke ihm etwas in der Kehle. »Wir – äh – haben Euch nicht so früh erwartet.«

»Wir?« Durch Carews Worte ermutigt, trat der Mann einen Schritt näher. »Und mit wem habe ich die Ehre?«

Constanza hatte neue Kerzen in die Halter gesteckt und angezündet, in deren Licht sie den Fremden zum ersten Mal genauer sahen. Er war etwa Mitte fünfzig und trug das ergrauende Haar von der hohen Stirn zurückgekämmt. Seine vorstehenden blauen Augen erinnerten an Lavendel. Um den Kopf hatte er einen eidottergelben Seidenturban im osmanischen Stil geschlungen. Und die Nase … nun, diese Nase war die außergewöhnlichste Nase, die sie je gesehen hatten. Eine kolossale Nase, die aus der Gesichtsmitte herausragte und sich nach den Seiten hin wellte.

Der Fremde blickte sich rasch in dem halbdunklen Raum um, und seine Miene verfinsterte sich.

»Was ist das hier?« Er setzte ein kleines Holzkästchen, das er in den Händen gehalten hatte, ab und fragte in strengem Ton: »Ist dies eine Art Scherz, mein Herr?«

»Carew?«, ließ sich Constanza vernehmen. Und als Carew, dem es offenbar die Sprache verschlagen hatte, nicht antwortete, sagte sie in schärferem Ton: »Wer ist Euer Freund, John Carew? Ist dies die Person, von der Ihr vorhin so, so ... anschaulich gesprochen habt? Ich würde Euch gern willkommen heißen, Sir«, wandte sie sich mit der berühmten Liebenswürdigkeit einer venezianischen Kurtisane an den Fremden, »doch ich bin Euch bedauerlicherweise noch nicht vorgestellt worden.«

Der Turbanträger antwortete nicht. Er schien gegen Schönheit und Charme immun zu sein. Sein wacher, forschender Blick schweifte durch den Raum wie der Lichtstrahl eines Leuchtturms und nahm alles zur Kenntnis: den großen, bis auf das riesige Bett so gut wie unmöblierten Raum, die Weingläser, die Kurtisane mit den offenen Haaren und dem nackten Hals. Seine Lippen wurden schmal.

»So, so«, fuhr er Carew an, »Ihr seid demnach John Carew, richtig? Hier verbringt Euer Herr also seine Zeit? Das würde so manches erklären. Und was beabsichtigt er damit, mich in dieses Bordell zu rufen?«

»Bordell?« Nun war es an Constanza, die Lippen zusammenzupressen. »Was hat das zu bedeuten, Carew? Wer ist dieser ... dieser ...«

»Es tut mir leid, Constanza.« Im schwachen Schein der flackernden Kerzen blitzten die Messer, die Carew am Gürtel trug. »Es tut mir aufrichtig leid.«

Constanza richtete sich zu ihrer vollen Größe auf.

»Was soll das heißen? Ihr habt ihn mit Absicht hergelockt, oder etwa nicht?«

»Bitte glaubt mir, Constanza, es war die einzige Möglichkeit.«

»Was heißt das, die einzige Möglichkeit? Würde mir bitte jemand sagen, was hier vor sich geht?« Ambrose Jones hatte keine Mühe, beide zu überschreien.

»Meine Herren, meine Herren ... Constanza, bitte ...«, ertönte vom Eingang her eine dunkle, samtige Stimme.

»Paul!«

»Pindar!«

Alle drei drehten sich gleichzeitig nach dem schlanken, von Kopf bis Fuß in Schwarz gekleideten Mann um. Auf den ersten Blick war er eine vornehme, fast modische Erscheinung. Er trug einen kurzen Umhang und eine Samtweste sowie einen hohen Hut. Doch wer ihn besser kannte, sah sofort, wie schrecklich er sich in der letzten Zeit verändert hatte. Seine Wangen waren eingefallen, die Augen ungesund trübe, die Haut wies die Leichenblässe eines Menschen auf, der selten das Tageslicht sieht.

»Con-stan-za.« Paul Pindar sprach den Namen übertrieben langsam und betont aus, als seien Zunge und Lippen Fremdkörper, die er nicht beherrschte. »Und Ihr, Sir, wenn ich mich nicht irre, seid Am-brose Jon-es.« Es kostete ihn offensichtlich einige Anstrengung, die Worte auszusprechen, und sie klangen, als klebte ihm die Zunge am Gaumen. Er achtete aber gar nicht auf Ambrose, sondern spähte mit vorgerecktem Hals an dem Besucher vorbei in die dunkle Ecke neben dem Bett, in die sich Carew in seiner Verwirrung verzogen hatte.

»Ah. Und Carew. Natürlich.« Pindar schwankte leicht und musste sich an einem der Türpfosten festhalten.

Als Carew stumm blieb, zischte Paul: »Bilde dir bloß nicht ein, dass ich dich nicht sehe, du Rattenfänger. Ich erkenne das Weiße in deinen Augen.«

Carew rührte sich nicht. Das schien Pindar noch mehr in

Rage zu versetzen, denn mit einer abrupten Bewegung zog er einen kurzen Dolch aus dem Gürtel. »Lärm, Ärger, Durcheinander, und er immer mittendrin!«, schimpfte er, während sein Blick unstet durch den Raum schweifte. Er hob den Arm und richtete die Dolchspitze schwankend gegen seinen Diener. »Und jetzt, Carew, du verdammter … Bastard! Rattenfänger! Ich bring dich um.«

Damit stürzte er auf seinen Diener zu, fiel jedoch mit einem lauten Krachen wie ein gefällter Baum Ambrose vor die Füße.

Dabei rollte ein kleiner runder Gegenstand neben ihm über den Fußboden. Von allen unbemerkt, blitzte er kurz auf und verschwand unter dem Bett.

Kapitel 5

Eine Insel in der Lagune von Venedig, 1604

Annetta stand am Fenster und lauschte den Glocken.

Von ihrem Aussichtspunkt im Obergeschoss aus überblickte sie den Klostergarten in seiner vollen Länge – die akkurat geschnittenen Hecken, die liebevoll gepflanzten Blumen und Kräuter. Bald würde sich sogar über diese grüne Oase ein Hitzeschleier legen, aber jetzt am frühen Morgen war alles noch frisch und duftete herrlich. Wie jeden Morgen wandelte eine kleine weiße, leicht gebückte Gestalt, die Nonne Suor Annunciata, mit ihrem hölzernen Gießkännchen zwischen den Beeten umher und verschwand ab und an hinter einem Obstbaum. Weiter hinten lagen die Mauern des berühmten Arzneigartens, dann kam eine Reihe Zypressen, und in der Ferne glänzte die Lagune im ersten Sonnenlicht. Die beste Aussicht, die man haben konnte, dachte Annetta zufrieden, die beste Aussicht, die man sich leisten konnte, wenn man reich war – so wie sie.

Sie räkelte sich genüsslich und sog die kühle, aromatische Luft ein. Heute war ein großer Tag – Francescas Nichte brachte ihre Hochzeitsgesellschaft zu einem Besuch mit, und alle Nonnen waren eingeladen. Sie würden sich prächtig amüsieren, an Wein und Kuchen und allem möglichen Zuckerwerk laben, alles zu Ehren des glücklichen Paars. Und keine hochnäsige Contessa wäre darunter, die darauf bestand, den Empfangsraum für sich allein zu haben und alle anderen konnten sehen, wo sie blieben. »Habe ich nicht Recht, mein kleiner Piepsi?« Annetta langte in eine Schachtel voller Körner auf dem Fensterbrett und streute eine Handvoll in den Vogelkäfig, der von den Deckenbalken herabhing. Der Spatz hüpfte von seinem Zweig herunter, und seine kohlschwarzen Äuglein funkelten aufgeregt.

Trotz der anstehenden Festlichkeiten hatte Annetta noch keine Lust, sich anzukleiden. Zu ihren Füßen stand ein Zuber, über dessen Rand ein Leintuch hing, mit dem sie sich gerade gewaschen hatte. Die anderen hielten sie für verrückt, weil sie sich so oft wusch, aber so war sie es nun einmal gewohnt. Außerdem fühlte sich die frische Morgenluft auf ihrer nackten, feuchten Haut wunderbar kühl an. Eine Gänsehaut überlief sie und Annetta erschauerte vor Behagen.

Immer noch läuteten die Glocken von San Giorgio Maggiore auf der Nachbarinsel in der Nähe der Giudecca. Es war ein hohler, metallischer Klang – ein grüner Klang, kam Annetta in den Sinn und sie schüttelte über sich selbst den Kopf. Kein Wunder, dass man sie für überdreht hielt. Wie sehr sie die Glocken in all den Jahren ihrer Abwesenheit vermisst hatte! Die Glocken, und diese Aussicht. Im Harem von Konstantinopel hatte niemand außer der Valide eine solche Aussicht genießen dürften, dort blickten die Frauen nur auf Mauern oder Innenhöfe.

Annetta seufzte. Sie musste sich anziehen, aber es war so angenehm, hier zu stehen – angenehm und ein klein wenig gefährlich, denn sie trug nichts auf dem Leib und war vom Garten aus gut zu sehen. Annunciata schlurfte gemächlich durch den Garten zurück zum Haus. Sie blieb hin und wieder stehen und knipste eine verwelkte Rosenblüte von einem Stängel. Über dem Arm trug sie einen Korb voller Kräuter aus dem Herbarium. Wenn sie jetzt den Kopf hob, überlegte Annetta, würde sie sie splitterfasernackt am Fenster stehen sehen. Annunciata wusste sehr wohl, dass sie da stand, wie jeden Morgen, und hätte sicher liebend gern hochgeblickt, aber sie hatte es sich verboten. Bei diesen Gedanken erschien ein Grübchen auf Annettas Wange. Sie hatte ganz vergessen, wie viel Spaß es machte, die Klosterschwestern zu schockieren.

Hinter ihr lagen auf dem Bett ausgebreitet die Kleider für den Tag. Obwohl es heiß zu werden versprach, hatte sie beschlossen, sich festlich zu kleiden und die Seidenstrümpfe mit den bestickten Pantoffeln zu tragen. Ihr bestes *camice* war glücklicherweise aus dem feinsten Leinen genäht und so dünn, dass es fast durchsichtig war – man habe das Gefühl, Luft auf der Haut zu tragen, hatte sie einmal zu Eufemia gesagt. Am Hals und an den Ärmeln war es mit modischer schwarzer Spitze gesäumt. Über ihr *camice* zog sie das neue Mieder. Es war schlichter im Schnitt, als sie es gern gehabt hätte, aber immerhin am Ausschnitt mit einer doppelten Reihe *point de Venise* gesäumt. Annetta schnürte das Mieder am Rücken selbst, so gut es ging, und zog das Dekolleté so tief herunter, wie sie es wagte, wodurch sich ihre wohlgeformten Brüste deutlich abzeichneten. Sie hätte eine der *converse*, der Laienschwestern, rufen sollen, die das Mieder normalerweise schnürten und ihr auch sonst zur Hand gingen, aber es war ihr lieber, wenn keine *putte* in ihrem Zimmer herumschnüffelte. Zuletzt dann das Glanzstück: ein von Goldfäden durchzogener Unterrock, den sie mit Haken am Mieder befestigte. Er war so schön, dass ihr das Herz blutete, wenn sie ihn unter ihrem Alltagskleid verstecken musste. Sie betrachtete die Trippen – sechs Zentimeter hoch und mit Perlmutt besetzt –, die sie aus Konstantinopel nach Venedig mitgebracht hatte, aber sie entschied sich dagegen und tauschte sie im letzten Moment gegen eine Paar Pantöffelchen aus Brotkatstoff ein.

Zuletzt widmete sich Annetta ihrer Frisur. Sorgfältig zog sie rechts und links an den Schläfen zwei Haarsträhnen unter der

Haube hervor, die sie routiniert mit etwas Spucke auf den Fingerspitzen zu Ringellöckchen formte. Als Halsschmuck trug sie zwei schwere Goldketten. Um die Hüften legte sie einen Kettengürtel, an dessen Ende ihr Fächer und ein Gebetsbuch baumelten.

Aus einer winzigen Nische am Kopfende des Bettes holte Annetta einen runden Gegenstand, der in ein altes Tuch eingewickelt war. Vorsichtig zog sie daraus ein gerahmtes, silberbeschichtetes Glas hervor und hielt es hoch, damit sie ihr Aussehen begutachten konnte. Es war strengstens verboten, einen Spiegel zu benutzen, aber was ging das sie an? Sie hatte in ihrem kurzen, aber ereignisreichen Leben schon genug Regeln kennengelernt und die Nase voll davon. Selbst im Harem war es ihr gelungen, mit ihrer Freundin Kaya, die eigentlich Celia hieß und Engländerin war, Geheimnisse zu haben. Aber daran wollte Annetta jetzt nicht denken, heute war kein Tag für Traurigkeit. Sie hielt den Spiegel so, dass sie sich schräg von der Seite betrachten konnte. Die Sünde der Eitelkeit, hieß es, sei schlimmer als alle anderen Sünden. Nun, sie hatte in letzter Zeit einige begangen und konnte sie auch aufzählen: Sie hielt einen Spatz als Haustier im Zimmer, ganz zu schweigen von den Hühnern in dem Weidenkäfig vor der Tür. Aber das taten die anderen Nonnen auch, damit sie immer frische Eier hatten. Außerdem trug sie Seide und Brokat und schmückte sich mit goldenen Ketten. Sie besaß die liederliche Angewohnheit, nackt am Fenster zu stehen und andere zu sündigen Gedanken zu verleiten. Aber die Sünde der Eitelkeit, fand sie, als sie den Spiegel hochhielt, war doch bei weitem die befriedigendste. Und so betrachtete sich Suor Annetta, bald Nonne des Klosters Santa Clara, auch weiterhin mit ungetrübtem Vergnügen im verbotenen Spiegel. ›Ein dürres Ding mit schwarzen Haaren‹ hatten die Nonnen sie früher abschätzig genannt. Sollten sie doch staunen, was aus ihr geworden war! Sie war zwar nicht schön oder gar edel, aber sie konnte schnell und scharf denken und seit ihrem unfreiwilligen Aufenthalt im Harem des Großtürken wusste sie einiges über die Kniffe, mit denen sich Frauen in allen Lebenslagen behaupten konnten.

Irgendwann mussten die Glocken aufgehört haben zu läuten, denn plötzlich fiel Annetta auf, dass sie wieder anfingen. Sie war bestimmt schon spät dran. Deshalb nahm sie nun den letzten Gegenstand vom Bett, ein Beutelchen aus besticktem rosenfarbenem Samt, und schob ihn tief in die Tasche ihres Gewandes. Dann schlenderte sie in aller Ruhe nach unten, um sich zum Gebet zu ihren Mitschwestern zu gesellen.

Kapitel 6

Als Paul erwachte, wusste er ein paar Sekunden lang nicht, wo er sich befand. Er lag in einem Himmelbett in einem Raum mit hoher Decke. Die Wände waren mit geprägtem Leder bespannt und vor dem Fenster hingen schwere Damastvorhänge, um das Tageslicht auszusperren. Plötzlich bemerkte er, dass er nicht allein war. Am Fußende des Bettes stand jemand und schaute auf ihn herab.

»Constanza?«

»Paul, du bist wach?«

»Ja.«

Er versuchte sich umzudrehen und spürte einen brennenden Schmerz zwischen den Augen.

»Wie fühlst du dich?«

Paul hörte Wasser in einem Becken plätschern und fühlte ein kühles, feuchtes Tuch auf der Stirn.

»Ah, tu das nicht!«

Er hob die Hand zur Stirn und spürte eine Beule, so groß wie ein Apfel.

»Himmel!«

»Tut es sehr weh?«

Er befühlte die anderen Teile seines Gesichts.

»Meine Nase! Mein Gott, ich glaube, sie ist gebrochen!«

»Mag sein.« Constanza klang nicht sehr mitfühlend. »Du bist vornüber aufs Gesicht gefallen, hier auf dem Fußboden.«

Paul befeuchtete die Lippen mit der Zunge. Sie waren trocken und rissig, und er hatte einen seltsam metallischen Geschmack im Mund, den Geschmack von Blut. Merkwürdige schwarze Flocken hingen ihm im Bart und in den Haaren.

Es ließ sich zurücksinken und schloss die Augen. Ganz langsam kamen die Ereignisse der letzten Nacht wieder zurück.

»Ich habe eine Nachricht für dich, von deinem John Carew.« Constanza hielt ihm ein Glas Wasser an die Lippen.

»Carew?« Paul bewegte den Kopf schneller, als er vorgehabt hatte, und konnte nur mit Mühe einen Schmerzensschrei unterdrücken. »Habe ich ihn umgebracht?«

»Nein.«

»Schade.« Paul Lider flatterten und schlossen sich. »Dann tu ich's beim nächsten Mal.«

Erstaunlicherweise reagierte Constanza nicht darauf. Deshalb setzte Paul betont hinzu: »Er war schon immer ein hinterhältiger, verlogener kleiner Bastard.« Er konnte sich zwar nicht mehr genau daran erinnern, warum er Carew hatte umbringen wollen, aber die Wut auf den Mann rumorte immer noch in ihm, sie war wie ein roter Schleier, der ihm die Sicht versperrte.

Constanza schwieg beharrlich. Ach, zum Teufel mit ihnen beiden. Paul schloss die Augen. Das Reden hatte ihn ermüdet, aber sein Kopf brummte zu sehr, als dass er hätte wieder einschlafen können. Vielleicht sollte er ein paar Schlucke Wein trinken? Doch schon allein der Gedanke an Alkohol, der ihn sonst unweigerlich aufmunterte, verursachte ihm Übelkeit. Constanza hatte ihm etwas erzählen wollen, aber er konnte sich beim besten Willen nicht mehr daran erinnern, was es war. Während er vor sich hin dämmerte, bahnten sich weitere Erinnerungsfetzen aus der vergangenen Nacht den Weg in sein Bewusstsein.

Auf einmal war er hellwach.

»Constanza?«

»Ja?«

Paul stützte sich mühevoll auf. »War … war letzte Nacht jemand hier? Abgesehen von Carew?«

»Ambrose Jones.«

»O Gott!«

»Weißt du nicht mehr, dass du mit ihm gesprochen hast? Er hat dir einen Brief gegeben.«

»Einen Brief? Ja, doch, einen Brief …« Paul wühlte verzweifelt in den zerdrückten Falten des Bettzeugs. »Ja, das ist er. Mach Licht, sei so gut.«

Constanza zog die Vorhänge zur Seite, und Paul überflog halb aufgerichtet den Brief. Dann ließ er sich wieder in die Kissen sinken. Er lag lange reglos da und starrte an die Decke.

»Er war sehr wütend auf dich.« Constanza setzte sich zu ihm auf den Bettrand. »Warum war er so wütend, Paul?«

Sie hielt ein Glas Wein in der Hand.

»Nein, danke«, lehnte Paul ab. Er fühlte sich hohl und ausgetrocknet wie ein sonnengebleichter Knochen.

»Das ist auch nicht für dich gedacht«, erwiderte Constanza in spöttischem Ton. Etwas sanfter fuhr sie fort: »Wer ist dieser Mann? Dieser Ambrose Jones, vor dem ihr beide solche Angst zu haben scheint?«

»Ambrose?« Paul wandte den Blick nicht von der Decke. »Ich bin mir nicht sicher, als was man Ambrose bezeichnen soll. Ambrose ist vieles. Man könnte ihn wohl einen Sammler nennen.«

»Einen Sammler?«

»Unter anderem. Er arbeitet für jemanden, den ich kenne, einen Kaufmann der Levante-Kompanie in London. Ein Mann namens Parvish. Er sammelt Raritäten aus aller Welt für ihn, alles, was schön und selten ist. Parvish besitzt ein berühmtes Kuriositätenkabinett.«

»Ah.« Constanza glaubte allmählich zu verstehen. »Hast du einen Kaufmann Parvish nicht schon einmal erwähnt? Du warst einmal sein Lehrling, nicht?«

»Ja, ich war sein Lehrling. Das ist sehr lange her. Er war es, der mich als Faktor nach Venedig geschickt hat.« Paul befühlte mit der Hand die geschwollene Nase und die Tränensäcke unter den Augen. Für Sekunden war er wieder achtzehn Jahre alt, streifte durch London, der Schnee sickerte in seine Stiefel, seine Nase war blutig …

»Er hat das getan, um mich zu beschämen.«

»Wer? Parvish?«

»Nein, Carew natürlich.« Paul ließ sich noch tiefer in die Kissen sinken. »Er weiß, dass Ambrose alles, was hier geschieht, nach London berichtet. Er will mich vor Parvish bloßstellen.« Plötzlich umschloss er Constanzas Handgelenk mit Daumen und Zeigefinger. »Aber das muss er dir doch gesagt haben! Du hast es gewusst.« Er packte ihr Gelenk fester, bis sie sich wand. »Deshalb hast du nach mir geschickt, oder? Ihr habt beide gewusst, dass ich herkommen würde.«

»Carew hat mir keinen Grund genannt.« Constanza versuchte sich seinem Griff zu entziehen, aber Pauls Finger schienen aus Eisen zu bestehen. »Ich habe nichts von Ambrose gewusst, das schwöre ich.« Er war ungewöhnlich kräftig für einen so gebildeten Mann, das hatte sie schon früher überrascht.

»Bist du dir da ganz sicher?«

»Ja. Aber wenn ich es gewusst hätte, hätte ich es dennoch getan. Mit Freuden.«

»Ah, so ist das?« Er stieß sie so unvermittelt von sich, dass sie nach hinten fiel und sich den Kopf am Bettgestell anschlug.

»Carew war schon immer ein schlauer Bursche, das muss ich zugeben«, sagte Paul kühl. »Viel zu schlau, wenn du mich fragst.«

Er stemmte sich hoch und trat auf den kleinen Balkon,

einen von Steinbögen überwölbten Vorsprung an der Ecke des Gebäudes. Ambrose. Was hatte sich Carew nur dabei gedacht! Paul fuhr sich mit den Fingern nervös durch die Haare und über die Bartstoppeln. Es war noch früh, aber die Sonne brannte schon unbarmherzig auf die Mauern des gegenüberliegenden Palazzo. Paul hatte immer Mühe, das für Venedig so typische Rosarot der Fassaden präzise zu benennen. Der vertraute Geruch des Kanals stieg ihm in die Nase. Heute würde es brütend heiß werden. Das Wasser unter ihm sah einladend aus, kühl und grün. Gewöhnlich mochte Paul den Kanal – die Spiegelungen der Bogenfenster auf der glatten Wasserfläche, die Rufe der Gondoliere, das Spiel von Licht und Schatten –, aber heute konnte er an nichts anderes denken, als dass seine Gondel fort war, was ihn maßlos irritierte. Von Carew natürlich auch keine Spur.

»Carew sagt, du seist so gut wie ruiniert«, ließ sich Constanza vom Bett her vernehmen, als habe sie seine Gedanken gelesen.

»So, das sagt er über mich?« Paul wandte sich nicht um. »Und was meint der Herr sonst noch?«

»Dass jedermann in Venedig Bescheid weiß. Sämtliche Kaufleute.«

»Nur weiter.«

»Dass du aufgehört hast, Handel zu treiben. Dass du stattdessen dein Geld verspielt hast. Oder vertrunken.« Constanza geriet in Fahrt. »Dass du eine Schande für die Ehrenwerte Kompanie bist.«

Pauls Augenbrauen schossen in die Höhe.

»*Das* hat Carew gesagt?«

»Nun ja, er nicht. Das stammt von deinem Freund Ambrose Jones, glaube ich.«

»Hmmm.« Paul schloss die Augen und wartete, bis eine Welle der Übelkeit verebbt war.

»Mehr hast du dazu nicht zu sagen?«

»Wenn du mich fragst, so hat Ambrose kräftig übertrieben«, erklärte Paul milde. Doch die Neugier ließ ihm keine Ruhe. »Was hat er denn noch gesagt?«, bohrte er weiter.

»Ein Thema in Variationen, könnte man es nennen. Er behauptet, es gäbe Gerüchte, dass du aus der Kompanie ausgeschlossen werden sollst.«

»Wirklich?«

»Mein Gott, *wie* betrunken warst du denn letzte Nacht?«, stieß Constanza hervor, kaum noch imstande, ihren Unmut zu zügeln. »Erinnerst du dich an überhaupt nichts mehr?«

Paul antwortete nicht.

»Er war sehr wütend.«

»So viel habe ich begriffen.«

»Wütend, weil ein Taugenichts und Trunkenbold wie du in der Gesellschaft ehrenhafter Kaufleute nichts zu suchen hat. Weil ein Taugenichts und Trunkenbold und Hurenbock nicht unter achtbare Kaufleute gehört.« Sie hatte sich in Eifer geredet.

»Ein Hurenbock?«

»So hat er es, glaube ich, ausgedrückt.«

»Ach, Constanza.« Endlich wandte sich Paul zu ihr um. »Es tut mir leid, Ambrose geht zu weit.«

Er trat zu ihr ans Bett, ergriff ihre Arme, liebevoller diesmal, und zog sie an sich. Sie leistete keinen Widerstand, sondern ließ sich gegen ihn sinken und legte die Wange auf seine Brust. Sie spürte, wie seine Hand geistesabwesend ihre Haare streichelte. Das hatte er vor all den Jahren auch immer getan, die Geste war ihr so vertraut wie sein Geruch.

»Das war aber ein gewaltiger Seufzer«, bemerkte Paul lächelnd und legte die Hand an ihre Wange.

»Kam er von mir?«, fragte Constanza mit geschlossenen Augen.

Erst jetzt merkte sie, wie müde sie war. Zum Umfallen müde. Seit einem Tag und fast zwei Nächten hatte sie nicht mehr geschlafen. Und ich würde jetzt einschlafen und bis in alle Ewigkeit weiterschlafen, dachte sie, mit Freude schlafen und nie wieder erwachen, wenn du, mein Geliebter, an meiner Seite wärst. Aber diese Worte sprach sie nicht aus. Nach einer Weile murmelte sie schläfrig: »Was wirst du jetzt tun? Wegen Ambrose, meine ich.«

»Mach dir keine Sorgen wegen Ambrose. Um Carew muss ich mich kümmern.« Seine Finger in ihren Haaren verkrampften sich unwillkürlich, und Constanza verzog das Gesicht.

»Carew liebt dich …«

»Ach was! Das Einzige, was Carew liebt, ist Carew.«

Sie schwiegen für eine Weile.

Constanza wagte einen neuen Anlauf. »Er denkt, du seist halb verrückt vor Kummer.«

»So, sagt er das?«

»Halb verrückt vor Kummer und Wut.«

Paul erwiderte nichts.

»Wegen dieses Mädchens, das du in Konstantinopel zurückgelassen hast.«

»Carew ist mein Diener«, sagte Paul leise. »Was weiß er denn von solchen Dingen?«

»Du wirst es nicht glauben – er hat hier die ganze Nacht auf dich gewartet. Ich denke nicht, dass er dich beschämen wollte. Ich glaube, er möchte dich retten.«

»Er will nur seine picklige Haut retten. Wenn ich ruiniert bin, verliert er seinen Lebensunterhalt, das ist eine einfache Rechnung. Du kennst ihn nicht so gut wie ich. Wo steckt er überhaupt?«

»Bei einer Hochzeitsgesellschaft, die zur Giudecca oder einer dieser Inseln hinausfahren wollte. Ich erinnere mich nicht genau. Zu einem Kloster, glaube ich.« Constanza unterdrückte ein Gähnen.

»Eine Hochzeitsgesellschaft?«

Sie zuckte die Achseln. »Es ging um ein Mädchen.«

»Es geht immer um ein Mädchen«, murmelte Paul schläfrig.

Mit dem Kopf auf seiner Brust lauschte Constanza Pauls Atem, spürte, wie seine Hand auf ihrem Haar schwer wurde. Dann schlief auch sie ein.

Er musste lange geschlafen haben, denn als Paul erwachte, war sein Kopf wieder klar und nur die Blase drückte. Jemand hatte die Vorhänge geschlossen, sodass nur durch einen schmalen Spalt zwischen Fenster und Stoff ein Lichtstrahl ins Zimmer drang. Nach der Helligkeit zu urteilen, war es schon spät, bestimmt nach zwölf. Normalerweise wäre um diese Zeit Constanzas Zimmermädchen längst erschienen, hätte die Vorhänge zurückgezogen, die leeren Gläser und die Hühnerknochen weggeräumt und frische Tücher und heißes Wasser gebracht, damit sich ihre Herrin waschen konnte, denn Constanza achtete sehr auf Reinlichkeit. Aber niemand war gekommen. Wahrscheinlich hatte sie Anweisungen gegeben, dass sie nicht gestört werden wollte. Paul betrachtete die schöne Kurtisane von der Seite. Doch irgendwo am Rand seines Bewusstseins lauerte ein unerfreulicher Gedanke, den er nicht recht zu fassen bekam, und das beunruhigte ihn. Er lauschte angestrengt auf die üblichen Geräusche der Dienstboten in den anderen Teilen des Palazzo, geflüsterte Ermahnungen vielleicht, ein Knarren der Diele, ein umgestoßener Eimer, aber nichts regte sich. Die Stille rauschte in seinen Ohren. In der Ferne schlug eine Kirchenglocke ein Uhr.

Ob Carew wohl noch bei der Hochzeit war? Was hatte der Kerl eigentlich in einem Kloster zu suchen?, dachte Paul flüchtig, aber er wollte jetzt nicht über Carew nachgrübeln, das verdarb ihm nur die Laune.

Er blickte sich im Zimmer um. Am Fußende des Bettes stand das Tischchen mit dem türkischen Teppich, darauf ein leeres Weinglas und ein Päckchen Tarotkarten. Die Bildteppiche an der Wand waren mit gemalten und geprägten Blumenmustern und Paradiesvögeln verziert und trugen an den Rändern Blattgoldornamente. Sein Blick fiel auf eine hellere Stelle an der Wand über einer der Truhen. Er erinnerte sich, dass dort einmal ein riesiger Spiegel mit einem reich beschnitzten und vergoldeten Rahmen gehangen hatte, und fragte sich, wohin Constanza ihn hatte bringen lassen.

Als sehr junger Mann hatte er dieses Zimmer zum ersten Mal betreten, und es hatte sich seit damals nicht wesentlich verändert. Der Raum und Constanza gehörten unwiderruflich zusammen. Keine Madonna hätte sich einen opulenteren Altar wünschen können. Er erinnerte sich noch gut an die fast unerträgliche Anspannung bei seinem ersten Besuch. Er hatte ein fast überirdisches Wesen erwartet, ein mythologisches Geschöpf, eine Sirene oder Sphinx – zu kostbar für die Augen der Sterblichen.

Doch zunächst hatte Constanzas Mutter – in ihrer Jugend selbst eine der berühmtesten Kurtisanen Venedigs – sie willkommen geheißen und ihnen Süßigkeiten und Wein in goldenen Kelchen gereicht. Sie hatte Paul und seinen Begleiter Francesco gebeten, im Vorzimmer zu warten. Dort hätten sie, wenn ihnen danach zumute gewesen wäre, Zeit gehabt, den Verlust der exorbitanten Summe zu bedauern, die sie für den Besuch bei der berühmtesten Kurtisane Venedigs ausgegeben hatten. Paul schüttelte den Kopf, als er an den jungen Narren dachte, der er damals gewesen war. Launische, arrogante, neureiche Gecken, er und sein Jugendfreund Francesco. Denn die Summe war so unverantwortlich hoch gewesen, dass ihm während der üblichen dreiwöchigen Wartezeit allein beim Gedanken daran der Schweiß ausbrach.

Er war auch vorher schon zu leichten Mädchen gegangen. Man fand sie ohne Mühe in der Nähe der Londoner Southwark-Theater, die er und die anderen Lehrlinge gern frequentierten, aber wenn er geglaubt hatte, hier im Palazzo eine ähnliche Sorte Frau vorzufinden, hatte er sich getäuscht. Francesco und er standen im Vorzimmer, aufgetakelt wie die Affen in ihren neumodischen Samthosen. Wie absurd sie ausgesehen haben mussten! Paul lächelte unwillkürlich. Das Warten war ihm wie eine Ewigkeit vorgekommen. Dann hatten sich die Türen zu einem Raum geöffnet, der durch ein Meer von Kerzen taghell erleuchtet war. Und dann stand sie vor ihnen, in der ersten Blüte ihrer blendenden Schönheit. Das dunkle Haar fiel ihr offen auf die Schultern und sie trug ein fein gewirktes Gewand aus Goldstoff, dazu Ringe an den Fingern und eine blitzende Halskette. Zur Begrüßung erhob sie sich. Der Blick, mit dem sie Paul bedachte, gab ihm das wohlige Gefühl, schön wie Paris, gewitzt wie Odysseus und stark wie Herkules zu sein. Der einzige Mann auf Erden, den sie begehrte.

Hatte sie an jenem Tag für ihre Besucher gespielt? Er wusste nur noch, dass sie mit ihnen eine Unterhaltung geführt hatte, wie er es noch bei keiner Frau erlebt hatte – über die Dichtkunst, über Dante und Ariost und sogar den obszönen Aretino. Und die beiden jungen Männer, er und Francesco, hatten mit zitternden Knien vor ihr gestanden und sie mit Blicken verschlungen.

Aber damals war er noch jung gewesen. Paul schüttelte seinen Tagtraum entschlossen ab. In seiner Armbeuge lag weich gebettet immer noch die schlafende Constanza. Er beugte sich über sie und sog den Duft ihrer Haare ein. Sie roch nach Moschus und etwas anderem – Veilchen? –, das sich mit dem faszinierenden Geruch ihres sinnlichen Körpers mischte.

Er spürte, wie sich sein Geschlecht regte, und küsste sie auf die Schulter. Seine rauen Lippen, an denen immer noch getrocknetes Blut klebte, strichen über ihre glatte Haut. Sie lag mit dem Rücken zu ihm. Er war nahe daran, sie gleich jetzt zu nehmen, wie er das immer so gern getan hatte, wenn sie noch warm und weich und schmiegsam war. Beim Gedanken daran, wie sich das kühle Fleisch ihrer Gesäßbacken an seine heißen Lenden schmiegen würde, wurde er hart und begann, ihr das *camice* über die Hüften zu schieben. Aber es hatte keinen Sinn, der Druck in seiner Blase war zu stark. Er musste sich unbedingt erst erleichtern, bevor an irgendetwas anderes zu denken war. Er rollte sich aus dem Bett und stolperte in die Ecke, in der hinter dem Wandschirm immer der *po* bereitstand. Auf dem Rückweg trat er auf einen harten Gegenstand.

Constanza erwachte von seinem Fluch.

»*Cosa?*« Sie sah zu ihm, während er auf Strümpfen zurück zum Bett hinkte. »Was ist passiert?«

»Nichts. Ich bin nur auf etwas getreten. Habe ich gestern Nacht etwas fallen lassen?« Er legte sich wieder ins Bett und zog sie an sich.

»Ich glaube nicht, warum?«

»Ich habe gerade etwas gefunden, das mir gehört.« Er machte sich daran, das *camice* von ihrer Schulter zu ziehen, wodurch eine ihrer Brüste entblößt wurde.

»Paul …«

»Leg dich hin, ich will dich anschauen«, befahl er ihr.

Sie legte sich gehorsam auf die Kissen und blickte nachdenklich zu ihm auf.

»Wo ist der Spiegel?«, murmelte er mit den Lippen auf ihrer Brust. »Der früher an der Wand hing.«

»Was? Ach, der«, erwiderte Constanza stirnrunzelnd, »er wird neu vergoldet.« Sie holte tief Luft. »Du kannst nicht einfach hier hereinspazieren, weißt du, und erwarten … nach so langer Zeit …«

Sie entwand sich ihm und stützte sich auf den Ellenbogen. Ihr Blicke trafen sich und einen Moment lang fand Constanza ihre eigene tief verborgene Melancholie in dem Blick des Mannes wieder. Dann änderte sich ihre Stimmung abrupt. Mit einer geschmeidigen Bewegung rollte sie von ihm weg und lachte ihn über die Schulter an. »Nach so langer Zeit, Paul Pindar«, sagte sie, »könntest du dich wenigstens nach meinem Befinden erkundigen.« Ihr Körper hob sich üppig und strahlend wie Gold von dem dunklen Bettlaken ab. Auf ihrem Gesäß prangten, wie Paul bemerkte, zwei Grübchen.

»Ich sehe, dass Ihr Euch ganz ausgezeichnet befindet, Donna Constanza«, konterte er. Er fuhr mit den Fingerspitzen über die Grübchen. »So gut wie immer, wenn ich mich erkühnen darf, das zu sagen.«

Sie legte ihm zärtlich die Hand an die Wange.

»Bist du dir ganz sicher – was dies betrifft, meine ich.«

»Dies?«

»Du weißt genau, was ich meine – *la négociation entière*.«

»Bleib einfach liegen. Lass mich dich ansehen.«

»Du weißt sehr wohl, dass du mehr willst als mich ansehen.« Mit über der Brust gekreuzten Armen saß sie ihm jetzt herausfordernd gegenüber.

»Du willst wissen, ob ich in der Lage bin, dich zu bezahlen?«

»Und?« Constanza hielt seinem Blick ungerührt stand.

»Genügt das, Mylady?« Paul hielt einen kleinen, runden, eingepackten Gegenstand in die Höhe.

»Was ist das?«

»Ein Edelstein.«

Constanza erstarrte. »Welche Art von Edelstein?«

»Mach auf und sieh nach.« Paul legte den Stein, den er in ein Stück Tuch gewickelt hatte, auf ihre geöffnete Handfläche. Sie bewegte sich nicht, als habe sie Scheu, ihn zu berühren.

»Keine Sorge, er beißt nicht«, sagte Paul lachend, als er Constanzas Miene sah. »Ich habe ihn beim Kartenspiel gewonnen.«

Constanza erbleichte. »Das glaube ich nicht. Du hast ihn beim Kartenspiel gewonnen?«

»Ja«, antwortete Paul, verwundert über ihre Reaktion.

»Madonna mia!« Constanza wickelte vorsichtig das Tuch ab und warf einen Blick auf den Stein, der dunkelrot leuchtete. »Oh …«

»Oh? Ist das alles?«

»Ein Spinell«, ergänzte Constanza artig.

»Ja, ein Spinell, und ein sehr schöner dazu. Ich weiß nicht, warum du das so seltsam findest.«

»Ich habe nur einen Moment lang gedacht …« Constanza legte die Hand an die Kehle. »Oh, es spielt keine Rolle.«

»Was denn?«

»Nichts, gar nichts.« Sie lachte fröhlich. »Es liegt nur an diesem vielen Gerede, weißt du.«

»Gerede worüber?«

»Über einen großen Diamanten. Den Blauen Stein des Sultans. Den Stein, den Zuanne Memmo als Preis beim großen Kartenspiel aussetzt …« Kaum waren ihr die Worte entschlüpft, da wusste Constanza, dass sie einen Fehler gemacht hatte.

»Der Blaue Stein des Sultans? Des osmanischen Sultans? Bist du sicher, dass er so heißt?«

»Sultan, Schah … ich weiß es nicht mehr, irgendetwas mit ›S‹ …« Constanza versuchte, mit einem Achselzucken das Thema herunterzuspielen. »Wahrscheinlich existiert er gar nicht, du kennst diese Klatschgeschichten vom Rialto. Aber dieser hier existiert.« Betont fröhlich hielt sie den roten Edelstein gegen das Licht. »Einen Spinell haben wir da, und einen besonders hübschen – Tafelschliff.« Sie strich mit dem Daumen prüfend über die Oberfläche des Steins. »Nicht der edelste«, stellte sie gelassen fest, »aber auch keineswegs der schlechteste. Hat Carew nicht gesagt, dass du zurzeit beim Kartenspiel immer verlierst?«

»Ja, das –«, setzte Paul an, aber dann besann er sich. »Drücken wir es so aus: Ich interessiere mich neuerdings sehr für den Devisenhandel.«

»Bah! Warum musst du immer in Rätseln sprechen?«

»Ganz einfach. Unser Warenhandel ist aus vielerlei Gründen nicht mehr so stabil wie früher. Edelsteine dagegen behalten ihren Wert.«

»Du würdest einen Anteil an deiner geliebten Levante-Kompanie gegen einen Edelstein eintauschen?«

»Ihr begreift schnell, Donna Constanza. Gefällt er dir?«

»Er ist wunderschön. Was für eine Farbe! Wie ein sehr edler Rotwein.«

»Ich nehme ihn später zu Prospero mit, er wird ihn für dich genauer schätzen. Du erinnerst dich an Prospero Mendoza?«

»Den Edelsteinhändler? *Ma certo,* jeder kennt ihn.«

»Ich werde ihn auch nach dem Diamanten fragen. Er wird Bescheid wissen.«

Paul stand auf und ging zum Balkon. Constanzas Blick folgte ihm zärtlich. Sie war wieder mit ihm zusammen, er war bei ihr geblieben, gleich würde er zu ihr ins Bett kommen, sich zu ihr legen, wie er es immer getan hatte, und ihr Herz sang, es sang vor Glück.

Sie legte den Spinell zur Seite und versuchte ihre Gedanken zu sammeln. Dies war der Moment, in dem sie ihm raten müsste, den Diamanten zu vergessen. Sie müsste ihn vor Zuanne Memmo warnen. Doch jetzt war nur eines von Bedeutung: dass sie ihn ihr Glück nie sehen lassen durfte, ihm nie zeigen durfte, dass sie bei seinem bloßen Anblick am liebsten vor

Freude geweint hätte. Diese Lektion hatte ihre Mutter sie vor vielen Jahren gelehrt. Sie hatte sie unter vielen Schmerzen gelernt und nie mehr vergessen. Niemals durfte man einem Mann offenbaren, was man für ihn empfand, ob man ihn begehrte oder verabscheute. Gefühle mussten immer hinter der Maske der Kurtisane verborgen bleiben. Darauf allein beruhte ihr Erfolg.

Also setzte Constanza ein verführerisches Lächeln auf und ließ sich wieder in die Kissen sinken. »Ich nehme deinen Spinell mit großer Freude entgegen.« Sie klopfte auf die Matratze neben sich. »*Vieni,* mein Liebling.« Sie legte die Hände hinter den Kopf, sodass das *camice* von einer ihrer wohlgeformten Brüste rutschte, und blickte ihn verheißungsvoll an. »*Vieni da me,* Paul, mein Liebling. Ich denke, du wirst feststellen, dass auch ich mein Gewerbe vorzüglich beherrsche.«

Kapitel 7

Die Hochzeitsgesellschaft war endlich eingetroffen.

Annetta sah mit zwei anderen Chornonnen, Suor Ursia und Suor Francesca, sowie der jungen *conversa* Eufemia zu, wie die kleine Flotte von Gondeln langsam auf die Insel zuhielt.

»Meinst du, sie sind es?«

»Ja, schau nur, sie kommen!«

»So viele Menschen, das müssen sie sein!«

Die vier hatten ihren Ausguck in einem der Schlafsäle im Obergeschoss bezogen, die gewöhnlich von den *educande* bewohnt waren. Mit Hilfe von drei Bänken, die sie übereinandergestellt hatten, waren sie an ein Fenster hoch oben in der Mauer gelangt. Von hier aus hatte man, wie die jüngeren Nonnen wussten, den besten Blick in nördlicher Richtung über die Lagune hinweg zur Giudecca und auf Venedig – und vor allem auf alle Boote oder Gondeln, die sich dem Kloster näherten.

»Runter mit euch, lasst mich mal!« Annetta schob die anderen Schwestern fort. »Ich habe etwas mitgebracht.«

Sie zog einen kleinen, mit Chagrinleder bezogenen Zylinder aus der Tasche, ungefähr so groß wie eine Kinderflöte vom Jahrmarkt. Ungeduldig scheuchte sie die anderen von der Bank und stellte sich selbst ans Fenster.

»Was ist das? Was hat sie da?« Suor Eufemia, mit ihren

höchstens dreizehn Jahren die jüngste von ihnen, hopste von einem Fuß auf den anderen.

»Es nennt sich Fernglas, und schrei nicht so, sonst ist Suor Margaretta im Nu hier oben und erwischt uns.« Annetta legte den Zylinder an ein Auge und blinzelte hindurch. Zuerst war sie von den Lichtreflexen auf dem grünen Wasser der Lagune geblendet.

»Du warst wieder in Suor Purificacions Zimmer, nicht?«, wollte Ursia wissen.

»Gestohlen hast du's«, grummelte die unansehnliche Francesca missmutig.

»Nicht gestohlen, nur geliehen.« Annetta schwenkte das Fernglas langsam über die Lagune. »Morgen gebe ich es dem alten Sauertopf ... oh!«

»Was?«

»Es funktioniert! Ich kann sie sehen, ich kann sie wirklich sehen!«

»Gelobt sei Gott! Du hast mich zu Tode erschreckt!« Suor Eufemia legte die Hand auf die Brust. »Siehst du, wie mein Herz pocht?«

Suor Francesca zupfte an Annettas Ärmel. »Lass mich, lass mich, schließlich ist sie meine Nichte!«

»Nur Geduld.«

Durch die kreisrunde Öffnung des Fernrohrs erblickte Annetta jetzt mehrere, mit bunten Bändern festlich geschmückte Boote, in denen ungefähr zwanzig Personen dicht gedrängt saßen. In einem befand sich die Braut, Francescas Nichte Ottavia, ehemals eine *educande* im Kloster, und ihre beiden Ehrenjungfrauen, die an den offenen Haaren leicht zu erkennen waren. In den anderen Booten saß der Rest der Gesellschaft, vorwiegend junge Männer und Frauen, die das Brautpaar bei ihren Hochzeitsbesuchen begleiteten.

»Sie sind da!« Auch Annetta spürte jetzt ein Flattern in der

Magengrube. Im nächsten Moment ließ sie fast ihr Fernglas fallen. »O nein!«

»Was? Was ist?«, quietschte die kleine Eufemia mit ihrer hellen Stimme.

»Sei doch still, Eufemia! Und hör auf, an mir zu zerren, Franca!« Gereizt trat Annetta nach Francesca. »Du kommst schon noch an die Reihe. Es ist nur ... Madonna!« Sie duckte sich und drückte sich gegen die weiß gestrichene Wand. »Er sieht genau zu mir herüber.«

»Wer denn? Wer kann dich hier sehen? Ich dachte, du hast gesagt ...«

»Femia! Ich verpasse dir gleich eine Ohrfeige«, zischte Annetta. »Aber nein, das ist ja lächerlich.«

Sie richtete sich auf und hielt das Fernglas wieder ans Auge.

Die Hochzeitsgesellschaft befand sich jetzt schon ein Stück näher vor der Insel, und man konnte vom Klosterfenster aus mit dem bloßen Auge Einzelheiten ausmachen.

Es gab keinen Zweifel mehr. Im hinteren Teil der letzten Gondel stand ein Mann, der ein Fernglas in der Hand hielt, das Annettas aufs Haar glich. Er hatte einen schlanken, drahtigen Körper und wirre Locken, die ihm bis zu den Schultern herabhingen. Wie lange er das Fernglas schon auf das hochgelegene Fenster des Schlafsaals gerichtet hatte, wusste sie nicht. Doch als sie jetzt in seine Richtung blickte, hob er den Arm und winkte lässig. Und dann legte er, als sei er ihrer Aufmerksamkeit sicher, aufreizend langsam und offenbar mit voller Absicht eine Hand zwischen die Beine und bewegte anzüglich die Hüften.

Annetta ließ das Fernglas fallen, als habe eine Biene sie gestochen. Klappernd fiel es zu Boden. Sie kletterte hastig von der Bank herunter, ihr Gesicht war gerötet.

Die anderen umringten sie. »Was ist? Was ist passiert?«

»Nicht, gar nichts ... Ich glaube nur, ich sollte Suor Purificacion das Fernglas schnell zurückbringen.« Mit diesen Worten floh sie aus dem Zimmer und ließ die anderen Schwestern aufgeregt plappernd zurück.

Man hatte die Hochzeitsgesellschaft in den Empfangsraum geleitet, wo die traditionellen Erfrischungen – Wein aus den klostereigenen Weinbergen, selbstgebackener Kuchen und Gebäck – bereitgestellt waren. Die Gäste waren ausgelassener Stimmung, was darauf deutete, dass das Kloster nicht die erste Station ihrer Besuchsrunde war. Die Nonnen saßen, wie es die Klosterregel verlangte, in einem zweiten Raum, der vom öffentlichen Saal durch ein schmiedeeisernes Gitter abgetrennt war. Vor allem die jüngeren unter ihnen, zu denen auch Suor Francesca und Suor Ursia gehörten, standen möglichst dicht an diesem Gitter. Sie riefen die Braut zu sich, befühlten deren Spitzenkragen und den Brokatstoff ihres Hochzeitsgewandes. Nach einer Weile öffnete sich eine Tür in der gegenüberliegenden Wand, und eine dritte Gruppe strömte herbei. Das waren die *educande,* junge Mädchen, die nicht im Kloster lebten, um das Gelübde abzulegen, sondern von ihren Eltern in Pension gegeben worden waren, damit sie Handarbeiten lernten und etwas über den Katechismus erfuhren, bevor man einen Ehemann für sie fand. Als Ottavia, die Braut, die bis vor wenigen Wochen noch unter ihnen gelebt hatte, sie erblickte, schrie sie entzückt auf. Die jungen Mädchen fielen sich unter Gelächter und Tränen um den Hals und umarmten und küssten sich zur großen Erheiterung der Umstehenden.

Nur eine ließ sich von der festlichen Stimmung nicht anstecken. Annetta saß für sich allein ganz hinten in dem abgetrennten Bereich und zog ein mürrisches Gesicht. Sie lehnte sogar den Wein und den Kuchen ab, die man ihr anbot. Nach einer Weile gesellte sich Ursia zu ihr.

»Darf ich mich neben dich setzen?«

Annetta zuckte die Achseln, rutschte aber zur Seite, um Ursia Platz zu machen.

»Was ist los?«, fragte Ursia mit einem Seitenblick auf Annettas grimmige Miene. »Hat dich Suor Purificacion ertappt, als du das Fernglas zurückbringen wolltest?«

»Der alte Sauertopf soll mich erwischt haben? Niemals!«

»Dann hast du etwas gesehen? Durch das Fernglas, meine ich«, bohrte Ursia weiter, etwas zu beharrlich für Annettas Geschmack. Sie wollte nicht an den Mann und seine obszöne Geste erinnert werden. Was für kräftige Muskeln er gehabt hatte!

»Das geht dich gar nichts an.« Annetta stand auf und schüttelte mit einer heftigen Bewegung nicht vorhandene Krümel von ihrem Rock.

Im Dämmerlicht sah sie, dass Ursia ihr einen forschenden Blick zuwarf. Sie hatte ein markantes, nicht unbedingt hübsches Gesicht mit hohen Wangenknochen und schöne, volle Lippen, die sich beim Lächeln kräuselten. Annetta fragte sich, welche Farbe die Haare, die unter der strengen Haube steckten, wohl besaßen. Schwer zu sagen, vielleicht blond. Auf jeden Fall nicht dunkel. Ob sie sich Ursia anvertrauen sollte? Zuweilen fühlte sie sich ihr sehr nahe, denn die forsche junge Frau stand dem Klosterleben mit ebenso viel Respektlosigkeit gegenüber wie sie selbst und war ihr an Scharfsinn ebenbürtig. Manchmal hegte sie die Hoffnung, Ursia könne ihre Freundin werden, denn nach ihrer Rückkehr aus dem Harem und dem Verlust ihrer Freundin Kaya hatte sie sich oft einsamer gefühlt, als sie das früher für möglich gehalten hatte. Außerdem wusste sie, dass Ursia ihre Geschichte eher lustig als schockierend finden würde. Sie selbst hätte sich ausgeschüttet vor Lachen – ja, sie wäre fast erstickt vor Gelächter –, wenn es einer der anderen passiert wäre. Doch aus irgendeinem Grund konnte sie sich nicht dazu überwinden, Ursia von dem Mann zu erzählen.

Als Ursia erkannte, dass von Annetta nichts mehr zu erfahren war, stand sie auf, ging ins Refektorium und überließ die Grübelnde ihren Gedanken.

Er kann mein Gesicht unmöglich gesehen habe, oder doch? Annetta ließ aus sicherem Abstand den Blick über die Hochzeitsgäste wandern. Nein, das ist unmöglich, ich hatte die ganze Zeit das Fernglas vor den Augen. Er hat bestimmt nur den Lichtreflex gesehen, das Blitzen auf dem Glas hat ihn aufmerksam gemacht. Sie schob die beiden Locken, die sie am Morgen so sorgsam in die Stirn gezogen hatte, unter den Schleier zurück und ließ nervös den Blick über die Gäste schweifen. Befand sich der Mann aus der Gondel unter ihnen? Nein. Vielleicht hatte sie sich getäuscht, vielleicht gehörte er gar nicht zu der Hochzeitsgesellschaft, sondern hatte in einem Boot gesessen, das versehentlich unter die Feiernden geraten war.

Bei diesen tröstlichen Überlegungen gewann Annetta allmählich ihre Gelassenheit zurück. Mit neuem Mut stand sie auf und ging auf das Gitter zu, um sich wieder unter die anderen zu mischen. In einer Ecke des öffentlichen Bereichs hatte einer der Hochzeitsgäste eine Art Bude aus gelb und rot gestreiftem Segeltuch aufgebaut, in der ein Puppenspieler am Werk war. Annetta setzte sich hin, um das Schauspiel zu genießen.

Und dann stockte ihr der Atem. Da war er. Ja, tatsächlich, er hatte hinter der Bude gesteckt. Braune Augen, verdrossener Blick – an dem sie ihn künftig überall erkennen würde – und dunkelbraune Locken bis auf die Schultern. An seinem Gürtel hing eine Kollektion scharfer Küchenmesser. Sie beobachtete, wie er sich aus der Gruppe der erwartungsvollen Zuschauer zurückzog und nach einem letzten, verstohlenen

Blick – als er sicher war, dass niemand es bemerkte – durch die Tür der *educande* in den Klostergarten schlüpfte.

Da die meisten Nonnen mit dem Hochzeitsbesuch beschäftigt waren und zudem das Puppentheater Zuschauer anzog, war der Garten menschenleer, als Annetta dort ankam.

Sie hatte dem Eindringling nicht durch die Tür der *educande* folgen können, da das Gitter zwischen Nonnen und Besuchern dies verhinderte. Stattdessen war sie durch den Korridor, durch den sie gekommen war, zum Refektorium zurückgelaufen und dann durch den Küchentrakt, die verschiedenen Spülküchen und Lagerräume, die alle an den Gemüsegarten grenzten. Was sie zu ihm sagen würde, wenn sie ihn traf, hatte sie sich noch nicht überlegt.

Sie war so schnell gerannt, dass sie außer Atem war, als sie die Küche erreichte. Dort saß nur die dicke Anna auf einer Treppenstufe und schälte Möhren. Die taubstumme Küchenmagd war so schwer von Begriff, dass man ihr nicht einmal zutraute, das Puppentheater zu verstehen. Im Hof hinter der Küche lehnte sich Annetta gegen ein Regenfass, um Atem zu schöpfen.

Dies war ein Teil des Klosters, den aufzusuchen sie normalerweise kaum Anlass hatte. Dennoch kannte sie sich hier noch gut aus. Eine Schar Gänse zischte sie an, und eine schwarze Katze saß auf den roten Steinplatten in der Sonne und putzte sich das Fell. Damals als *conversa* hatte sie praktisch in der Küche gelebt, denn Laienschwestern wurden wie Dienstboten behandelt. Doch nun war sie mit einer guten Mitgift ins Kloster zurückgekehrt und sollte das Ordensgelübde ablegen. Alles hatte sich geändert. Sie war nun genauso viel wert wie diese hochnäsigen *contesse* – und allemal so reich.

Von dem gepflasterten Hof aus schlich sie leise in den Gemüsegarten und blieb dort einen Moment lang stehen, um sich zu orientieren. Es war um die Mittagszeit, und der Garten lag in der prallen Sonne vor ihr. Nicht einmal die Zypressen an den Mauern warfen einen Schatten. Ein Stück entfernt, neben dem mächtigen Hauptgebäude des Klosters, lag der Arzneigarten mit seinen gestutzten Hecken und den symmetrisch angelegten Hochbeeten, in deren kunstvoll geschwungenen Flächen die seltenen Heilpflanzen wuchsen, für die das Inselkloster berühmt war. Aber dort war man den Blicken zu sehr ausgesetzt, und so beschloss Annetta, im Ziergartenbereich zu bleiben. Sie betrat den Rosengarten, dessen rote, weiße und rosafarbene Blütenpracht ermattet unter einem flirrenden Hitzeschleier lag. Dann bog sie in den Halbschatten einer Allee aus Lindenbäumen ein. Ein immer stärker anschwellendes Summen erinnerte sie daran, dass sie sich den Bienenstöcken näherte. Sie ging ein paar Schritte zurück und verbarg sich hinter einer Hecke. An den Bienenstöcken machte sich Suor Virginia, eine der ältesten Nonnen, zu schaffen. Ihr gebeugter Rücken war Annetta zugewandt, und über dem Gesicht trug sie ein bauschiges Netz. Sie war zu beschäftigt, um sie zu bemerken, erkannte Annetta und schlich leise auf der Allee weiter.

Obwohl sie ihn nur von weitem und durch ein Fernglas gesehen hatte, hegte sie keine Zweifel, dass der Mann, der in den Garten geschlüpft war, mit dem Mann aus der Gondel identisch war. Was hatte er nur vor? Sie meinte, diesen mürrischen, arroganten Blick von irgendwoher zu kennen. Glaubte dieser Kerl allen Ernstes, er könne sich unter die Nonnen schleichen und dann vor seinen Freunden damit prahlen? Manchmal dachte sie fast mit Wehmut an den Harem des Sultans zurück, in dem sie keinen Mann zu Gesicht bekommen hatten, es sei denn, man zählte die Eunuchen dazu, die Männer ohne *testicolos,* die Beschnittenen. Trotzdem hatten sich einige der Mädchen auch in diese verliebt.

Annetta brach der Schweiß aus. Haarsträhnen hatten sich

aus ihrer Frisur gelöst und lugten unter dem Schleier hervor. Das Unterkleid klebte ihr am Rücken. Außer Suor Virginia mit ihrer Imkerhaube befand sich niemand im Garten. Am anderen Ende, in der Nähe der Mauern, die den Garten von der Lagune abgrenzten, stieß Annetta zwischen zwei Hecken auf einen Pfad, an dessen Ende sie eine kleine, überwucherte Laube mit einer Steinbank entdeckte. Erschöpft von der Hitze setzte sie sich dankbar in den grünen Schatten. Sie fühlte die Kühle des Steins sogar durch den dicken Stoff ihrer Röcke. Irgendwo hinter der Hecke plätscherte Wasser – ein Brunnen oder eine Quelle, das konnte sie nicht unterscheiden. Und in diesem Moment hörte sie zwei Stimmen, einen Mann und eine Frau, die leise miteinander lachten.

Annetta sprang auf und rannte mit gerafften Röcken den Pfad zurück, den sie gekommen war. Sie lief hinter eine der Hecken und fand sich in einer runden Grotte wieder, in deren Mitte eine Skulptur stand. Ein dünner Wasserstrahl ging von ihr aus. Gerade hatte sich Annetta erleichtert eingestanden, dass ihr die Hitze einen Streich gespielt hatte, als sie aus dem Augenwinkel etwas Buntes am Eingang der Grotte vorbeiflitzen sah. Also doch! Ohne nachzudenken, rannte sie hinterher. Dann besann sie sich, kehrte um und lief an der anderen Seite der Hecke entlang, bis sie wieder in der Laube stand. Kein Mensch weit und breit.

Keuchend ließ sich Annetta auf die Steinbank sinken. Kaum saß sie, legte sich von hinten eine Hand um ihren Hals und eine andere hielt ihr grob den Mund zu. Sie versuchte aufzuspringen, aber es gelang ihr nicht, sich aus dem eisernen Griff zu lösen. Verzweifelt versuchte sie, den Kopf nach links oder rechts zu drehen, um zu sehen, wer sie gefangen hielt, aber je mehr sie sich wehrte, desto härter packten die Hände zu. War es der Mann aus dem Boot, dessen Finger sie auf der Kehle spürte?

Da sie den Kopf nicht bewegen konnte, sammelte Annetta ihre ganze Kraft und versetzte der Person, die hinter ihr stand, unter der Bank hindurch einen heftigen Tritt.

»Au!« Sofort ließen die Hände los. Annetta stolperte wie gehetzt aus der Laube hinaus.

»*Suora!*«, rief eine Stimme hinter ihr.

»Was …?«

»Ich bin's!«

Annetta drehte sich um. »Ursia!«

Vor ihr stand Suor Ursia, die sich vor Lachen bog.

»Was im Namen aller Heiligen hat dich gestochen?«, fuhr Annetta sie wutentbrannt an.

Immer noch lachend rang Ursia nach Luft. »Es war nur ein Scherz«, ächzte sie, »du solltest mal dein Gesicht sehen!« Sie wischte sich die Tränen aus den Augen und kam hinter der Steinbank hervor. An ihrem Gewand hingen zerdrückte Blätter und Spinnweben.

»Das hältst du für lustig?« Annetta schüttelte den Kopf. »Du hast mich zu Tode geängstigt!« Sie sank im Schatten der Hecke zu Boden und zog sich die Haube vom Kopf.

»Es tut mir leid, wenn ich dir Angst eingejagt habe«, entschuldigte sich Ursia zerknirscht und setzte sich neben Annetta. »Du hast solch ein rotes Gesicht – geht es dir gut?«

»Ja, ja, es geht schon, ich muss mich nur kurz ausruhen.« Annetta fuhr sich mit der Hand durch die Haare. Es tat gut, die Luft auf der Kopfhaut und im Nacken zu fühlen. »*Madonna!* Ich hätte nie gedacht, dass du so stark bist!«

»Und du hast dich gewehrt wie eine Katze, die man ertränken will.«

»Ich dachte …«

»Was hast du gedacht?«

»Ich dachte, du wärst dieser Mann.«

»Welcher Mann?«

»Der aus der Gondel. Er hatte ein Fernglas, weißt du, wie das von der Oberin Sauertopf.«

»Und du hast angenommen, er ist hier?«

»Ich habe gesehen, wie er durch die Tür der *educande* in den Garten geschlüpft ist. Ich bin mir ganz sicher. Und da bin ich ihm gefolgt.«

»Hast du ihn denn hier gesehen?«

»Nein. Aber gehört. Ein Mann und eine Frau haben miteinander geredet. In der kleinen Grotte mit dem Brunnen.« Annetta deutete auf die Hecke. »Du warst doch auch dort, hast du sie nicht gehört?«

»Ich? Nein. Ich habe dich gesucht.« Ursia zuckte die Achseln. »Ich glaube, du hast dir das eingebildet – das kommt manchmal vor bei solch einer Hitze.« Sie tätschelte Annettas Arm. »Und jetzt« – sie hielt Annetta die Haube hin – »setzt du die lieber wieder auf. Es hat schon vor einer Ewigkeit zum Gebet geläutet, und du weißt, wie der alte Sauertopf tobt, wenn wir zu spät kommen. Lass uns hineingehen.«

Kapitel 8

Annetta wusste sehr wohl, was sie von Suor Purificacion zu erwarten hatte. Sie sollte es am nächsten Nachmittag wieder einmal erleben, als die stellvertretende Äbtissin nach ihr schickte.

»Wisst Ihr, warum ich Euch rufen ließ?«

»Nein, Suor.«

»Nein, *Ehrwürdige Mutter.*«

»Nein … Suor Purificacion.«

Annetta fixierte angelegentlich das kleine Kruzifix an der Wand gleich neben dem Kopf der Nonne. Sie ließ einige Sekunden vergehen, dann fuhr sie fort: »Vergebt mir, *suora,* aber man lehrte mich, dass nur unsere Ehrwürdige Mutter selbst als ›ehrwürdig‹ angesprochen werden solle – aber … möglicherweise irre ich mich?« Sie schlug demütig die Augen nieder. »Wenn dem so ist, bitte ich inständig um Vergebung.«

Die ältere Frau sagte eine Weile lang nichts. Annetta hörte ein leises Zischeln, als sauge sie beim Einatmen die Luft durch die Zähne – die wenigen Zähne, die ihr in ihrem aristokratischen Mund noch verblieben waren, dachte Annetta mit boshafter Genugtuung. Als sie einen kurzen Blick riskierte, sah sie, dass Suor Purificacion stumm die Lippen bewegte. Aber keine noch so ausgiebigen Gebete würden dem alten Sauertopf helfen, ihren, Annettas, Widerstand zu brechen, das schwor sie sich in diesem Moment.

Die alte Nonne durchbohrte Annetta mit ihrem Blick. Dann stand sie auf und stakste steifbeinig um die junge Frau herum, bis sie hinter ihr stand. Man hörte nur das ungeduldige Klopfen des silberbeschlagenen Gehstocks auf dem Fußboden.

»Es scheint, wir hatten gestern einen Eindringling.«

»Aha?«

»Im Garten.«

»Oh.«

»Das hatte nicht zufällig etwas mit Euch zu tun, *suora?*«

Als Annetta nicht antwortete, fuhr die alten Nonne fort: »Wir wissen, dass er im Garten war, dieser *monarchino,* weil er eines von Suor Annunciatas schönsten Blumenbeeten zertrampelt hat, und beim Überklettern der Mauer hat er mehrere Äste ihrer besten Birnbäume abgebrochen. Er hat uns sogar ein Geschenk hinterlassen, einen seiner Schuhe ...«

Eine lederne Männersandale landete auf den Steinfliesen zu Annettas Füßen.

»Ein *monarchino?*«

»Ich bin sicher, dass Ihr dieses Wort schon häufig gehört habt, *suora.* Ein Mann, der sich einen Spaß daraus macht, heimlich mit Nonnen fleischlichen Gelüsten nachzugehen.«

»Oh ...«

»Schockiere ich Euch?« Suor Purificacion verzog die Lippen zu der Andeutung eines Lächelns. »Gewiss nicht, *suora. Euch* doch zu allerletzt.«

Während sie sprach, spürte Annetta eine Bewegung am Saum ihres Kleides und blickte nach unten. Suor Purificacion hatte den silbernen Griff ihres Gehstocks unter Annettas Gewand gehakt und die Röcke ein paar Zentimeter angehoben, gerade so weit, dass die verbotenen Pantöffelchen sichtbar wurden. Annetta hörte die Glocken eines fernen Campanile auf der anderen Seite der Lagune die volle Stunde schlagen.

Suor Purificacion machte ein paar mühsame Schritte, bis sie unmittelbar vor Annetta stand. Ihr vom Schleier umrahmtes Gesicht bildete ein vollkommenes Oval, und ihre blasse Haut war trotz des hohen Alters noch erstaunlich glatt. Sie muss einmal sehr schön gewesen sein, dachte Annetta überrascht. Die schwarzen Augen der Spanierin waren von schweren Lidern überschattet, die ihr ein fast schläfriges Aussehen verliehen.

»Dieser … *monarchino,* wie Ihr ihn nennt, ist mir nicht bekannt«, erklärte Annetta schließlich.

»Man hat Euch gesehen.«

»Gesehen – wo?«

»Im Garten.«

»Ich halte mich im Garten zur Kontemplation und zum Gebet auf – wie wir alle.« Annetta funkelte die Nonne empört an. »Ich habe keinen Eindringling gesehen, während ich im Garten war. Und wer etwas anderes behauptet, der lügt.«

Eine Zeitlang standen sich die beiden Frauen stumm gegenüber.

»Es geschah gegen meinen Willen, wie Ihr wohl wisst.«

»Ich verstehe Euch nicht. Was geschah gegen Euren Willen?«, fragte Annetta mit unschuldiger Miene. Vorläufig, beschloss sie, würde sie sich nicht provozieren lassen.

»Euch zu so günstigen Bedingungen zurückkommen zu lassen.«

»Günstige Bedingungen?«

»Ihr wisst sehr gut, was ich meine. Als Ihr das erste Mal auf Betreiben Eurer Mutter in dieses Kloster kamt, wart Ihr nur eine *conversa,* eine Dienerin. Und nun … Ich habe gehört, dass Ihr das Gelübde abzulegen wünscht. Eine Chorschwester wollt Ihr werden, auf gleicher Stufe mit uns anderen wollt Ihr stehen, mit Damen von Rang, Damen aus den besten Familien Venedigs.« Suor Purificacion sprach so leise, dass man sie kaum noch verstand. »Ihr! Die Ihr nicht besser seid als eine gewöhnliche –«

»Ich bedauere, wenn ich Euch gekränkt haben sollte, *suora«,* unterbrach Annetta sie, die keine Lust hatte, sich beleidigen zu lassen. Sie konnte schließlich nichts dafür, dass sie in einem Bordell geboren wurde. »Wie Ihr sicherlich wisst, war es die Äbtissin selbst, die zugestimmt hat. Ich bringe immerhin eine beträchtliche Mitgift ein, die das Kloster gut gebrauchen kann. Und der Patriarch hat unsere Ehrwürdige Äbtissin daran erinnert, dass wir im Angesicht Gottes alle gleich sind.«

»Die Höhe Eurer Mitgift ist völlig unerheblich. Eure Kenntnis weltlicher Dinge hingegen, *suora,* ist höchst unschicklich.«

»Unschicklich? Wie das?« Annetta blickte mit gerunzelten Brauen auf. Das Gespräch hatte eine unerwartete Wendung genommen. »Was hätte ich sonst tun sollen? Ich kam als Kind hierher, bin hier aufgewachsen. Ich hatte sonst keinen Ort, an den ich gehen konnte, das wisst Ihr genau.«

»Ihr verstoßt gegen die Armutsregel.«

»Was das betrifft, so befinde ich mich in guter Gesellschaft«, sagte Annetta spitz und mit einem gezielten Blick auf den silbernen Knauf am Gehstock der älteren Nonne.

»Ihr bringt die anderen jungen Frauen auf Abwege. Sie sind sehr wild, sehr ungebärdig geworden, seit Ihr wieder hier seid. Selbst die junge Eufemia, die nur eine *conversa* ist. Ihr gebt das Beispiel und sie folgen.«

»Aber ich –«

»Entgegen unseren Regeln bewahrt Ihr Speisen und Getränke in Eurer Zelle auf, und sie kommen zu Euch, um mit Euch gemeinsam zu nähen und zu lesen. Sie schlafen während der Gebete und schwatzen in der Kapelle miteinander. Wie Ihr wisst, verstößt all dies gegen die Regeln unserer Gemeinschaft. Freundschaft, Suor Annetta, mag an jenem Ort der Unzucht möglich gewesen sein, von dem Ihr kommt, aber hier nicht, das müsst Ihr begreifen.«

»Ihr wollt die Freundschaft verbieten?«

»Freundschaft unter einzelnen Personen ist verboten, natürlich. Wenn man eine bestimmte Person einer anderen vorzieht, ist dies stets der Freundschaft innerhalb des Ganzen abträglich, und unser Ideal ist die allumfassende Güte. Das könnt Ihr doch gewiss verstehen?«

»Aber unsere Ehrwürdige Äbtissin hat immer –«

Suor Purificacion hob abwehrend die Hand, um ihr Einhalt zu gebieten. »Unsere Ehrwürdige Mutter ist alt, sehr alt, und wird nicht mehr lange in dieser Welt weilen. Und wenn sie von uns gegangen ist, werden sich viele Dinge ändern.«

Die beiden Frauen standen sich feindselig gegenüber. Annetta sah, dass ein Spatz in den Raum geflogen war und mit schräg gelegtem Kopf von einem der geschwärzten Deckenbalken auf sie herabspähte.

»Sagt mir, *suora* …«, ergriff Suor Purificacion wieder das Wort, und diesmal merkte man ihr eine kleine Unsicherheit an. »Wie war es dort?«

»Wo meint ihr?«

»An jenem Ort … im Palast des Sultans.«

Annetta tat, als würde sie nachdenken. »Er war … sehr groß.«

Die dunklen Augen der älteren Nonne verrieten nichts. »Was meint Ihr mit groß?«, fragte sie.

»Ich meine, dass viele Frauen dort lebten, Suor Purificacion. Mehr als hier.«

»Ach.«

»Und das Essen war anders.«

»Anders?« In ihrem Bemühen, Annetta Informationen zu entlocken, wirkte Suor Purificacion fast einfältig. »Was bedeutet das?«

»Nun ja.« Annetta bohrte sich die Fingernägel in die Handfläche, um nicht laut loszulachen. »Es war anders als das Essen, das wir hier bekommen –«

»Ja, ja, ich weiß, was Ihr meint«, unterbrach die stellvertretende Äbtissin sie mit einer ungeduldigen Handbewegung. »Das verstehe ich alles.«

Nein, das verstehst du nicht. Du verstehst überhaupt nichts, dachte Annetta. Aber du würdest gern über alle Einzelheiten genau Bescheid wissen, nicht wahr, du heuchlerische alte Schlange?

»Noch etwas?«

»Ich bin mir nicht sicher, ob ich Euch recht verstehe, Suor Purificacion«, säuselte Annetta unschuldsvoll. »Was genau verlangt Ihr denn zu wissen?«

Kaum hatte sie die Worte ausgesprochen, wusste sie auch schon, dass sie zu weit gegangen war. Sie hatte die alte Nonne in ihrer Gewalt gehabt, aber nun war das Machtgefälle wiederhergestellt, und was in greifbarer Nähe zu liegen schien, war weit fortgerückt. Suor Purificacion schloss die Augen, als schmerze sie der Anblick der jungen Frau, und trat einen Schritt zurück. »Ihr wartet bitte noch, *suora*.«

»Aber ich stehe hier schon seit einer Stunde. Ich –«

»Ihr wartet hier, Suor Annetta«, herrschte die alte Nonne sie an, »solange ich es wünsche.« Ohne eine weitere Erklärung verließ sie den Raum. Das Pochen ihres Gehstocks auf den Fliesen wurde immer leiser.

Wenn Suor Purificacion den anderen jungen Nonnen ein Geständnis abpressen wollte, genügte es oft, sie stehen und warten zu lassen, solange es ihr beliebte. *Madonna!* Annetta hätte am liebsten wütend mit dem Fuß aufgestampft. Manchmal brachte sie die verängstigten Frauen sogar dazu, Verfehlungen einzugestehen, die sie gar nicht begangen hatten. Das war ein Skandal, und der alte Sauertopf sollte sich nur nicht einbilden, dass sie ihr auch mit solchen Mitteln beikäme. Vier Jahre als Kammerdienerin der Valide, der mächtigen Mutter des osmanischen Sultans, hatten sie gelehrt zu warten. Annetta versuchte, nicht mehr allzu oft an ihre Zeit im Harem zu denken, aber jetzt tauchten ungebeten die Erinnerungen an eine ganz bestimmte Nacht wieder auf, in der ihr Leben eine entscheidende Wendung genommen hatte.

Sie war in jener Nacht, wie so oft, in die Schlafkammer der Valide gegangen, um ihre Herrin nach ihren Wünschen zu fragen. Die Valide lag auf dem Diwan. Ihre Augen waren geöffnet, die Hände auf der Brust gefaltet, als habe sie sich auf diesen letzten Moment ihres Lebens bewusst vorbereitet oder ihn sogar – der Gedanke ging Annetta sofort durch den Sinn – selbst herbeigeführt. Denn wer sie kannte, wusste, dass sich nichts innerhalb der Haremsmauern ihrer Kontrolle entzog. Safiye Sultan, die Mutter von Gottes Schatten auf Erden, wie der Sultan genannt wurde, die mächtigste Frau im osmanischen Reich und die Frau, deren persönliche Kammerdienerin Annetta war.

Es heißt, die Toten sähen aus, als ob sie schliefen, aber das hatte Annetta nicht so empfunden. Sie hatte die liegende Frau eingehend betrachtet, als sähe sie sie zum ersten Mal. Auf dem linken Ohrläppchen saß ein Leberfleck, eine Wange war von blassen Sommersprossen gesprenkelt, auf einer Hand zeichnete sich ein braunes Muttermal ab – kleine Unvollkommenheiten, die Annetta bis dahin nie aufgefallen waren.

Als sie die Valide fand, konnte diese noch nicht lange tot gewesen sein, aber die Haut hatte schon eine gelbliche Färbung angenommen und der Mund stand offen. Fast glaubte Annetta, ihre Stimme zu hören – *Worauf wartest du*, cariye? *Bring mir meinen Schal – meinen Kaffee – meinen Kater – beeil dich!* –, aber nein, diese wunderbare Stimme würde nun für immer schweigen. Ihre Präsenz war immer noch so stark, dass die Eunuchen, die Annetta später rief, eine Weile lang nicht wagten, sie zu berühren. Doch zunächst hatte Annetta allein vor dem Diwan gestanden und die tote Herrin betrachtet.

Ein Schauer überlief Annetta, als sie sich an die Szene erinnerte. Die Valide, tot! Der einst so schöne, kraftvolle Körper lag ausgestreckt unter den schweren Pelzdecken und wirkte viel zerbrechlicher als im Leben. Annetta konnte es kaum fassen: Die Person, die sie zu kennen geglaubt hatte, war nur eine Illusion gewesen. Ein Zaubertrick. Ein Akt des Willens. Oder alles zusammen.

Ihre Haare, die offen auf das Polster fielen, erinnerten in dem seltsam grünblauen Licht der Schlafkammer an die fließenden Locken einer Meerjungfrau. Vorsichtig hatte Annetta die Hand berührt. Die Haut war weich, aber das Fleisch darunter schon hart und kalt. Angst hatte Annetta nicht empfunden, nur eine Art Neugier. Das also war der Tod. Mehr nicht?

Mit einer Hand umklammerte die Valide einen kleinen Gegenstand. Was war das? Wie seltsam! Annetta beugte sich vor. Es war eine Art Schmuckstück – nein, nicht irgendein Edelstein, sondern ein Diamant! Und auch nicht ein beliebiger Diamant. Er war so groß, dass er nicht einmal ganz in die Faust der Valide passte. Annetta, die gerade noch kurz davor gewesen war, nach Hilfe zu rufen, presste die Lippen fest aufeinander.

Die Valide besaß viele Edelsteine, exquisit geschliffene, wunderschöne Schmuckgarnituren – Smaragde aus der Neuen Welt, Perlen und Rubine aus Persien und Indien, große Brocken aus grünem Türkis aus den Bergen des Nordens. Die Ausbeute einer langen Zeit als Favoritin des alten Sultans. Einen Stein wie diesen hatte Annetta jedoch noch nie gesehen. Zunächst einmal war es ein einzelner Stein, soweit sie sehen konnte, geschliffen, aber nicht eingefasst, und in jedem Fall zu klobig, um als Schmuck getragen zu werden, selbst von der Valide.

Die reine Neugier trieb Annetta dazu, dass sie versuchte, der Toten den Stein zu entwinden. Nur ein kurzer Blick, und dann lege ich ihn zurück, sagte sie sich. Aber die Finger der Valide waren so fest um den Diamanten gekrallt, dass er sich nicht lösen ließ. Annetta bekam vor Aufregung feuchte Hände. Im flackernden Licht der beiden Kerzenstummel, die sie eigentlich hätte ersetzen sollen und die allein die kleine Schlafkammer erhellten, strahlte der Diamant wie etwas Lebendiges. Annetta legte den Kopf schief und lauschte auf ungewöhnliche Geräusche, aber es war so still im Palast, dass sie nur ihren eigenen Atem und das Rauschen des Bluts in ihren Ohren hören konnte.

Es war niemand in der Nähe.

Annetta versuchte es noch einmal. Als es wieder nicht gelang, nahm sie die Faust der Valide zwischen beide Hände und drückte, um den Stein aus den Fingern zu quetschen, wie einen Kern aus einer Orange, aber auch damit hatte sie keinen Erfolg. Die Hand der Valide umschloss den Diamanten, als ginge es um Leben und Tod, und wer weiß, dachte Annetta, vielleicht war es wirklich um ihr Leben gegangen. In den dunklen Winkeln des Harems geschahen die merkwürdigsten Dinge, wie sie selbst nur zu gut wusste.

Panik stieg in ihr auf. Die tote Valide, eben noch so friedlich auf dem Diwan, sah plötzlich bedrohlich und finster aus. Ihre Haare waren zerzaust und hingen ihr ins Gesicht, und der Kopf war durch die heftigen Bewegungen zur Seite gekippt. Das Gesicht war jetzt Annetta zugewandt, und das Kerzenlicht hob das fahle Weiß der Augäpfel hervor. An Lippen und Kinn spannte die Haut, sodass die Zähne teilweise entblößt waren und das Gesicht zu einer Grimasse verzerrten.

Annetta bekam kaum noch Luft. Der Schweiß brach ihr am ganzen Körper aus. Was hatte sie sich nur gedacht? Jeden Moment würde jemand kommen, und wenn man sie so fand …

Es gab nur eines. Sie kniete sich neben den Diwan, packte mit beiden Händen die Faust der Valide und zog mit den Zähnen einen Finger nach dem anderen von dem Stein ab. Die Haut schmeckte süßlich – nach einer Frucht, die die Valide gegessen hatte oder nach Honig von einem Gebäckstück vielleicht –, und dann, endlich, öffnete sich die Faust mit einem widerwärtigen Knacken.

In diesem Moment zerriss ein durchdringendes, dämonisches Jaulen die Stille der Schlafkammer, und gleichzeitig regte sich etwas unter den Felldecken und begann, wild um sich zu schlagen. Annetta wollte schreien, aber ihr Entsetzen war so groß, dass sie keinen Ton herausbrachte und nur ein heiseres Fiepen ausstieß. Und dann schoss ein weißes Fellbündel unter den Decken hervor, das Annetta nur zu gut kannte.

»Kater! Du hinterlistiges, räudiges, nichtsnutziges, verflohtes kleines …« Annetta wollte den Lieblingskater der Valide packen, aber dieser sauste an ihr vorbei und verschwand in die Nacht.

Das Geheul des Katers hatte den Harem alarmiert. Annetta hörte das Getrappel von Frauenfüßen, die sich dem Vorzimmer der Valide näherten. Sie würden vor der Tür zögern, aber nicht lange. Eilig nahm Annetta den Diamanten an sich und verschränkte die Arme der Valide wieder über der Brust. Die Hand mit dem gebrochenen Finger hatte sie unter die andere geschoben, den gestohlenen Edelstein versenkte sie in ihrer Tasche.

Kapitel 9

Annetta wurde in den frühen Morgenstunden auf einmal jäh wachgerüttelt.

»Was …? Wer ist da?«

»Du hast im Schlaf geredet, *suora.*«

»Eufemia, was machst du denn hier?«

Selbst in ihrem schlaftrunkenen Zustand erkannte Annetta die kleine *conversa* an ihrem unverkennbar muffigen, ungewaschenen Geruch. Eufemias Klostertracht, auch ihre Unterkleider, stammten, anders als die von Annetta, aus dem Gemeinschaftsschrank, der nur selten gereinigt wurde.

»Du hast schon wieder diesen Traum gehabt«, sagte Eufemia in ihrem breiten Dialekt. Ihre dunklen Haare, die man kurz geschoren hatte, waren büschelweise nachgewachsen, was ihr das drollige Aussehen eines Vogelkükens gab. »Lass mich zu dir.« Ohne auf eine Einladung zu warten, kletterte sie über Annetta hinweg und schlüpfte unter die Decke. Sie streckte sich mit dem Rücken zur Wand aus, sodass sie hintereinander lagen wie zwei Löffelchen in einem Besteckkasten.

Wie es die Klosterregel verlangte, stand die Tür zu Annettas Zelle auf, wie die aller Chorschwestern. Schlösser waren nicht erlaubt, und im Flur brannten die ganze Nacht hindurch Kerzen. Suor Virginia, eine der *discrete,* der ältesten und würdigsten der Klosterschwestern, hatte die Pflicht, stündlich die Runde durch die Zellen zu machen, damit sich unter den jüngsten Nonnen nichts Unschickliches zutrug. Allerdings schlief sie zwei Stunden nach Sonnenuntergang meist so fest, dass, laut Ursia, auch die Trompeten des Jüngsten Gerichts sie nicht geweckt hätten. Dafür sorgte schon das Weinfässchen, das sie in ihrer Zelle aufbewahrte.

»War es wieder dieser Traum?« Annetta spürte, wie Eufemia ihr übers Haar strich.

»Ich denke schon.«

»Kannst du dich nicht erinnern?«

»Nein. Ich kann mich nie erinnern. Ich wache nur auf und habe dieses … Gefühl.«

»Was für ein Gefühl?«

»Ich weiß nicht …« Annetta starrte ins Dunkel und suchte nach den richtigen Worten, mit denen sie die Verlassenheit beschreiben konnte, die sie empfand. Sie war wie etwas Schwarzes, Schweres, das sie niederdrückte. »Es ist, als hätte ich … etwas verloren, das ich nie wiederfinden werde.«

»Jetzt ist alles vorbei, denk nicht mehr dran.«

»Du hast Recht.« Annetta fühlte, wie die Wärme von Eufemias kleinem Körper allmählich auf sie ausstrahlte. »Wahrscheinlich war es nur dieser Nachtisch gestern, kein Wunder, dass man davon schlechte Träume bekommt.«

»Ich hab meinen Suo' Caterina gegeben, du weißt, wie gern sie Süßes mag.«

»Und ich habe den Rest von meinem Suor Margarettas Katze gegeben, obwohl die weiß Gott schon fett genug ist.« Annetta lächelte. »Hör nicht auf zu kraulen, das fühlt sich angenehm an.« Sie streckte sich ein wenig und suchte eine bequemere Lage auf der dünnen Klostermatratze. Allmählich gewöhnten sich ihre Augen an die Dunkelheit, und die vertrauten Konturen ringsum nahmen Gestalt an. Diese Klosterzelle, die sie sich nach ihrer Rückkehr aus Konstantinopel mit Hilfe einer großzügigen, als »Mitgift« bezeichneten Spende erworben hatte, bestand aus zwei Räumen am Ende des Schlaftrakts und war die zweitgrößte im ganzen Kloster. Nur die Äbtissin hatte noch mehr Platz für sich allein. Die Wände waren weiß gestrichen, die hohen Deckenbalken schwarz, aber abgesehen von diesen klösterlichen Merkmalen war der Raum alles andere als spartanisch. An den Wänden standen zwei bemalte Truhen, in denen Annetta ihre Kleider aufbewahrte In der Ecke befand sich eine hohe Vitrine für ihre Teller, Messer und Krüge sowie ihre privaten Vorräte an Speisen und Getränken. Am Fenster schlief ihr Spatz in seinem kleinen Käfig.

»War es in diesem Harem wirklich so anders als hier?«, fragte Eufemia nach einer Weile scheu.

Annetta überlegte. Seit sie wieder in Venedig war, hatte sie über ihre Erlebnisse im Harem fast vollständiges Schweigen bewahrt. Zunächst ohne etwas damit zu bezwecken, denn die Rückkehr in das Kloster – auch wenn sie aus freiem Willen geschehen war – hatte sie mitgenommen und es ihr schwer gemacht, über die Vergangenheit zu sprechen. Doch mit der Zeit war ihr bewusst geworden, dass sie die geheimnisvolle Aura, mit der sie sich durch dieses Schweigen umgab, zu ihrem Vorteil nutzen konnte. In diesem Augenblick allerdings wurde das Bedürfnis, sich einem Menschen anzuvertrauen, plötzlich übermächtig, sei es wegen des Traums oder weil sie in einsamen Momenten die kleine Dienerin noch am ehesten als Freundin betrachtete.

»Weißt du«, hörte sie sich sagen, »als ich im Harem des osmanischen Sultans lebte, gab es dort jemanden, an den du mich erinnerst.«

»Wer war das?«

»Ach«, seufzte Annetta traurig, »ein englisches Mädchen. Sie nannten sie Kaya, aber das war nicht ihr wirklicher Name.«

Aus dem Flur, auf dem die Nonnen ihre Hühner in Weidenkörben hielten, damit sie immer frische Eier zur Verfügung hatten, erklang hin und wieder ein unleidiges Gegacker.

»Weißt du, es ist merkwürdig. Als ich vor Jahren selbst eine *conversa* war wie du und in den kleinen Räumen hinter der Küche schlief, dachte ich, dass die Chorschwestern, die hier wohnen, schrecklich vornehm untergebracht sind. Aber jetzt …« Annetta musste lächeln. »Mit diesem ganzen Federvieh kommt es mir vor, als wohnten wir alle im Hühnerstall.«

»Psst!« Eufemia legte den Finger an die Lippen. »Die alte Suo' Virginia wird dich noch hören!«

»Suor Virginia? Die doch nicht. Manchmal glaube ich, hier kann man sich alles erlauben.«

»Du hast mir mal erzählt, dass es in diesem Harem mehr Regeln gab.«

»Oh ja, viel mehr Regeln. Man durfte in Gegenwart des Sultans ohne Erlaubnis nicht mal den Mund aufmachen. In Gegenwart seiner Mutter auch nicht. Und überall waren Wächter postiert.«

»Die Beschnittenen?«

»Die Eunuchen, ja. Schwarze und weiße«, flüsterte Annetta bedeutungsvoll, weil sie genau wusste, wie sehr Eufemia dieses Thema liebte.

»Schwarze Männer, und beschnitten dazu!« Annetta spürte, wie ein Schauer das Mädchen überlief.

»Wie sahen sie aus?«, fragte Eufemia aufgeregt im Flüsterton.

»Männer ohne *testicolos?*« Annetta schnaubte verächtlich. »Die meisten waren fett, als wäre ihnen die Brust in den Bauch gerutscht. Puh! Und sie hatten eine merkwürdige Art zu sprechen.« Sie ahmte die hohe Falsettstimme der Eunuchen nach. »Und trotzdem mochten einige der Mädchen sie sehr und haben sich in sie verliebt. Ein Mädchen hat sogar einen geheiratet, nachdem sie den Harem verlassen hatte.«

»Aber ihr wart doch alle Gefangene, oder nicht?«

»Ja, das stimmt. Dennoch gingen immer wieder mal Mädchen aus dem Harem fort. Wenn sie nicht gut arbeiteten oder man annahm, dass sie dem Sultan nicht gefallen würden, wurden sie freigelassen. Was glaubst du denn, wie es bei mir abgelaufen ist? Ich bin schließlich auch nicht über die Haremsmauer gehüpft.« Annetta lächelte. »Wir waren alle Sklavinnen, das ist richtig, und samt und sonders christliche Mädchen. Jede von uns hatte ihre Geschichte, wie sie in den Harem gekommen war. Meine Freundin Kaya und ich, wir wurden von Korsaren verschleppt, die in der Adria unser Schiff angriffen. Ich reiste mit anderen Nonnen aus dem Kloster Santa Clara, wir waren auf dem Weg zu unserem Ordenskloster in Ragusa – du hast vielleicht davon gehört?« Sie spürte, wie Eufemia nickte und die Arme etwas fester um sie schlang. »Wir machten die Überfahrt auf einem englischen Schiff, einem Handelsschiff, dessen Kapitän sich bereit erklärt hatte, auf dem Weg nach Konstantinopel in Ragusa anzulegen. Doch die Türken griffen uns an und warfen die anderen Schwestern über Bord. Das Schiff war auf Fels aufgelaufen und sank sowieso, deshalb hätten sie uns nicht alle mitnehmen können, selbst wenn sie gewollt hätten, und der Kapitän und seine Männer waren auch schon tot. Auch Kayas Vater hatten sie ermordet.« Annettas Stimme war keine Gefühlsbewegung anzumerken. »Aber Kaya und mich nahmen sie mit, und schließlich endeten wir im Haus der Glückseligkeit.«

»Eine Sklavin unter Ungläubigen! Unsere Liebe Frau beschütze uns! Es wäre besser gewesen, wenn du auch ertrunken wärst!« Unter Eufemias frommen Worten brodelte die Erregung.

»Was für ein Unsinn! Als *conversa* ist es mir schlechter ergangen als dort, das kannst du mir glauben!«

»Wie bist du dann entkommen?«

»Ich bin nicht entkommen, Dummerchen. Als die Valide

starb, wurden ihre Kammerdienerinnen freigelassen, und ich gehörte dazu.«

»Die Valide?«

»Die Mutter des Sultans.«

»Ich verstehe. Und dann?«

»Manche Frauen wollten bleiben, andere erhielten eine Mitgift und heirateten. Jede Frau, die im Haus der Glückseligkeit eine Ausbildung genossen hatte, galt als gute Partie, musst du wissen.«

Eufemia kicherte. »Und hättest du auch gern einen Ehemann gehabt?«

»Bist du verrückt?«, entgegnete Annetta mit vernichtendem Sarkasmus. »Einen dickbäuchigen alten Pascha, dem ich zu Diensten sein muss? Auf keinen Fall! Als ich noch sehr jung war, wollte mich meine Mutter einmal an einen fetten alten Mann verschachern – er hatte eine besondere Vorliebe für die Jungfernhäutchen kleiner Mädchen, der widerliche alte Bock.« Annetta merkte zufrieden, dass es Eufemia vor Entsetzen schüttelte, und fuhr umso genüsslicher fort: »Ich war erst zehn, Femia. Ein kleines Mädchen, jünger als du. Aber alt genug. Ich schwor mir, dass ich nie wieder etwas mit einem Mann zu tun haben würde, nie wieder.«

»Was hast du gemacht?«

»Ha! Ich habe ihn so fest gebissen, dass er ganz sicher nie wieder versucht hat, sich einen jungen *culo* zu schnappen.« Eufemia bebte vor unterdrücktem Gelächter. »Ich habe zu Kaya einmal gesagt: ›Wenn der Sultan mich je auch nur mit einem Finger anfasst, mache ich mit ihm dasselbe!‹ *Madonna!* Ich weiß noch, wie wütend sie auf mich war. Eines Tages würde mein loses Mundwerk uns beide umbringen, hat sie geschimpft …« Annetta verstummte.

Eufemia wartete, doch da Annetta nicht weitersprach, gab sie ihr einen sanften Stoß.

»Und deine Freundin?«, lieferte sie das Stichwort. »Was ist mit ihr passiert?

Annetta seufzte leise, dann erwiderte sie mit erstickter Stimme: »Über die will ich nicht reden, verstanden?« Und Eufemia fragte sich, womit sie sie wohl verärgert haben mochte.

Annetta lag so still, dass Eufemia schon glaubte, sie sei wieder eingeschlafen. In Wahrheit starrte die junge Frau mit weit offenen Augen in die Dunkelheit.

Was war aus Kaya geworden? Kein Tag verging, nein, keine Stunde, in der sie sich das nicht mindestens einmal fragte. Sie hätte alles gegeben, was sie besaß, um die Freundin zu retten.

Eine einzelne Träne rollte über Annettas Wange. Nur noch eine Frage war geblieben, auf die sie womöglich nie eine Antwort finden würde: Hatte der Diamant der Valide genügt, um Celia Lamprey zu retten?

Kapitel 10

Annetta und Eufemia lagen immer noch wach nebeneinander, als ein Geräusch sie aufschreckte.

Sie erstarrten und lauschten mit angespannten Sinnen.

»Was war das?«, flüsterte Eufemia schließlich.

»Psst! Ich weiß es nicht.«

»Hör doch! Da ist es wieder.«

Ingendwo vom anderen Ende des Flurs drang ein Geräusch, das wie ein leises Seufzen klang.

»Santa Madonna! Das ist Suor Virginia! Oder gar Suo' Purificacion! Was werden sie machen, wenn sie mich hier erwischen? Schnell, ich muss ich mich in einer deiner Truhen verstecken.« Eufemia war vor lauter Angst schon halb aus dem Bett, aber Annetta hielt sie zurück und legte den Finger vor die Lippen. Sie bedeutete Eufemia, unter die Decke zu kriechen, schlüpfte aus dem Bett und tappte zur offenen Tür, die in den Flur führte.

Die Kerzen vor der Zellentür waren fast heruntergebrannt und flackerten schwach. Neben der Tür zeichneten sich die Umrisse der Hühnerkörbe ab, von denen ein scharfer Geruch ausging. Wahrscheinlich hatte nur eines der Hühner im Schlaf ein Geräusch von sich gegeben. Annetta wollte gerade in die Zelle zurückhuschen, als sie noch einmal eine Art Seufzen hörte, diesmal jedoch tiefer und einem Stöhnen ähnlich.

Auf nackten Füßen lief Annetta durch den Flur auf das Geräusch zu und spähte dabei rechts und links in die Zellen, in denen die Frauen auf dem Rücken liegend schliefen, die Arme neben sich auf der Matratze ausgestreckt. Auf den strohgefüllten Kopfkissen sah man die kurz geschnittenen Haare. Aus der Zelle der alten Suor Virginia drang ein schwacher Geruch nach saurem Wein, aber abgesehen davon war nichts Ungewöhnliches zu bemerken.

Dennoch konnte Annetta ein vages Gefühl des Unbehagens nicht abschütteln. Vielleicht waren es nur die Nachwirkungen ihres Traums, aber die Stille zwischen den Schlafkammern hatte heute Nacht etwas Befremdliches. Es war zu ruhig, so als hielte das ganze Kloster den Atem an. Die Nonnen schliefen alle in derselben Position – der korrekten Position, so wie es die Regel vorschrieb –, aber niemand verharrte normalerweise die ganze Nacht in dieser Stellung. Heute sahen sie aus wie Marmorgestalten auf Sarkophagen, als hätten sie die ganze Nacht nicht einen Muskel bewegt. Schnarchte Suor Virginia nicht sonst? Sie war berüchtigt dafür, die jüngeren Nonnen rissen ständig Witze darüber, aber heute war aus ihrer Zelle nicht das leiseste Rasseln zu vernehmen. Annetta schlich noch einmal zu ihrer Zellentür zurück und lauschte. Nichts.

Und dann hörte sie es zum dritten Mal. Unverkennbar – erst ein Seufzen, dann ein Stöhnen, dann wieder ein etwas lauteres Seufzen. Und auf einmal begriff Annetta, woher das Geräusch kam – nicht aus einer der Schlafkammern im Flur, sondern aus einer Zelle, die ein Stück abseits lag! Sie war den seltenen Besuchern des Klosters vorbehalten und befand sich auf einem Treppenabsatz über dem Flur. Annetta schlich die Stufen hoch, fand die Zellentür einen Spalt offen und spähte vorsichtig hinein.

Der Raum war klein und hatte weiße Wände. Fenster gab es nicht, und als Schmuck hing lediglich ein Kruzifix an der Wand. Den meisten Raum nahm ein schmales Rollbett ein.

Darauf lag bäuchlings eine Frau, den Kopf in einem unbequemen Winkel auf das Kissen gedrückt. Sie hielt sich Halt suchend rechts und links an den Bettpfosten fest und reckte ihre nackten, bleichen Gesäßbacken in die Luft. Sie war es, die dieses seltsame Wimmern ausstieß.

Hinter ihr stand ein Mann, von der Taille abwärts nackt. Seine Hüften waren nach vorn geschoben und seine Hände umklammerten die Oberschenkel der Frau so fest, dass das weiche Fleisch zwischen seinen Fingern hervorquoll wie Butter. Da er seitlich zur Tür stand, konnte Annetta den Ausdruck auf seinem Gesicht nur undeutlich erkennen, aber sie begriff, dass es in diesem Moment zehn Männer gebraucht hätte, um ihn von der Frau loszureißen. Während er sich erst langsam und dann immer schneller bewegte, wurde das Gewimmer der Frau lauter. Es war aber kein Schmerzenslaut, sondern ein Stöhnen der Lust. Anfangs hatte der Mann den Kopf gesenkt, als wolle er den nackten Rücken der Frau und seine eigenen Stöße betrachten, doch nach ein paar Sekunden warf er den Kopf plötzlich weit in den Nacken und stieß einen kleinen Schluchzer aus.

Annetta zog sich in den Schatten auf dem Flur zurück und lehnte den Kopf gegen die Wand. Konnte diese Frau, die hier wie ein Tier kopulierte, wirklich eine der Nonnen sein? *Santissima Madonna!* Annetta presste die Hand vor den Mund. So etwas! Sie wusste nicht, was sie davon halten sollte. Die Szene, deren Zeugin sie gerade geworden war, war natürlich … absolut skandalös. Sie wartete auf das angemessene Gefühl von Entrüstung, aber es kam nicht, und sie stellte fest, dass sie eher neugierig als schockiert war. Annetta, die selbst nicht gern Regeln befolgte, hatte wenig für moralische Entrüstung übrig. Anderes war viel interessanter. Welche der Nonnen war so unerschrocken oder so verzweifelt, dass sie sich vor aller Ohren mit ihrem Liebhaber traf? Das war die Frage – das und wie man sich dieses Wissen zunutze machen konnte. Annetta hatte nicht umsonst vier Jahre als Kammerdienerin der Valide verbracht und gelernt, geheimes Wissen zu ihrem Vorteil zu verwenden.

Verborgen neben der Tür der kleinen Zelle, vernahm sie jetzt flüsternde Stimmen – die der Frau war kaum zu hören, die des Mannes ein wenig lauter. Sie strengte sich an, die Worte zu verstehen, aber es gelang ihr nicht. Was sie überraschte, war sein beruhigender, fast zärtlicher Tonfall. Dann wurde die Tür plötzlich aufgestoßen, der Mann kam heraus und eilte auf leisen Sohlen die Treppe hinunter.

Hatte er sie bemerkt? Nein, das war unmöglich. Es war noch dunkel und er hatte nicht wissen können, dass sich jemand auf dem Flur verbarg. Annetta zögerte. Das Herz schlug ihr bis zum Hals. Aber im Dormitorium war alles still, nichts regte sich. Herauszufinden, wer die Nonne war, würde kein Problem darstellen – Annetta bezweifelte keine Sekunde lang, dass es ihr mit Leichtigkeit gelingen würde, sie ausfindig zu machen. Aber ihr Liebhaber? Wenn sie eine Chance haben wollte, ihn zu entlarven, musste sie schnell handeln. Annetta huschte hinter ihm her die Treppe hinunter.

Unten gelangte sie auf einen Korridor und musste sich für eine Richtung entscheiden: zu den Küchen und zum Refektorium oder zu den beiden Besuchsräumen und dem Haupteingang des Klosters. Sie war unschlüssig, bog zuerst in Richtung der beiden Empfangsräume ab und lief weiter über den Hof zum Tor. Das war der Weg, der sich einem Fremden anbot, der von außen ins Kloster wollte. Wenn er die Pförtnerin bestochen hatte, das Tor nachts unverriegelt zu lassen, war es ein Kinderspiel, ins Kloster zu gelangen. Annetta hatte Seitenstechen, als sie den Eingang erreichte, und sah sofort, dass das große, metallbeschlagene Tor mit seinem komplizierten Messingschlössern fest verschlossen und der Riegel vorgelegt war.

Ohne sich Zeit zum Verschnaufen zu lassen, machte sie kehrt und rannte auf dem Weg, den sie gekommen war, zurück. Sie lief über den Hof, durch einen Durchlass im Gitter, das den Bereich der Nonnen von dem der Besucher trennte, und bog in den Flur ab, der in Richtung Refektorium und Küchentrakt führte. Inzwischen wusste sie, wie der Mann hereingekommen sein musste – durch den Garten natürlich! Wie der andere neulich, der Mann aus der Gondel. Warum hatte sie nicht gleich daran gedacht? In der Küche blieb sie schwer atmend stehen. Tatsächlich – die Tür zum Garten stand offen.

Annetta lief in die Nacht hinaus.

Nur war es nicht mehr Nacht. Annetta fiel sofort auf, dass der Himmel bereits einige Farbtöne heller war als zu dem Zeitpunkt, als sie sich auf die Suche nach der Quelle der merkwürdigen Geräusche gemacht hatte. Die Pappeln vor einer der Außenwände des Klosters, die sie auch von ihrem Zellenfenster aus sah, ragten als schwarze Silhouetten in einen Himmel, der nicht mehr schwarz und auch nicht mehr dunkelblau war, sondern nun perlmuttfarben schimmerte. Annetta stand zitternd in der kühlen Morgenluft.

Es roch angenehm nach feuchter Erde und bitteren Kräutern. Irgendwo in den Bäumen zwitscherte ein einzelner Vogel sein Morgenlied.

Annetta war noch nie bei Tagesanbruch im Garten gewesen. Gewöhnlich läutete die Glocken in den frühen Morgenstunden und riefen die Nonnen zum ersten Gebet, nach dem sich diejenigen, die sich überhaupt die Mühe gemacht hatten aufzustehen, oft mit allerlei Entschuldigungen wieder ins Bett legten. Schwester Virginia war allzu gutmütig und fast jede Ausrede – *Suora, ich habe solche Kopfschmerzen* oder *Suora, ich habe meine Menses* – fand Gehör. In der Nacht hatte sich der Tau auf den Garten gelegt, und kleine, frostweiße Wassertröpfchen hingen an der Rückseite von Blättern, Blüten und

Grashalmen und verwandelten den berühmten Klostergarten in eine traumhafte Märchenwelt, die für Feen und Naturgeister geeigneter schien als für sterbliche Wesen.

Annetta trat bedächtig, Schritt für Schritt in dieses Feenreich ein und nahm, wie verzaubert von der Schönheit des stillen Gartens, alles in sich auf, ohne zu bemerkten, dass ihre nackten Füße taub vor Kälte waren und der Saum ihrer Leinennachthemds nass um ihre Knöchel hing. Sie schien sich selbst in ein schwebendes Geisterwesen zu verwandeln. Erst tastete sie sich durch die Allee der Lindenbäume, dann an den gestutzten Hecken des Kräutergartens entlang. An deren Ende stand sie schließlich vor dem Karpfenteich.

Nebelfetzen hingen bewegungslos über dem dunkelgrünen Wasser. Aus einem ganz von Moos bedeckten Brunnen in der Mitte, einem kleinen Jungen aus Stein mit einer umgedrehten Amphore, rann leise plätschernd ein kaum sichtbarer, dünner Wasserstrahl.

Es war jetzt fast hell. Der Himmel war so sanft getönt, dass er fast farblos wirkte. Der Garten erwachte. Mehrere Vögel hatten in das Zwitschern des ersten einsamen Sängers eingestimmt. Annetta setzte sich an den Rand des Teichs. Was sollte das? Warum lief sie schon zum zweiten Mal innerhalb kurzer Zeit durch den Garten? Es war, als hätte ein seltsamer Wahn von ihr Besitz ergriffen. Sie blickte ins Wasser und versuchte, die dunklen Umrisse der Karpfen zu erkennen, die reglos zwischen den Wasserpflanzen schliefen, doch statt der Fische erblickte sie plötzlich das Spiegelbild eines Mannes, der hinter ihr stand.

Annetta sprang so heftig auf, dass sie fast ins Wasser gestürzt wäre.

»Du!«

Sie streckte instinktiv die Arme aus, um ihr Gleichgewicht wiederzufinden, aber bevor sie sich versah, hatte er sie am

Handgelenk gepackt und an sich gezogen. Einen Arm schlang er um ihren Körper, sodass sie die Arme nicht bewegen konnte, mit der anderen hielt er ihr den Mund zu.

»Du?«, blies er ihr leise ins Ohr und fuhr spöttisch fort: »Aber *suora,* kennen wir uns denn?«

Naturlich nicht, wollte sie sagen, aber ich weiß trotzdem, wer du bist. Du bist der *monarchino,* der Mann mit dem Fernglas. Doch sie brachte keinen Ton hervor. Je heftiger sie sich gegen seine Umklammerung wehrte, desto stärker wurde sein Griff. Sie versuchte, ihn in die Finger zu beißen, die über ihren Lippen lagen, aber sie konnte den Mund nicht weit genug öffnen. Eine Weile lang rangen sie stumm miteinander. Dann ließ es sie ebenso abrupt los, wie er sie gepackt hatte. Annetta fiel vornüber in das nasse Gras und schmeckte Blut.

»Warum habt Ihr das gemacht? Meine Lippe blutet!« Sie warf einen wütenden Blick zu ihm hoch und sah dann rasch wieder fort. Ja, kein Zweifel, er war es. Die wirren Locken, das unverschämte Gebaren. Nach seiner Kleidung zu urteilen, die schlicht, aber von guter Qualität war, und vor allem auf Grund der Messer, die an seinem Gürtel in ihren Lederhüllen steckten, nahm sie an, dass er im Haus einer adligen oder jedenfalls reichen Venezianer Kaufmannsfamilie arbeitete.

»Nun, wollt Ihr mir nicht aufhelfen?«, fragte sie nach einer Weile. Aber Carew hatte keineswegs die Absicht, ihr zu helfen. Er musterte gleichmütig die dunkelhaarige Frau zu seinen Füßen, deren Nachthemd verschmutzt und durchnässt war. Dass sie ihn sah und zugleich die – inzwischen recht dringende – Notwendigkeit bestand, aus dem Garten zu fliehen, bevor man ihn entdeckte, schien ihn nicht im mindesten zu kümmern.

»Nein«, schnauzte er, während er sie mitleidlos taxierte, »warum sollte ich Euch helfen, wenn Ihr mir nachspioniert.«

Annetta spuckte in seine Richtung, so weit sie konnte, und

sah zufrieden, dass ein rosaroter Schleimklumpen auf seinem Schuh landete.

Carew schien durch ihre Reaktion weder verärgert noch amüsiert. Er schüttelte nur bedächtig den Kopf, als tadele er ein ungezogenes Kind, und schnalzte mit der Zunge.

»Aber halt, ich kenne Euch doch! Ihr seid die, die mich beim letzten Mal schon verfolgt hat. Eine kleine Schnüfflerin haben wir da, was, *suora?* Oder würde Euch vielleicht auch ein Spielchen mit dem *monarchino* gefallen?« Er sah Annettas Gesichtsausdruck und fuhr vergnügt fort: »Ah! Ich sehe, dass ich Euch ertappt habe. Euch juckt es genauso wie die andere. Nun, dann wollen wir mal sehen ...« Er blickte sich theatralisch in dem verlassenen Garten um. »Hmm, wie ich mir dachte, hier ist noch niemand«, sagte er grinsend, »kein Mensch weit und breit. Wie wär's? Ihr könnt jetzt aufstehen, wenn Ihr wollt.«

Er streckte die Hand aus, als wolle er ihr aufhelfen, aber Annetta fuhr zurück. »Lass mich in Ruhe, *stronzo!* Wage es nicht, mich anzufassen!«

»Das war keine Frage«, sagte Carew, »ich befehle es Euch.« Mit einer flinken Bewegung ergriff er wieder ihr Handgelenk und zog sie auf die Füße. Während er sie an sich presste, flüsterte er ihr ins Ohr: »Ich würde Euch mit Vergnügen gleich hier einen Gefallen erweisen, wenn Euch danach ist.«

»Nein!«, stieß Annetta wütend hervor. Ihre Augen funkelten vor Zorn.

»Aber ist es denn nicht das, was Ihr wollt?« Er schaukelte rhythmisch vor und zurück, vor und zurück, sodass sie seine Hüften in sanften Stößen an ihrem Unterleib spürte. »Das ist doch der wahre Grund, warum Ihr mir hierher gefolgt seid.« Sie fühlte seinen Atem an ihrem Hals, und seine Lippen streiften die weiche Haut hinter ihrem Ohr.

»Nein!«

Er schwieg, als überlege er. »Also gut, dann lass ich Euch für diesmal laufen«, sagte er, während er sie noch an sich gedrückt hielt, »aber im Gegenzug will ich, dass Ihr mir etwas versprecht.«

»Was soll ich versprechen?«

»Dass Ihr niemandem erzählt, was Ihr in der Nacht gesehen habt.«

Annetta ließ sich die Alternativen durch den Kopf gehen. Eigentlich hätte sie sich lieber in Öl sieden lassen als diesem Mann irgendetwas zu versprechen, aber ihre pragmatische Seite gewann die Oberhand. Natürlich würde sie diesem armseligen Narren alles schwören, was er wollte. Und sobald sie ihm entronnen war, würde sie jedem, aber auch *jedem* haarklein erzählen, was sie gesehen hatte, sie würde es vom Dach des Klosters schreien, wenn nötig.

»Gut, ich sage nichts«, versprach sie demütig, »ich schwöre, dass ich niemandem erzählen werden, was ich gesehen habe.« Kaum waren die Worte heraus, da wusste sie, dass sie ihm in die Falle gegangen war.

»Aha! Dann habt Ihr also etwas gesehen!«

Stronzo! Seine Stimme hatte sich verändert: Konnte es sein, dass er sich über sie lustig machte?

»Ihr täuscht Euch, ich habe nichts gesehen, ehrlich!« Annetta setzte ihre Unschuldsmiene auf, aber sie ahnte, dass er nicht darauf hereinfiel.

»O doch, das habt Ihr. Beschreibt mir, was Ihr gesehen habt.«

»Was?«

»Das ist doch nicht schwer zu verstehen. Ich sagte, beschreibt mir, was Ihr gesehen habt.«

»Nein!«

»Warum denn nicht? Welcher Teil hat Euch am besten gefallen? Waren es die Küsse oder … etwas Aufregenderes? Sie will es mir immer recht machen, diese kleine Nonne, aber so seid ihr ja alle.«

»Stronzo, stronzo, stronzo!«

»Ich verbitte mir solche Ausdrücke!«, sagte Carew lachend. »Nun ja, ich nehme an, Ihr wart nicht immer eine Klosterschwester. Aus welcher speziellen Gosse hat man Euch gefischt?« Carew lockerte den Griff und hielt sie mit kritischer Miene auf Armeslänge von sich entfernt.

In diesem Moment läutete jemand im Kloster hastig und ungeschickt die Glocke. »Darauf werde ich die Antwort wohl nie erfahren«, stellte Carew fröhlich fest.

Und dann war Annetta auf einmal frei und sah nur noch eine Gestalt, die auf das hintere Ende des Gartens zueilte und ihren Blicken entschwand.

Kapitel 11

Mit nackten, wunden und eiskalten Füßen und einem durchnässten, von Blättern und Grasflecken übersäten Nachthemd machte sich Annetta auf den Rückweg ins Kloster. Das Glockenläuten hatte ihr einen Schrecken eingejagt: Das war nicht der übliche Ruf zum Gebet. Hatte man etwa ihre Abwesenheit bemerkt? Nach dem Stand der Sonne zu urteilen, die gerade über die Gartenmauer stieg, hatte sie nicht nur die Prim, sondern möglicherweise auch noch die Morgenandacht versäumt. Bisher hatte sie für ihr allzu häufiges Fehlen in der Kapelle immer plausible Entschuldigungen gefunden, aber alle Schlagfertigkeit würde ihr nichts helfen, wenn sie erklären musste, warum sie frühmorgens in einem klatschnassen Nachthemd durch den Garten stromerte.

Als sie in die Küche schlich, musste sie feststellen, dass das gesamte Kloster in Aufruhr war. Nonnen rannten mit schiefen Hauben kreuz und quer durch den Flur, als sei ein Schwarm Hornissen hinter ihnen her. Als Annetta die Treppe zum Dormitorium der jüngeren Nonnen erreichte, kam ihr Suor Purificacion entgegen. Sie zumindest war vollständig angekleidet. Annetta verspürte den Impuls, kehrtzumachen und zu fliehen, aber es war schon zu spät, denn hinter ihr drängten andere Nonnen nach, die sie die Treppe hinaufschoben. Resigniert ergab sie sich in ihr Schicksal. Doch zu ihrer großen Verblüffung schien Suor Purificacion sie kaum wahrzunehmen und über ihr verwahrlostes Aussehen hinwegzusehen. Sie sagte kein Wort und hinkte eilig mit pochendem Gehstock an ihr vorüber in die Richtung des Aufenthaltsraums der Nonnen.

Im Schlaftrakt traf Annetta auf Ursia, die in ihrer Zelle mit der Haube kämpfte.

»Was ist denn los?«

»Wie meinst du das? Wir haben verschlafen, weiter nichts.« Ursia gähnte herzhaft. »Siehst du nicht, wie spät es ist? Kannst du mir bitte mal helfen, ich habe heute zwei linke Hände.«

»Verschlafen? Alle?«

»Sieht so aus. Du steckst ja auch noch im Nachthemd. Hörst du die Glocke nicht?« Ursia setzte sich mit dem Rücken zu Annetta auf das Bett. »Ach, was ist bloß los mit mir?«, jammerte sie. »Es fehlt nicht viel, und ich lege mich wieder hin und schlafe.«

Annetta half Ursia mit flinken Bewegungen beim Aufsetzen der Haube, dann lief sie rasch in ihre eigene Zelle am Ende des Ganges und schloss die Tür. Zitternd streifte sie das nasse Hemd ab und zog ein trockenes über. Aus einer der Truhen nahm sie einen Stapel Schals und schließlich eine Zobeldecke, eines ihrer kostbarsten Besitztümer, wickelte sich hinein und kletterte ins Bett. Nachdem sie sich ein paar Minuten aufgewärmt hatte, kam ihr ein neuer Gedanke. Sie stand wieder auf, setzte sich auf den Fußboden und stemmte die Füße gegen eine der schweren Holztruhen, bis sie sie so weit geschoben hatte, dass sie die Tür versperrte. Trotz der Zobeldecke fror sie noch, deshalb stieg sie erneut zitternd ins Bett, wo sie endlich in Ruhe nachdenken konnte.

Wer war der Mann im Garten? Kein Zweifel, er war derselbe, den sie unter den Hochzeitsgästen durch das Fernglas erspäht hatte, dem sie in den Garten gefolgt war und der seinen Schuh im Blumenbeet verloren hatte.

Suor Purificacion hatte ihn einen *monarchino* genannt. Annetta hatte so getan, als verstünde sie den Begriff nicht, aber das stimmte nicht ganz. Natürlich hatte sie die anderen Nonnen über solche Männer reden hören. Man erzählte sich Geschichten, viele Geschichten, über sie. Männer, die sich ein Vergnügen daraus machten – wie hatte Suor Purificacion es ausgedrückt? –, der Fleischeslust mit Nonnen zu frönen. Und allein der liebe Herrgott wusste, dass es in dieser Stadt voller Klöster, in der, wie es hieß, fast die Hälfte aller Frauen hinter Klostermauern weggesperrt wurde, immer genug Männer geben würde, die das Risiko bereitwillig eingingen.

Fleischeslust. Nun, wer immer er war, diese Lust konnte er zweifellos verschaffen. Vor ihrem geistigen Auge sah sie noch einmal die beiden Körper vor sich, wie auf einem Gemälde – ihre Stellung, die Farben. Die blassen Gesäßbacken der Frau, die sie ihrem Liebhaber wie zwei Monde entgegenstreckte. Der konzentrierte Blick des Mannes, wie sein Kopf in den Nacken gesunken war, und dieser Laut, den er ausgestoßen hatte und der mehr einem Schmerz als der Ekstase zu entspringen schien.

Es war – und dieser Gedanke frappierte sie – ein schönes Bild gewesen.

Doch dann schoben sich andere, unangenehmere Gedanken in den Vordergrund. Sie hatte geglaubt, den Mann zu verfolgen, aber in Wahrheit war er ihr gefolgt und hatte ihr aufgelauert. Immer wieder spielte sie im Geist die Szene durch, sah sein Gesicht als Spiegelbild im Teich, fühlte seinen eisernen Griff an ihrem Handgelenk, die Leichtigkeit, mit der er sie überwältigt hatte. Eine heftige Gemütsbewegung überwältigte sie. So stark, dass ihr sogar Tränen in die Augen traten.

Warum hatte sie sich nicht stärker gewehrt?

Aber das war unmöglich gewesen. Oder nicht?

Sie musste eingeschlafen sein, denn als sie die Augen aufschlug, schien die Sonne hell in ihre Zelle. Es war sicher schon nach zwölf. Jemand hämmerte gegen ihre Tür.

»Suora? Suora?« Sie hörte die quengelige und etwas näselnde Stimme der alten Suor Virginia und dann ein dumpfes Rumpeln, als die Tür gegen die Truhe schlug. »Was ist mit Euch? Seid Ihr unpässlich? Ihr müsst jetzt herauskommen, das wisst Ihr ...«

Aber Annetta hatte keineswegs die Absicht, ihre Tür zu öffnen, und als sie nicht antwortete, gab die alte Nonne bald auf. Darauf hatte Annetta gehofft, und sie hörte zufrieden, wie sich Suor Virginias schlurfende Schritte über den Gang entfernten.

Annetta blieb auf dem Rücken liegen und starrte an die Wand. Sie fühlte sich nicht imstande aufzustehen, es ging beim besten Willen nicht. Sie brauchte noch mehr Zeit, um nachzudenken und zu verdauen, was sie gesehen und gehört – und nicht getan hatte. Machte sie die Tatsache, dass sie nicht sofort Alarm geschlagen hatte, sondern dem Eindringling in den Garten gefolgt war und dort mit ihm – wenn auch gegen ihren Willen – gesprochen hatte, nicht irgendwie zur Komplizin?

Es war der pure Glücksfall, dass das Kloster am Morgen so in Aufruhr geraten und ihre Rückkehr in diesem aufgelösten Zustand niemandem aufgefallen war. Aber konnte sie sich dessen sicher sein? Suor Purificacion hatte scheinbar durch sie hindurchgesehen, aber das bedeutete keineswegs, dass keine der Nonnen etwas mitbekommen hatte. Und mindestens eine würde zweifellos erfahren, welche Rolle sie, Annetta, in der Nacht gespielt hatte: die Geliebte des *monarchino,* wer immer das sein mochte.

In diesem Moment ertönte wieder ein lautes Klopfen an der Tür.

»Suor Annetta?« Diesmal war es eine strenge Stimme mit

spanischem Akzent – Suor Purificacion. »Suor Virginia berichtet mir, Ihr seid unpässlich.«

Annetta rührte sich nicht und überlegte, wie sie reagieren sollte.

»Öffnet sofort diese Tür, Ihr wisst, dass es gegen die Regeln verstößt, die Zellentür zu verriegeln.«

»Wir machen uns Sorgen um Euch, *suora*«, piepste Suor Virginia mit ihrem dünnen Vogelstimmchen im Hintergrund.

Sorgen? Unsinn, ihr seid zwei sensationslüsterne alte Schnüfflerinnen und ich höre euch nicht zu, dachte Annetta. Sie würde stumm wie ein Fisch im Bett liegen bleiben. Sie drehte sich zur Wand und zog sich die Zobeldecke über den Kopf.

Es war dunkel unter der Decke und die Haare kitzelten sie an der Nase, aber endlich wurde ihr richtig warm. Dass an der Zellentür gerüttelt wurde, nahm sie nur gedämpft wahr und es kümmerte sie nicht. Sollte der Teufel doch das ganze Nonnenpack holen!

Sie blendete das Rütteln und Poltern aus, so gut es ging, und wandte ihre Gedanken wieder dem Eindringling zu. Warum fiel es ihr so schwer, die Erinnerung an den *monarchino* aus dem Kopf zu verjagen? Die Nähe eines Männerkörpers hatte sie verwirrt. Er war sehr schlank, hatte kein Gramm Fett zu viel auf den Rippen. Wie seltsam, wie beunruhigend sich diese Berührung eines Mannes angefühlt hatte, nachdem sie praktisch ihr ganzes Leben unter Frauen verbracht hatte!

Annetta hatte sich tatsächlich vor Zeiten ein für alle Mal geschworen, dass sie keine Verwendung für einen Mann in ihrem Leben haben würde. Sie erinnerte sich an den Kunden ihrer Mutter, einen dickbäuchigen alten Mann, der noch dazu schlecht roch. Puh! Alle Pomade dieser Welt konnte den fauligen Geruch schlechter Zähne und die säuerliche Ausdünstung seiner Haut nicht überdecken. Ihr fielen seine tastenden Hände und sein heißer Atem wieder ein. Er hatte sie durch das Hemd hindurch in ihre kleinen Brustwarzen gekniffen und sein hartes Geschlecht in ihren geheimen Ort zu zwängen versucht. Immer noch verursachte ihr der bloße Gedanke an ihn Übelkeit.

Aber das heute früh – das war anders gewesen. Annetta konnte es sich nicht erklären. Es war wirklich äußerst erstaunlich, dass sie überhaupt keine Angst vor dem Mann gehabt hatte. Selbst als er sie gegen ihren Willen festhielt, war sie wütend, aber nicht ängstlich gewesen. Sie überließ sich noch einmal der Erinnerung an ihn – wie sich sein Atem an ihrem Hals angefühlt hatte, seine Lippen in ihrem Haar, sein muskulöser Körper ganz nahe an ihrem.

Und doch. Er hatte sich über sie lustig gemacht, als sei sie ihm völlig gleichgültig. Und dann der Ausdruck in seinen Augen: War es wirklich Ekel, was sie zu sehen geglaubt hatte? Was für eine Demütigung! Annetta verkrampfte sich vor Scham. Sie spürte, wie eine neue Welle von heftigem Zorn in ihr aufstieg. Er verdiente nichts als ihre Verachtung, dieser hundsgewöhnliche *monarchino,* dieser Dienstbote, dem man seinen niederen Rang an der Kleidung ansah. Und ein Ausländer war er zudem, was man an seiner Aussprache merkte.

Ihr Herz, das sich gerade einen Spalt breit geöffnet hatte, schnappte zu wie eine Falle.

Kapitel 12

Prospero Mendozas Werkstatt lag im Dachgeschoss eines vierstöckigen Hauses im jüdischen Ghetto und war kaum größer als eine Schiffskajüte. Wenn Paul ihn besuchte, ließ er sich für gewöhnlich von Carew begleiten, aber dieser war seit der Nacht in Constanzas Palazzo nicht mehr aufgetaucht, und so machte sich Paul mit dem Spinell, den er beim Kartenspiel gewonnen hatte, allein auf den Weg, der ihn an den Kanälen entlangführte.

Obwohl die Sonne schon seit zwei Stunden untergegangen und das Ghetto für die Nacht geschlossen war, vermochte es Paul, der die Wächter gut kannte, sich mit Hilfe einiger Münzen mühelos Eingang zu verschaffen. Nachdem er die Stufen zu Mendozas kleinem Dachkämmerchen hochgestiegen war, kündigte er sich mit dem vereinbarten Klopfzeichen an – vier Mal kurz, zwei Mal lang –, stieß die Tür auf und trat ein.

Trotz der späten Stunde saß der Alte noch über seine Werkbank gebeugt. In einem Auge klemmte eine Juwelierlupe, und sein langer Bart, der ihm im Stehen fast bis zu den Knien hing, lag über der Schulter. Prospero blickte nicht auf, als Paul eintrat, sondern betrachtete mit zusammengekniffenen Augen weiter den Edelstein, den er in der Hand hielt.

»Nun, Engländer, was kann ich für Euch tun?«

»Auch Euch einen guten Abend, mein Freund.«

»Seit wann bin ich Euer Freund?« Prospero nahm ein Stück

Golddraht von der Werkbank, legte ein Maßband an und schnitt mit einer winzigen Schere die gewünschte Länge ab. »Ihr kommt aus einem bestimmten Grund her, wie jeder andere auch. Ihr wollt Steine kaufen und verkaufen, habe ich Recht? Ihr zählt nicht zu meinen Freunden«, erklärte er, während er aufblickte und Paul mit dem Auge durch die Lupe anblinzelte, »und keiner soll etwas anderes behaupten.«

»Wenn Ihr darauf besteht.« Paul lächelte den kleinen Mann an, der mit dem langen Bart und seinen Knopfaugen wie ein Gnom aus einer unterirdischen Märchenwelt wirkte.

»Nun also, Engländer«, fuhr Prospero etwas milder fort, »was habt Ihr heute für mich?«

Paul holte den roten Edelstein aus der Tasche und legte ihn vor den Juwelier.

»Sehr gut, ich sehe ihn mir später an, wenn Ihr es wünscht.« Prospero wies mit dem bärtigen Kinn auf einen Vorhang, der über dem Eingang zu einem zweiten Raum hing. »Ihr seid spät dran, er wartet schon auf Euch.«

Paul schob den Vorhang zur Seite und trat in das Nebenzimmer. Am Fenster stand, mit dem Rücken zur Tür, ein mittelgroßer, untersetzter Mann mit einem prachtvollen eidottergelben Turban. Als er das Geräusch von Schritten hörte, drehte er sich um. Paul ließ die orientalischen Gewänder und die ungeheuerliche Nase auf sich wirken, die dem Mann wie eine doppelte Tulpenzwiebel mitten im Gesicht saß. Unverkennbar Ambrose Jones.

»Schau an – Ambrose.«

»Ah, da seid Ihr ja, Pindar. Es sieht Euch nicht ähnlich, andere warten zu lassen.«

Die beiden Männer musterten sich argwöhnisch.

»Ihr habt da eine hässliche Schwellung«, sagte Ambrose schließlich. »Lasst mich einen Blick darauf werfen. Ist sie gebrochen?«

»Nein.« Paul befingerte seine immer noch schmerzende Nase. »Nur verstaucht.«

»Ihr spielt Eure Rolle gut.« Ambrose ließ seinen Blick über Pauls blasses Gesicht und die dunklen Augenringe wandern. »Ein wenig zu gut, wenn Ihr mich fragt.«

»Dasselbe könnte man über Euch sagen.«

»Zu freundlich, mein Herr.«

Sie schwiegen und betrachteten sich lauernd.

»Wie ich höre, bin ich eine Schande für die Ehrenwerte Kompanie«, ergriff Paul wieder das Wort.

»Mehr konnte ich in so kurzer Zeit leider nicht bewerkstelligen«, gab Ambrose trocken zurück, »obwohl ich zugeben muss, dass ich von Eurem John Carew ziemlich beeindruckt bin. Es muss ihn einige Mühe gekostet haben, diese kleine Szene bei Eurer Constanza zu inszenieren. Ein findiger Bursche.«

»Findig!«, erwiderte Paul bitter. »Carew geht wie üblich zu weit. Ich bin fertig mit ihm.«

»Dann weiß er nicht, wie die Dinge wirklich stehen?«

»Er ahnt nicht, dass Ihr ein Spion der Levante-Kompanie seid, wenn Ihr das meint. Oder dass ich Euch schon ebenso lange kenne wie Parvish.«

»Und alles andere – davon weiß er auch nichts?«

»Nicht das Geringste.«

»Ihr seid Euch dessen vollkommen sicher?«

»Nun ja, er hat etwas von den jüngsten Schwierigkeiten der Levante-Kompanie gehört, das ist wahr. Aber über Euch weiß er nichts. Er hält Euch für einen von Parvishs Faktoren, er glaubt, Ihr sammelt für sein Kuriositätenkabinett. Er weiß nicht, dass Ihr auch auf meine Bitte hin hier seid, um mich in einer geheimen Angelegenheit der Kompanie zu treffen.«

»Aber Ihr seid zornig.« Ambrose bedachte Paul mit einem

bohrenden Blick aus seinen wässrigen blauen Augen. »Sehr zornig auf ihn. Warum?«

»Müsst Ihr das noch fragen? Er hat Euch eine Botschaft gesandt, dass Ihr mich in Constanzas Haus aufsuchen sollt. Dabei wusste er genau, dass …«

»Was wusste er genau?«

»Dass sich solche Nächte sehr in die Länge ziehen können.«

»Ah, so nennt man das. Eine lange Nacht. Sehr hübsch. Zu meiner Zeit nannte man es sturzbetrunken.«

»Darum geht es nicht, das wisst Ihr genau. Carew ist ein hinterhältiger, heimtückischer kleiner Bastard –«

»Aber mein lieber Pindar«, unterbrach Ambrose ihn, »Ihr lasst ihn in dem Glauben, dass Ihr so gut wie ruiniert seid. Woher soll er wissen, dass Ihr lediglich, wie soll ich sagen …«

»Ich diversifiziere.«

»So nennen wir das jetzt, ja?«, fragte Ambrose hämisch.

Paul ging nicht darauf ein. »Ich verringere meine Anteile an dem derzeitigen Kapital der Levante-Kompanie und erwerbe stattdessen etwas Solideres, etwas, das im Gegensatz zu unserem Kapital unter den gegenwärtigen Umständen seinen Wert behalten wird. Edelsteine, um genauer zu sein.«

»Ich verstehe. Diesen Teil zumindest.« Ambrose zog ein großes, viereckiges Seidentuch aus der Tasche und wischte sich damit die Stirn. »Aber wenn kein Kaufmann in ganz Venedig über Eure Geschäfte im Bilde ist, wie könnte Ihr es dann von Eurem Diener erwarten?«

»Von ihm erwarte ich, dass er seine Nase nicht überall hineinsteckt«, sagte Paul hitzig. »Wenn es nach mir ginge, säße er im nächsten Schiff zurück nach London, und zwar in der Kombüse, wo er sich die Überfahrt verdienen muss.«

»Ihr seid zu hart.«

»Das sagt Constanza auch. Aber Ihr befindet Euch ebenso im Irrtum wie sie. Mein einziger Fehler war, dass ich ihn nicht hart genug angefasst habe. Er glaubt, er kann sich alles erlauben, weil …« Paul sprach den Satz nicht zu Ende. »Aber er bedeutet mir nichts, rein gar nichts«, schloss er verbittert. »Er ist ein Dienstbote! Das Denken sollte er anderen überlassen!«

»Nun, kümmert Euch nicht weiter um ihn.« Ambrose schob den Turban ein Stück zurück und wischte sich die schweißnasse Stirn. Er sah unzufrieden aus. »Dann bin ich also nichts weiter als *einer* von Parvishs Faktoren. Das ist ja noch schöner! Dazu möchte ich nur anmerken, dass mich das Sammeln für Parvishs Kabinett in mehr unerfreuliche Situationen gebracht hat als das Beschaffen von Geheimdienstinformationen für die Ehrenwerte Kompanie, abgesehen vielleicht von dem einen Mal, als sie ein Loch in die Decke des Audienzsaales der Dogen gesägt hatten. Aber das ist eine andere Geschichte.«

»Bitte, Ambrose!«, unterbrach Paul ihn beruhigend. »Setzen wir uns doch. Lassen wir unsere Differenzen für den Moment beiseite. Welche Neuigkeiten bringt Ihr mir?«

»Keine guten, fürchte ich. Wie Ihr bereits wisst, befahren die Holländer mit ihren Schiffen sehr erfolgreich den neuen Seeweg.« Ambrose zog eine Papierrolle aus dem neben ihm liegenden Bündel, auf die eine rudimentäre Landkarte gemalt war. »Hier kaufen sie ihre Gewürze« – er deutete mit dem Daumen auf eine versprengte Gruppe von Gewürzinseln am rechten Rand der Rolle –, »und dann bringen sie sie nicht etwa hierher über Land.« Er fuhr mit dem Zeigefinger im Bogen um die annähernd dreieckige Landmasse Indiens bis zum Hafen Ormuz und dann den Golf von Basra hinauf, ehe er zur persischen Wüste gelangte. »Von wo die Karawanen sie nach Aleppo befördern würden und dann weiter nach Venedig und Konstantinopel, wo unser Handelsposten liegt. Stattdessen segeln sie nach Süden« – sein Daumen wanderte auf der Karte nach unten um die weitaus größere Landmasse Afrikas herum – »zum Kap, genannt Buena Esperanza, Kap der Guten Hoffnung, auch wenn wir von dieser Hoffnung nicht viel profitieren werden. Denn obwohl die Reise um das Kap zehnmal länger ist, hat sie sich als zehnmal sicherer erwiesen als die alten Landwege in die Levante. Und wir wissen alle, was das jetzt schon für unsere Preise bedeutet.«

»Hat Parvish mir die Zahlen geschickt?«

»Das hat er in der Tat.« Ambrose wühlte in seinem Bündel und zog ein zweites Blatt hervor. Er setzte sich ein Brillengestell mit grün getönten Gläsern auf die enorme Nase und blinzelte kurzsichtig hindurch. »Wollen wir mal sehen ... ah, da sind sie ja. In Aleppo wurde die letzte Lieferung Pfeffer zu zwei Schilling pro Pfund gekauft, im Osten kostet dieselbe Menge nur zweieinhalb Pence.«

»Darf ich sehen?« Paul nahm ihm das Papier aus der Hand. »Bei den Nelken ist es dasselbe. Kürzlich haben wir sie für vier Schillinge das Pfund in Aleppo gekauft, aber im Osten kostet dieselbe Menge nur neun Pence.« Paul überflog die Liste. »Zimt, Muskatnuss, bei allem dasselbe.«

»Kein Zweifel, sie haben uns gründlich die Suppe versalzen.«

»Wie wahr.« Nachdenklich reichte Paul das Blatt an Ambrose zurück. »Die Preise sind noch niedriger, als ich erwartet hatte.«

»Und bald werden wir nicht nur die Holländer als Konkurrenten haben. Ihr habt Parvishs Brief über unsere eigene Ostindien-Gesellschaft gelesen, den ich für Euch im Haus der ... Dame gelassen habe?«

Paul nickte.

»Wenn unsere eigenen Kaufleute auch nur halb so erfolgreich wie die Holländer wären ...« Ambrose schüttelte den Kopf.

»Eulen nach Athen tragen.« Paul stand auf und trat nervös ans Fenster. Die schmalen Zimmerchen im Haus gegenüber waren von flackerndem Kerzenlicht erhellt.

»Was bedeutet das?«

»Das ist ein griechischer Ausdruck. Es gab in Athen in der Antike sehr viele Eulen, und so wurden sie zum Sinnbild der Stadt. Wenn es an einem bestimmten Ort bereits einen Überfluss von etwas gibt, ist es unsinnig, noch mehr davon an diesen Ort zu bringen.«

»Nun, ich bin gerade auf dem Weg nach Athen«, bemerkte Ambrose verdrossen, »ich werde Euch wissen lassen, ob ich Eulen gesehen habe.«

»Was führt Euch dahin?«

»Parvishs Kabinett. Es kursieren Gerüchte, dass dort kürzlich eine Meerjungfrau auf den Markt gekommen ist, und ich soll sie für ihn erwerben.«

»Ich dachte, er hätte schon eine Meerjungfrau.«

»Er hat die Locke einer Meerjungfrau«, erwiderte Ambrose, »das ist ganz und gar nicht vergleichbar. Die Locke einer Meerjungfrau ist nichts weiter als ein Fetzen Seetang – das müsstet Ihr eigentlich wissen. Außerdem besitzt alle Welt so etwas. Aber diese ist echt, hat man mir versichert.«

»Hoho! Und Ihr glaubt das? Es ist nicht wieder nur ein Affenschädel, der auf einen getrockneten Fischschwanz genäht wurde oder irgendeine ähnliche Monstrosität?« Paul verzog skeptisch das Gesicht. »Wo habt Ihr die Informationen her?«

»Ihr wisst, dass ich meine Quellen nie preisgebe. Ich habe ein außerordentlich umfangreiches Netz von Informanten von hier bis Lime Street – unser guter Freund Prospero gehört im Übrigen auch dazu.« Ambrose, der dabei war, die Papierrollen wieder in seinem Bündel zu verstauen, hielt inne und betrachtete Paul über den Rand seiner Klemmbrille hinweg. »Wer, bitte, seid Ihr, die Geschichte mit der Meerjungfrau in Zweifel zu ziehen? Wer fand das ägyptische Krokodil für Parvish, hmm? Seine umfangreiche Sammlung seltsamer Vogelschnäbel aus dem Fernen Osten? Ganz zu schweigen von dem echten Horn eines Einhorns. Außer ihm besitzen nur die Medici-Fürsten eines, hat man mir hinterbracht.«

»Ambrose!« Paul sah, dass sich sein Gegenüber schon wieder echauffierte. »Das bezweifle ich alles ganz und gar nicht! Wenn irgendjemand etwas so Außergewöhnliches ausfindig machen kann, dann Ihr, das wissen wir alle. Ihr habt für Parvish die Krone aller Wunderkammern geschaffen, die beste in ganz England, das ist allgemein bekannt.«

»Die beste in England? Die beste in Europa!«

»Die beste in Europa«, bestätigte Paul beschwichtigend. »Nun sagt mir, wie geht es dem alten Mann?«

Ambrose rückte seinen Turban zurecht. »Alt ist er.«

»Nein«, hakte Paul freundlich nach, »ich meinte, wie geht es ihm wirklich?«

»Wie ich gesagt habe: Er ist alt geworden. Wie ich. Es gibt zu viel Neues in dieser Welt. Zuerst ein neuer König, dann neue Handelsrouten. Was kommt als Nächstes? Keinem von uns gefällt das. Wir bevorzugen das Altbewährte. Und außerdem bekommt mir das viele Herumreisen nicht mehr.«

Paul lachte. »Das höre ich nun schon seit zwanzig Jahren von Euch – seit ich Euch kenne.«

»Mag sein, aber diesmal meine ich es ernst. Zu viele marode Schiffe. Und, genau betrachtet, auch zu viele marode Kaufleute.« Ambrose legte Paul die Hand auf die Schulter. »Es bräche Parvish das Herz, wenn er Euch in diesem Zustand sähe. Und wenn Ihr mich fragt – was Ihr nicht vorhabt, das weiß ich –, dann ist dies der Grund, warum Ihr so wütend auf Euren John Carew seid. Ihr wisst sehr wohl, dass Ihr nicht nur eine Rolle spielt, so gern Ihr mir das auch vormachen würdet. Carew hält Euch den Spiegel vor, Pindar, und Euch gefällt nicht, was Ihr darin seht.«

»Ich weiß, was ich tue.«

»Tatsächlich?« Ambrose deutete auf das kleine, verglaste

Fenster. Paul drehte sich um und fand sich mit seinem Spiegelbild konfrontiert. Über seiner Nasenwurzel hatte sich eine bläuliche Beule gebildet, seine Augen waren rot gerändert. Trotz der Nacht bei Constanza sah er erschöpft aus und seine ohnehin blasse Haut war so bleich, als hätte er überhaupt nicht geschlafen.

»›Gewitzt, gescheit und ein wahrer Gentleman‹«, sagte Ambrose ernst, »so haben Euch die ehrenwerten Kaufleute einmal genannt. Und so war der Mann beschaffen, den Sie als ihren Gesandten zum Sultan nach Konstantinopel geschickt und mit einer wichtigen Mission betraut haben.« Ambroses überraschend kräftige Finger krallten sich in Pauls Schulter. »Aber ich erkenne die Anzeichen von Verfall«, fügte er leise hinzu. »Was ist mit Euch geschehen, Pindar? Habt Ihr in letzter Zeit einmal in den Spiegel geblickt? Erzählt mir nicht, dass Ihr Euch das absichtlich angetan habt.«

»Ich weiß, was ich tue«, wiederholte Paul und versuchte, sich ihm zu entziehen, aber Ambrose hielt ihn fest. »Ich weiß es und Parvish auch«, beteuerte Paul. »Wenn die neue Ostindien-Gesellschaft mit ihren Unternehmungen Erfolg hat, wird sie dieselben Gewürze wie wir kaufen, aber fast an der Quelle. Wenn sie dazu noch den neuen Seeweg befährt, wie es die Holländer tun, wird der Levante-Handel zusammenbrechen, und wir stehen vor dem sicheren Ruin. Wir waren uns einig, dass wir sämtliche Anteile verkaufen, die wir besitzen … und vorläufig in etwas Wertbeständiges investieren, bis wir klarer sehen, was das Gebot der Stunde ist.«

»Edelsteine. Ja, das habt Ihr mir schon erklärt. Sehr schlau. Klein, tragbar und im derzeitigen Klima viel wertbeständiger als Pfeffer oder Nelken. Ihr hattet schon immer besonders kluge Ideen, das gestehe ich Euch zu. Aber das Glücksspiel?«

»Was ist damit?« Paul zog einen glänzenden, runden Gegenstand aus der Tasche, etwa so groß wie eine Uhr und auch so geformt, und strich mit dem Finger zart über den vergoldeten Messingdeckel. Ein Muster war darauf eingraviert, das zwei sich umschlingende, aalähnliche Geschöpfe zeigte, Neunaugen oder auch Lampreten genannt.

»Ihr wisst genau, was ich meine«, bohrte Ambrose weiter. »Weiß Parvish von Eurer Spielsucht?« Als Paul nicht antwortete, wurde er laut. »Was ist? Habt Ihr Eure Zunge verschluckt? Ich fühle es in den Knochen, Pindar, Ihr habt die Spielerkrankheit.«

»Ich weiß nicht, wovon Ihr redet.« Geistesabwesend klappte Paul den Deckel des runden Kompendiums mit dem Daumen auf und zu.

»Oh doch«, widersprach Ambrose unwirsch. »Ich könnt nicht mehr damit aufhören, stimmt's? Ihr seid süchtig.«

»Das ist eine Lüge …«

»Was fummelt Ihr dann so nervös an diesem Kompendium herum? Ihr konntet noch nie gut lügen. Parvish hat immer gesagt, dass er Euch durchschaut, weil Ihr die Finger nicht ruhig halten könnt, wenn Ihr die Unwahrheit sagt. Lasst mich sehen.« Ambrose nahm Paul das Kompendium aus der Hand und musterte es mit dem geschulten Blick des Sammlers. »Ein sehr minderwertiges Stück. Ich bin überrascht. Humphrey Cole würde sich im Grabe umdrehen. Wo ist das alte?«

»Ich habe es verschenkt«, sagte Paul gleichmütig. »An eine Freundin.«

»Eine Freundin?« Ambrose hielt den Deckel dicht vors Gesicht und betrachtete die beiden länglichen Fische. »Lampreten, wenn ich mich nicht täusche … ach so.«

Er reichte Paul das Kompendium zurück und ließ sich schwerfällig auf einen Stuhl sinken. Dann nahm er den Turban ab und stellte ihn auf einen niedrigen Hocker.

»Hört zu«, fuhr er in sanfterem Ton fort, während er sich

über das schüttere Haar strich. »Ich weiß Bescheid über Euren Verlust, Pindar. Ich weiß, was Ihr durchgemacht habt.«

»Ihr seid ein Narr, wenn Ihr alles glaubt, was Carew von sich gibt«, entgegnete Paul mürrisch.

»Und Ihr seid ein Narr, wenn Ihr glaubt, dass ich meine Informationen nur von einem lausigen Dienstboten beziehe«, gab Ambrose zurück. »Mein Beruf ist das Sammeln, Pindar. Ich sammle die Hörner von Einhörnern, Meerjungfrauen, geheimdienstliche Erkenntnisse. Deshalb bin ich hier.«

»Um Informationen über mich zu sammeln?« Paul brach in bitteres Gelächter aus und verzog sogleich das Gesicht, denn seine Rippen schmerzten noch vom Sturz der letzten Nacht. »Parvish hat Euch geschickt, damit Ihr Euch über mich *informiert?*« Er rieb sich die schmerzende Brust. »Ihr träumt, Ambrose.«

Doch Ambrose konnte man nicht so leicht täuschen, er war hellwach, und Paul entschloss sich, es mit einem Bluff zu versuchen. »Wer genau sind Eure Informanten?«

»Wie schon gesagt, ich gebe meine Quellen nie preis.« Ambrose sah ihn streng an. »Unter anderem bin ich hier, um von Euch die Zusicherung zu erhalten, dass Ihr mit dem Spielen aufhört und weder Euer eigenes Geld noch das von Parvish oder sonst jemandem einsetzt. Ihr behauptet, Ihr hättet die Spielerkrankheit nicht, also sollte es Euch doch ausgesprochen leichtfallen, mir dies zuzusichern, nicht?« Trotz seiner geringen Körpergröße verstand es Ambrose, Autorität auszustrahlen. »Nun«, bellte er drohend, »tut Ihr es?«

Paul zögerte, dann nickte er kurz.

»Ich habe Euer Wort?«

»Ihr habt mein Wort.«

In diesem Moment wurde der Vorhang zurückgezogen und ein atemloser Prospero erschien im Durchgang. »Verzeiht die Störung, meine Herren, aber Ihr habt Besuch, einen äußerst zudringlichen jungen Mann, der sich nicht abweisen ließ.« Bevor er den Satz zu Ende gesprochen hatte, stürmte Carew an ihm vorbei ins Zimmer.

»Ah, hier bist du! Constanza hat gesagt, du wärst vielleicht hier, ich habe überall nach dir gesucht ...« Carew verstummte abrupt, als er Ambrose bemerkte. Dieser starrte ihn empört an. Was erdreistete sich dieser Dienstbote, so mit seinem Herrn zu sprechen! Er ließ es wirklich an jedem Respekt mangeln. Paul, der ihm seine Entrüstung ansah, überlegte für einen Moment, ob er ein erklärendes Wort einfließen lassen sollte. Aber er entschied sich dagegen: Was ging es Ambrose an, dass er und Carew wie Brüder aufgewachsen waren und sich seit ihrer Jugend nicht getrennt hatten?

Die drei Männer taxierten sich misstrauisch. Als Erster fand Carew seine Stimme wieder.

»Ach«, ließ er sich spöttisch vernehmen, »welch ein trautes Zusammentreffen.«

»Macht Euch keine Sorgen, Prospero«, beruhigte Paul den betretenen Mendoza, »Signor Jones und ich waren gerade zum Ende gekommen.«

»Dann gehabt Euch wohl, Pindar, ich habe noch etwas mit Prospero zu besprechen.« Ambrose bückte sich ächzend, um seinen Turban aufzuheben. »Und Euch möchte ich auch noch einige Fragen stellen, aber das hat keine Eile.«

Prospero begleitete Paul in die Werkstatt zurück und gab ihm den Spinell. »Hier ist Euer Stein. Es ist ein hübsches Exemplar, das gebe ich zu, aber viel kann ich Euch nicht dafür bieten.« Er nannte einen Preis in Dukaten.

»Ist das alles?«

»Es tut mir leid, Engländer. Der Markt ist neuerdings von Schmucksteinen überschwemmt. Ein Spinell ist heutzutage nicht viel wert.«

»Wieso?«

»Es heißt, eine Dame verkaufe solche Steine, eine Dame aus einem der Klöster.«

»Eine der Nonnen?«

»Vielleicht, vielleicht auch nicht.« Prospero zuckte die Achseln. »Für mich klingt es unwahrscheinlich, denn was sollte eine Nonne mit so vielen Juwelen anfangen?«

»Aller Wahrscheinlichkeit nach eine reiche Witwe, die dort Zuflucht gesucht hat. Oder die Steine sind Teil einer Mitgift von einer dieser armen Novizinnen«, spekulierte Paul. Dann kam ihm ein Gedanke. »Ist sie es womöglich auch, die diesen großen Diamanten verkauft hat, von dem alle Welt spricht? Der Blaue Stein des Sultans? Habt Ihr von ihm gehört?«

»Natürlich habe ich von ihm gehört. Wenn Ihr mir den bringt, Engländer, dann kommen wir ins Geschäft.« Prosperos Augen leuchteten. »Ich würde viel dafür geben, ihn nur einmal in den Händen zu halten. Fast einhundert Karat soll er haben. Wisst Ihr, wie viel das ist?« Er hielt die geballte Faust in die Höhe. »Fast so groß. Und dann diese Farbe: ein echtes Blauweiß, womit wir das exquisiteste Weiß meinen, das einen ganz leichten bläulichen Schimmer aufweist. Stellt Euch vor, Engländer, welch eine Schönheit – ein Diamant von der Farbe des Mondes!« Prospero seufzte tief auf. »Aber nicht deshalb sprechen die Edelsteinhändler von nichts anderem mehr. Über die Jahre haben viele große Steine ihren Weg zur Lagune oder aus ihr hinaus gefunden. Das Bemerkenswerteste an diesem Stein ist sein brillanter Schliff. Man sagt, er habe fast doppelt so viele Facetten, wie unsereiner schleifen könnte. Was für ein Licht! Was für ein Glanz! Welches unbekannte Genie hat dieses Wunderding nur geschaffen?« Prospero schüttelte den Kopf. »Keiner weiß es.«

»Was glaubt Ihr, woher dieser Diamant stammt?«

»Der Stein selbst? Fast sicher aus Indien, aus einer der großen Minen von Golconda. Manche behaupten, er sei einst das

Auge eines Götzen in einem ihrer heiligen Tempel gewesen, aber diese großen Steine« – Prospero spreizte die Finger beider Hände –, »sie kommen und gehen, sie ändern ihren Namen, niemand weiß es je mit Sicherheit.«

»Ammenmärchen, Prospero.«

»Nein, Engländer!« Obwohl sie allein im Raum waren, senkte Prospero die Stimme. »Das sind keine Ammenmärchen! Diamanten haben viele mystische Kräfte, das hat man schon immer gewusst. Aber der Blaue des Sultans ist ... anders. Es hat noch nie einen Diamanten oder überhaupt einen Edelstein wie ihn gegeben.« Prospero sprach im Flüsterton, als jagten ihm seine eigenen Worte Angst ein. »Ich habe gehört, dass dieser Diamant vieles bewirken kann. Wird er aus freien Stücken verschenkt, verleiht er dem Träger großen Schutz. Für einen guten Menschen kann er viel Gutes bewirken, doch bei einem bösen gilt das Gegenteil. Man sagt, er trüge eine magische Inschrift in der Sprache der Moguln ...« Er blickte auf und sah Pauls skeptische Miene. »Bah!« Angewidert wedelte Mendoza mit der Hand und schob Paul fort. »Ihr hört nie auf mich, Engländer, warum verschwende ich überhaupt meinen Atem an Euch?«

»Ihr würdet mir demnach einen guten Preis bieten, Prospero, sollte ich auf einer meiner Reisen über ihn stolpern?«

Aber Prospero war nicht in der Stimmung für Neckereien. »Nein, Engländer, ich will den Blauen des Sultans nicht. Niemals!« Seine Stimme war wieder lauter geworden. »Einen Blick auf ihn werfen, um seine Schönheit zu bewundern – o ja. Davon träumen wir doch alle. Aber mehr nicht. Und Ihr werdet nicht viele Händler finden, die sich mit ihm abgeben. Von einem Stein wie diesem lassen wir alle lieber die Finger.«

»Warum sagt Ihr das?«

Prospero scharrte unbehaglich mit den Füßen. »Der Stein wandert weiter.« Er wich Pauls Blick aus.

»Was?«

»Ich sagte, der Stein wandert weiter.« Ungeduldig warf Prospero seinen langen Bart über die Schulter. »Habt Ihr denn kein einziges meiner Worte begriffen? Glaubt Ihr, dass ein magischer Stein wie dieser gekauft und verkauft werden kann? Nein, sage ich, und wer es versucht, dem wird es schlecht ergehen.«

Prospero wandte sich ab und schlurfte zur Tür, aber kurz davor blieb er unschlüssig stehen und drehte sich noch einmal um.

»Wenn Ihr es unbedingt wissen wollt: Es war ein Herr, keine Dame, der den Blauen verkauft hat. Es heißt, er sei aus Konstantinopel gekommen.«

»Was ist aus dem Mann geworden?«

»Das weiß niemand. Er brachte den Stein hierher ins Ghetto, um ihn schätzen zu lassen, aber kein Händler hätte das Geld gehabt, einen Stein wie diesen zu kaufen, selbst wenn er es gewollt hätte. Ich glaube auch nicht, dass er ihn verkaufen wollte. Ein Bekannter von mir bot ihm an, den Stein für ihn sicher zu verwahren – man will schließlich nicht mit einem solchen Wertgegenstand in der Tasche durch die Stadt spazieren –, und bot auch an, in Antwerpen und Amsterdam vorzufühlen. Es gibt immer einen Dummkopf, der einen solchen Stein kaufen würde, man braucht nur Zeit, um ihn zu finden. Er hat gesagt, er käme zurück, aber …«

»Er ist nicht wiedergekommen?«

»Ich habe gehört, er habe den Stein beim Kartenspiel verloren, möge sein Name für immer getilgt sein!« Prospero wandte sich endgültig ab und spuckte auf den Fußboden. »Versteht Ihr jetzt? Es ist so, wie ich Euch sagte, Engländer, der Stein wandert weiter. Es hat keinen Sinn, nach dem Warum zu fragen oder es verhindern zu wollen.«

Kapitel 13

Es war fast Mitternacht, als Paul und Carew Prosperos Werkstatt verließen. Der Mond schien hell. Als besondere Vorsichtsmaßnahme hatte Paul keine Gondel genommen, und so gingen sie, um die Wachen nicht auf sich aufmerksam zu machen, zu Fuß durch die engen Gassen entlang der Kanäle.

Schließlich brach Paul das Schweigen. »Es hat sicher keinen Sinn, dich zu fragen, wo du die letzten beiden Tage gesteckt hast?« Er sprach leise, aber sein Ton war schneidend. »Nein, sage es mir lieber nicht« – er hob abwehrend die Hände –, »ich will es gar nicht wissen. Von jetzt an bist du auf dich allein gestellt, Carew. *Basta*. Mir ist es egal, was du treibst.«

»Mach dir keine Gedanken, ich bin schon so gut wie weg«, sagte Carew spöttisch. »Aber bevor ich mich davonmache: Es hat sicher keinen Sinn, dich zu fragen, was du mit Ambrose Jones ausgeklüngelt hast?«, äffte er den anderen nach.

»Geht dich das irgendetwas an?«, erwiderte Paul gereizt. »Ich dachte, es war deine Idee, uns miteinander *bekannt* zu machen. Ich muss sagen, dies ist dir nun wirklich gelungen.«

Carew ignorierte die Stichelei. »Wer ist er? Wer ist Ambrose?« Als Paul keine Antwort gab, fuhr er fort: »Du kanntest ihn schon, nicht? Ich glaube keine Sekunde, dass er für Parvish sammelt.«

»Oh doch, das tut er, genau wie er sagt.« Paul hatte sein Tempo beschleunigt, und seine Rippen begannen wieder zu schmerzen. »Aber er ist auch ein Spion der Levante-Kompanie, du ausgemergelter, schwachköpfiger Hurenbock!« Schwer atmend blieb Paul stehen. »Hast du die geringste Vorstellung, was du gerade angerichtet hast? Mein Ansehen bei Parvish zu besudeln ist schon schlimm genug gewesen, aber –«

»Ich wollte dein Ansehen nicht besudeln«, unterbrach ihn Carew, »ich wollte nur, dass du *aufwachst!*«

»Aber jetzt hast du mich in Parvishs Gewalt gegeben. Er kann mich vor der gesamten Levante-Kompanie bloßstellen!«

»Aber begreifst du denn nicht? Geht das nicht in deinen Kopf? Du *bist* schon längst bloßgestellt! Alle wissen Bescheid über dich, über diese … diese … Verrücktheit … diese Melancholie!« Carew schrie fast, und seine Stimme hallte von den Wänden des engen *passaggio* wider. »Du bist nicht mehr du selbst.«

»Still, du Dummkopf!« Paul packte Carew bei den Schultern und zog ihn in den Schatten. »Ich habe die Erlaubnis, zu dieser Stunde unterwegs zu sein, aber du nicht, denk daran. Und wenn der Wächter uns hier findet, habe ich keine Skrupel, dich ihm wie eine Ratte vor die Füße zu werfen.«

Sie waren zu einer kleinen Brücke am Ende der Passage gelangt. Paul keuchte und spürte einen stechenden Schmerz in der Brust. Schwer atmend lehnte er den Kopf gegen eine Hauswand und versuchte, wieder zur Ruhe zu kommen und sich zu orientieren. Irgendwo im Labyrinth der kleinen *calli* hatten sie eine falsche Abzweigung genommen. Er wusste nicht mehr, wo sie waren.

Der Kanal vor ihnen war sehr schmal. Er führte zur Linken der Brücke zurück in das Labyrinth der Gassen von Cannaregio, rechts mündete er nach wenigen Metern in eine andere, etwas größere Wasserstraße. Der Mond hing niedrig zwischen den Dächern der Kaufmannshäuser und spiegelte sich im stillen, schwarz glänzenden Wasser. In einem der Bogenfenster über ihnen brannte eine einsame Kerze.

Gab es irgendwo auf der Welt etwas Schöneres oder Melancholischeres als diesen nächtlichen Anblick? Paul hatte, mit Unterbrechungen, sein halbes Leben hier verbracht, aber erst in diesem Moment begriff er, wie sehr sich die Liebe zu dieser Stadt inzwischen in Hass verwandelt hatte. Was war nur in ihn gefahren, hierher zurückzukommen? Lag es daran, dass Celia einmal hier gelebt hatte? Hier hatte er sich in sie verliebt, nachdem er ihr bei Kaufmann Parvish in London begegnet war und sich mit ihr verlobt hatte. Dann war er für die Levante-Kompanie nach Konstantinopel gefahren, und der Handelssegler, mit dem Celia zusammen mit ihrem Vater nach England zurückkehren wollte, hatte Schiffbruch erlitten – das hatte er jedenfalls angenommen. Doch in Konstantinopel hatte Carew behauptet, er habe sie gesehen, sie sei auf wundersame Weise in den Harem des Sultans gelangt. Paul hatte nie gewusst, ob er Carew trauen durfte, aber sie waren ohnehin nie zu Celia gelangt – denn der Harem war eine abgeschlossene Welt –, und er, Paul, war mit all den ungelösten Fragen und seiner großen Trauer allein geblieben.

Vielleicht hatte Carew Recht? Er war sich selbst fremd geworden. In Venedig gab es keine Celia mehr, sie war auf ewig verloren, doch die Stadt war nach wie vor von ihrer schattenhaften Gegenwart erfüllt. Immer wenn er durch diese Straßen ging, überkam ihn das seltsame Gefühl, dass sie eines Tages um die Ecke biegen und vor ihm stehen würde. Dieses Wunschbild konnte er einfach nicht aus seinem Kopf verbannen. Ein paar Mal hatte er sogar geglaubt, sie zu sehen – wenn eine junge Frau mit heller Haut und goldblondem Haar über ein Buch oder eine Näharbeit gebeugt am Fenster saß. Der flüchtige Anblick einer Frau, die mit halb abgewandtem Gesicht in einer Gondel an ihm vorüberglitt, ließ sein Herz schneller schlagen. Aber dann drehten sich diese Frauen um oder sagten etwas, und Paul begriff schlagartig, dass keine von ihnen Celia war und dass er seine Liebste nie wiedersehen würde. In dieser Stadt fand er nur noch Feuchtigkeit und Moder.

Plötzlich bewegte sich etwas auf der anderen Seite der Brücke. Paul starrte angestrengt in den Schatten.

»Hast du das gesehen?«, hörte er Carews leise Stimme, »da links, unter den Bögen?«

Dann hatte Carew es also auch bemerkt. Paul wollte gerade antworten, als eine in einen Umhang gehüllte Männergestalt, deren Gesicht unter einer Kapuze verborgen war, sich aus dem Schatten löste und auf sie zukam. Am obersten Punkt der Brücke blieb der Mann stehen und fragte leise: »Paul Pindar?«

Paul bedeutete Carew mit einer Geste, stehen zu bleiben, und trat einen Schritt auf den Fremden zu.

»Wer will das wissen?«

Instinktiv hatte er die Hand an den Griff seines kurzen Dolches gelegt, aber der Mann hob beide Hände, um zu zeigen, dass er unbewaffnet war.

»Paul? Kennst du mich nicht mehr?«

Beim Sprechen zog der andere die Kapuze vom Kopf. Er kam Paul tatsächlich vage bekannt vor.

»Ich bin's, Francesco.«

»Francesco?«, wiederholte Paul verblüfft. »Gütiger Gott! Bei meinem Leben, du bist es!«

Er lief dem Mann entgegen, und die beiden umarmten sich mitten auf der Brücke.

»Francesco! Wie lange ist es her?«

»Zu lange, viel zu lange!«

»Jahre.« Paul betrachtete das Gesicht seines alten Freundes mit ebenso viel Neugier wie Freude. »Francesco Contarini! Zehn Jahre haben wir uns doch gewiss nicht gesehen, oder länger?«

»Zehn, fünfzehn, wen kümmert das?«, fragte Francesco lächelnd. »Zu viele, um sie zu zählen.«

Die Männer standen sich gegenüber und musterten sich aufmerksam.

»Du hast dich überhaupt nicht verändert.«

»Du auch nicht.«

Beide wussten, dass der andere log. Um Pauls Nase und Augen hatten sich Blutergüsse gebildet, seine Haare und sein Bart waren von grauen Strähnen durchzogen. Francescos einst so hübsches Gesicht war schmal geworden, und das Leinen an seinem Hals und an den Ärmeln war schmuddelig und so fadenscheinig, als habe er seit Monaten die Kleidung nicht gewechselt. Dennoch lächelten beide anerkennend und behielten ihre Eindrücke für sich.

»Ich hörte, du seist eine Weile weg gewesen.« Francesco klopfte Paul ungeschickt auf die Schulter.

»Das stimmt. Ich habe einige Jahre in Konstantinopel gelebt. Die Levante-Kompanie hat mich hingeschickt, um sie bei Verhandlungen mit dem Großtürken zu vertreten. Es ging um Handelsrechte, du verstehst …«

»Aber natürlich: Paul Pindar, der große Kaufmann.« Francescos Schmeichelei war nicht ganz frei von Ironie. Beim Lächeln entblößte er schwarze Zahnstümpfe. »Warum überrascht mich das nicht? Du warst schon immer zu Höherem berufen. Von Fortuna begünstigt.«

»Fortuna …« Paul lächelte traurig. »Eine launische Geliebte, fürchte ich.«

»Ich habe die Sache mit Tom Lamprey und seiner Tochter gehört«, sagte Francesco mit einem teilnahmsvollen Nicken. »Es tut mir leid.«

»Danke«, entgegnete Paul. »Das ist lange her.« Um das Thema zu wechseln, fragte er mit künstlicher Munterkeit: »Und du, Francesco? Erzähl mir von dir.«

»Ich war auch fort …« Francesco stieß ein heiseres Geräusch aus, das ebenso ein Husten wie ein Lachen sein konnte. »Du hast es sicher gehört?«

»Ich habe es gehört, ja.«

Aber was genau? Paul kramte in seinem Gedächtnis. Irgendetwas über eine Frau, einen Streit beim Würfeln oder Kartenspiel? Francesco hatte jemanden getötet, so viel war sicher.

Francesco deutete Pauls Stirnrunzeln richtig und zuckte die Achseln. »Eine Hure, sie hat mir nichts bedeutet.« Er klang gleichmütig, aber das helle Mondlicht verriet die Anspannung. »Du weißt, wie das ist. Vier Jahre hat sie mich gekostet, vier volle Jahre im Exil. Und ich kann mich inzwischen nicht einmal mehr an ihren Namen erinnern. So wenig wie an den von dieser anderen Kurtisane, zu der wir als junge Männer gegangen sind. Weißt du noch? Wie hieß sie doch gleich?«

Paul schwieg. Dann sagte er betont unbeteiligt:

»Constanza?«

»Constanza. Natürlich. Ich hatte es vergessen.«

Constanza vergessen? War das möglich? Sie hatten sich wegen Constanza damals entsetzlich gestritten. Der Kampf um ihre Zuneigung hatte sogar so heftig getobt, dass sich ihre Freundschaft nie vollständig davon erholt hatte.

»Siehst du sie noch?«

»Von Zeit zu Zeit.«

»Sie muss jetzt alt sein. Nichts ist so widerlich wie eine alte Hure, findest du nicht?«

Als Paul nicht antwortete, zuckte Francesco die Achseln. »Na, wie du gesagt hast, es ist lange her. Komm, gehen wir ein paar Schritte.«

Er nahm Paul am Arm und dieser ließ sich von dem Jugendfreund mitziehen. Die verwinkelten Gassen und *calli* waren menschenleer und totenstill. Das Mondlicht glänzte auf den ölig schimmernden schwarzen Kanälen.

»Wohin willst du zu dieser späten Stunde?«

»Das fragst ausgerechnet du?« Francesco stieß wieder sein heiseres Lachen aus. »Was glaubst du? Wohin geht man wohl mitten in der Nacht?«

»Ich spiele nicht mehr, Francesco, wenn es das ist, was du vorhast.« Paul war selbst erstaunt, wie entschieden er klang.

»Du spielst nicht mehr?« Francesco warf ihm einen raschen Seitenblick zu. »Da habe ich aber etwas anderes gehört ...« Er brach ab.

»Nun ja, das stimmt.«

»Seit wann hast du aufgehört?«

»Seit heute.«

Francesco lachte. »Oh, ich sehe, das haben also diese blauen Flecken zu bedeuten.« Als Paul nicht reagierte, lachte er noch lauter. »Schon gut, du musst mir nichts erzählen, wenn du nicht willst, ich kenne mich aus.« Vertraulich beugte er sich zu Paul hinüber, der seinen weingeschwängerten Atem roch. Und daneben die säuerlichen Ausdünstungen eines Mannes, der seit Tagen nicht geschlafen und sich nicht gewaschen hat. »Dann also auf einen Becher Wein?«

»Ich habe auch das Trinken aufgegeben.« Die Aussicht auf eine weitere Nacht wie die vorige verursachte Paul Übelkeit. Aber Francesco ignorierte seinen Einwand.

»Ich kenne den passenden Ort. Ein Bekannter von mir – der Cavaliere – hat kürzlich ganz in der Nähe ein kleines *ridotto* eingerichtet. Hast du den Cavaliere schon kennengelernt?«

»Nein, ich glaube nicht.«

Als Francesco sah, dass Paul zögerte, bemühte er sich, seine Zweifel zu zerstreuen. »Ich versichere dir, es ist ein sehr gutes Etablissement, anders als manche dieser neuen *casini*. Der Cavaliere lässt alle zu, sofern sie ein Empfehlungsschreiben vorweisen können – und vorausgesetzt, sie sind kreditwürdig.« Francesco grinste, wobei erneut seine schwarzen Zähne zum

Vorschein kamen. »Komm mit, ich werde dich bei ihm einführen. Nach all den Jahren ist es das Mindeste, was ich für dich tun kann.«

Paul fragte sich, wie viel Carew, der immer noch im Schatten des kleinen *passaggio* auf ihn wartete, von ihrem Gespräch belauscht hatte. Wie konnte er Francesco mit Anstand loswerden? Etwas an dem alten Freund, etwas Fiebriges, Animalisches, stieß ihn ab. Doch da er keine Chance sah, sich von Francesco zu befreien, würde er ihm mit Carew einfach folgen. Er hatte zwar Ambrose sein Wort gegeben, dass er nicht mehr spielen würde, aber ein paar Schlucke Wein konnte er schließlich aus reiner Höflichkeit mit Francesco trinken und sich dann verabschieden.

»Dir zuliebe, mein alter Freund«, sagte er gut gelaunt. »Nur einen Becher, um der alten Zeiten willen.«

Nur einen Becher im neuen *ridotto,* dachte Paul. Das konnte doch nicht schaden.

Kapitel 14

Das *ridotto*, das Francesco zügig ansteuerte, lag über einer Weinhandlung in der Calle dell'Astrologo gleich hinter dem Canal Grande.

Als junger Faktor in Diensten von Kaufmann Parvish hatte Paul in Venedig Dutzende solcher Orte aufgesucht: improvisierte Spielhöllen über Gasthäusern oder Läden, in denen Männer Karten spielten, dem Glücksspiel nachgingen und dabei häufig große Summen verloren. So war er keineswegs überrascht, als Francesco sie durch den Hintereingang eines leeren Ladengeschäfts einließ und zu einer Tür hinter der Theke führte, hinter der sich eine engen Treppe ins obere Stockwerk wand.

Francesco ging über die Stufen voran, Paul und Carew folgten. Oben fanden sie sich in einem großen Raum wieder, der, wie sie im hellen Mondlicht erkannten, ebenso leer war wie der untere. Am hinteren Ende befand sich mitten in der splitternden Wandtäfelung eine einzelne Stufe mit einer winzigen Tür. Die Tür war so klein, dass sich Paul zunächst kaum vorstellen konnte, dass dahinter etwas anderes als ein Wandschrank oder allenfalls eine Dachkammer lag. Doch als Francesco anklopfte, öffnete sie sich wie geölt, und die drei Männer traten über die Schwelle in eine Art Vestibül, nur wenige Quadratmeter groß, an dessen gegenüberliegender Seite eine zweite, deutlich größere Tür zu sehen war: ein geheimer

Durchgang vom ersten Obergeschoss der Weinhandlung direkt in das angrenzende Haus.

Hier schien Francesco zum ersten Mal Carew wahrzunehmen. Er runzelte die Stirn und blickte Paul fragend an. »Dein Diener? Kann er den Mund halten?«

»Ja, ich verbürge mich für ihn«, versicherte Paul, »aber was ist das hier, Francesco? Wo sind wir?«

Durch die Tür, vor der sie standen, drang kein Geräusch. In dem gesamten Gebäude war es fast unheimlich still, sodass Paul einen verrückten Moment lang glaubte, sie befänden sich überhaupt nicht in einem *ridotto*. Sollte man sie absichtlich getäuscht haben? In diesem winzigen Vorraum säßen er und Carew wie die Ratten in der Falle. Paul spürte, wie sich sein Pulsschlag beschleunigte. Sie waren offenbar ganz allein an diesem seltsamen Ort.

Doch gerade als er sich fragte, welcher Aberwitz ihn dazu verleitet hatte, seinem alten Freund hierher zu folgen, hörte er Francescos Antwort. »Du fragst, was das ist? Das, mein Freund, ist ein *ridotto,* wie du in deinem ganzen Leben noch keines gesehen hast.«

Noch während er sprach, schwang die zweite Tür auf wie von Geisterhand, und diesmal standen sie geblendet auf der Schwelle des *piano nobile* eines großen Palazzo, das von Kerzen taghell erleuchtet war. An den Wänden prangten kostbare Gemälde, vor den Fenstern wellten sich schwere, mit Quasten besetzte Vorhänge aus üppigem Samt, und von der Decke hing ein riesiger Kronleuchter aus feinstem Murano-Glas. Doch am merkwürdigsten mutete sie an, dass dieser stille Raum voller Menschen war.

Männer und Frauen, einige von ihnen maskiert, standen in Gruppen zusammen oder bewegten sich schweigend zwischen den Tischen hin und her. Die Männer hielt Paul für junge Adlige und Kaufleute, die Frauen waren fast ausschließlich Kurtisanen, deren Lippen und Wangen mit karmesinroter Farbe bemalt waren, wie es neuerdings in Venedig unter solchen Frauen der Brauch war.

Alle waren nach der neuesten Mode gekleidet – steife Brokatstoffe in Edelsteinfarben fielen gefältelt von gepolsterten, spitz zulaufenden Miedern. Die Corsagen waren tief angesetzt und ließen bloße Brüste bis zu den Brustwarzen erkennen. Die ungewöhnlich hohen Stehkragen bestanden aus feinster, gestärkter *point-de-Venise*-Spitze, die fast durchsichtig war und sich im Nacken auffächerte wie eine Halskrause aus Pfauenfedern. Die Haare trug man in der Mitte gescheitelt und zu zwei merkwürdig hornähnlichen Gebilden zusammengedreht. In einer der Frauen erkannte Paul eine Freundin Constanzas. Als sie ihn bemerkte, küsste sie die Spitze ihres Fächers und neigte ihn lächelnd in seine Richtung.

An allen mit dickem Samt belegten Tischen saßen vier oder mehr maskierte Spieler, die ihre Karten von einem Mann am Kopfende erhielten. Neben diesem standen zwei Kerzen und zwei Becher, einer voller Golddukaten und einer voller Silber. Auch mehrere Päckchen Spielkarten lagen bereit. Die Zuschauer, bemerkte Paul, stellten sich in Grüppchen hinter die Spieler, sahen ihnen für ein Weilchen über die Schulter, und gingen dann zum nächsten Tisch weiter. Gelegentlich vernahm man ein gedämpftes Flüstern oder Husten, Gläser klirrten oder die Robe einer Dame raschelte leise, wenn sie über den Fußboden streifte. Ansonsten herrschte tiefe Stille, was die seltsame, traumähnliche Atmosphäre nur noch verstärkte.

Ein Diener erschien mit einem Tablett, auf dem mehrere mit Wein gefüllte Gläser standen. Paul nahm eines und folgte Francesco, der durch den Raum schlenderte. Hin und wieder war das Gedränge so groß, dass sie sich fast aus den Augen verloren. An jedem Tisch fand ein anderes Spiel statt, an einem *primero,* an einem anderen *bessano.* An der Menge der Gold-

und Silbermünzen auf dem Tuch erkannte Paul sofort, dass die Einsätze sehr hoch waren.

In der Mitte des Raumes war ein Spiel im Gange, das besonders viele Zuschauer fesselte, und obwohl Francesco entschlossen schien, es nicht zu beachten, blieb Paul einen Moment lang stehen. Es saßen vier Männer am Tisch, aber aller Augen waren auf einen von ihnen gerichtet. Seine Maske zeigte ein lächelndes Antlitz, aber das augenfällige Bemühen um ein modisches Erscheinungsbild und seine schlanke Gestalt verrieten Paul, dass er kaum älter als achtzehn oder neunzehn sein konnte. Den gierigen Blicken der Umstehenden war zu entnehmen, dass der Einsatz hier besonders hoch war, aber der junge Mann spielte dennoch mit einer außerordentlichen Beherrschtheit und Nonchalance, als habe das Vermögen, das ihm durch die Finger glitt, keine größere Bedeutung für ihn als ein paar bunte Glassteinchen.

Fasziniert schaute Paul zu. Er trank sein Glas in einem Zug aus und merkte kaum, wie der Diener es durch ein neues ersetzte. Er hatte sich geschworen, dass er nicht spielen würde, und hegte in diesem Moment keinen Zweifel, dass er sein Wort hielt, aber er verspürte doch ein gewisses Bedauern. Da tippte Francesco ihn auf den Arm und zog ihn durch die Menge zu einer kleinen Tür, die am hinteren Ende des *piano nobile* lag.

Diese Tür führte nicht in ein Zimmer, wie Paul erwartet hatte, sondern in eine Art kleinen Korridor, dessen Rückseite von einem schweren Vorhang aus schwarzem, mit Gold besticktem Samt verhängt war. Gerade als er Francesco durch die Tür folgen wollte, fühlte er eine Hand auf der Schulter.

»Signor Pindar?«

»Wer will das wissen?«

Paul drehte sich um und sah ein dunkelhäutiges Individuum mit pockennarbigen Wangen.

»Cavaliere Memmo, zu Euren Diensten.« Der Mann verzog den Mund zu einem Lächeln, aber seine Augen blickten kühl.

Memmo? In Pauls Erinnerung regte sich etwas. Wo hatte er den Namen schon einmal gehört?

»Cavaliere.« Paul verbeugte sich.

»Ihr seid hochwillkommen, bitte …« Der Mann wies mit dem Arm in einer übertrieben höflichen Geste auf die Kammer, die vor ihnen lag. »Es ist mir eine Ehre, Euch unter uns zu wissen.«

»Danke, aber ich bin kein Freund des Glücksspiels.«

»Verzeiht mir, aber da habe ich etwas anderes gehört, Signor Pindar.«

»Nun, ich bedaure, dass man Euch schlecht informiert hat, Cavaliere Memmo.« Als er den Namen zum zweiten Mal aussprach, erinnerte sich Paul plötzlich. Memmo. Natürlich! Hatte Constanza ihm nicht von einem Mann namens Zuanne Memmo erzählt? Doch, das hatte sie, ohne Zweifel.

»Wie Ihr meint.« Der Cavaliere hob bedauernd die Hände. Dann blickte er bedeutungsvoll auf den schwarzen Vorhang. »Doch Ihr solltet wissen, dass dies der Raum ist, in dem unsere …« – er zögerte, als suche er nach dem passenden Wort – »wie soll ich sagen … unsere interessantesten Spiele stattfinden. Aber ganz wie Ihr meint. Ein Glas Wein, bevor Ihr aufbrecht?«

Im Korridor standen auf einer Kredenz mehrere gefüllte Weinkrüge. Memmo ergriff einen, und Paul hielt ihm sein Glas hin. Er wusste, dass er nicht zu interessiert erscheinen durfte.

»Worum wird gespielt?«

»Sie spielen um die Chance, an einem noch wichtigeren Spiel teilnehmen zu dürfen.« Wieder erschien Memmos lauerndes Lächeln. »Aber ich sollte auf der Hut sein, bei dem, was ich sage, denn ich könnte noch den Spieler in Euch wecken.«

Er wandte sich ab und stellten den Krug auf die Kredenz zurück.

»Wie gesagt, ich spiele nicht mehr«, wiederholte Paul, doch er merkte selbst, dass seinen Worten die Überzeugungskraft fehlte, und spürte, wie ihn eine innere Unruhe überkam. »Sagt mir, denn ich bin neugierig: Ist dies das Spiel, von dem man mir berichtet hat? Das Spiel um den Blauen Stein des Sultans?«

Memmo stand immer noch mit dem Rücken zu Paul. Er zögerte kaum merklich mit der Antwort.

»Der Blaue Stein des Sultans?«

»Ich habe gehört, dass es einen Diamanten gibt, der in einem großen Spiel als Preis ausgesetzt wird.«

»Und von wem, wenn ich fragen darf, habt Ihr das gehört?«

Der Glasstöpsel klirrte leise, als Memmo die Karaffe verschloss.

Sollte er Constanza erwähnen? Sein sechster Sinn riet Paul davon ab.

»Ich dachte, jeder Kaufmann am Rialto wüsste davon«, antwortete er betont gleichgültig. »Ein Edelsteinhändler, mit dem ich bekannt bin, erwähnte, dass der Mann, der ihn nach Venedig gebracht hatte, ihn beim Kartenspiel verlor, bevor er einen Käufer fand. Deshalb vermute ich, dass dies hier geschehen ist.«

Hatte Memmo gerade Francesco angeblickt und kaum wahrnehmbar den Kopf geschüttelt? Paul war sich nicht sicher, denn in diesem Moment erschien ein Diener und flüsterte Memmo etwas ins Ohr.

»Entschuldigt mich, es wird nicht lange dauern.«

Aus dem großen Salon trat nun noch ein weiterer maskierter Spieler in den Korridor. Memmo zogt den schwarzen Samtvorhang zur Seite und komplimentierte ihn durch die dahinter liegende Tür. Danach zog er den Vorhang sofort wieder zu.

Von der Schwelle war ein Hüsteln zu vernehmen. Paul blickte sich um und war überrascht, Carew zu sehen – er war so in seine Unterhaltung mit dem Cavaliere vertieft gewesen, dass er Carew ganz vergessen hatte.

»Was ist?«, fragte er ungeduldig. »Was in Gottes Namen tust du denn noch hier?«

»Ich warte auf Euch, Sir«, erwiderte Carew höflich, aber mit ironischem Unterton, »ich warte darauf, Euch nach Hause zu geleiten.«

Paul wandte sich Francesco zu. Sein Wunsch, sich aus den Klauen des alten Freundes zu befreien und dem *ridotto* zu entkommen, war längst vergessen.

»Dann ist es also wahr? Es geht um den Diamanten?«

»Ja, es ist wahr.« Francesco, der es sich auf einem Stuhl bequem gemacht hatte, trank gemächlich sein Glas leer.

»Ein Mann aus Konstantinopel soll ihn hergebracht haben.« Jetzt fiel ihm alles wieder ein, was Prospero erzählt hatte. Der Blaue Stein des Sultans, der magische Stein. Einhundert Karat Mondlicht.

»Davon weiß ich nichts. Er sah nicht aus wie die Türken, die ich kenne. Eher wie ein entlaufener Sklave. Obwohl, es stimmt schon, es gab Gerede ...«

»Gerede worüber?«

»... dass er in den Diensten der Sultansmutter gestanden habe.«

»Der Sultansmutter?«, fragte Paul in plötzlicher Erregung. »Du meinst die alte Königin, die letztes Jahr gestorben ist?«

»Ich glaube ja. Sie hatte so einen seltsamen Namen, wie lautete er noch ...«

»Die Valide?«

»Ja, richtig. Die Valide.«

»Und der Diamant ...« Paul strich sich nervös über die Haare. »Hast du ihn gesehen?«

»Ja.« Francesco warf einen raschen Blick auf den geschlossenen Vorhang. »Ja, ich habe ihn gesehen.«

Paul folgte seinem Blick. »Was, er ist hier?« Der Gedanke, dass der Diamant so unglaublich nahe war und beim Kartenspiel gewonnen werden konnte, versetzte Paul in eine kaum erträgliche Anspannung. Aber nein, er durfte sich nicht hinreißen lassen. Er durfte nicht einmal daran denken, schließlich hatte er sein Wort gegeben. Paul spürte, wie ihm die Kehle eng wurde, als würgte ihn jemand. »Er ist wirklich hier?«

»Ja«, bestätigte Francesco.

Als hätten sie sich abgesprochen, unterhielten sie sich auf einmal im Flüsterton. Wieder hustete jemand an der Tür. Du lieber Gott, war Carew denn immer noch da? Warum war der Kerl immer dann in der Nähe, wenn man ihn nicht um sich haben wollte, und nie da, wenn man ihn brauchte? Das war Paul ein Rätsel. Er ignorierte ihn und fragte Francesco: »Ob der Cavaliere mir den Diamanten wohl zeigen würde?« Der Wunsch, den Stein zu sehen, war innerhalb von Minuten ins Unermessliche gewachsen

»Es geht hier um höchste Einsätze, die höchsten, um die in Venedig je gespielt wurde.« Francesco wirkte im Kerzenschein grau vor Müdigkeit. »Ich glaube nicht, dass du verstehst, was das bedeutet. Ganze Vermögen werden die Besitzer wechseln, werden für immer verloren gehen. Die Behörden versuchen sowieso, das *ridotto* zu schließen, aber wenn sie *davon* etwas mitbekämen … Zuanne würde verhaftet werden, vielleicht sogar ins Exil geschickt.«

Paul spürte das vertraute Kribbeln. »Aber angenommen, ich würde am Spiel teilnehmen?« Mittlerweile war es ihm gleichgültig, ob Carew ihn hörte oder nicht. »Würde er ihn mir dann zeigen?«

Francesco schüttelte den Kopf. »Er wird dich nie mitmachen lassen, nicht bei diesem Spiel.«

»Warum nicht?« Paul brach der Schweiß aus, und er spürte, wie sein Puls raste.

»Sei kein Narr, Pindar, du hast schon ein Vermögen verloren. Jeder weiß das.«

Hastig legte Paul Franceso die Hand auf den Arm, doch dieser entzog sich ihm ungeduldig. »Geh jetzt, geh nach Hause, solange du noch kannst. Dein Diener wartet auf dich.«

Auf Francescos Zeichen hin kam Carew näher und versuchte, Paul am Ärmel zu fassen, aber nun machte sich der Wein bemerkbar und Paul schüttelte ihn ruppig ab.

»Bitte! Francesco, kannst du nicht mit ihm reden? Rede mit Memmo, tu es für mich!«, bat Paul Francesco noch einmal flehentlich, und nach kurzem Zögern gab dieser nach.

»Wenn ich es erreiche, dass du den Diamanten zu sehen bekommst, gehst du dann nach Hause?«

»Ja.«

Francesco zog zweifelnd die Augenbrauen hoch. »Habe ich dein Wort?«

»Du hast mein Wort.«

»Du gibst mir dein feierliches Versprechen, bei deiner Ehre?«

»Feierlich und bei meiner Ehre. *Himmel,* Francesco, was willst du denn noch?«

»Dann komm mit.«

Francesco zog Paul zu dem geschlossenen Vorhang, den er leise zur Seite schob.

Mit Carew dicht auf den Fersen trat Paul durch die Tür. Vor ihm lag ein achteckiger Raum. Er besaß keine Fenster, so dass alle, die hier spielten, nicht wissen konnten, ob draußen Tag war oder Nacht. An allen Wänden hingen bodenlange Spiegel, die das Licht der vielen Kerzen in den Wandleuchtern reflektierten. Man wähnte sich im Inneren eines wundersamen Schatzkästleins.

In der Mitte stand ein Tisch, an dem die Spieler saßen, zwei

Männer und eine Frau. Ein vierter Spieler lag, offenbar schlafend, in seinen Umhang gewickelt, auf dem Fußboden. Der Tisch war aus einem tiefdunklen, fast schwarzen Holz gezimmert und reich mit Perlmuttintarsien verziert, dasselbe galt für die Stühle.

Zuanne Memmo stand mit dem Rücken zur Tür. Er dreht sich um, als er Paul hereinkommen hörte, und statt Unmut erkennen zu lassen, wie Paul befürchtet hatte, tat er mit einem stummen Nicken seine Zustimmung kund. Der Maskierte, den er zuvor hineinbegleitet hatte, verharrte neben dem Tisch und beobachtete weiter das Spiel. Anders als im großen Salon, in dem fast völliges Schweigen herrschte, schien in diesem Raum eine gedämpfte Unterhaltung erlaubt zu sein.

»Schau«, flüsterte Francesco Paul ins Ohr, »schau auf Memmo.«

Memmo holte aus dem Kabinett hinter sich ein kleines Beutelchen aus rosafarbenem, mit Silberbrokatfäden besticktem Samt. Er öffnete es und schüttelte es leicht, und als er es über seine Hand hielt, rollte ein Gegenstand heraus, der etwa so groß war wie eine Kinderfaust.

»Dann ist es also wirklich wahr«, hörte Paul den Maskierten hingerissen flüstern.

»Was habt Ihr erwartet?«, antwortete Memmo. »Der Blaue Stein des Sultans. Natürlich ist es wahr.«

Er hielt den Stein zwischen Zeigefinger und Daumen und hob ihn hoch, sodass alle ihn betrachten konnten. Die Spieler unterbrachen ihr Tun, und Stille senkte sich über den Raum. Der Stein funkelte im Kerzenlicht wie eine kleine Sonne aus blauem Feuer und Eis, deren Helligkeit die Wandspiegel hundertfach zurückwarfen. So geheimnisvoll, so schön und rar, dachte Paul, wie ein Ding aus einer anderen Welt.

Der Maskierte trat näher, um den Stein genauer in Augenschein zu nehmen.

»Da steht etwas geschrieben …«

»Eine Inschrift. Man sagt, sie ist in der Sprache der Moguln verfasst.«

»Was bedeutet es?«

»Wer weiß?«, erwiderte Memmo lächelnd. »Ich habe noch keinen Spieler gefunden, der diese Sprache beherrscht.«

Er wollte den Stein gerade in das Kabinett zurücklegen, als Paul sich zu Wort meldete.

»Lasst es mich versuchen.«

Memmo warf ihm einen verwunderten Blick zu, als habe er ihn nicht verstanden.

»Ich sagte: Würdet Ihr mir gestatten, es zu versuchen?«

Memmo zögerte kurz, doch dann hielt er Paul mit einem charmanten Lächeln den Stein hin.

»Aber gewiss doch, Signor Pindar. Dies ist in der Tat eine Überraschung. Ich wusste nicht, dass wir einen Gelehrten unter uns haben.«

Paul nahm ihm den Stein ab. Bei der Berührung des Diamanten hatte er das Gefühl, als vibrierten seine Finger, als hielte er etwas Lebendiges in der Hand. Er spürte seine Größe und sein Gewicht. Der Stein schmiegte sich in seine Faust, die ihn eng umschloss wie eine eigens gefertigte Hülle. Paul hielt den Diamanten in die Höhe, wie er es bei Memmo gesehen hatte, und ließ sein seltsam bleiches Licht in tausend Facetten aufscheinen. Von Nahem erkannte er noch besser, mit welcher Kunstfertigkeit der Stein geschliffen worden war und dass eine der Facetten auf der oberen Seite größer war als die anderen. Und wahrhaftig, da war in winziger Schrift etwas eingraviert, genau wie Prospero gesagt hatte.

Nach und nach entzifferte Paul die Inschrift. Das war doch nicht möglich … Seine Nackenhaare sträubten sich.

»Was steht da?«

»Da steht *A'az ma yutlab.*«

»Was bedeutet das?«

»Es bedeutet ›mein Herzenswunsch.‹«

Wer immer diesen Stein besaß, dessen Herzenswunsch würde in Erfüllung gehen.

In diesem Augenblick wusste Paul, dass er ihn um jeden Preis haben musste – ganz gleich, wie hoch dieser Preis war.

Kapitel 15

Als Strafe dafür, dass sie sich in ihrer Zelle verbarrikadiert hatte, befasste sich nicht Suor Virginia mit Annetta und auch nicht Suor Purificacion, die normalerweise disziplinarische Maßnahmen übernahm, sondern die Ehrwürdige Mutter Oberin, Suor Bonifacia, höchstpersönlich.

Annetta hatte nur einmal mit Suor Bonifacia gesprochen, seit sie wieder in das Kloster eingetreten war, und zwar, als man sie am Tag ihrer Ankunft formell willkommen hieß. Seit diesem Tag hatte sie sie nur einige wenige Male zu Gesicht bekommen, gewöhnlich an Feiertagen und wenn es der Gesundheitszustand der alten Nonne zuließ, dass sie an den Gebeten in der Kapelle teilnahm. Die Äbtissin war so alt und so oft unpässlich – geistesschwach, wie manche meinten –, dass sie kaum noch ihre Räumlichkeiten verließ. Zumindest die jüngeren Nonnen hatten den Eindruck, dass die Leitung des Klosters schon nicht mehr in ihren Händen lag. Und doch wurde ihr von den Nonnen eine beträchtliche Wertschätzung entgegengebracht, was allerdings, wie Annetta sehr bald herausgefunden hatte, deutlich mehr der Höhe ihrer Mitgift zu verdanken war (sowie der Tatsache, dass sie mindestens vier Dogen zu ihrer Familie zählte), als einer herausragenden Affinität zu spirituellen Reichtümern.

Die Privaträume der Äbtissin befanden sich am äußersten Ende des Klosters, gegenüber von Annettas Dormitorium. Als sie anklopfte, wurde sie sogleich von einer Frau eingelassen, die zu ihrer Überraschung keine Nonnentracht trug, auch nicht die Gewänder einer *conversa,* sondern die Kleidung eines gewöhnlichen Dienstmädchens. Das Zimmer war groß und hatte mehrere hohe Fenster mit Blick auf den Garten. In einer Ecke befand sich ein großer Kamin, in dem trotz der Jahreszeit ein Feuer brannte.

»Tretet bitte ein, *suora«*, ertönte eine Stimme, und erst da bemerkte Annetta die Äbtissin. Klein und vogelähnlich saß sie am anderen Ende des Zimmers an einem der geöffneten Fenster, an das man für sie einen Stuhl geschoben hatte. Das Dienstmädchen hatte offensichtlich der alten Dame beim Ankleiden geholfen – die Nonnentracht war vollständig, nur der Kopf war unbedeckt und das Haar fiel der Nonne offen um die Schultern. Annetta sah, dass es nicht kurz geschnitten war, wie es die Ordensregel verlangte, sondern wie ein silbernes Tuch, fein und dünn, bis zur Mitte des Rückens hinabhing.

»Habt keine Angst, tretet ein und setzt Euch zu mir.« Die alte Dame schien es nicht zu stören, dass man sie in diesem Zustand sah, und sie klopfte leicht auf einen zweiten Stuhl, der dem ihren direkt gegenüberstand. Annetta näherte sich respektvoll und setzte sich wie geheißen. Das Dienstmädchen stellte sich hinter Suor Bonifacia und fuhr fort, deren Haar zu kämmen.

Annetta schaute sich um. Das Zimmer war ausgestattet wie der Privatsalon einer Adligen. Verschiedene Gobelins und Wandbehänge aus edlem Damast und Samt schmückten die Wände. Ein Gemälde, das Mariä Verkündigung darstellte, mit Verzierungen aus glänzendem Blattgold an den Engelsflügeln, hing über dem Kaminsims. Auf einem Tisch neben dem Kamin lagen eine Anzahl ledergebundener Bücher, deren Rücken ebenfalls mit Blattgold verziert waren, mehrere Schreibfedern und Papier, Siegel und Siegelwachs. Zwei Truhen, größer und schwerer als Annettas und wunderschön mit Jagdszenen bemalt, standen auf beiden Seiten des Zimmers.

»Ihr betrachtet meine *cassa,* wie ich sehe.« Obwohl Suor Bonifacia dies in ernstem Tonfall äußerte, meinte Annetta einen amüsierten Blickwechsel zwischen ihr und der Dienerin aufzufangen. Trotz ihres hohen Alters besaß die Äbtissin die sanfte, klare Stimme einer Frau, die es von Jugend an gewohnt war, Befehle zu erteilen. »Mir wurde gesagt, dass Ihr genauso eine habt, stimmt das?«

Annetta war darauf vorbereitet gewesen, ihre Sache entschieden zu vertreten, aber die Freundlichkeit der Äbtissin entwaffnete sie so vollständig, dass sie sich stattdessen dabei ertappte, wie sie mit ungewohnter Sanftmut erwiderte: »Ja, Ehrwürdige Mutter.«

»Suor Purificacion scheint das großen Kummer zu bereiten.«

Annetta war sich unsicher, wie sie diese Bemerkung auffassen sollte, und murmelte deshalb ein zweites Mal: »Ja, Ehrwürdige Mutter«. Sie machte sich auf die Strafpredigt gefasst, die mit Sicherheit folgen musste. Um Stolz und Ungehorsam würde es gehen.

Aber zu ihrer Überraschung schien der Gedanke an Annettas Ungehorsam die Äbtissin nicht weiter zu beschäftigen. Sie ließ den Blick aus dem Fenster schweifen.

»Schaut Euch meine Aussicht an – sie ist herrlich, nicht wahr? Wenn Ihr wisst, wo Ihr hinschauen müsst, durch die Pappeln da drüben, könnt Ihr von hier aus die Lagune sehen.«

Annetta bewunderte den Ausblick und überlegte, ob Suor Bonifacia wohl wusste, dass sie von ihrem Fenster aus einen ganz ähnlichen hatte. Aber während man von dort nach Süden blickte, auf die Gemüsegärten, die zu den Küchen gehörten, konnte man von dem Fenster der Äbtissin aus den geometrisch angelegten Heilkräutergarten mit seinen kunstvoll geformten Beeten sehen. Etwas seitlich davon erkannte sie die Lindenallee, den von hohen Hecken gesäumten Pfad, die Grotte mit dem Springbrunnen und den Karpfenteich, in dessen Oberfläche sie das Spiegelbild des *monarchino* zum ersten Mal gesehen hatte. Bei der Erinnerung an ihn krampfte sich ihr Herz zusammen.

»Wisst Ihr, wie lange ich hier schon sitze?«

Die Äbtissin wies mit einer Hand, die so knorrig war wie ein Stück Eiche, in Richtung Fenster und Garten.

Erwartete sie eine Antwort? Annetta war sich nicht sicher. Als sie schwieg, lächelte die Äbtissin sie an.

»Sechzig Jahre!« Die alte Dame lachte kurz auf. »Sechzig Jahre sitze ich schon hier. Ich war vor allen anderen da, vielleicht mit Ausnahme von Virginia und Margaretta, und sie sind mit acht Jahren hergekommen. Stellt Euch das vor, ein ganzes Leben innerhalb dieser Klostermauern! Kein Ehemann, keine Kinder, nur der Garten.« Und fast wie aufs Stichwort kamen Suor Annunciata und einige ihrer Helferinnen ins Blickfeld. Manche trugen Körbe über dem Arm, andere waren mit Hacke und Spaten ausgerüstet. Suor Bonifacia seufzte.

»Der Garten existierte damals noch nicht. Ich war ganz am Anfang hier, wisst Ihr. Mein Bruder, der Graf, brachte uns die allerersten Pflanzen. Unsere Händler reisten schon damals um die Welt. Ein Händler, den mein Bruder kannte, gab ihm ein paar Exemplare, und er brachte sie zu mir. Er hatte den Botanischen Garten in Padua gesehen und hoffte, hier einen ähnlichen anzulegen. Seltene Pflanzen wechselten die ganze Zeit ihre Besitzer. Sie stammten von der Adria und dem Schwarzen Meer, aus dem Osmanischen Reich, Syrien, Griechenland, Tripolis, Tunis, sogar aus der Neuen Welt. Die *Fritillaria imperalis.* Wie Ihr seht, kann ich mich noch gut daran erinnern. Sie war die Erste – ich glaube, wir haben immer noch einen Steckling –, und dann brachten andere mehr, und nach und nach wurden wir bekannt für unseren Pflanzenreichtum. Ihr seht, ich habe ganz von Anfang an beobachtet, wie dieser Garten gewachsen ist.« Die Äbtissin seufzte noch einmal wehmütig. »Und nun findet Suor Purificacion, ich solle mich mit einem jungen Mädchen und ihrer *cassa* beschäftigen! Sie sind heutzutage wirklich wie die Kinder, alle miteinander. Worüber sie sich Sorgen machen!« Der Gedanke schien sie zu erheitern.

Eine Zeitlang war es still im Zimmer. Man hörte nur das Knacken der Holzscheite im Feuer und das sanfte rhythmische Geräusch, mit dem das Dienstmädchen das Haar der Äbtissin kämmte. Als Annetta schließlich den Blick hob, sah sie, dass Suor Bonifacia die Augen geschlossen hatte und zu schlafen schien. Sie verharrte so lange reglos auf ihrem Stuhl, dass Annetta zu glauben begann, ihre Anwesenheit sei in Vergessenheit geraten. Aber dann, gerade als sie überlegte, ob sie aufstehen und gehen sollte, öffnete die Äbtissin die Augen wieder.

»*Basta,* Giovanna.«

Mit ihren langen, silbernen Haaren, die über die Schultern flossen, sah sie mehr wie eine Seherin oder eine Prophetin aus denn wie eine alte Ordensfrau.

»Si, Contessa.«

Das Dienstmädchen zog sich leise zurück.

»Es gibt etwas, das ich Euch gern fragen möchte, *suora*«, sagte die Äbtissin leise.

Annetta spürte, wie sich etwas Schweres auf ihre Brust legte. War es am Ende doch möglich, dass jemand – vielleicht sogar Suor Bonifacia selbst – sie gestern Morgen im Garten beobachtet hatte?

»Ja, Ehrwürdige Mutter?«

»Haben sie Euch gegen Euren Willen ins Kloster gesteckt?« Annetta spürte den unverwandten Blick der Äbtissin. »Mir wurde gesagt, dass sie das eigentlich nicht mehr tun sollen, aber …« – sie zuckte mit den Achseln – »nun, nur Ihr kennt die Antwort darauf. Bitte, sprecht frei heraus, Giovanna kann uns nicht hören. Betrachtet dieses Zimmer als eine Art Beichtstuhl.«

Als Annetta nicht sofort antwortete, sprach die Äbtissin weiter: »Wisst Ihr, mich hat man gegen meinen Willen hergebracht.« Sie warf Annetta einen fragenden Blick zu. »Hat man das mit Euch auch gemacht?«

»Beim ersten Mal war ich noch ein Kind, ich kannte nichts anderes«, antwortete Annetta, unsicher, ob sich die Äbtissin noch an ihre seltsame Geschichte erinnerte. »Aber beim zweiten Mal, nein, *suora* … ich meine, Ehrwürdige Mutter. Ich hatte darum gebeten, aufgenommen zu werden.«

»So?« Die alte Frau legte die Stirn in Falten, und zum ersten Mal fiel Annetta auf, wie glatt ihr Gesicht normalerweise war. Die Haut auf ihren Wangen sah aus wie die Schale eines Landapfels. Für eine Weile ruhte ihr Blick auf der jungen Frau, aber wie schon zuvor schien sie ziemlich schnell das Interesse an Annetta zu verlieren.

»Zu meiner Zeit gab es viele von uns. Die meisten Nonnen, mit denen ich hier aufgewachsen bin, sind inzwischen tot. Außer mir natürlich, aber auch ich werde sehr bald heimgehen. Sechzig Jahre sind eine lange Wartezeit, nicht?« Sie lächelte Annetta an. »Es gab nicht genügend Ehemänner für alle. Oder nicht genügend Ehemänner aus den richtigen Familien beziehungsweise vom richtigen Stand, denn natürlich hätten unsere Familien uns lieber tot gesehen als unter unserem Stand verheiratet, also steckten sie uns lieber hier ins Kloster, schlossen die Tür ab und warfen den Schlüssel fort.« Sie bemerkte Annettas Reaktion und lachte. »Macht nicht solch ein schockiertes Gesicht, *suora*. Ich bin alt. Ich sage, was ich denke. Es ist mein Recht – ganz egal, was der alte – wie nennen die jungen Nonnen sie? – der alte Sauertopf sagt.«

Bei diesen Worten konnte sich Annetta ein Lachen nicht verkneifen. Suor Bonifacias Augen funkelten. »Giovanna«, flüsterte sie, »erzählt mir alles.«

Sie lehnte sich zurück, und Annetta sah, dass sie langsam müde wurde, erschöpft von ihrem Gespräch. Sie schloss erneut die Augen und wandte ihr Gesicht den Sonnenstrahlen zu.

»Soll ich nun gehen, Ehrwürdige Mutter?«

»Hmm? Ja, ich denke, das wäre das Beste«, murmelte die alte Dame mit geschlossenen Augen. »Seid Ihr so gut und ruft nach Giovanna, wenn Ihr hinausgeht?«

Als Annetta an der Tür angelangt war, drehte sie sich um, um den üblichen Knicks zu machen, und bemerkte, dass die alte Nonne sie noch beobachtete. Sie saß kerzengerade auf ihrem Stuhl, die langen weißen Haare glänzten silbrig in der Sonne. Für einen Moment hatte Annetta den lebhaften Eindruck, dass sie plötzlich wieder ein junges Mädchen geworden war.

»Und *suora* …«

»Ja?«

»Ich denke, ich werde Suor Purificacion mitteilen, dass Ihr künftig mit Annunciata im Garten arbeitet. Sie wird für Euch etwas Nützliches zu tun finden.«

Annetta blickte sie fassungslos an und glaubte fast, sich verhört zu haben.

»Ehrwürdige Mutter?«

»Ich glaube, Ihr habt mich gut verstanden, *suora*.«

»Aber …«

»Das spirituelle Leben, das Ihr als Chornonne gewählt habt, ist nicht immer so … sagen wir … unterhaltsam, wie es sein könnte. Oder, um es anders auszudrücken: Sechzig Jahre sind eine zu lange Zeit, als dass man nur dasitzen und aus dem Fenster schauen sollte, ganz gleich, wie schön die Aussicht auch sein mag. Vertraut mir, ich weiß, wovon ich spreche.«

»Aber ich wusste nicht, dass ich –«

»Das ist dann alles, Suor Annetta.« Ein scharfer Tonfall hatte sich in die Stimme der Äbtissin eingeschlichen. »Ich glaube, es ist der beste Weg, um in diesem Fall allen gerecht zu werden. Immerhin bin ich noch die Äbtissin dieses Klosters. Zumindest sagt man das.«

Kapitel 16

»Und, wie fandet Ihr unsere höchst Ehrwürdige Mutter?«

Suor Annunciata, fröhlich, lebhaft und mit runden Wangen, die Haut gebräunt und gegerbt von den langen Stunden im Garten, beachtete Annettas verdrießliches Gesicht nicht, als diese sich am folgenden Morgen zum Dienst im Garten meldete.

»Sie ist bei guter Gesundheit, *suora*«, antwortete Annetta mürrisch, »in Anbetracht der Umstände.«

»Ach, wirklich?« Suor Annunciata neigte verständnisvoll den Kopf. »Ja, natürlich, das arme Ding, sie ist schon *sehr* alt und, nun ja …« Annunciata tippte sich vielsagend mit dem Finger an die Stirn, »Ihr wisst schon«.

»Nein, *suora,* ich wollte sagen, sie schien *bei allerbester Gesundheit* zu sein«, wiederholte Annetta ein wenig lauter. »Und nicht annähernd so einfältig, wie anscheinend jede hier denkt«, murmelte sie vor sich hin.

»Ach, wirklich?« Annunciata schüttelte den Kopf. »Nun, in ihrem Alter – kann man nichts anderes erwarten.«

»Nein, nein, *suora,* was ich sagte, war …«, begann Annetta erneut, aber Suor Annunciata wieselte schon emsig voraus und war offensichtlich begeistert, dass ihr eine neue Helferin zugeteilt worden war.

»Ihr seid also diejenige, die vor vielen Jahren als *conversa* zu uns gekommen ist, stimmt das?« Suor Annunciata strahlte Annetta an und entblößte dabei große und leicht vorstehende Vorderzähne. »Demnach habt Ihr sicherlich schon einmal in unserem Garten ausgeholfen, oder?«

»Ja, *suora«*, gab Annetta frostig zurück. Sie war – wie alle *converse* – tatsächlich häufig gezwungen gewesen, im Garten zu arbeiten, und daran mochte sie lieber gar nicht erinnert werden.

»Wunderbar, wunderbar, und jetzt folgt mir.«

Sie erreichten den Küchengarten, wo ein Berg großer und kleiner Kürbisse an der Mauer aufgetürmt war.

»Nur einen Augenblick, *suora,* ich habe ein kleines Problem ...« Annetta hob mit einer Hand ihre Röcke ein Stück hoch und enthüllte zum ersten Mal die kleinen bestickten Pantoffeln.

»Hmm, ich verstehe.« Annunciata betrachtete skeptisch die samtene Fußbekleidung, die Spitze an Annettas Halsausschnitt, den kleinen bestickten Samtbeutel, den sie immer an der Taille trug. »Ach du liebe Zeit, das geht überhaupt nicht. Wie ich sehe, müssen wir für Euch anständige Gartenkleider besorgen, *suora.*«

»Doch, es wird gehen, wirklich!« Mit gerafften Röcken trippelte Annetta unsicher weiter. Sie hätte leicht ein Paar einfache Schuhe aus ihrer Truhe holen können, die für draußen geeignet waren, aber sie war fest entschlossen, diese Einteilung zur Gartenarbeit für sich selbst wie auch für alle anderen so unangenehm wie nur möglich zu machen.

»Schon gut«, sagte Annunciata freundlich, »vielleicht lassen wir das mit dem Garten für heute. Suor Veronica ist im Herbarium, ich bin sicher, sie kann Euch etwas zu tun geben. Lasst uns schauen, ob wir sie finden.«

Die Arbeit im Herbarium des Klosters wurde schon immer als etwas Besonderes erachtet, doch obwohl Annetta wusste, wo es lag, konnte sie sich nicht erinnern, es je aufgesucht zu haben. Es war ein langes, niedriges Gebäude am hinteren Ende des Küchenhofes, wo die Arzneipflanzen aus dem Kräutergarten des Klosters getrocknet und sortiert wurden. Der Boden des Herbariums bestand aus gestampfter Erde, die Luft darin war kühl und roch angenehm aromatisch nach Lavendel und Rosmarin, Kamille und Gartenraute.

Mehrere der Nonnen waren schon damit beschäftigt, die verschiedenen Kräuter und Blumen zu sortieren. Manche hängten sie büschelweise an die Sparren, andere wiederum breiteten sie auf Papierbögen auf den schmalen Regalen entlang der Wände aus. Eine zweite Gruppe zerlegte vorsichtig die fertig getrockneten Pflanzen in ihre Bestandteile. Einige entnahmen die Samen aus Hülsen und Blütenköpfen, andere sammelten die noch geschlossenen Knospen oder lasen die Blumenblätter, Stiele und sogar die Zwiebeln und Wurzeln der verschiedenen Pflanzen aus, während einer weiteren Gruppe die Aufgabe übertragen worden war, sie zu kennzeichnen und zu verpacken. Sie legten jedes Päckchen in eine Holzkiste, die zum Verkauf an die Kräuterhändler und Apotheker des Veneto bestimmt waren.

Während Suor Annunciata Annetta herumführte, blieb sie gelegentlich stehen, um ein Blatt oder eine Knospe von einem der herabhängenden Pflanzenbüschel abzuzupfen und zwischen den Fingern zu rollen. Dann schnupperte sie daran. Manchmal nickte sie mit offenkundiger Genugtuung, bisweilen schnalzte sie missbilligend mit der Zunge und gab ein Zeichen, das Büschel abzunehmen und fortzuwerfen.

Die Nonnen folgten ihren Anweisungen eifrig und gründlich. Die meisten Frauen waren *converse,* wie Annetta feststellte, aber es waren auch etliche Chornonnen darunter, die die gleiche schlichte Tracht und die gleichen Holzpantinen wie die *converse* trugen. Alle verrichteten ihre Tätigkeit schweigend und auf eine so zielstrebige und besonnene Weise, dass die

Atmosphäre Balsam für Annettas angeschlagene Nerven war. Wie anders ging es hier zu als im Wohntrakt der Nonnen, in dem immer Anspannung herrschte und Suor Purificacion und die *contesse* ihre verächtlichen Blicke und Bemerkungen tauschten! Und doch: Wahrscheinlich war es eine dieser Nonnen, die hier mit unschuldig unter dem breitrandigen Gartenhut gesenktem Kopf arbeitete, deren heimlichen Liebhaber sie aufgestört hatte – den Eindringling, den sie bis in den Garten verfolgt hatte, den Mann, dessen Atem und Lippen sie an ihrem Hals und in ihrem Haar gespürt hatte. Bei dem Gedanken an ihn begann sie vor Wut zu zittern.

»Gott segne Euch, *suora.*« Suor Annunciata, die Annettas Gesichtsausdruck bemerkt hatte, strahlte vor Freude. »Ich sehe, dass Ihr gern bei uns arbeiten werdet.«

Annetta, die nicht die Absicht hatte, länger an diesem Ort – oder sonst irgendwo im Kloster – zu arbeiten als unbedingt notwendig, wandte sich der Nonne zu.

»Ich bin nicht hier, weil es mir so gut gefällt, sondern wegen der Äbtissin«, sagte sie steif vor Unbehagen, dass sie so unvorsichtig gewesen war, sich Gefühle anmerken zu lassen.

Suor Annunciata schien sich nicht im Geringsten über ihren Tonfall zu ärgern.

»Nun ja, wir verrichten hier schließlich alle das Werk Gottes«, sagte sie freundlich, »und auch Suor Veronica bildet da, wie Ihr bestimmt herausfinden werdet, keine Ausnahme. Nun aber auf, meine Liebe.« Sie gab Annetta einen kleinen Schubs. »Sagt ihr, dass Annunciata Euch geschickt hat.«

Suor Veronicas Zimmer war zwar an das Herbarium angegliedert, aber durch eine kleine, überdachte Vorhalle davon getrennt.

Annetta trat ein und befand sich in einem großen, hohen Raum, der vielleicht einmal eine alte Scheune gewesen war.

Eine über eine winzige Wendeltreppe erreichbare Holzgalerie war an das obere Stockwerk angebaut worden und an drei Seiten mit vollen Bücherregalen bestückt. Die vierte Seite der Holzgalerie wurde von einem großen Fenster eingenommen, das – den wellenartigen Lichtmustern nach zu urteilen, die an der Decke tanzten – direkt auf die Lagune hinausging. In der Mitte des Raumes befand sich eine seltsame Holzkonstruktion, die an eine Kanzel erinnerte. Ein scharfer Geruch lag in der Luft, den Annetta nicht zuordnen konnte.

Zunächst wirkte der Raum leer, aber nach einigen Augenblicken bemerkte Annetta, dass jemand mit dem Rücken zum Fenster hinter der Kanzel saß. Suor Veronica hatte ein langes Pferdegesicht und eine römische Nase und war von unbestimmbarem Alter, weder alt noch besonders jung. Sie trug eine Brille, die ziemlich wackelig auf ihrem hohen Nasenrücken thronte, und hielt mit einer Hand etwas in die Höhe, das für Annetta wie eine Schreibfeder aussah. In der anderen Hand hatte sie einen sonderbaren Gegenstand, der einer Glaskugel ähnelte. Sie starrte so konzentriert auf etwas auf dem Schreibtisch vor ihr, dass Annetta annahm, ihr Eintreten sei nicht bemerkt worden. Doch nach einer Weile sagte die Nonne, ohne den Blick zu heben: »Ja, was gibt es?«

»Es tut mir leid, dass ich Euch störe … Suor Annunciata hat mich geschickt.«

»Wozu?«

Die Nonne tauchte ihre Feder in eines von mehreren Tintenfässchen auf dem Schreibtisch und begann mit sorgsamen Strichen etwas auf das Papier zu schreiben.

»Ich soll im Garten arbeiten. Die Mutter Oberin hat das angeordnet«, fügte Annetta erklärend hinzu. Das Verhalten der Nonne machte sie verlegen.

»Aber das hier ist nicht der Garten«, gab Suor Veronica zurück. Ihre Stimme klang verträumt und leicht abwesend, und ohne Annetta eines Blickes zu würdigen, schrieb sie weiter. Erst nach einigen Minuten schaute sie auf und war sichtlich überrascht, dass Annetta immer noch neben ihr stand.

»Es tut mir leid, Ihr seid am falschen Ort. Wie Ihr seht, ist dies nicht der Garten, *suora*«, wiederholte sie geduldig. Ihre Stimme war dunkel und freundlich, aber irgendwie spröde, so als sei ihr Mund ausgetrocknet.

Annetta konnte ihr nur zustimmen. Der Raum, in dem sie stand, sah aus wie eine Bibliothek oder ein *Scriptorium* und sicher nicht wie etwas, das mit Kräutern, Gemüse oder Blumen in Verbindung stand. Doch trotz ihrer Abneigung gegenüber jeglicher Gartenarbeit erfasste sie die Neugier auf Suor Veronica und das, was in diesem seltsamen, lichtdurchfluteten Raum voller Bücher vor sich ging.

»Annunciata sagte, dass Ihr vielleicht meine Hilfe gebrauchen könntet, *suora*«, äußerte sie vorsichtig.

Endlich blickte Suor Veronica von ihrer Arbeit auf. Sie legte die Feder hin und schaute Annetta über den Rand ihrer Brille prüfend an.

»Ich kenne Euch. Ihr seid die ehemalige *conversa,* die jetzt in den Orden aufgenommen werden soll. Die das Schiffsunglück überlebt und viele Jahre im Lande der Osmanen gelebt hat.«

Normalerweise wehrte Annetta instinktiv jedes Gespräch über ihr früheres Leben ab, doch Suor Veronicas Direktheit überrumpelte sie.

»Ja«, antwortete sie deshalb und fragte dann: »Darf ich sehen, was Ihr da macht?«

»Ja, natürlich. Vieles von dem, was ich male, ist aus dem Osmanischen Reich zu uns gekommen.«

Als sich Annetta der Kanzel näherte, sah sie sofort, dass Veronica nicht geschrieben, sondern gemalt hatte. Es war keine Schreibfeder, die sie zwischen den Fingern hielt, sondern ein Pinsel. Auf dem schrägen Pult lagen zwei gleich große Bögen Papier, und auf beide waren zwei Blumen gemalt. Ihre langen, spindelartigen Stiele nahmen den größten Teil des Blattes ein. Ganz oben an der Spitze der Stiele balancierten die Blüten wie Turbane, die vom Regen grotesk aufgequollen waren. Die Blütenblätter erglänzten in einem sprühenden Feuerwerk von Farben, in dem Karmesin und Zinnober, Orange und Magenta, leuchtendes Rosarot und zarte Korallentöne überwogen.

Die erste Blume, auf die Annettas Blick fiel, war fast vollständig gerundet, wie eine Schale, und ihre Blüte war geöffnet, sodass die feinen Staubgefäße freigelegt waren. Ihr Pendant war sogar noch zarter, mit dünnen, beinahe zerbrechlich wirkenden Blütenblättern, wie eine Mandoline geformt. Veronica hatte sie gezeichnet, als ob sie im Morgengrauen gepflückt worden wäre. Die Blütenblätter waren noch leicht zusammengerollt und lagen übereinander.

»Die sind wunderschön, *suora!*«, rief Annetta erstaunt aus.

Suor Veronica schien sich über das Lob zu freuen.

»Erkennt Ihr sie?«

»Natürlich.« Annetta nickte. »In den Gärten des Sultans gab es viele solcher Blumen, auch wenn ich nie erfahren habe, wie sie heißen.«

»Sie heißen Tulpen.« Annettas Interesse erfreute die Schwester. »Und Ihr habt ganz Recht, wie viele andere der schönsten Pflanzen aus unserem Garten kamen auch diese aus dem Osmanischen Reich.«

»Suor Bonifacia hat mir ein wenig davon erzählt«, sagte Annetta und dachte an das Gespräch mit der Äbtissin zurück. »Ihr Bruder war der Erste, der sie hergebracht hat, nicht wahr?«

»Ganz recht, so hat es mit diesem Garten angefangen. Aber mittlerweile bringen unsere Kaufleute seit vielen, vielen Jahren neue Pflanzen nach Venedig. Einige der schönsten stammen sicherlich aus dem Land der Osmanen – Hyazinthen,

Anemonen, Kaiserkronen –, aber auch aus Indien, China, von den Gewürzinseln und aus der Neuen Welt erhalten wir Pflanzen«, sagte Veronica und wischte den Pinsel an einem alten Tuch ab, »gewissermaßen aus allen Ecken der Welt. Anfänglich galten sie als Kuriositäten, aber nun sind sie sehr begehrt. Viele reiche Männer wollen zum eigenen Ruhm und als Zeichen ihrer Größe eigene Gärten anlegen. Andere, wie der Graf, der erste Gönner unseres Klosters und zugleich Bonifacias Bruder, wollten einen botanischen Garten anlegen, wie es sie in Pisa und Padua gibt.«

Annetta wandte sich wieder den Bildern zu.

»Diese gefällt mir.« Sie zeigte auf die vierte und letzte Tulpe, in Rosarot und Weiß gehalten. Die Unterseiten der Blütenblätter wiesen dicht am Pflanzenstiel ein zart silbriges Grün auf.

»Alle sind wertvoll. Aber die, bei denen die Farben bunt gemischt sind« – sie deutete auf eine rot und weiß gestreifte Blume –, »sind die teuersten von allen. Hier, schaut mal hindurch.« Veronica reichte Annetta die Glaskugel, die sie in der Hand gehalten hatte. »Ihr könnt es damit deutlicher erkennen. Unsere Spitzenklöpplerin benutzt sie auch.«

Annetta schaute durch die Glaskugel, und tatsächlich, vor ihren Augen erschien das Gemälde auf einmal vergrößert. »Oh, seht nur!«, sagte sie aufgeregt. »Ameisen!« Am Stiel der rosa-weißen Tulpe kletterten zwei winzige Ameisen hinauf, die vollkommen detailgetreu dargestellt waren.

Annetta bewegte die Glaskugel vorsichtig über die anderen Bilder und staunte über die Kleinigkeiten, die sie vorher nicht wahrgenommen hatte. In eines der Bilder hatte Suor Veronica zwei glitzernde Tautropfen gemalt, die in dem einzelnen Blatt, das den Stiel umhüllte, gefangen waren. Auf einem anderen schwebte ein geflügeltes Insekt über den zarten Blütenblättern, das aussah wie ein winziger, mit Edelsteinen besetzter

Schmetterling. Auf einem dritten wölbte sich der bis ins kleinste Härchen naturgetreu gemalte Rücken einer winzigen Raupe.

»Sie wirken so lebendig! Es ist, als könnte ich sie pflücken.« Annetta blickte begeistert auf. »Aber sind das nicht Frühlingsblumen, *suora?*«

»Ja, da habt Ihr Recht. Ich habe sie schon vor vielen Monaten gemalt. Ein englischer Sammler, ein Kaufmann, hat sie bei mir in Auftrag gegeben. Sein Agent hat mich besucht, als er vor einigen Jahren in Venedig war. Jetzt hält er sich wieder dort auf. Er hat mir vor einigen Tagen einen Besuch abgestattet und mich um ein weiteres Gemälde ersucht. Er will sie heute abholen. Ich war gerade dabei, ihnen den letzten Schliff zu geben, als Ihr kamt.«

Suor Veronica nahm die Brille ab und rieb sich den Nasenrücken. Sie sah auf einmal viel jünger aus, obwohl man ihren Augen die Anstrengung anmerkte.

»*Suora,* Annunciata hatte wahrhaftig Recht, Ihr verrichtet hier das Werk Gottes.« Annettas Worte kamen von Herzen, aber Suor Veronica blickte jäh auf.

»Wir verrichten alle die Arbeit, die uns möglich ist«, sagte sie und setzte sich die Brille wieder auf die Nase. »Und ich für meinen Teil glaube, dass ich hier tatsächlich Gottes Werk verrichte, was auch immer einige aus unseren Reihen dazu sagen mögen.«

»Aber *suora,* ich wollte nicht –«

»Einige arbeiten im Garten und bauen die Pflanzen an, andere arbeiten im Herbarium, um sie zu sortieren und zu trocknen. Und ich … ich male sie.« Sie funkelte Annetta über die Brille hinweg an. »Es ist keine Eitelkeit, gleichgültig, was sie behauptet –«

»Wartet, *suora,* bitte – wer behauptet was?« Annetta schaute die Malerin verwirrt an.

Aber Veronica beachtete sie nicht. »Es ist das Werk *Gottes,* sage ich Euch, und ich lasse nicht zu, dass irgendjemand etwas anderes behauptet.«

»Natürlich«, bestätigte Annetta, aber die aufgebrachte Nonne war nicht mehr zu besänftigen.

Oben auf der Kanzel war eine Sammlung kleiner Töpfe und Phiolen aufgereiht, sie enthielten die Mineralpigmente, die für die Herstellung der Farben benötigt wurden. Suor Veronica griff nach einem Fläschchen, aber in ihrer Aufregung ließ sie es fallen. Es zerbrach und rotes Pulver, gemahlener Zinnober, verteilte sich über den ganzen Boden. Es sah aus wie ein großer Blutfleck.

»Oh, jetzt schaut Euch an, was Ihr angerichtet habt«, schrie Veronica und scheuchte Annetta mit der Hand weg. »Fort mit Euch, geht weg, geht!«

»Aber … ich soll Euch doch helfen.«

»Ihr könnt mir nicht helfen, niemand kann das.« Suor Veronica kroch auf Händen und Knien über den Fußboden und sammelte Glasscherben auf.

»Bitte, lasst mich das tun.« Annetta kniete sich neben sie. »Ihr werdet Euch noch schneiden, wenn Ihr nicht aufpasst.«

»Nein, ich mache das.« Suor Veronica richtete sich auf und strich sich mit dem Handrücken über die Stirn. »Geht auf die Galerie«, verlangte sie, wobei ihre Stimme wieder den trockenen Tonfall von vorher annahm, und deutete in Richtung der kleinen Wendeltreppe. »Mein Besucher wird bald hier sein, haltet nach ihm Ausschau. Ich werde in der Zwischenzeit diese Unordnung beseitigen.«

Annetta stieg die Wendeltreppe hinauf zur Galerie. Obwohl es den Nonnen im Kloster verboten war, Bücher zu besitzen, gab es hier jede Menge. Annetta konnte sich nicht erinnern, je so viele an einem einzigen Ort gesehen zu haben. Einige

Bände waren alt, andere sahen so aus, als ob sie neu gebunden worden wären – ihre Einbände bestanden aus hellem Kalbsleder und die Buchrücken waren mit Gold verziert.

Annetta neigte den Kopf, um die Titel zu lesen, während sie langsam an den Regalen vorbeiging. *De Historia Stirpium*, *Der Garten der Gesundheit*, *Herbarum vivae eicones*. Sie konnte die fremd klingenden Wörter nur schwer entziffern und wunderte sich, wie die Bücher hierhergekommen sein mochten. Vielleicht brachten die reichen Männer, die Suor Veronicas Bilder in Auftrag gaben, sie ihr als Geschenke mit. Waren sie wertvoll? Sie wusste es nicht. Obwohl man ihr das Lesen beigebracht hatte, waren ihr Bücher nie besonders wichtig gewesen, und die, die sie gesehen hatte, waren für gewöhnlich auf Lateinisch verfasst, das sie nicht sehr gut beherrschte.

Unter sich sah sie durch das Geländer hindurch Veronica, die immer noch zwischen der verschütteten Farbe und den Glasscherben kniete. Sie tupfte den Boden mit einem Tuch ab, und ihre Hände und ein Zipfel ihres Gewandes waren blutrot von den Pigmenten. Annetta betrachtete sie nachdenklich. Was hatte es mit ihrem Ausbruch auf sich gehabt? Die Nonne war ganz in ihre Arbeit vertieft gewesen, als sie, Annetta, vorhin den Raum betreten hatte. Kein Wunder also, dass sie bei dem Gedanken, jemand könne versuchen, ihre Malerei zu unterbinden, so wütend wurde. Andererseits, überlegte Annetta, war Malen wirklich eine ungewöhnliche Beschäftigung für eine Nonne. Im Harem, einer Welt, die wie das Kloster ausschließlich von Frauen bevölkert und geleitet wurde, waren zwar deren Körper in der Bewegung eingeschränkt, aber ihr Geist war frei. Im Kloster war das anders. Sie dachte an Suor Purificacion und Suor Bonifacia, an die unbekannte Nonne und ihren Liebhaber, an Suor Annunciata in ihrem Garten und nun an Suor Veronica mit den Bildnissen. Es gab hier Strömungen und Druckmittel, Rivalitäten und Ehrgeiz, und sogar Annetta mit ihrer beträchtlichen Fähigkeit, durch solch trübe Gewässer zu navigieren, begann gerade erst, die Zusammenhänge zu erfassen.

Genau in diesem Moment hörte sie den vertrauten Ruf eines Bootsführers. Ihr fiel ein, dass sie eigentlich nach dem Bevollmächtigten des Sammlers Ausschau halten sollte, und trat ans Fenster.

Das Sonnenlicht flutete so stark durch das Glas herein, dass sie die Augen zusammenkneifen musste. Das Wasser der Lagune war blassgrün. Nicht weit entfernt erkannte sie verschwommen die Gärten und Kuppeln von San Giorgio Maggiore und jenseits davon die Stadt Venedig, wie eine rosa-goldene Wolke am Horizont. Alle möglichen Schiffe – Handelsgaleeren und kleinere Jollen – befuhren die verkehrsreichen Gewässer.

Bald konnte Annetta Einzelheiten ausmachen. Ein kleines Boot hielt auf das Kloster zu, in dem zwei Männer saßen. Einer war alt und untersetzt und trug einen gelben Turban auf dem Kopf. Der andere …

Annetta starrte auf das Boot. Heilige Mutter Gottes! Der andere war – nein, das konnte doch nicht sein! Bestimmt spielten ihre Augen ihr einen Streich. Nicht schon wieder er! Bei allen Heiligen, das war unmöglich. Aber es war doch möglich: Dasselbe schulterlange, lockige braune Haar, dieselben Augen, wie zwei kalte Steine, sogar dieselbe Körperhaltung. Ein Bein hatte er auf den Bootsrand gestellt, in genau derselben Haltung, in der sie ihn beim ersten Mal, am Tag des Hochzeitsbesuchs, durch das Fernglas aus dem Fenster des Dormitoriums gesehen hatte.

Es war wieder der Eindringling.

Kapitel 17

Am Morgen nach ihrer Nacht in Zuanne Memmos *ridotto* fuhr Carew wieder zum Kloster. Nur dieses Mal, mit Ambrose Jones im Schlepptau, tat er es in Erwartung einer ganz anderen Art von Abenteuer.

Das blassgrüne Wasser der Lagune funkelte so grell im Sonnenlicht, dass es ihm in den Augen schmerzte, wenn er daraufblickte. Deshalb sah er lieber zu, wie die Mauern des Klostergartens vor ihnen emporwuchsen. Hier und da konnte er die Kronen der Pappeln und Zitrusbäume erkennen, weiter hinten die gerade Linie der Lindenallee, und es fiel ihm leicht, sich den berühmten Kräutergarten dazuzudenken. In den vergangenen Wochen hatte er das Gelände schließlich so gut kennengelernt, dass er sich darin mit verbundenen Augen zurechtgefunden hätte.

Carew bewegte sich unruhig. Der Gedanke an seine Abenteuer im Kloster hätte ihn eigentlich amüsieren müssen, aber dem war nicht so. In Wahrheit bereitete ihm der Gedanke an die Nonne, die er beglückt hatte, keine Freude mehr, seitdem die Tat vollbracht war. Sie war dankbar gewesen, das verstand sich von selbst. Und auch gefügig, sogar etwas zu sehr für seinen Geschmack. Sie hatten es auf sein Drängen hin direkt unter der Nase der jüngeren Nonnen getan, sozusagen in ihrem Dormitorium, und doch rief die Erinnerung daran trotz der zusätzlichen Würze nicht die leiseste Erregung hervor, keinen wohligen Schauer. Stattdessen war er sich nur eines schwachen Gefühls der Unzufriedenheit bewusst, das ihn mehr und mehr durchdrang, ohne dass er hätte sagen können, wo es herkam. War es Langeweile? Ekel? Carew starrte schlecht gelaunt in die grünen Tiefen der Lagune. Wen kümmerte das überhaupt? Ihn nicht. Er würde das tun, wozu er sich bereit erklärt hatte, er würde Ambrose dabei helfen, Erkundigungen über die Haremsdame einzuziehen, und dann war er fertig – mit Pindar, mit Ambrose, mit Zuanne Memmo und Francesco, sogar mit Constanza, fertig mit der ganzen Gesellschaft.

Er verspürte auf einmal das unbändige Verlangen, woanders zu sein, fortzugehen, nach Hause zu fahren. Ungeduldig stand er auf.

Es dauerte eine Weile, bis er bemerkte, dass Ambrose, der vorn im Boot saß, ihm etwas zu sagen versuchte. »Mister Ambrose?«

»Ihr könnt mich von dort hinten nicht hören, das ist ja wohl offensichtlich.« Ambrose gab Carew ein Zeichen, zu ihm zu kommen. »Und passt auf, dass wir nicht übereinanderfallen.«

Doch Carew war bereits an seiner Seite, flink wie eine Katze. »Ich höre?«

»Setzt Euch hin, John, Ihr bringt das Boot ganz erbärmlich zum Schwanken.« Ambrose umklammerte ängstlich seine Sammelkisten.

Carew setzte sich wie geheißen und betrachtete Ambrose missgestimmt. Schon jetzt bedauerte er seine Entscheidung, ihn zum Kloster zu begleiten. Mit seinem gelben Turban und den orientalischen Gewändern hockte er im Bug des Bootes wie ein riesiges, frisch geschlüpftes Küken. Aus der Nähe war seine Nase sogar noch größer, als Carew sie in Erinnerung hatte: Sie glänzte so beeindruckend, dass sie gut in eine der Wunderkammern gepasst hätte, für die er so eifrig sammelte.

»Ich nehme an, dass Ihr Euch fragt, warum ich Euch mitgenommen habe, John?«

Carew seufzte innerlich. Das Letzte auf Erden, was er in diesem Moment gebrauchen konnte, war Ambrose in Inquisitorenlaune. »Keinen blassen Schimmer, mein Herr.«

»Ihr seid doch sonst so neugierig.« Ambrose blickte ihn aus glänzenden Augen an. »Wagt eine Vermutung.«

»Ich habe gehört, dass es dort eine Nonne gibt, die malt.«

»Ja, das ist einer der Gründe. Schwester Veronica. Ich kenne sie schon lange. Sie malt und zeichnet Pflanzen wie ein Engel, vorzügliche Arbeit, wahrhaft vorzüglich …« Ambrose rieb sich die Hände, wie so oft, wenn er sich für ein Thema erwärmte oder über seine Schätze sprach. »Alle Papiersammler bedienen sich heutzutage ihrer, obwohl ich natürlich der erste war –«

»Demnach ist sie eine Eurer Informantinnen?«, fiel ihm Carew, der nie ein Blatt vor den Mund nahm, ins Wort. Halblaut fuhr er fort: »Dann wird sie wohl über das eine oder andere Bescheid wissen.«

»Ihr seid ganz schön durchtrieben, John.«

»Jahrelange Erfahrung, Mister Ambrose«, erwiderte Carew mit ausdrucksloser Miene, »ich versuche, mit meinem Herrn mitzuhalten.«

Hinter Ambrose zeigte sich die halbmondförmige Landzunge, Giudecca genannt, auf der die Adelsfamilien ihre Lusthäuser bauten. Gärten und Obsthaine zogen sich bis ans Ufer hinab und auf einer kleinen Sandbank suchten ein paar Jungen nach Krabben. Ach Gott, er hätte nicht mitkommen sollen, aber jetzt gab es kein Zurück mehr.

»Euer Herr, aha.« Ambrose hob die Hand, um seine Augen vor der Sonne zu schützen. »Ich möchte gern gleich noch einmal auf dieses Thema zurückkommen, aber zuerst –«

»Also glaubt Ihr, dass Eure malende Nonne, wie auch immer sie heißen mag, irgendetwas über die Dame aus dem Harem wissen könnte?«, unterbrach ihn Carew.

»Vielleicht.« Ambrose ließ sich tiefer in seinen Sitz sinken und machte es sich zwischen den Kissen bequem. »Wenn jemand etwas über diese geheimnisvolle Dame und ihre Juwelen weiß, dann ist das Schwester Veronica. Ständig bekommt sie Besuch, und sie scheint alles zu wissen, was in der Lagune vor sich geht. Doch ich muss Euch sagen, dass ich sehr an der Existenz dieser Dame zweifle, auch wenn sich Pindar viel erhofft.«

»Ihr meint die Haremsdame mit den Juwelen?«

»Ja, natürlich.«

»Aber ich dachte, Prospero hätte gesagt ...«

»Oh, diese Edelsteinhändler!« Ambrose winkte lässig ab. »Allesamt Schwindler. Es würde mich nicht wundern, wenn die Steine gestohlen sind und sie die Geschichte nur erfunden haben, um ihr unerwartetes Auftauchen auf dem Markt zu erklären. Es kursieren immer wieder solche oder ähnliche Geschichten am Rialto, und kaum eine davon ist wahr. Das wisst Ihr doch sicher.«

»Vielleicht.« Vielleicht auch nicht. War Ambrose im Zimmer gewesen, als Prospero Pindar von dem Diamanten erzählt hatte? Carew stellte fest, dass er sich nicht mehr an die Szene erinnern konnte. Deutlich erinnerte er sich dagegen an den Vorfall etwa eine Stunde später in Zuanne Memmos *ridotto*. Der Blaue Stein des Sultans war äußerst real gewesen. Konnte Ambrose mit seiner offenbar grenzenlosen Fähigkeit, sich Informationen zu beschaffen, ja, sie aus der Gosse aufzusaugen, etwas von ihrem ungesetzlichen Besuch bei Memmo gehört haben? Carews Neugier war geweckt. »Und der Blaue Stein des Sultans? Ist das auch nur eine Rialto-Geschichte?«, wagte er sich vor und versuchte dabei, nicht allzu interessiert zu klingen.

»Mit großer Sicherheit«, entgegnete Ambrose bestimmt.

»Auch wenn ich weiß, dass Pindar anderer Ansicht ist. Er ist wie besessen. Wir wollen ihn auf keinen Fall glauben lassen, dass dieses Juwel – falls es überhaupt existiert – irgendeine noch so geringe Verbindung mit Celia Lamprey darstellt.« Ambrose warf Carew einen verstohlenen Blick zu, als wolle er dessen Reaktion einschätzen.

Es entstand eine kleine Pause, während Carew diese Aussage verdaute.

»Also wisst Ihr alles über sie?«

»Ob ich etwas über Celia Lamprey weiß?« Ambrose gluckste zufrieden. »Herr im Himmel, ich kannte sie schon, als sie noch ein kleines Mädchen war. Ihren Vater, den guten Kapitän, kannte ich auch, mögen ihrer beider Seelen in Frieden ruhen. Wir haben alles über das Schiffsunglück gehört, jeder Kaufmann in London weiß Bescheid. Eine große Menge Geld ging verloren, als die *Celia* Schiffbruch erlitt. Aber wenn Pindar glaubt, dass diese Haremsdame Celia Lamprey sein könnte, dann täuscht er sich.« Ambrose bedachte Carew mit einem seiner langen, starren Blicke. »Es heißt, Ihr hättet sie gesehen, John. Stimmt das?«

»Ja, ich habe sie gesehen«, erklärte Carew. »Wenigstens glaube ich das.«

»Ihr seid Euch also nicht sicher?«

»Doch, eigentlich bin ich mir sicher. Zumindest …« Und zum ersten Mal zögerte er. »… war ich mir damals sicher.«

»Wie lange ist das jetzt her?«

»Vier Jahre, es kommt mir aber länger vor, wegen … nun ja, eines kam zum anderen.«

Carew wandte den Blick ab. Aber es stimmte, die Erinnerung schien sich immer mehr zu entfernen, bis sie schließlich zerfloss wie Mondschein auf dem Wasser. »Ich war damals mit Tom Dallam unterwegs.«

»Dem Orgelbauer?«

»Genau«, Carew nickte.

Tom Dallam! An ihn hatte er schon seit Jahren nicht mehr gedacht. Carew wusste noch genau, wie er damals mit ihm zum Palast gegangen war. Es hatte dort einen kleinen, mit Marmor gepflasterten Hof gegeben, in dem Dallam die ungewöhnliche Orgel zusammenbaute, die die Kaufleute der Levante-Kompanie dem Sultan zum Geschenk machten. Die Wachen hatten ihnen Zeichen gegeben, dass sie zu einer Stelle an der Mauer gehen sollten, wo ein kleines Gitter angebracht war. Sie hatten hindurchgeschaut und einen Blick auf einen zweiten, geheimen Hof erhaschen können, in dem um die dreißig Konkubinen des Großtürken mit einem Ball spielten. Dann hatte die Wache auf den Boden gestampft, damit sie sich wieder entfernten.

»Aber ich war wie gelähmt«, sagte Carew zögernd. »Versteht Ihr, ich hatte dieses Mädchen gesehen, ein Mädchen, das sich von allen anderen unterschied.«

Sie saß ein wenig abseits und war prächtig gekleidet. Perlenschmuck am Hals, zarte Haut und wunderschönes rotgoldenes Haar. Dallam hatte ihn am Ärmel gezogen und ihn ermahnt, sich zu beeilen. Aber John vermochte sich nicht zu rühren, denn in diesem Moment war ihm klar geworden, wer sie war. Carew fuhr sich mit der Hand über die Augen. Mit stockender Stimme hatte er hervorgestoßen: *»Gott helfe uns, es ist Celia, Celia Lamprey! Wir glaubten alle, sie wäre tot.«*

»*Ich* wusste einfach, dass sie es war. Ich hätte sie überall erkannt.«

»Ja, ja, alles schön und gut, aber wenn Ihr mich fragt, sehen Frauenzimmer in Pluderhosen doch eine wie die andere aus.« Ambrose gab ein merkwürdiges hohes Kichern von sich. »Was für eine verzwickte Angelegenheit! Pindars tote Verlobte im Hühnerstall des Sultans!« Er schien die Vorstellung ausgesprochen amüsant zu finden. »Euch ist wohl nicht der

Gedanke gekommen, dass es vielleicht besser gewesen wäre, dieses Wissen für Euch zu behalten? Aber nun ja, der Schaden ist angerichtet.«

Er richtete sich auf, plötzlich wieder ernst geworden. »Es gab noch einen anderen Grund, Euch mitzunehmen, und wie ich jetzt sehe, seid Ihr genau der richtige Mann für diese Aufgabe. Ein guter Schnüffler. Pindar sagt, dass Ihr Euch im Kloster auskennt.« Er wies mit dem Kopf in Richtung Klosterinsel, die immer näher heranrückte.

»Mich auskennen?« Carew bog die Finger seiner Hand zurück, bis die Knöchel knackten. »Ich bin mir nicht ganz sicher, ob ich Euch richtig verstehe, mein Herr.«

»Oh, ich weiß alles über Eure unzüchtigen Betätigungen«, versetzte Ambrose nonchalant, »aber macht Euch keine Sorgen, das ist mir vollkommen gleichgültig. Ein Haus voller Frauen, die sich selbst überlassen sind – Katholikinnen obendrein.« Ambroses Tonfall war vernichtend. »Was soll man da erwarten? Ich selbst halte gar nichts davon. Ihr seid zu jung dafür, aber ich kann mich noch an die große Klosterauflösung unter dem alten König Heinrich erinnern, das war eine gute Tat. Wenn Ihr mein Diener wärt, würde ich Euch natürlich auspeitschen lassen«, fuhr er gut gelaunt fort, »aber zum Glück habe ich nichts mit Euch zu schaffen. Also sagt mir, John, warum tut er es nicht?« Ambrose ließ entspannt die Hand ins Wasser hängen.

»Was, mich auspeitschen lassen?«

Ambrose lächelte ihn gütig an. »Ihr seid ein ganz schlauer Bursche, was?«

Carew gefiel die Wendung, die das Gespräch auf einmal nahm, überhaupt nicht.

»Ein Diener, der nicht dient«, fuhr Ambrose nachdenklich fort, »ein Koch, der nicht kocht. Reine Narrenfreiheit. Und die Liste könnte man fortsetzen.« Er starrte Carew durchdringend an. »Das ist so, als ob man so viele Frauen zusammen in einem Kloster einschließt – es ist wider die Natur. Nicht *na-tür-lich,* geradezu unnatürlich. Nun, kommt schon, Mann«, fuhr er Carew ungeduldig an. »Hat es Euch die Sprache verschlagen?«

Doch Carew hatte genug von Ambroses bohrenden Fragen und war wild entschlossen, dem Sammler kein Sterbenswörtchen mehr von seinen Erlebnissen anzuvertrauen.

»Ich weiß nicht, was Ihr meint, Mister Ambrose«, sagte er nur und hielt Ambroses scharfem Blick stand.

Aber dieser schien plötzlich das Interesse zu verlieren. »Nun ja, das kann warten«, sagte er sanftmütig, »ich werde irgendwann alles über Euch herausfinden, so etwas gelingt mir nämlich immer.« Er nahm den Turban ab und kratzte sich damit nachdenklich an der gewaltigen Nase. »Fest steht, dass Euer Herr schwermütig geworden ist. Und wir müssen ihn aus dieser Stimmung reißen, bevor er sich selbst noch mehr schaden kann.«

Sie waren jetzt fast bei der Insel angelangt. Ambrose schnupperte aufmerksam. »In diesem Sommer soll wieder die Pest ausbrechen, und es wird, bei Gott, heiß genug dafür. Aber Ihr werdet bis dahin fort sein, John. Zumindest habe ich das gehört?«

»Mit dem nächsten Handelsschiff, das mich mitnimmt.«

Es schadete nichts, wenn Ambrose das wusste.

»Dann seid Ihr also fertig mit Pindar? Ihr habt Euch entschieden?«

Als Carew nicht reagierte, fügte Ambrose freundlich hinzu: »Er mag Euch über bestimmte Sachen im Dunkeln gelassen haben, John, aber in Wirklichkeit ist er es, der im Dunkeln tappt.«

Kapitel 18

Endlich erreichten sie die Insel. Wie angewiesen ruderte der Bootsführer sie nicht zum Haupttor, sondern zu einem kleineren Anlegeplatz auf der Gartenseite, der direkt zu Suor Veronicas Zeichenraum führte.

Bis jetzt hatte Carew angenommen, dass dieser zusätzliche *portego* inzwischen ungenutzt war, und hatte während seiner Eskapaden der letzten Wochen davon freien Gebrauch gemacht, aber nun erkannte er, dass Suor Veronicas Kunden für ihre gelegentlichen Besuche diesen Weg benutzten und so das Hauptgebäude des Klosters umgingen. Carew hatte den Raum der malenden Nonne schon oft von außen gesehen, es war ein altes Gebäude, weit älter als der modernere Teil des Klosters und hoch wie eine Scheune, aber als er Ambrose nun folgte, stellte er fest, dass sich im Inneren ein kühler, mit Büchern angefüllter Raum befand. Licht von der Lagune flutete durch ein Fenster ins Innere.

Die Nonne, die Ambrose als Suor Veronica begrüßte, kam mit einem farbverschmierten Lappen in den Händen auf sie zu, mit dem sie anscheinend verschüttete Pigmente vom Boden aufgewischt hatte. Leuchtendes Karmesinrot färbte ihre Finger und den Saum ihres Gewandes.

»Guten Morgen, Schwester, ich hoffe, Ihr habt Euch nicht geschnitten«, sagte Ambrose.

»Nein, nein, es ist nichts, nur verschüttete Farbe.« Während sie ohne Erfolg ihr Gewand abtupfte, schien sie fast ungehalten darüber zu sein, dass er ihr Missgeschick erwähnt hatte. »Bitte tretet ein, Signor Jones. Ich war gerade dabei, die letzten von Euren Gemälden herbeizuholen.« Sie führte Ambrose zu ihrem Pult.

Carew machte es sich am Eingang bequem, um zu warten. Er beobachtete die Nonne, während sie sich im Raum hin und her bewegte. Warum, fragte er sich müßig, hatten Nonnen schon immer eine besondere Faszination auf ihn ausgeübt? Ob jung oder nicht mehr ganz jung, ob dick, dünn, klein oder groß … Es gab keine Erklärung dafür. Er vergaß seine Empfindungen während der Überfahrt, vergaß Ekel und Langeweile, und sein Interesse war wieder geweckt.

Carew betrachtete Suor Veronica und versuchte sich vorzustellen, wie sie als Frau war. Ambrose mochte sie für eine geniale Malerin halten, aber er entdeckte nichts, was seine Phantasie beflügelte: Unter den Gewändern und dem Schleier, der ihre Haare verhüllte, war Suor Veronica weder alt noch besonders jung. Schlank war sie, aber wahrscheinlich fühlte sie sich ohne ihr Unterhemd wie ein Sack alter Knochen an. Ein sympathisches, intelligentes Gesicht, aber lang … eben ein Pferdegesicht.

Seine Tagträumerei wurde durch einen jähen, scharfen Schmerz in den Rippen unterbrochen. Als er aufschaute, stand Ambrose vor ihm und zielte mit der Stiefelspitze auf Carews Brustkorb.

»Sitzt nicht herum und glotzt, Mann. Meine Geschäfte dauern nicht lange. Geht, macht Euch anderswo nützlich.«

Carew stand langsam auf. »Wie Ihr meint, mein Herr.« Er verneigte sich mit übertriebenem Respekt. »Ich werde beim Boot warten, so es Euch beliebt, mein Herr?«

»Er kann in den Garten gehen, wenn er mag!«, rief Suor Veronica von hinten.

Während er noch unschlüssig an der Tür stand, begann irgendwo in dem schläfrigen Kloster eine kleine, helle Glocke zu läuten.

»Nun, wie Ihr meint.« Ambrose runzelte die Stirn. »Ich möchte nicht, dass mein Diener …« – er warf Carew einen bedeutungsvollen Blick zu – »… sich irgendeine Unschicklichkeit zuschulden kommen lässt.«

»Gewiss, gewiss. Er wird niemanden stören. Das war die Glocke für das *pranzo,* meine Schwestern werden alle im Refektorium sein. *Suora!* Wo seid Ihr, *suora!*«, rief sie einer anderen, bislang unbemerkt gebliebenen Person zu. »Seltsam, vor einer Minute war sie noch da«, murmelte Veronica kopfschüttelnd. Ein Geräusch ließ sie aufblicken. »Ah, da ist sie ja – was versteckt Ihr Euch da oben, *suora?* Ihr solltet doch schon mit den anderen auf dem Weg zum Refektorium sein.« Als sich nichts rührte, wurde Veronica energisch. »Kommt herunter, kein Grund, schüchtern zu sein.« Sie wandte sich Carew zu und wies auf eine zweite Nonne, die gerade langsam die Wendeltreppe von der Galerie herabstieg.

»Pflückt nur bitte nichts ab, junger Mann, das ist alles, worum ich Euch bitte.« Suor Veronica lächelte Carew strahlend an. »Suor Annetta wird Euch den Weg zeigen.«

Carew folgte der zweiten Nonne ins Freie. Nach ihrem vorsichtigen Abstieg von der Galerie hastete sie jetzt zur Tür, und zwar so schnell, dass er kaum Zeit hatte, einen flüchtigen Blick auf sie zu erhaschen.

»Wartet Schwester, nicht so schnell.«

Aber die Nonne lief mit sittsam geneigtem Kopf und verschränkten Armen entschlossen weiter, als wollte sie ihm unbedingt immer einige Schritte voraus sein.

»Ich werde Euch schon nicht beißen …« Carew rannte fast, um sie einzuholen. Diese Nonne schien noch aufgeregter zu sein, als die malende Nonne es bei ihrer Ankunft gewesen war.

»Wie ist Euer Name? Was habt Ihr gesagt? Benadetta, oder?«, keuchte Carew. Sie warf einen flüchtigen Blick über die Schulter, antwortete jedoch immer noch nicht.

»Na gut«, seufzte Carew resigniert. »Nicht sehr gottgefällig von Euch, einen Gast des Klosters einfach zu ignorieren.«

Ein paar Minuten lang amüsierte sich Carew damit, ihre Rückenansicht zu begutachten: jung, oder zumindest viel jünger als die andere, vermutete er, eine schmale Taille, aber dennoch ein hübscher Hintern, der durch ihren seltsam wiegenden Gang vorteilhaft betont wurde. Die Kasteiung des Fleisches war bei ihr noch nicht sehr weit fortgeschritten, so viel war sicher.

Dieser Gedanke belebte ihn. Das unbestimmte Gefühl von Unzufriedenheit, das er in der Gondel verspürt hatte, und der Entschluss, die gefährlichen Eskapaden ein für alle Mal zu beenden, lösten sich auf wie der Morgennebel über der Lagune, und Carew merkte, dass der Duft eines neuen Abenteuers in der Luft lag.

Sie hatten das Herbarium hinter sich gelassen und befanden sich jetzt im Kräutergarten, wo sich mehrere Reihen sorgfältig beschnittener Buchsbaumhecken in symmetrischen Formen ausbreiteten. Die junge Nonne blieb unvermutet stehen und wandte sich halb zu ihm um, die Hand vor das Gesicht gelegt, um es vor der glühenden Mittagssonne zu schützen.

»Das ist der Garten«, sagte sie, und ihre Stimme war, wie ihm auffiel, unerwartet warm und leise. »Die Glocke läutet wieder am Ende des *pranzo*. Wenn Ihr sie hört, wäre es also besser, wenn Ihr Euch entfernt – gleichgültig, was Suor Veronica gesagt haben mag.«

Das klang fast so, als unterliege Ambroses malende Nonne den Klosterregeln nicht. Carew wartete darauf, dass sich seine Begleiterin weiter darüber ausließ. Den meisten Nonnen, denen er bislang begegnet war, war jede Ausrede recht, um mit einem Unbekannten zu plaudern, aber diese schwieg. Deshalb stellte er sich ihr direkt in den Weg, als sie umkehren und an ihm vorbeihuschen wollte.

»Bleibt hier! Bitte, nicht so schnell.« Carew entschied sich für eine neue Taktik und versuchte seiner Stimme ein möglichst einschmeichelndes Timbre zu geben. »Wollt Ihr mir nicht sagen …« – er schaute sich suchend nach einem Vorwand um und sein Blick fiel auf eines der Blumenbeete – »… was das für Pflanzen sind?«

»Glaubt nicht, dass Eure kleinen Spielchen bei mir wirken!« Dieses Mal war die Stimme der Nonne weder leise noch warm.

Carew horchte auf. »Wartet, Schwester, wir haben schon einmal miteinander gesprochen, nicht wahr?«

Als sie nicht antwortete, streckte er den Arm aus, als wolle er ihr die schützende Hand von dem Gesicht ziehen, aber sie wirbelte herum und wandte ihm den Rücken zu.

»Ihr wurdet gebeten, nichts anzufassen, wisst Ihr das nicht mehr?«, stieß sie atemlos hervor, als koste es sie Mühe, überhaupt zu sprechen.

»Oh!«

Da erst begriff Carew, was er von Anfang an hätte bemerken sollen – dass die junge Frau Angst vor ihm hatte. Das Bild eines Hasen stieg in ihm auf, den er als Junge einmal gefangen hatte. Das Tier hatte vor ihm gesessen, ohne sich zu rühren, als wäre es zahm, und erst nach einer Weile hatte er bemerkt, wie sein kleiner Brustkorb sich rasend schnell hob und senkte, als würde ihm jeden Moment das Herz zerspringen.

Carew orientierte sich kurz: Auf der einen Seite lagen der Garten und die der Lagune zugewandte Mauer, auf der anderen ein Flügel des Klosters. Er warf einen geübten Blick nach oben zu den Fenstern und suchte nach Anzeichen, dass sie beobachtet wurden, aber so weit er es erkennen konnte, war niemand da.

Die junge Frau musste seinem Blick gefolgt sein, denn sie sagte rasch: »Unsere Ehrwürdige Mutter wohnt da oben, also versucht besser nicht, mich anzufassen – *ha capito?*«

Jetzt war sich Carew sicher. »Ich kenne Euch doch!« War das wirklich ein Zufall? Wohl kaum. »Ihr seid diejenige, die im Nachthemd im Garten herumgestrolcht ist.«

Diejenige, die ich beinahe erwürgt hätte, diejenige, der ich gedroht habe, sie gleich auf der Stelle zu nehmen, weil ich ihr Angst einjagen wollte. Herrgott, kein Wunder …

Sie stand da und starrte zu Boden, aber er konnte ihr Gesicht immer noch nicht erkennen. Und dann warf sie erneut einen Blick zu den Fenstern des Klosters. Hatte sie vielleicht die Wahrheit gesagt? Konnte die Äbtissin sie sehen?

Ihr Profil war ihm zugewandt, und er bemerkte, dass eine Strähne ihres langen, dunklen Haares der eng anliegenden Kopfbedeckung entschlüpft war. Er sah auch ihre edle, gerade Nase, die leicht geblähten Nasenlöcher und ein kleines Muttermal, das wie ein Schönheitsfleck auf ihrem rechten Wangenknochen saß. Plötzlich war es ihm ein dringendes Bedürfnis, dass sie nicht fortging, dass sie noch ein Weilchen blieb. Carew überkam das Gefühl, dass er ihr etwas Wichtiges zu sagen hatte, obwohl er gar nicht wusste, was genau das sein mochte.

Die Sonne brannte vom Himmel. Carew spürte die Hitze auf dem Rücken, am Nacken und auf dem unbedeckten Kopf, als führe jemand mit einer Messerklinge über die Haut. Der Garten flirrte in der Mittagshitze, die Farben der Blumen schienen in einem feenhaften Dunst ineinanderzufließen. Über dem Garten lag eine Stille, wie es sie nur an solch abgeschiedenen, heißen Orten zur Mittagszeit gab. Es war, als hielte alles Lebendige den Atem an. Carew versuchte, sich daran zu erinnern, wie die junge Nonne an jenem Morgen vor einigen Tagen ausgesehen hatte, aber er musste feststellen, dass er keine besondere Erinnerung daran besaß. Nur noch daran, wie klein und verletzlich sie sich angefühlt hatte.

Dann wandte sie ihm endlich das Gesicht zu, und sie sahen sich in die Augen.

»Benadetta …«, hörte er sich sagen.

Aber sie schüttelte den Kopf. »Nein«, widersprach sie heftig, »es heißt *Annetta*. Mein Name ist Annetta.«

Und Carew wusste nicht, was er sagen sollte.

Im nächsten Augenblick schritt sie an ihm vorbei, und er blieb wie ein Riesentölpel stehen und tat nichts, um sie aufzuhalten. Bildete er es sich nur ein, oder hatte ihr Handrücken ihn gestreift, ganz leicht, wie ein Hauch?

Carew folgte ihr mit den Blicken. Wieder dieser seltsam wiegende Gang. Wo hatte er ihn nur schon einmal gesehen?

Doch im nächsten Augenblick war all das vergessen, denn er sah, dass Annetta auf dem Weg etwas fallen gelassen hatte. Er bückte sich, um es aufzuheben, und hielt ein rosarotes, mit Silberfäden besticktes Samtbeutelchen in den Händen. Eine genaue Kopie des Beutels, in dem der Blaue Stein des Sultans in Zuanne Memmos *ridotto* aufbewahrt wurde.

Kapitel 19

Den ganzen Sommer über wanderten die Frauen durch die sengende Hitze nach Norden, wobei sie unterwegs in den Dörfern und Weilern anhielten, um auf Jahrmärkten und an Festtagen ihre Kunststücke aufzuführen. Sie reisten meist in der Nacht, wie es während der Sommermonate ihre Gewohnheit war, um der schlimmsten Hitze zu entgehen. Manchmal, wenn ihr Weg sie in Küstennähe führte, fanden sie einen Bootsführer, der bereit war, sie – mit Pferden, Karren und allem anderen – eine kurze Strecke mitzunehmen. Maryam murrte wegen der Kosten, aber nach der Gluthitze an Land – einem Land, in dem man auf den Steinen am Boden Eier braten konnte – fühlten sich die Nähe des Wassers und die kühlende Meeresbrise geradezu paradiesisch an.

Wenn die Frauen über die Dorfplätze zogen, boten sie den Bewohnern einen unvergesslichen Anblick. Sie kündigten ihre Ankunft mit einer eigentümlichen Katzenmusik aus Zimbeln, Trommeln, Tamburinen und Flöten an. Eine von ihnen, Ilkai, die eine noch lautere Stimme als Maryam besaß und deren dröhnenden Bariton mühelos übertönte, ging voraus und pries wie ein Marktschreier ihre Attraktionen an: *»Die Frauen aus Thessaloniki, die berühmteste Gauklertruppe der Welt, hochgeschätzt von Paschas, Wesiren, ja, sogar vom Sultan, dem Großtürken, höchstpersönlich: Für einen Abend nur …«*

Mit großen Sprüngen folgten die anderen Gauklerinnen,

sechs insgesamt, in ihren leuchtend bunten Jacken und seltsam wallenden Gewändern, die sich von den Knien abwärts wie Männerhosen an die Beine schmiegten. Nach ihnen kam Maryam – *die Riesin aus Saloniki* – mit einem roten Tuch um die Stirn und einem Ledergürtel um die unförmige Jacke. Manchmal trug Maryam Elenas zwei kleine Mädchen, Nana und Leya, auf den Schultern, eins rechts, eins links. Manchmal liefen sie auch vor ihr her, balancierten auf den Händen, beugten ihre kleinen Körper rückwärts und krümmten sich zu seltsamen krabbenartigen Figuren, während Maryam selbst einen Wagen zog, auf dem eine bizarre Mischung von Gegenständen gestapelt war: Töpfe und Pfannen, Holzklötze, ein Satz Kanonenkugeln – lauter Requisiten, die sie für ihre Vorführung als »starke Frau« brauchte. Den Schluss bildete Elena, deren sanfte Gesichtszüge mit Kreide in eine traurige weiße Maske verwandelt worden waren. Ihr Kostüm bestand aus einem bunt gestreiften Narrenkleid, mit Pailletten bestickt, sodass sie bei jeder Bewegung glitzerte wie ein mit Raureif bedecktes Fabelwesen.

Meistens begrüßten die Dörfler ihre Ankunft freudig. Der Zauber und der Reiz ihrer fremdartigen Erscheinung wogen schwerer als ihr zweifelhafter Ruf als Fahrende. Nur manchmal, wenn sich die Priester gegen die Truppe wandten, bekamen die Leute Angst. Sie läuteten die Glocken in den Kirchtürmen, bewarfen sie mit Steinen und hetzten ihre Hunde auf sie, sodass die Frauen oft gezwungen waren, durch die sengende Hitze zum nächsten Dorf zu fliehen.

Allen Widrigkeiten zum Trotz schienen die Meerjungfrau und ihr Kind anfangs aufzublühen. Da Maryam nicht wusste, wie sie hieß, nannte sie die junge Frau Thalassa nach dem Meer, aus dem sie stammte, aber irgendwie passte der Name nicht zu ihr. Sie schien ihn nie auszufüllen, genauso wenig, wie sie die Kleider, die man für sie gefunden hatte, richtig ausfüllte oder den Platz, an dem sie schlief. Die anderen Frauen, die von Anfang an diese geheimnisvolle Meereskreatur, diese verwundete Nixe, die unter so unheilvollen Umständen bei ihnen gelandet war, argwöhnisch beäugten, nannten sie unter sich meist nur ›Sie‹.

Zunächst noch durch die Geburt geschwächt, lag die Meerjungfrau mit ihrem Kind auf einem behelfsmäßigen Lager hinten im Karren und machte keinerlei Anstalten, sich von dort fortzubewegen. Die Verletzungen an ihren Handgelenken und Fußknöcheln heilten zwar nur langsam, aber sie hatte kein Fieber bekommen – zum Glück, denn das hätte sie vermutlich umgebracht. Als man ihre Beine untersuchte, stellte man fest, dass die Brüche alt und die Knochen schon wieder zusammengewachsen waren. Dennoch hielt es keine der Frauen für wahrscheinlich, dass sie je wieder würde laufen können.

Die fremde Frau sprach nie, noch nicht einmal mit dem Säugling, mit dem sie anscheinend wenig anzufangen wusste. Das Einzige, was sie tat, war, ihn in Windeln zu wickeln und bei sich zu tragen. Es wurde bald deutlich, dass sie keine Milch hatte oder zumindest nur so wenig, dass das Kind davon nicht gedeihen konnte, und wäre es Maryam nicht gelungen, eines der Pferde, die Signor Bocelli ihnen geschenkt hatte, gegen eine Milchziege einzutauschen, hätte der Säugling nicht überlebt. Elena probierte alle Sprachen aus, die sie kannte – Venezianisch, Spanisch, Griechisch, sogar die Sprache der Osmanen –, aber mit keiner davon hatte sie Glück. Die Meerjungfrau blickte sie mit ihren hellen Augen verständnislos an.

»Ist sie taub? Taubstumm vielleicht?«, überlegte Maryam laut. »Oder vielleicht ist sie nur schwachsinnig?«

»Nein«, erwiderte Elena stirnrunzelnd, »das glaube ich nicht. Ich glaube, sie ist nichts dergleichen, sondern eher wie ein … ich weiß nicht.« Sie hätte beinahe ›Geist‹ gesagt, aber das auszusprechen brachte bestimmt Unglück, und so fuhr sie stattdessen fort: »Es ist, als ob sie einfach … nicht da ist.«

Es war eine mondlose Nacht und zu dunkel, um weiterzuziehen, deshalb hatten die Frauen ihre Zelte – kleine, runde, leuchtend bunte Pavillons, wie sie Nomaden benutzen – im Halbkreis im Schutz der wenigen Bäume aufgeschlagen.

Nachdem die kleinen Mädchen schlafen gegangen waren, lagen Maryam und Elena nun nebeneinander im Freien unter den Sternen, und während sich ihre Hände leicht berührten und sie die kleinen Finger ineinander verhakt hatten, lauschten sie den vertrauten Geräuschen, die aus den Zelten drangen.

»Bist du dir sicher?«

»Ja, ich bin mir sicher. Und es stimmt nicht, dass sie nicht sprechen kann. Ich habe sie sprechen hören, erst vor kurzem, aber nur ein Wort.«

»Was hat sie gesagt?«

»Nur ein Wort: *No!*«

»Nur das?« Maryam starrte in die Dunkelheit. »Einfach nur ›no‹. Das bringt uns nicht sehr viel weiter, oder? Es könnte alles Mögliche sein: Italienisch, Spanisch, Französisch …« Sie zuckte die Achseln. »Warum hat sie überhaupt ›no‹ gesagt?«

»Du erinnerst dich an das kleine Samtbeutelchen? Das wir versteckt in ihrer Kleidung gefunden hatten? Das sie ständig auf und zu macht?«

»Ja.«

»Meine Nana hatte es irgendwie in die Finger bekommen und damit gespielt, und als die Frau es merkte, schien sie sich ziemlich aufzuregen. Sie stützte sich auf einen Ellbogen auf und rief einmal laut ›No!‹. Nana hat es auch gehört. Wenn sie nicht dabei gewesen wäre, hätte ich vielleicht geglaubt, dass ich es mir nur eingebildet habe.«

Eine Zeitlang lagen die Frauen schweigend unter dem Himmelszelt. Von einem fernen Hügel drangen das Gebell eines Schäferhundes und das leise Gebimmel von Schafglocken.

»Wo sie wohl herkommt?«

Wie oft sie in den vergangenen Wochen dieses Gespräch schon geführt hatten!

»Auch wie sie in diesem Pestdorf gelandet ist, würde ich wirklich gern wissen«, sinnierte Maryam.

»Sie ist kein Mädchen vom Lande, das ist jedenfalls sicher. Hast du ihre Hände gesehen? Und diese Haut – so blass! Sie hat in ihrem ganzen Leben noch keinen Tag gearbeitet, jedenfalls nicht auf dem Feld.«

»Dann ist sie wohl eine feine Dame?«

»Eine Dame? *Panagia mou!* Jetzt nicht mehr, Gott schütze sie.« Elena klang traurig. »Sie wird wahrscheinlich nie wieder eine werden.«

»Dieser Bocelli hat mir erzählt, dass die Fischer sie mit ihren Netzen aus dem Wasser gezogen haben.«

»Und du glaubst, dass er dir die Wahrheit gesagt hat?«, fragte Elena und wandte sich in der Dunkelheit Maryam zu.

»Ich glaube, Männer wie Bocelli würden die Wahrheit noch nicht einmal erkennen, wenn sie ihnen einen Tritt in die *testicolos* versetzen würde.« Maryam lachte verächtlich. »Ich vermute, dass jemand sie kurz vor der Geburt in der Nähe des Dorfes ausgesetzt hat. Und Bocelli hat sie gefunden, nehme ich an.« Doch je mehr sie darüber nachdachte, desto unwahrscheinlicher klang die ganze Geschichte.

»Was sind das für Unmenschen, wie kann jemand so etwas tun? Stell dir vor, was sie durchgemacht haben muss, ganz allein, ohne Freunde, die ihr halfen.« Elena schüttelte den Kopf. »Aber wie passt Bocelli dazu? Und warum war er so erpicht darauf, sie loszuwerden? Das verstehe ich nicht. *Zwei*

Pferde, Maryam …« Zwei Wochen nach dem Vorfall hatte sich Elenas Erstaunen immer noch nicht gelegt. »Das ist mehr, als uns der Sultan gegeben hat, nachdem wir im Haus der Glückseligkeit aufgetreten waren.«

»Ich habe von Bocelli ein hohes Entgelt bekommen, das stimmt. Der Mann ist ein Narr.« Aber noch während Maryam die Worte aussprach, verspürte sie einen Anflug von Unbehagen. War der Preis dafür, dass sie die Meerjungfrau und ihr Kind mitnahmen, nicht tatsächlich *zu* hoch gewesen? In den Dörfern hatte sich etwas verändert, seit sie dieses Meereswesen bei sich hatten. Anfangs konnte sie es nicht genau fassen, es war mehr ein Gefühl, wie ein Windstoß oder ein Staubteufel, der eine ausgestorbene Straße hinuntertanzt. Doch dann, vor einigen Nächten, hatten sie außerhalb des Lagers Essen vorgefunden: einen Korb Eier, etwas Obst, kleine Laibe ungesäuerten Brotes, einen Zweig Oliven. Jemand hatte alles sorgsam auf Blättern ausgebreitet. Hatte sie es sich nur eingebildet, oder war es wirklich weniger ein Geschenk als vielmehr eine Art Opfergabe gewesen? Vielleicht war Bocelli doch nicht solch ein Narr. Maryam tastete in der Tasche ihrer Lederjacke nach dem silbernen Amulett, und ihre starken Finger schlossen sich um das Bild der Meerjungfrau, das er ihr in dem Pestdorf gezeigt hatte. Sie würde vermutlich Elena und den anderen erzählen müssen, was Bocelli gesagt hatte, aber jetzt noch nicht …

»In dieser Gegend glaubt man schon immer, dass Meerjungfrauen Glück bringen. Man findet diese Amulette fast überall entlang der Küste … Ich bin überrascht, dass du noch nie eines gesehen hast. Maryam konnte förmlich den Zwiebelgestank aus seinem Mund riechen. *Aber eine echte Meerjungfrau …! Niemand weiß etwas mit ihr anzufangen, sie haben sogar Angst, sich ihr zu nähern. Sie hätten sie mittlerweile getötet, wenn sie nicht glauben würden, dass ihnen das noch viel schlimmeres Unheil bringt …«* Nun, wie es aus-

sah, würden sie und die gesamte Truppe alles Glück benötigen, das sie bekommen konnten, um heil nach Venedig zu gelangen.

Elena blickte in den Himmel. Da der Mond nicht schien, leuchteten die Sterne am Himmelszelt so hell und in solcher Anzahl, dass sie das schwindelerregende Gefühl überkam, als würde sie zu ihnen hinaufgezogen. Das war der Moment, vor dem sie sich gefürchtet hatte, aber sie wusste, dass sie jetzt sprechen musste.

Sie schloss die Augen. »Maryam?«

»Ja?«

»Die anderen glauben, dass sie Unglück bringt.«

»*Un*-glück?«

»Sie wollen nichts mit ihr oder ihrem Kind zu tun haben, sie halten sich fern, ist dir das nicht aufgefallen?«

»Hmm.« Maryam brummte nichtssagend.

»Und als ob das nicht schon schlimm genug wäre, haben wir auch noch so wenig Arbeit. Die Dörfler scheinen …« Elena rang nach Worten. »Ach, die Leute sind irgendwie seltsam. Ich kann es nicht richtig erklären.«

Dann war es also auch Elena aufgefallen.

»Sie sind arm, das ist alles«, entgegnete Maryam schroff. »Es ist meine Schuld. Wir hätten nie diesen Weg nehmen dürfen.«

»Hör mal, sie wird irgendwie für ihren Unterhalt aufkommen müssen. Ich weiß, dass du das nicht hören willst, aber –«

»Warum sagst du es dann?«, fuhr Maryam sie scharf an. Elena zuckte zusammen, aber sie sprach unbeirrt weiter.

»Die anderen sagen, dass sie für uns eine Last sind, sie und das Kind.«

»Und du? Was sagst du?« Als Elena nicht antwortete, fügte Maryam hinzu: »Wir sind dafür entlohnt worden, dass wir sie aufnehmen, großzügig entlohnt, wie du selbst gesagt hast.«

»Sie kann nicht arbeiten, wahrscheinlich wird sie das auch nie können. Wir haben nicht genug zu essen ...«

»Aber sie isst wie ein Spatz!«

»... und wir können das Pferd oder die Ziege nicht schlachten«, fuhr Elena geduldig fort. »Wenn du wenigstens in Erwägung ziehen würdest ...«

»Was?«

Elena öffnete die Augen und zwang sich zu den nächsten Worten.

»Wir haben schon darüber gesprochen.«

»Sie zur Schau stellen? Nein, auf keinen Fall.«

»Ich weiß, du hast deine Gründe ...«

»Ja, ich habe meine Gründe. Und du – gerade du, Elena – solltest sie kennen. Du bist nicht besser als diese kleine Zecke Bocelli.«

Einige Minuten lang lagen sie nebeneinander, ohne zu sprechen, aber nach einer Weile spürte Maryam, wie Elena ihre dünne, knochige Hand in ihre schwielige Pranke schob und sie dort ließ, bis sich Maryam entspannte.

»Es muss nicht so sein, wie ... wie ...« Elena fiel es schwer, die Worte auszusprechen, »... wie es bei dir war.«

»Meinst du?«

Maryam starrte ausdruckslos in den Nachthimmel. Nach all den Jahren verblüffte sie Elenas Ahnungslosigkeit immer noch. »Sie haben der Mutter die Beine gebrochen, falls du das nicht bemerkt haben solltest, Elena.« Sie schüttelte den Kopf, als ob sie einen hartnäckigen Gedanken loswerden wollte, und zog ihre Hand fort. Ohne dass sie es merkte, strich sie mit den Fingern an ihren nackten Unterarmen auf und ab, fühlte die vertrauten Male, mit denen diese übersät und verunstaltet waren – wulstige Narben in der Größe von Einschusslöchern. »Du hast keine Ahnung, wozu Männer fähig sind.«

In dieser Nacht konnte Maryam nicht schlafen. Die Gedanken wirbelten durch ihren Kopf wie tanzende Derwische, sie drehten und drehten sich, bis sie glaubte, verrückt zu werden.

Als Anführerin einer Frauentruppe war sie es durchaus gewohnt, das ganze Gewicht der vielen Sorgen und Nöte, die die Gauklerinnen belasteten, auf den eigenen Schultern zu tragen. Es war ihr zur zweiten Natur geworden, immer auf der Hut zu sein, im Voraus zu wissen, was alle anderen um sie herum dachten, hier einen Blick, dort eine Geste zu deuten, zu zögern, zu beschwichtigen, bereit zu sein, augenblicklich weiterzuziehen, falls sie eine grundlegende Veränderung in der Atmosphäre spürte. Seit sich die Truppe vor nunmehr sieben Jahren gebildet hatte, musste sie das unerhörte Vergehen wettmachen, das darin bestand, dass sie Frauen waren, die von keinem Mann in Schach gehalten und kontrolliert wurden. Doch noch nie hatten sie so üble Vorahnungen geplagt wie in den letzten Tagen.

Schon seit ihrer Abreise aus Messina quälte Maryam das Gefühl einer drohenden Gefahr. Lag es einfach nur daran, dass das Reisen auf dem Land immer gefährlicher war als in den Städten? Die Leute waren unfreundlicher, abergläubischer, eher geneigt, sich gegen sie zu wenden. Maryam kannte nur zu gut die Folgen einer Fehleinschätzung. Unruhig wälzte sie sich auf ihrer Decke hin und her.

In den finsteren Hügeln hinter dem Lager bellte noch immer der Schäferhund. In den Zelten war Ruhe eingekehrt, auch Elena war endlich neben ihr eingeschlafen. Das trug zu Maryams Unruhe bei, denn nur selten ließen die beiden Frauen ihre Meinungsverschiedenheiten vor dem Einschlafen ungeklärt. Sie hörte das Pferd, das in seinem Futterbeutel rumorte, und die Ziege, die an ihrem Pfosten raschelte. Normalerweise wirkten diese leisen Geräusche beruhigend auf sie, aber nicht in dieser Nacht. Sie stemmte ihren plumpen, massigen Körper langsam und mühevoll hoch und versuchte dabei, nicht auf die Schmerzen in den Gelenken und die Taubheit in den Fingern zu achten, die sie in letzter Zeit fast ununterbrochen plagten.

Auf ihrem behelfsmäßigen Lager hinten im Wagen schlief Thalassa, die Meerjungfrau. In der Hand hielt sie den rosaroten Samtbeutel wie einen Talisman umklammert. Das Kind lag so still neben ihr, dass Maryam zuerst annahm, es sei ebenfalls eingeschlafen. Sie wollte sich gerade abwenden, als sie einen kleinen Schimmer wahrnahm und sah, dass seine Augen geöffnet waren und in den Nachthimmel blickten.

Ein Geräusch durchbrach die Stille und ließ Maryam aufhorchen. Sie richtete sich auf. Es war nur das Pferd, das leise schnaubte, doch plötzlich sah sie, dass auch das Kind das Köpfchen langsam zu dem Tier drehte. Es hatte die kleine Stirn in Falten gelegt, als ob dies das erste Geräusch im Universum sei, das es in seinem kurzen Leben wahrnahm. Als sich das Kind bewegte, löste sich ein Teil der Tuches, in das es gehüllt war, und entblößte den unteren Teil seines Körpers. Die beiden winzigen Beine waren miteinander verwachsen und zwei perfekte Füßchen spreizten sich nach außen. Maryam streckte den Zeigefinger aus und spürte, wie sich die winzige Faust des Kindes darum schloss. Die Berührung war so zart, dass sich Maryams Herz schmerzlich zusammenzog.

War es richtig gewesen, die beiden aufzunehmen? Wahrscheinlich nicht. Sie seufzte. Aber wie hätte sie unter den gegebenen Umständen nein sagen können? Trotzdem wurde ihr das Herz schwer bei dem Gedanken, was noch alles vor ihnen liegen mochte.

Wie standen die Chancen, dass das Kind überleben würde? Sicherlich nicht gut, und vielleicht war es sogar besser so. Das Meereskind war als Monstrosität ein Vermögen wert. Aber ein Leben als solche blieb ihm womöglich besser erspart.

Unter dem hohen Firmament schauten sich die Riesin und das Kind lange in die Augen. Eine andere Frau hätte in diesem Augenblick vielleicht zu Gott gebetet, zur Mutter Gottes und allen Heiligen, und um Schutz gefleht, aber Maryam hatte in ihrem Leben nicht gelernt, allzu sehr an die Wirksamkeit von Gebeten zu glauben. Gott war, wie jeder Mann, ein ferner Peiniger, unerreichbar für eine Frau wie sie.

Kapitel 20

Als sich Maryam hinlegte, um endlich zu schlafen, hatte sie wieder den Traum.

Sie war fünfzehn, und sie führten sie in die Bärengrube. Hinter einer Palisade aus angespitzten Stöcken konnte sie die Hunde wütend knurren hören.

Zwei Jahre zuvor – sie hatte bereits die Größe und das Gewicht eines stämmigen jungen Mannes erreicht –, hatten ihre Eltern ihre sonderbare Tochter freudig an den Erstbesten verkauft, der anbot, sie ihnen abzunehmen. Der Mann, ein fahrender Händler aus dem Süden, dessen Name sie nie erfuhr, hatte behauptet, er wolle sie zu seiner Frau machen, aber es wurde Maryam bald klar, dass er das ganz und gar nicht vorhatte.

Nachdem der Reiz, es mit einer Kindsbraut von der Größe eines Kerls zu treiben, verflogen war, machte sich der Händler daran, sie an alle Freunde, Nachbarn und Passanten auszuleihen, die für das Privileg bezahlen wollten. So begann für ihren Besitzer ein recht bequemes Leben. Er gab seinen Handel mit Jahrmarktsspielzeug und billigem Plunder auf und kaufte stattdessen einen Stand, den er auf den verschiedenen Messen und Märkten aufstellte, die sie besuchten.

Der Marktstand war ein einfacher Bretterverschlag, nicht viel mehr als eine Sichtblende mit einem Strohlager dahinter, das Maryam mit seinen Kunden teilte. Nach ein paar bitteren Jahren wurde der Händler, der allmählich in die Jahre kam, eines schönen Morgens von dem Verlangen gepackt, zu seiner richtigen Frau und seinen Kindern auf den Peloponnes zurückzukehren. Maryam, die für ihn nun nicht mehr von Nutzen war, hätte er ohne große Skrupel ihrem Schicksal überlassen, obwohl sie noch nicht einmal ein paar *soldi* ihr Eigen nannte. Wie es der Zufall wollte, war jedoch sein letzter Kunde der Anführer einer umherziehenden Gauklertruppe, und als die Truppe am folgenden Morgen weiterzog, wurde Maryam aufgefordert mitzugehen. Sie war wieder einmal verkauft worden.

Mit fünfzehn war Maryam noch ein ordentliches Stück größer als mit dreizehn und überragte sogar den größten Mann. Sie war eine bullige junge Frau mit einem gewaltigen Brustkorb, Unterarmen wie zwei Schinken, Händen und Füßen wie Holzteller und wirkte mit ihren schwarzen Haaren, den kohlschwarzen Augen und dem Oberlippenbart wild und ungebärdig wie ein heranwachsender Junge.

Als der Anführer der Truppe sie zum ersten Mal sah, wusste er, dass er sein Geld mühelos wieder hereinholen würde. Er wollte sie unter dem Namen »Tochter des Minotaurus« als Missgeburt zur Schau stellen und fing auch gleich damit an, in dem vollen Wissen, dass dieses Mal nicht nur die Männer bezahlen würden.

In den nächsten Jahren führte Maryam ein noch schrecklicheres Leben als in den zwei Jahren zuvor. Wie der Händler, der sie verkauft hatte, folgte die Gauklertruppe – eine Familie aus Genua namens Grissani – immer derselben Route. Der Unterschied war, dass die Jahrmärkte und die Entfernungen größer waren, und statt in einem Marktstand hauste Maryam dieses Mal in einem Käfig. Es war ein richtiger Käfig aus Eisenstäben, dem noch die Spuren, die Gerüche und sogar der eingetrocknete Kot des kürzlich verstorbenen Tanzbären der

Truppe anhafteten. Jeden Tag musste sie viele Stunden lang darin sitzen. Ein Paar Rinderhörner waren an ihrem Kopf befestigt, und die Leute bezahlten einige Münzen für das Vergnügen, sie auslachen, Steine und faules Obst nach ihr werfen oder mit Stöcken an ihr herumstochern zu dürfen.

Nach einer Weile waren sie in eine Gebirgsgegend gelangt, in der kein Griechisch mehr gesprochen wurde und auch nicht die Sprache der osmanischen Herrscher, sondern ein kehliger Dialekt, den Maryam anfänglich nicht verstand. Die von Pinienwäldern umgebene Stadt war arm und viel kleiner als ihre gewöhnlichen Reiseziele. Die einheimischen Frauen zeigten sich kaum und die Kinder starrten sie nur aus den Fenstern heraus an.

Wie es ihre Gewohnheit war, schlug die Truppe vor der Stadt ihr Lager auf, am Rande eines tropfnassen Waldes. An jenem Nachmittag strömte eine ansehnliche Menschenmenge zusammen, um sich die Kunststücke anzuschauen, aber der Anblick von Maryam im vergitterten Käfig schien die Männer wütend zu machen, und sie bemerkte immer wieder, dass der eine oder andere dem Anführer der Truppe Geld anbot. Dieser lehnte jedoch zunächst hartnäckig ab. Der zarte Anflug von Hoffnung, den sich Maryam bei diesem Anblick erlaubte, wurde verstärkt, als Signor Grissani in der Abenddämmerung, viele Stunden früher als sonst, an der Tür des Bärenkäfigs erschien.

»Was ist los?«

»Das wirst du schon noch erfahren.« Er nahm den Schlüssel vom Gürtel und schloss den Käfig auf.

»Haben sie Euch etwas gezahlt, damit Ihr mich gehen lasst?«

Noch Jahre später fiel es Maryam schwer, keine Tränen des Mitleids ob der Arglosigkeit ihres jüngeren Ichs zu vergießen, wenn sie an diese Szene dachte. Hatte sie wirklich noch nichts über die menschliche Natur gelernt?

»Dich gehen lassen?« Signor Grissani, der sich plötzlich sehr auf seine Schlüssel konzentrierte, hob nicht den Kopf. Als er endlich aufblickte, machte er ein so trauriges Gesicht, dass sie ihm fast um den Hals gefallen wäre.

»Sie haben Euch wirklich …? O danke, ich danke Euch, *Signore* …«

Maryam hatte so lange von dem Moment ihrer Befreiung geträumt, ihn so sehr herbeigesehnt, dass sie vor Freude keinen klaren Gedanken fassen konnte.

In diesem Augenblick kam Signor Grissanis Weib, eine Frau mit hartem Blick und dem drahtigen Körper einer Akrobatin, auf sie zugelaufen.

»Sergio, stimmt das?«, rief sie bestürzt. »Das kannst du nicht tun, Sergio, du darfst nicht zulassen, dass sie sie mitnehmen.«

»Es wird ihr schon gut gehen«, murmelte Grissani barsch.

»Was willst du damit sagen? Sie ist vielleicht groß, aber noch jung, kaum älter als ein Kind.«

Maryam konnte sich immer noch an ihre Verblüffung ob der Gefühlsbewegung in der Stimme der Frau erinnern, dieser Frau, die ihr bis eben noch jede einzelne Brotrinde, jeden einzelnen Löffel Wassersuppe missgönnt hatte.

»Mir wird es gut gehen, Signora, ganz bestimmt.« Die Frau tat Maryam fast leid. Sie wusste nicht, wie sie allein zurechtkommen sollte, aber sie würde es irgendwie schaffen.

»Halt die Klappe, du Riesentrottel. Mit dir rede ich nicht.« Die Signora warf ihr einen giftigen Blick zu. »Sergio, bist du wahnsinnig geworden? Hörst du mir überhaupt zu?«, schrie sie ihren Mann an und zog ihn am Ärmel. »Die Hunde werden sie in Stücke reißen …«

»Aber, Signora –« Die munteren Worte, die in ihr hochgesprudelt waren, verharrten auf Maryams Zunge. *»Hunde?«*

Ein Schwindelgefühl überkam sie, als sei das ganze Blut plötzlich aus ihrem Kopf gewichen. Sie umklammerte die

Gitterstäbe des Käfigs, um nicht das Gleichgewicht zu verlieren. »*Welche Hunde?*«, fragte sie leise, aber niemand hörte ihr zu.

»Sie werden sie in Stücke reißen«, kreischte die Frau, sie schlug jetzt mit geballten Fäusten auf ihren Mann ein. »Und was sollen wir dann machen?«

Maryam stand vor dem Bärenkäfig und blickte auf die beiden hinab. Sie wusste genau, wie sie aussah: ein erbärmlicher, plumper Koloss in einer verschmutzten Lederjacke und schmierigen Hosen, dem die Rinderhörner schief über den Augen hingen. Dann hatten die Männer, die sie beobachtet hatte, also doch nichts Gutes mit ihr im Sinn. Hinter ihnen sank ein leichter Nebel von den Bergen herab und durchzog die Pinienwälder wie ein Dunst aus einer anderen Welt.

Maryam wusste in diesem Moment, dass sie sie umbringen würden.

»*Basta!* Wir haben keine Wahl, *capisce?*« Signor Grissani, der sehr blass war, stieß seine Frau so heftig von sich, dass sie zu Boden stürzte. »Und du« – er wandte sich ruckartig zu Maryam um – »kommst mit mir.« In den Händen hielt er einen Stock mit einer scharfen Metallspitze, wie die Bauern ihn zum Viehhüten benutzten.

»Wohin gehen wir?«, fragte sie angsterfüllt. Aber er antwortete nicht, sondern stieß sie nur mit dem Stock in Richtung Stadt. Sie bemerkte, dass seine Hände zitterten. Warum war sie damals nicht auf der Stelle losgerannt, in der Dunkelheit in den Wald gestürmt, solange sie das noch konnte?

Warum nicht? Warum nicht?

Aber all die Jahre der Sklaverei – als Kind, als Frau, als Missgeburt – hatten ihren Tribut gefordert. Eine Flucht war ihr überhaupt nicht in den Sinn gekommen. Mit hängendem Kopf war sie widerstandslos vor Signor Grissani hergeschlurft.

Sie hatte die Stadt durchquert wie auf einem Schinderkarren, so betäubt vor Angst, dass sie kaum begriff, wohin sie ging. Die Frauen standen in den Türen ihrer Häuser und beobachteten sie schweigend und schraken zusammen, wenn sie ihren großen, schwerfälligen Kopf, auf dem immer noch die Kuhhörner saßen, in ihre Richtung drehte. Sie zogen ihre Kinder zu sich heran, als wäre Maryam ein bissiger Hund. *Glauben sie wirklich, dass ich eine Art Bestie bin?* An ihren Gesichtern konnte sie ablesen, dass dem so war. Sie war das Ungeheuer, das ihre Schafe auffraß und ihre Kinder raubte. Sie war das Wesen, das im dunklen Herzen ihrer tiefsten Wälder lebte, das sich auf den unwirtlichsten Gipfeln verbarg, das in Höhlen voller Knochen hauste. Sie war das Monster, von dem ihre Großväter in dunklen Winternächten am Feuer erzählt hatten und das außer in Träumen nie gesichtet wurde.

Als sie die Bärengrube erreichten, war es fast dunkel. Rings um den Rand verlief eine Palisade aus angespitzten Pflöcken, und die Männer warteten mit verschlossenen, harten Gesichtern. Von irgendwoher hörte sie Hunde, die wütend knurrten.

Signor Grissani versetzte dem verängstigten Mädchen einen Stoß.

»Es wird schon klappen«, sagte er schroff.

Die Männer, die gekommen waren, um sie in Empfang zu nehmen, stolzierten herbei. Maryam drehte sich zu ihrem bisherigen Besitzer um und warf ihm einen flehentlichen Blick zu, doch es half nichts. Plötzlich herrschte ein lärmendes Durcheinander, eine wüste Mischung aus bellenden Hunden und schreienden Männern. Da spürte Maryam im Gedränge der Körper, wie eine Hand ihr etwas Kaltes und Hartes zuschob. Ein Messer.

Und bevor sie wusste, wie ihr geschah, fand sie sich in der Grube wieder und sie hatten die Hunde auf sie gehetzt. Es waren drei. Der vorderste ging direkt auf sie los. Er war zwar nicht groß, aber er war schwer und kräftig gebaut und gehörte zu einer Rasse, die zum Kämpfen ausgebildet wurde. Durch einen Schleier der Angst sah sie ihn zwei oder drei Fuß in die Höhe springen und nach ihrer Kehle schnappen, aber sie war so groß, dass er nicht an ihren Oberkörper herankam. Maryam hob den Arm, um sich zu verteidigen, und spürte, wie sich die Zähne des Tieres in ihr Fleisch gruben, aber sie schlug es mit einer solchen Kraft weg, dass es erst einmal von ihr abließ und jaulend auf der anderen Seite der Grube zu Boden fiel.

Noch bevor sie Atem schöpfen konnte, stürzten sich auch die beiden anderen Hunde auf sie. Maryam versuchte, sie mit den Fäusten abzuwehren, so wie sie es bei dem ersten Hund gemacht hatte, aber dieses Mal taumelte sie durch das schiere Gewicht des gemeinsamen Ansturms nach hinten, und sie ließ das Messer fallen. Noch bevor sie es wieder aufheben konnte, warf sich der erste Hund erneut auf sie. Er sprang nicht an ihr hoch, sondern ging auf ihre Beine los und schnappte knurrend nach ihren Knöcheln. Die ganze Zeit über nahm Maryam das Gejohle und Geschrei der Männer vom Rand der Grube wahr, während sie hin und her sprang und versuchte, das Tier wegzutreten, froh darüber, dass wenigstens ihre Unterschenkel durch die schweren Lederstiefel geschützt waren.

Ein brennender Schmerz in einer Gesäßbacke und dann auch im Oberschenkel sagte ihr, dass die anderen beiden Hunde sie von hinten angegriffen hatten. Sie wirbelte herum, aber die Tiere hatten sich in ihr Fleisch verbissen. Sie ließen auch nicht los, als sie mit den Fäusten nach ihnen schlug, denn der Winkel war zu ungünstig, als dass ihre Schläge wirkungsvoll gewesen wären. Deshalb versuchte sie, einer Eingebung folgend, auf die Schwachstellen des ersten Hundes zu zielen, seine Ohren und Augen. Der Daumen fand schließlich etwas Weiches, und sie drückte, so fest sie konnte, und als sie das seltsame Gefühl hatte, als platze eine hartschalige Traube, wusste sie, dass sie getroffen hatte. Laut aufjaulend stürzte das Tier vor ihr zu Boden und kroch winselnd zu der Barrikade, während Blut aus einem Auge strömte.

Jetzt waren es nur noch zwei Hunde, aber Maryam spürte die Erschöpfung. Die fast übermenschliche Kraft, die sie beim Betreten der Grube durchflutet hatte, begann abzuebben. Von ihrem Gesäß und dem Oberschenkel floss reichlich Blut, und es tropfte jetzt auch aus den Wunden am Arm. Die Hunde warfen sich in wilder Raserei auf sie. Als sie die Arme hob, um sich zu verteidigen, rissen sie ihr mit den Zähnen das Fleisch auf. Ächzend gelang es Maryam, einen von sich fortzuschleudern, aber er spürte wohl, dass die Beute schwächer wurde, und kam zurück, um sie mit erneuerter Heftigkeit von hinten anzuspringen.

Maryams Beine gaben nach. Sie knallte mit den Knien schmerzhaft auf den harten Boden. Das war's, dachte sie in diesem Augenblick. Jetzt zerreißen sie mich. Es war fast eine Erleichterung. Die johlenden Menschen spürten ebenfalls, dass das Ende nahe war, doch Maryams Herz hämmerte so stark, dass sie ihr Geschrei nur schwach vernahm. Auch die Gesichter sah sie nur noch verschwommen, diese Augen voller Hass, die Haut, die straff über den ausgezehrten Wangen spannte, die weit aufgerissenen, wild spuckenden Münder, die schwarzen Zahnstümpfe.

Maryams Glieder fühlten sich jetzt so schwer an, als gehörten sie nicht mehr zu ihr. Es kostete sie Mühe, sie überhaupt noch zu bewegen. Aber irgendwie musste es ihr gelungen sein, einem der beiden Hunde einen Schlag zu versetzen, da er hinkend davonschlich und versuchte, eine seiner Pfoten zu lecken.

Nur noch ein Hund war übrig, der größte und wildeste der drei. In einem letzten aussichtslosen Versuch, sich zu retten, bemühte sich Maryam, wieder auf die Beine zu kommen, aber sie war zu langsam, zu schwerfällig. Der Hund sprang sie an. Wie ein gefällter Baumstamm stürzte Maryam zu Boden und blieb nach Atem ringend liegen, die Arme schützend über dem Kopf verschränkt. Sie nahm keine Schmerzen mehr wahr, nur das Knurren des Tieres, mit dem es sich seiner Beute näherte, den faulig-warmen Geruch seines Atems und den metallischen Geschmack ihres Blutes auf den Lippen.

Und dann spürte sie es. Etwas Hartes und Kaltes unter der Wange. Das Messer. Die Kiefer des Hundes lagen um einen ihrer Unterarme, aber sie konnte den anderen Arm befreien. Ihre Finger schlossen sich um den Griff, und mit allerletzter Kraft stieß sie die Klinge nach oben, blindlings in Richtung des Hundes.

Auf einmal war es still. Sie fühlte, wie der Hund taumelte und dann fast geräuschlos gegen ihre Schulter fiel, wo er mit zuckendem Körper liegen blieb, das Messer noch in der Luftröhre.

Kapitel 21

Bei der nächsten Lagerstelle passierte es wieder. Sie hatten ihre Zelte wie gewöhnlich am Rande eines Olivenhains aufgeschlagen, nicht weit entfernt von einer Kleinstadt an der Meeresküste.

Diesmal war es Ilkais Schwester Yoanna, die die Essensgaben fand. Sie war in der Dämmerung aufgestanden und beinahe darüber gestolpert: Obst, kleine Laibe ungesäuerten Brotes, fünf frische Eier und ein Tonkrug voller Olivenöl. Yoanna lief sofort zu Maryam und erzählte es ihr.

Die Gaben lagen, wie schon beim letzten Mal, hübsch angeordnet auf einem Bett aus frisch gepflückten Blättern.

Maryam gefiel das nicht. Irgendjemand musste sich noch in der Dunkelheit den kleinen Pfad, der zu ihrem Lager führte, hinaufgestohlen haben. Irgendjemand musste sich ganz in der Nähe herumgetrieben haben, während sie schliefen. Die Tatsache, dass Fremde sich so einfach heranschleichen konnten, ohne dass es einer von ihnen auffiel, beunruhigte Maryam.

Aber Yoanna und Ilkai waren hocherfreut über die Gaben. Sie rannten los, um die anderen zu holen, die schläfrig aus ihren Zelten krochen, dann aber lautstark miteinander diskutierten, wie sie das Essen aufteilen sollten. Nur Elena, die das Geschehen aus dem Schatten ihres Zeltes beobachtete, erriet, was in Maryam vorging.

Sie nahm den Brotlaib, der ihren Anteil darstellte, besprenkelte ihn mit Öl aus dem Tonkrug und setzte sich neben Maryam unter einen Baum. Es war noch früh am Morgen, und im Halbschatten des uralten Olivenhains war die Luft erfrischend kühl. In der kleinen Stadt in der Senke vor ihnen krähte ein Hahn, und zwischen den weiß getünchten Häusern schimmerte das Meer.

»Du machst dir Sorgen, Maryam«, sagte Elena behutsam. »War es wieder der Traum? Ich habe dich mitten in der Nacht schreien gehört.«

Als Maryam nicht antwortete, brach sie den kleinen Laib in der Mitte durch und reichte ihrer Freundin schweigend eine Hälfte und dazu eine Handvoll Oliven. Kauend vertiefte sie sich in den Ausblick. Das strahlende Blau des Meeres, das Weiß der Häuser und der flirrende Staub auf der Straße taten ihr beinahe in den Augen weh. Aus der Ferne, vom anderen Ende der Stadt, klang das Gebimmel einer Ziegenherde, die auf die Weide geführt wurde, während draußen auf dem Meer am Horizont ein kleines Boot erschien, mit weißen Segeln, die sich im Wind blähten.

Elena versuchte es noch einmal. »Diese Leute sind arm. Warum, meinst du, geben sie uns von ihrem Essen ab?«

Aber Elenas Fragen schienen Maryam an diesem Morgen nur zu ärgern. Sie stand auf und ging wortlos den Hügel hinunter in Richtung Stadt. Elena blickte ihr resigniert nach. Sie war an Maryams Launen gewöhnt. Es war sowieso eine müßige Frage gewesen: Wen interessierte es schon, warum genau die Leute ihnen Geschenke hinlegten? Die Tradition der Gastfreundschaft wurde in den südlichen Ländern sehr groß geschrieben. Mehr steckte vermutlich nicht dahinter. Elena war zu hungrig, um sich weiter darüber Gedanken zu machen. Seufzend biss sie in das Brot. Das Öl war bitter und grünlich, das beste, das es gab. Die Oliven waren würzig und saftig. Dies würde ein guter Tag werden. Elena lächelte in sich hinein. Glücklichere Zeiten standen bevor, das fühlte sie in den Knochen.

Und da hörte sie das zartes Klingeln von Glocken. Nur kam es jetzt nicht vom anderen Ende der Stadt, sondern von irgendwo in nächster Nähe. Sie schaute sich um, weil sie eine Ziege zu sehen erwartete, die vom Rest der Herde getrennt worden war, aber dann fiel ihr auf, dass das Geräusch leiser und heller war als Ziegengeläut.

Elena stand auf und wagte sich ein Stück in den Hain vor, der an ihr Lager grenzte. Sie folgte dem Geräusch und war überrascht, wie schnell es unter den Bäumen immer dunkler wurde. Was sie für einen Olivenhain gehalten hatte, war in Wirklichkeit ein dichtes Gehölz, vielleicht sogar ein Wald.

Einige der Bäume schienen uralt zu sein: grüne und silbergraue Flechten hingen wie Spinnweben an den Stämmen. Elena tappte unbeholfen über den tiefen, morastigen Boden, in dem ihre Füße versanken, und stolperte über versteckte Wurzeln und Ranken. Die Luft fühlte sich kühl an, obwohl man schon jetzt die kommende Hitze spürte. Hinter sich hörte Elena die Stimmen der Frauen aus dem Lager, und wenn sie die Augen zusammenkniff, konnte sie sie durch die Bäume gerade noch erkennen. Da waren auch ihre kleinen Töchter, Nana und Leya. In ihren bunten Kleidern sahen sie aus wie Schmetterlinge, eine sonnengelb, eine feuerrot. Elena hatte sich schon fast entschlossen umzukehren, als sie wieder die Glöckchen hörte. Sie waren jetzt sehr nahe.

Fast gegen ihren Willen ging Elena weiter. Der Wald war hier noch dichter, die Bäume standen so eng beieinander, dass nur wenig Sonnenlicht bis zum Boden drang. Es war jetzt nicht mehr nur kühl, sondern richtiggehend kalt.

Elena fröstelte und blieb unschlüssig stehen. Hinter ihr knackte ein Zweig am Boden, und ihr Herz machte vor Schreck einen Satz. Sie drehte sich um, weil sie glaubte, dass

Maryam oder eine der anderen Frauen ihr gefolgt war – aber da war niemand.

Oder doch?

Im Umdrehen nahm Elena aus dem Augenwinkel etwas Leuchtendes wahr. Als sie erkannte, was es war, hätte sie beinahe laut aufgelacht. *Panagia mou!* Bei der Mutter Gottes, was bist du doch für eine schreckhafte Närrin!, schalt sie sich und legte die Hand auf ihr rasendes Herz, bis sie sich beruhigt hatte. Das leuchtende Etwas war nichts anderes als ein Sonnenstrahl, der gerade in diesem Augenblick durch das Blätterdach gedrungen war. Staubkörnchen vom Waldboden tanzten im Licht wie Diamantensplitter. In dem dunklen Wald erschien Elena dieser eine Sonnenstrahl schöner als alles, was sie jemals im Leben gesehen hatte.

Erst dann erblickte sie den Schrein.

Sie wusste sofort, was es war. Eine schlichte Stätte der Andacht, nichts weiter als ein Felsen auf einer kleinen Lichtung, aber sie erkannte, dass ihn jemand grob behauen hatte. Vorsichtig trat sie zwei Schritte näher und bemerkte drei Bilder: eine Art Halbmond, eine Hand und eine Pflanze oder Blume mit drei Stielen. Was auch immer das sein mochte, es war uralt und von den Bewohnern der Stadt zweifellos schon längst vergessen worden.

Elena bekreuzigte sich eilig.

Rings um den Fuß des Felsens wuchsen Gräser und dichtes, grünes Moos, daher nahm sie an, dass hier der Ursprung einer verborgenen Quelle liegen musste. Da sie sie gern mit eigenen Augen sehen wollte, näherte sie sich dem Felsen behutsam. Und tatsächlich perlte aus einer tiefen Spalte ein kleines Rinnsal. Durch puren Zufall fiel der Sonnenstrahl gerade auf Fels und Wasser und ließ es wie Kristall funkeln. Winzige Regenbögen tanzten über dem Moos und versprühten ihre Farben – Rot, Violett, Indigo, Orange.

Eine Weile lang starrte Elena mit offenem Mund auf das farbige Licht. Sie war so hingerissen, dass sie gar nicht bemerkte, wie still es im Wald geworden war. Kein Wesen rührte sich, nicht ein Vogel sang, aber Elena nahm es nicht wahr. Sie merkte auch nicht, dass die Stimmen der Frauen im Lager verstummt waren.

Das Einzige, was Elena plötzlich wahrnahm, war ein schrecklicher Durst. Ihr Mund war mit einem Mal trocken und ihre Kehle wie ausgedörrt. Sie musste etwas von dem Wasser trinken, unbedingt! Aber sie zögerte noch immer, ganz an den Felsen heranzutreten. *Panagia mou, da ist nichts, sei keine Närrin*. Sie ging auf die Vertiefung zu, die sich am Fuße des Felsens gebildet hatte. Sie war mit vollkommen reinem, kristallklarem Wasser gefüllt. Elena tauchte die hohle Hand hinein und trank. Das Wasser war so kalt, dass es ihr an den Zähnen wehtat. Aber der Geschmack! Noch nie hatte sie solches Wasser gekostet. Sie trank und trank, bis ihre Lippen taub vor Kälte waren. Und dann hörte sie es noch einmal. Unverkennbar. Ein leises Bimmeln.

Nur kam es diesmal von hinten.

Elena schaute sich um, und ihr Blick fiel auf etwas Glänzendes. Vom Ast eines Baumes hing ein silbriger Gegenstand herab. Sie ging hin, um ihn aus der Nähe zu betrachten. Es war ein Amulett in Gestalt einer doppelschwänzigen Meerjungfrau. An ihrem Hinterleib hingen winzige Glöckchen. Elena hütete sich, das Amulett anzufassen.

Und wieder klimperte es leise, es hörte nicht mehr auf. In der kurzen Zeit, die Elena in dem Wald verbracht hatte, war der Sonnenstrahl weitergewandert und fiel jetzt auf den Baum mit dem Amulett. Sie stellte fest, dass nicht nur ein Amulett daran hing, sondern unendlich viele. Jedes hatte die Gestalt einer doppelschwänzigen Meerjungfrau und war mit bunten Fäden an den Zweigen befestigt. Einige schwammen auf dem

Rücken, andere bliesen in ein Horn. Die meisten hatten langes Haar, das hinter ihnen wogte, und waren unverkennbar weiblich, doch es gab auch ein paar Wassermänner mit kleinen Kronen auf dem Kopf. Am unteren Ende aller Amulette hing jeweils ein kleines Bündel von Glöckchen. Und obwohl sich im Wald nicht der leiseste Windhauch regte, schaukelten und tanzten sie an ihren Fäden wie lebendige Wesen.

Das leise Gefühl von Unbehagen, das Elena schon vor einer Weile befallen hatte, wurde immer stärker. Sie durfte nicht hier sein, daran hatte sie nicht den geringsten Zweifel. Dieser uralte Hain, in den sie hineingestolpert war, war ein heiliger Ort. Unwillkürlich bekreuzigte sie sich noch einmal und blickte nervös über die Schulter, da sie glaubte, hinter einem Baum ein Hüsteln gehört zu haben. War da doch jemand? Was würden sie mit ihr machen, wenn sie sie hier fänden? Sie hatte aus der Quelle getrunken! Die Stille, die anfangs so friedlich gewirkt hatte, wurde jetzt bedrückend. Elena meinte zu spüren, dass sie durch die Bäume hindurch beobachtet wurde. Da waren Augen – überall waren Augen – und alle auf sie gerichtet. Sie beobachteten sie heimlich, kein Zweifel …

Elena begann zu rennen.

Kapitel 22

»Das war's …«

»Vorsichtig mit dem Kopf.«

»Kannst du die Kleinen nehmen?«

»Das war's. Sachte, sachte – nein, nicht dorthin – hierher – ja, so ist es schon besser.«

Als Elena wieder zu sich kam, lag sie im Schatten ihres kleinen Vorzeltes.

»Was ist passiert?« Maryam beugte sich über sie, ihr Gesicht war blass und angespannt. »Wollte dir jemand etwas tun?«

Zuerst vermochte Elena nicht zu sprechen, sich nicht zu erinnern, was geschehen war. Dann sah sie vor ihrem geistigen Auge wieder die kleinen silbernen Amulette, die Wassermänner und Meerjungfrauen, die sich in dem windstillen Wald an ihren Fäden bewegten. Für einen Augenblick überkam sie erneut die panische Angst, die bedrohliche Gewissheit, von unsichtbaren Augen beobachtet zu werden. Zitternd griff sie nach Maryams Hand.

»Na los, du kannst es mir ruhig sagen!« Aus Maryams normalerweise sonnengebräuntem und wettergegerbtem Gesicht war jede Farbe gewichen. Sie hielt Elenas Hand fest in der ihren. »Haben sie dich angefasst?«

»Nein, nein, nichts dergleichen.« Beim Anblick von Maryams besorgtem Gesicht brachte Elena sogar ein kleines Lächeln zustande. »Es war dunkel. Ich habe mir selbst Angst eingejagt.«

»Diese Wälder …« Maryam blickte nervös in Richtung der Bäume. »Ich habe sie noch nie gemocht.«

»Maryam, wir können hier nicht bleiben, wir müssen diesen Ort sofort verlassen.«

Als Elena ihr erzählte, was sie im Wald gesehen hatte, wurde ihre Freundin sehr still. Dann griff sie in eine ihrer Taschen und holte das silberne Amulett heraus, das Bocelli ihr gegeben hatte.

»Sahen sie diesem hier ähnlich?«

Elena nahm die kleine silberne Meerjungfrau und hielt sie vorsichtig in ihren schmalen Fingern. Eine Zeitlang sagte sie nichts.

»Es tut mir leid, ich hätte dir das schon vorher zeigen sollen.« Maryam schaute sie beklommen an.

Doch in Elenas Gesicht spiegelte sich nicht der befürchtete Ärger wider, sondern nur Neugier.

»Was hat das zu bedeuten?«

»Ich bin mir nicht sicher – Bocelli hat mir nicht viel darüber erzählt. Nur dass in dieser Gegend den Meerjungfrauen magische Kräfte zugeschrieben werden. Er sagte, dass man Amulette wie dieses überall entlang der Küste finden kann.«

»Aber wenn dem so ist, warum wollten sie die Frau dann loswerden?« Elenas wacher Verstand regte sich sofort. »Warum wollten sie sie nicht bei sich behalten?« Sie runzelte die Stirn. »Dieser Mann hat uns ein Vermögen bezahlt – zwei Pferde –, damit wir sie mitnehmen. Das ergibt keinen Sinn.«

Elena hatte Recht. Es hatte niemals einen Sinn ergeben. Maryam dachte an den verdreckten Stall, in dem Bocelli ihr die Mutter und das Kind gezeigt hatte. Hatten die erbärmlichen Jahre in Grissanis Bärenkäfig dazu geführt, dass Bocelli sie dazu überreden konnte, die beiden aufzunehmen? Vielleicht. Doch das war jetzt kaum noch von Bedeutung.

»Und deshalb bringen sie uns Geschenke? Wegen des Kindes?«

»Ich weiß nicht mehr als du. Ein Glücksbringer ist eine Sache, aber eine richtige Meerjungfrau ist etwas ganz anderes. Bocelli wusste das, er wusste, dass die Leute Angst bekämen.« Sie nahm Elena das Amulett wieder ab und hielt es hoch, so dass die Glöckchen im Windhauch klimperten.

»Aber woher wissen die Leute *hier,* dass sie bei uns sind? Außer uns hat niemand das Kind gesehen.«

Maryam zuckte erneut mit den Achseln. Schweigend betrachtete sie erst ihre Fingernägel, dann die Silhouette der kleinen Stadt an der Küste.

»Maryam …?« Elena setzte sich beunruhigt auf. »Was ist los? Hast du mir etwas verschwiegen?«

»Ja.« Maryam zögerte. »Ich glaube, ich …«

»Was?«

»Ich glaube, ich habe ihn gesehen.«

»Wen?«

»Bocelli.«

»Du hast diesen Bocelli wiedergesehen?« Elena blinzelte überrascht. »Wo?«

»Im letzten Dorf, als ich Brot kaufte. Ich war mir nicht ganz sicher, ich dachte, ich bilde mir das nur ein. Aber heute, gerade unten in der Stadt, habe ich ihn noch einmal gesehen. Ich bin zurückgekommen, um es dir zu erzählen, und fand dich hier so vor. Ich wollte es dir nicht verschweigen.«

»Schon wieder Bocelli!«, sagte Elena verblüfft. »Der Mann aus Messina. Was will er hier nur?«

»Ich nehme an, er verfolgt uns«, erwiderte Maryam.

Elena lachte ungläubig. »Was in aller Welt kann er von uns wollen?«

»Ich glaube nicht, dass wir es sind, auf die er es abgesehen hat.«

Die Meerjungfrau lag, wie so oft, hinten im Wagen, den Säugling neben sich. Maryam hatte aus einem Stück alten Segeltuchs, das sie als Treibgut an einem der Strände gefunden hatte, ein behelfsmäßiges Lager hergerichtet.

Elena redete wie immer in einem leisen, stetigen Singsang auf sie ein, während sie sich den beiden näherte, als wären sie Tiere, die besänftigt werden mussten. Sie hatte Wasser und einen Lappen mitgebracht, und während Maryam die Mutter ein Stück vom Lager forttrug, damit sie sich ungestört waschen konnte, nahm Elena dem Kind die Windeln ab und fing an, es zu säubern.

Als Maryam zurückkam, wusste sie sofort, dass irgendetwas nicht stimmte. »Was ist los, ist das Kind krank?«

»Nein, nicht krank«, erwiderte Elena in ihrer ruhigen Art. »Aber schau es dir an – es ist immer noch so winzig wie ein Neugeborenes.« Sie nahm den Säugling hoch und hielt ihn Maryam hin. »Nicht schwerer als ein kleiner Brotlaib«, sagte sie und schüttelte traurig den Kopf. »Ich habe Angst um das Kleine, Maryam. Es geht ihm nicht gut. Und es schreit nie.« Elena sprach leise, damit die Mutter sie nicht hören konnte.

»Warum?«

»Ich glaube, es ist zu schwach zum Weinen.«

Der winzige Brustkorb des Kindes hob und senkte sich schnell, als würde der Säugling nach Atem ringen.

»Was meinst du … ist es ein Junge oder ein Mädchen?« Maryam schämte sich beinahe, diese Frage zu stellen.

Elena schaute an die Stelle, wo die beiden Beine des Kindes hätten beginnen sollen und wo stattdessen ein einziges Körperglied war. Es endete in zwei winzigen Füßchen, die zwar perfekt geformt, aber am Knöchel zusammengewachsen waren und sich nach außen spreizten wie ein Fischschwanz.

»Weder noch«, sagte Elena mitleidig. »Oder beides, wir werden sehen. Lass uns jetzt das tun, wozu wir hergekommen sind.«

Sie ging hinüber zu der Mutter, die Maryam unter einen Baum gelegt hatte, damit sie die Sonne genießen konnte, und setzte sich neben sie. Der Boden war steinig, aber es roch angenehm nach duftenden Kräutern – Minze und wildem Thymian. Eine umgestürzte Säule, die wohl einst zu einem Tempel gehört hatte, lag im Unterholz. Elena setzte sich darauf, nahm einen Kamm aus ihrer Tasche und begann, das Haar der jungen Frau zu kämmen.

»Sie mag das«, sagte Elena sanft. »Du magst das, nicht wahr?«

»Ich dachte, wir wollten sie zum Reden bringen und nicht stundenlang ihre Haare frisieren.«

»Nur Geduld, Maryam, warte ab.«

Und sie hatte Recht. Nach einer Weile schien sich die junge Frau zu entspannen, sie schloss die Augen und drehte das Gesicht zur Sonne. Eine leichte Brise war aufgekommen, und auf dem blauen Meer kräuselten sich kleine weiße Wellen. Das feine Haar legte sich wie ein Schleier über das Gesicht der Liegenden und glänzte rotgolden. Bald darauf hörte Elena mit dem Kämmen auf und nahm die Hand der Frau zwischen ihre eigenen.

»Thalassa!«, sagte sie laut, um ihre Aufmerksamkeit auf sich zu ziehen, und schüttelte sie am Arm. »Thalassa?«

Die junge Frau, die auf den Horizont gestarrt hatte, wandte ihr das Gesicht zu. Ihren Augen waren so blau wie das ferne Meer.

»Wie heißt du?«, fragte Elena. »Du musst einen Namen gehabt haben, bevor du zu uns gekommen bist. *Pos se lene? Onoma?*«

»Ist es denn wichtig, wie sie wirklich heißt?«, warf Maryam schroff ein. »Sie hört dich nicht. Sie hört niemanden. Es ist, als würde sie schlafen.« Sie schob die Hand in die Tasche und zog das Amulett hervor. »Vielleicht sollten wir die beiden einfach wieder ins Meer zurückbringen und die Sache auf sich beruhen lassen. Hier, schau mal, ob sie das aufweckt.«

Elena nahm das Amulett und hielt es hoch, damit die junge Frau es sehen konnte.

»Sieh her!« Sie bewegte es, damit das Silber im Sonnenlicht glänzte und die Glöckchen klingelten. »Das ist für dich und für dein Kind.«

Sie legte das silberne Amulett in die geöffnete Hand der Meerjungfrau, aber diese schien es nicht wahrzunehmen, und es rutschte aus ihrer Hand zu Boden.

»Das ist sinnlos – ich weiß nicht, warum wir uns überhaupt die Mühe machen. Sie ist schwachsinnig, und damit basta!« Maryam hob einen Stein auf und warf ihn gereizt den Abhang hinunter. »Wahrscheinlich ist sie so geboren.«

Aber Elena ließ sich nicht so leicht entmutigen. »Schau her.« Sie hob das Amulett vom Boden auf und hielt es zwischen den Fingern. »Schau, Thalassa. Hier ist das Amulett. Du siehst es ...« – sie ballte die Hand zur Faust – »und jetzt, *ha!*« – sie öffnete die Faust – »... und jetzt ist es weg!« Das Amulett war verschwunden. »Ach, sieh mal an, was haben wir denn hier?« Lächelnd beugte sie sich vor und zog das Amulett hinter dem Ohr der jungen Frau hervor.

»Du verschwendest deine Zeit.« Maryam hob den nächsten Stein auf und schleuderte ihn in hohem Bogen in Richtung Meer, sodass er polternd den Hügel hinuntersprang. »Sie wird niemals fähig sein, uns irgendetwas mitzuteilen –«

»Maryam ...«

»Weder über Bocelli noch über sonst etwas –«

»Maryam!«

Elenas scharfer Ton ließ Maryam aufhorchen.

»Hast du das gesehen?«

»Was?«

»Das Mädchen. Etwas geschieht mit ihm!«

Und es stimmte. Maryam erkannte sofort, dass sich etwas verändert hatte. Sie kniete sich neben Elena auf den felsigen Boden. »Was hast du gemacht?«

»Nichts, das schwöre ich dir.« Elena hockte sich auf die Fersen. »Nur einen meiner Zaubertricks.«

»Noch mal, schnell!«

Also wiederholte Elena den Trick. Sie nahm das Amulett in die Hand und ließ die kleine Meerjungfrau durch die Finger gleiten, so schnell und geschickt, dass sie einem silberglänzenden Fisch ähnelte, und als sie sicher war, dass die junge Frau ihr aufmerksam zusah, ließ sie das Amulett verschwinden. Danach ließ sie es wieder auftauchen, mal hinter ihrem Kopf, dann im Stiefel von Maryam, dann in einer Astgabel am Baum.

»Ihre Augen, sieh dir die Augen an!«

In dem Gesicht der jungen Frau ging eine außergewöhnliche Veränderung vor sich. Es war, als würde sich ein Nebel oder ein Schleier heben. Als würde das Menschliche in ihr aus einem langen, tiefen Schlaf erwachen.

»Schnell, wo ist das Wasser, gib ihr was zu trinken!«

Maryam hielt der jungen Frau ihre lederne Wasserflasche hin, aber diese schob sie weg. Stattdessen streckte sie die Hand aus und legte sie sanft auf Elenas Arm. Ihr Blick heftete sich leicht verwundert auf die beiden Gauklerinnen, als sähe sie sie zum ersten Mal. Ihre Lippen bewegten sich.

»*Ah … Panagia mou!* Ich glaube, sie versucht etwas zu sagen.«

Maryam beugte sich vor, aber kein Ton kam zwischen den Lippen der jungen Frau hervor. Sie blinzelte verwirrt und legte die Hand an die Kehle. Elena rückte näher und legte ihr Ohr an den Mund. Und dieses Mal hörte sie etwas, nur ein Wort, heiser zwar, aber verständlich.

»… Name …«

»Ich glaube, sie hat ›Name‹ gesagt!« Elena suchte den Blick der jungen Mutter. »Möchtest du uns deinen Namen sagen?«

Die Frau nickte kurz.

»Ja?« Elena lächelte sie ermutigend an. »*Onoma?* Dein Name? Wie … ist … dein … Name?«

Und nach einer kleinen Weile, die Elena und Maryam wie eine Ewigkeit vorkam, formten die Lippen fast unhörbar Worte, zart wie ein Hauch, so zart, als könnte die leiseste Meeresbrise sie mit sich fortnehmen.

»Mein Name«, flüsterte das Mädchen in den Wind, »mein Name … ist Celia Lamprey.«

Teil II

Kapitel 23

Man sagt alles Mögliche darüber, was man in den letzten Augenblicken vor dem Ertrinken empfindet.

Dass man das ganze Leben wie im Zeitraffer an sich vorüberziehen sieht, während man ins Nichts hinübergleitet oder in die nächste Welt eingeht.

Aber jetzt, da all das vorbei war, wusste Celia Lamprey, dass es ganz anders ablief. Alles, was blieb und woran man sich klammern konnte, waren winzige Fragmente, zufällige Steinchen eines Mosaiks: ein verworrenes, erschreckendes Durcheinander. Etwas, das wie das Echo ihrer eigenen Schreie klang: *»Nur das nicht, so nicht, nicht den Sack«*, die gedämpften Stimmen der Männer *»Auf geht's, Jungs, beeilt euch, je eher wir die Sache hinter uns bringen, desto schneller sind wir wieder zu Hause«*, das Rauschen des Wassers in ihren Ohren …

Und dann plötzlich ein anderes, mitreißendes Gefühl, ein Gefühl, als ob man auftaucht und nach Luft schnappt, als ob man aus einem tiefen, dunklen Ort nach oben trudelt, von funkelnden Luftblasen umgeben und sich überschlagend, wie Sonnenlicht im schäumenden Meer.

Wie eine Taufe.

Eine Wiedergeburt.

Kapitel 24

Sie saß unter einem Baum auf einer heißen Felsenklippe.

Die Luft war warm und roch nach Kräutern. Über ihr wölbte sich der enzianfarbene Himmel, unten lag das türkisblaue Meer. Neben ihr eine umgekippte Säule. Jemand hatte etwas gesagt. Die Worte schienen in der salzigen Brise zu schweben.

Mein Name ist Celia Lamprey.

Erst nach einigen Minuten merkte sie, dass es ihre eigene Stimme war, die gesprochen hatte.

Zwei Frauen schauten sie groß an. Zumindest glaubte sie, dass beides Frauen waren. Eine war größer und breitschultriger als alle Männer, die sie je gesehen hatte, die andere war blass und zierlich und hatte ein langes, trauriges Gesicht.

Mein Name ist Celia Lamprey. Als sie die Worte zum zweiten Mal aussprach, schmeckte sie das Salz auf den trockenen Lippen.

Die beiden Frauen tauschten Blicke, als ob ein Wunder geschehen wäre. Celia stellte fest, dass sie keine Angst vor ihnen hatte.

»Kenne ich … *kenne* ich Euch, *kadin?*«, fragte sie mit noch ungeübter, leicht heiserer Stimme.

»Christos!« Die Frau mit dem traurigen Gesicht bekreuzigte sich hastig. *»Christos!«* Sie wusste offenbar nicht, was sie sagen sollte, doch nach ein paar Sekunden fasste sie sich und

flüsterte: »Sie … sie ist wach! Schnell, bring ihr Wasser, Maryam.«

»Warum?« Celia runzelte fragend die Stirn, als ihr bewusst wurde, dass sie nicht sagen konnte, wie sie auf diese Klippe gekommen war. »Habe ich … habe ich geschlafen?«

»Ob du geschlafen hast?«, wiederholte die Frau wie ein Echo. Sie sah zu der Riesin hoch und legte die Hand auf den Mund, aber Celia konnte noch erkennen, dass ihre Lippen zitterten. *»Panagia mou!«*

»Elena, Elena …« Die Größere legte ihrer Gefährtin eine Hand auf die Schulter. »Beruhige dich, du machst ihr sonst noch Angst.«

Als die kleinere Frau ihr eine Wasserflasche an die Lippen hielt, sah Celia, dass in ihren Augen Tränen standen. Die andere streckte die Hand aus, als wollte sie ihre Wangen streicheln, aber dann zog sie sie, unsicher geworden, wieder zurück.

»Aber ich kenne euch, nicht wahr?«, sagte Celia, denn sie war sich jetzt sicher. Sie hob das kleine silberne Amulett mit den Glöckchen vom Boden auf: ein erster Mosaikstein der Erinnerung. »Ja, ich erinnere mich …« Sie begann jetzt sehr schnell zu sprechen, die Worte sprudelten wie Quellwasser aus ihr heraus. »Ihr seid die Gauklertruppe, die einmal zu uns in den Harem gekommen ist, die Frauen aus Saloniki – ihr seid vor dem Sultan und seiner Mutter, der Valide, aufgetreten – ihr hattet noch zwei kleine Mädchen dabei, an die kann ich mich besonders gut erinnern, alle *kadin* mochten die kleinen Mädchen – ihr habt Blumen hinter den Ohren der Leute erscheinen und dann wieder verschwinden lassen – genauso wie du es gerade mit dem Amulett gemacht hast …« Mitten im Satz stockte sie, als sei ihr Gedankengang abgerissen.

»Ja, so ist es, gelobt sei der Herr!« Elena und Maryam starrten sie verblüfft an.

»Also – du warst eine der Damen im Harem des Sultans?«, fragte Maryam.

Celias Miene verdüsterte sich. »Ja. Ich meine, nein. Ich vermute, dass ich dort gewesen sein muss.« Sie stockte wieder. »Aber war *ich* das wirklich?«

Mit einer Leichtigkeit, die alle überraschte, war es Maryam gelungen, für die Frauen ein Überfahrt auf einer zweimastigen Ketsch zu organisieren, demselben Schiff, dessen Segel sie früher am Morgen am Horizont erspäht hatten. Der Kapitän, der, um Trinkwasser aufzunehmen, im Hafen angelegt hatte, erklärte, dass ihr Kurs in Richtung Nordost die Küste von Dalmatien entlangführen würde.

Für die Truppe war es eine Erleichterung, diesen unwirtlichen Landstrich hinter sich zu lassen.

Das Mädchen – Celia, wie jetzt alle sie zu nennen lernen mussten – ließ Elena nicht aus den Augen. Obwohl sie vor den Seeleuten anscheinend große Angst hatte, wirkte sie froh und zufrieden, solange nur Maryam oder Elena in ihrer Nähe waren. Sie schien ihre verkrüppelten Beine und auch das Kind mit Gleichmut akzeptiert zu haben. Nur wenn Elena sich zu weit von ihr entfernte, wurde sie nervös. Die Mutter der beiden Mädchen schien für sie – ebenso wie das bestickte Beutelchen, das sie immer bei sich trug – eine wichtige Verbindung zu ihrer unbekannten Vergangenheit darzustellen.

Nur Maryam drückten schwere Sorgen. Celia war offenkundig eine feine Dame, das hatte sie schon immer geahnt. Sie besaß Fingernägel, die nie den Erdboden aufgekratzt hatten, und einen Teint, der so zart war, das er auf die dunkelhäutigen Frauen der Truppe fast unnatürlich bleich wirkte. Aber eine Haremsdame des Sultans? Das überstieg ihre Vorstellungskraft. Welches Abenteuer – welche Schande – mochte sie wohl in einen Harem geführt haben? Mehr denn je verspürte Maryam ein großes Unbehagen, sie fühlte sich wie eine Diebin und sah in Celia einen geraubten Schatz.

Elena setzte sich neben Maryam, die an Deck mit dem Rücken am Besanmast lehnte.

»Sie wirkt doch recht glücklich, findest du nicht? Sie erinnert sich an ihren Namen. Sie erinnert sich an uns, Gott schütze sie«, sagte Elena. »Alles andere ist ihr entfallen. Sie weiß nicht einmal, wonach sie in diesem Beutelchen immer sucht.«

»Und der Säugling?« Maryam dachte zurück an die Nacht, in der sie und das Kind sich so intensiv angeschaut hatten. »Was ist mit dem Säugling?«

Ausnahmsweise wusste Elena nicht, was sie darauf antworten sollte. Sie zuckte mit den Achseln und hob in einer ratlosen Geste die Hände.

Sowohl Maryam als auch Elena hatten Celia und ihr Kind sorgfältig beobachtet. Celia fütterte es, sie säuberte es, aber sie legte dieselbe Distanziertheit an den Tag wie zuvor. Nichts hatte sich geändert. Sie nahm es nie hoch oder sang ihm vor, es schien ihr weder Freude noch Kummer zu bereiten. Sie schien vielmehr überhaupt nichts für das Kind zu empfinden.

»Keine Mutterliebe ...« Maryam schüttelte den Kopf. »Bist du sicher, dass es ihr Kind ist?«

»Ja, da bin ich mir ganz sicher.« Elena, die Celia anfangs, als Maryam sie ins Lager gebracht hatte, untersucht und gewaschen und die selbst Kinder geboren hatte, nickte entschieden. »Sie hat Risse an ihren geheimen Körperteilen und sehr starke Regelblutungen ... ja, ich bin mir sicher.«

»Das ist doch nicht normal.« Geistesabwesend zupfte Maryam an einem Loch in ihrer Lederjacke.

»So etwas kann vorkommen.« Elena zog eines ihrer Mädchen zu sich heran und gab ihm einen innigen Kuss. »Aber Maryam, du weißt doch selbst, dass ein Kind wie dieses ... Es könnte der natürliche Lauf der Dinge sein.«

»Was meinst du damit, der Lauf der Dinge?«

»Hör zu, Maryam«, sagte Elena seufzend, »das Kind wird wahrscheinlich nicht lange leben. Es wird mit jedem Tag schwächer. Finde dich damit ab.«

»Ich dachte … ich dachte, es wäre jetzt vielleicht doch möglich …«

»Aber ob sie sich daran erinnert oder nicht, macht für das Kind keinen Unterschied«, sagte Elena. »Trotzdem müssen wir alles tun, um ihr zu helfen.« Sie gab der strampelnden Nana einen Kuss und ließ sie von ihrem Schoß hinunterrutschen. Das Schicksal der jungen Frau ging ihr mehr ans Herz, als sie zugeben wollte. Sie kam ihr vor wie jemand, der hilflos auf dem abgrundtiefen Ozean treibt und nichts hat, das ihn im Leben verankert.

»Das stimmt«, gab Maryam zu.« Und vielleicht wäre es besser für sie, wenn sie sich gar nicht erinnert. Ist dir das auch schon mal in den Sinn gekommen?«

Sie dachte an ihre eigene Geschichte, an die Dinge, die sie gesehen hatte, die Menschen, durch deren Händen sie gelitten hatte. Wie viel würde sie darum geben, sich nicht an alle Einzelheiten erinnern zu müssen! Sie spürte mit jeder Faser ihres Wesens, dass dieser Frau schreckliche Gewalt angetan worden war. Ihre Beine, das Kind … Immer wenn sie daran dachte, überkam Maryam eine Empfindung, als würde eine Hand ihr die Luftröhre zudrücken. *Falls ich Bocelli jemals wiedersehe, werde ich es aus ihm herausquetschen, aus dieser dreckigen, betrügerischen kleinen Zecke. Das schwöre ich auf die Körper von Nana und Leya. Und wenn es das Letzte ist, was ich tue.*

Das schwöre ich bei meinem Leben.

Celia wachte mit einem Schrei auf, ihr Herz raste.

In ihrem Traum war jemand auf sie zugekommen, ein Mann, dessen Gesicht sie nicht erkennen konnte. Sie versuchte, vor ihm davonzulaufen, aber sie schaffte es nicht, sie versuchte zu schreien, aber sie brachte keinen Ton hervor. Sie hatte ein starkes Gefühl von Beklemmung, als würde ein schweres Gewicht sie niederdrücken. Sie vermochte kaum noch zu atmen, geschweige denn, sich zu bewegen. Dann folgte ein stechender Schmerz zwischen den Beinen, der nicht aufhören wollte. Eine Klaue aus Metall oder Knochen, vielleicht aber auch menschliche Fingernägel, zerrten brutal an ihr, um sie auseinanderzureißen, sie zu öffnen. Ihre Wange schrammte über raue Holzplanken, unter ihrem Rücken lag etwas Gewundenes, Hartes, vielleich Seilrollen, und in der Luft lag ein Gestank, der ihr bekannt vorkam, faulig und verdorben, Fisch vielleicht? – *beeilt euch, Jungs, macht weiter* –, und dann ist da noch etwas anderes, etwas Unsichtbares, hartes Fleisch oder harter Knochen, es sticht unbeholfen auf ihre Oberschenkel ein, *je eher wir die Sache hinter uns bringen, desto schneller sind wir wieder zu Hause,* es sucht nach ihrem geheimen Ort, der jetzt eingerissen und blutbefleckt ist, aber es verfehlt jedes Mal das Ziel, bis es ihn dann doch findet. Sein ekelhaftes Schnaufen, der Fischatem an ihrem Ohr, auf ihren Wangen und sogar an ihren Lippen, und ihr wird mit Schrecken klar, dass er sie mit der Zunge ableckt, ihr Gesicht abschleckt, den Teil, der nicht auf den Boden des Bootes gepresst ist, *so also ist es, oh Gott,* er stößt in sie hinein, erbarmungslos, *oh Gott, die Schmerzen, die Schmerzen, hilf mir Gott hilf mir,* wieder sein Atem in ihrem Ohr, wie ein Schluchzen dieses Mal, tief, tief in ihr, wenn es so weitergeht, denkt sie, wird sie einfach entzweigerissen.

Celia setzte sich auf, ihr Unterhemd war schweißgetränkt.

Sie brauchte eine Weile, bis sie wusste, wo sie war. Es herrschte Nacht, und sie lag mit den anderen Frauen in einer Reihe auf dem Deck der Ketsch. Sie hatten bei Anbruch der Nacht in einer kleinen Bucht Anker geworfen. Schirmkiefern wuchsen auf einem Steilhang, der bis ans Wasser führte. Selbst an Deck war die Nachtluft heiß und drückend. Die Zikaden, die tagsüber entlang der Küste beharrlich gezirpt hatten, waren verstummt. Nur die leisen Bootsgeräusche waren noch zu hören: das Knarren von Holz, das Schrammen und Ächzen der Ankerkette und daneben das Geraschel der Nachttiere im Wald. Der Vollmond schien so hell, dass sie Maryams rotes Kopftuch erkennen konnte, das an einem Nagel am Besanmast hing.

Während Celia versuchte, den Schatten des Traumes abzuschütteln, vernahm sie ein Geräusch. Irgendwo in der Nähe platschte etwas ins Wasser. Celia kroch zum Rand des Bootes. Zur offenen See hin, da wo das Mondlicht das Wasser versilberte, spielten zwei Delphine im Meer und sprangen gemeinsam in die Höhe.

Sie beobachtete sie eine Weile lang verzückt. Und auf einmal überkam sie wieder das Gefühl des Fallens, des sich Drehens und Auftauchens, und dann war ein weiteres Teil des Mosaiks gefunden.

Es war eine heiße Sommernacht gewesen, genau wie diese, und sie hatten einen Ausflug ans Marmarameer gemacht, um die Delphine beim Herumtollen zu beobachten.

Sie saßen in einem kleinen Boot – Teil einer Flotte kleiner Boote, die alle von Lampions erhellt waren wie Glühwürmchen. Die Luft duftete nach Rosen. Musik und Gelächter hallten über das Wasser. Vor ihnen segelte das Prunkschiff der Valide, das Heck war mit kostbaren Steinen ausgelegt – Elfenbein und Perlmutt, Walrosszähne und Gold. Da waren auch Gülbahar, Türkan und Fatma. Und natürlich Aysche … Celias Herz machte einen Satz. Aysche!

Aber Aysche hatte noch einen anderen Name gehabt, oder?

Aysche. Annetta.

Annetta. Aysche … Und was weiter?

Sie grübelte, aber es half nichts. Genauso unvermittelt, wie der Gedankenstrom eingesetzt hatte, verebbte er auch wieder. Die schöne Vision löste sich auf wie ein Traum. Je mehr sie versuchte, daran festzuhalten, desto schneller verblasste sie. Celia lag wieder auf dem knarrenden Schiff, ihre Haare und Kleider waren verklebt vom Meersalz, und neben ihr atmeten die Gauklerinnen schwer im Schlaf.

Sie spürte, wie sich in dem kleinen Lumpenbündel neben ihr etwas rührte. Der Säugling gab eine Art Miauen von sich, das eher zu einem Kätzchen als zu einem Kind gepasst hätte.

Wach nicht auf, bitte, wach nicht auf, noch nicht. Sie hob das Bündel hoch und hielt es unbeholfen im Arm, nicht an der Brust oder am Herzen, wie eine Mutter es hätte tun sollen. Sie hoffte, dass die Bewegung es wenigstens noch für ein Weilchen in den Schlaf wiegen würde.

Das Kind beruhigte sich rasch, und Celia legte es neben sich, aber auf die andere Seite, in die Nähe der Reling. Etwas zu nahe an die Reling. Sie blickte sich um. Die dunklen Leiber der Frauen lagen reglos in einer Reihe.

Als Celia so allein im Mondschein saß, überkam sie ein unendliches Gefühl von Verlassenheit. Sie und das Kind, so schien es ihr, waren die einzigen echten Lebewesen in Gottes großem Universum. Eine so tiefe Verzweiflung ergriff sie, dass sie meinte, es nicht mehr ertragen zu können. Unter ihr klatschte das Meer leise gegen die Schiffswand.

Mit Mühe schob sie sich noch näher zur Reling und lehnte sich hinüber. Unter der silberglänzenden Oberfläche war das Wasser tief und schwarz. Das Kind lag jetzt gefährlich nahe am Rand. Celia streckte die Hände aus, um es vorsichtig zu sich heranzuziehen – und verharrte für einen Augenblick unschlüssig.

Niemand würde es sehen, niemand würde es fallen hören.

Schließlich würde ich es nur den Tiefen des Meeres zurückgeben, dachte sie. Sie stellte sich das Bild vor: ein kleines Lebewesen, das frei durch das Wasser schwimmt und springt, frei wie ein Delphin durch die mondbeglänzten Wellen.

Maryam wachte kurz vor Tagesanbruch auf. Der Platz, an dem Celia normalerweise schlief, war leer, und als sie sie suchte, stellte sie fest, dass die junge Frau sich zum Vordeck gezogen hatte und wieder einmal in dem bestickten rosaroten Beutelchen auf ihrem Schoß kramte.

Mühsam, mit schmerzenden Gelenken, erhob sich Maryam, ging zu ihr und setzte sich neben sie.

»Wonach suchst du?«, fragte sie flüsternd, »wonach suchst du nur immer? Hast du etwas verloren?«

Celia blickte unglücklich zu ihr auf. »Ich weiß es nicht. Ich glaube, dass etwas hier drin gewesen ist, etwas, das ich gut und sicher aufbewahren sollte, etwas sehr Wertvolles. Aber jetzt ist es nicht mehr da. Weißt du, was hier drin war?«

Maryam schüttelte den Kopf. Sie nahm das Beutelchen in die Hand. Es verschwand fast in ihren riesigen Pranken.

»Du hattest es von Anfang an bei dir, als wir dich gefunden haben.« Sie stülpte das Beutelchen von innen nach außen und untersuchte das schwarze Seidenfutter. »Aber es war leer. Erinnerst du dich, wo du es bekommen hast?«

Celia lächelte. »Aber natürlich! Alle Haremsdamen hatten eines. Jede *cariye,* sogar die Valide. Wir trugen immer eines am Gürtel. Wir haben unser Taschengeld hineingesteckt …« Sie verstummte, als hätte die Erinnerung an etwas so Belangloses ihr die Sprache verschlagen.

»Dann war da Geld drin?«, fragte Maryam vorsichtig. »Ein paar Asper vielleicht?«

»Vielleicht.«

Celia fragte sich, ob sie Maryam von den Delphinen erzählen sollte, die im Mondlicht gespielt hatten, und den anderen Erinnerungen, die dadurch geweckt worden waren, aber im Grunde fürchtete sie sich immer noch ein bisschen vor dieser Riesin in der derben Lederjacke, die so hoch aufragte und so wenig sprach.

Die Sonne ging über dem Horizont auf, und die anderen auf dem Boot begannen sich zu regen. In dem fahlen Licht der Dämmerung sah Celia Maryams Gesicht deutlicher. Ohne das übliche Tuch um den Kopf hingen ihr die schwarzen Haare lose um das Gesicht. Sie hatte einen schwarzen Flaum auf der Oberlippe. Maryam sah in all ihrer Hässlichkeit imponierend aus. Wie es sich wohl anfühlte, eine Laune der Natur zu sein?

Aus dem Bündel, das neben ihr lag, kam ein leises Geräusch.

Als Celia keine Anstalten machte, das Kind hochzunehmen, fragte Maryam: »Darf ich?«

Celia nickte und beobachtete, wie Maryam den Säugling hochhob. Was für ein absurder Anblick – die riesige Frau und das winzige Kind. Maryam hielt das kleine Bündel so unbeholfen in einer Hand, dass Celia schon befürchtete, sie werde es fallen lassen. Doch das breite Gesicht mit der pockennarbigen Haut lächelte so liebevoll auf das Kind hinunter, dass sich Celia plötzlich schämte. Ein zerbrechliches Ärmchen löste sich aus dem Tuch, in das das Kind eingewickelt war, und machte ein paar kraftlose Bewegungen. Maryam reichte dem Säugling den Zeigefinger und hielt vor Entzücken den Atem an, als die winzigen Fingerchen zuckten und sich dann darum schlossen.

»Schau!«, flüsterte sie. »Was für eine kleine Hand er hat …« Im rötlichen Morgenlicht glühte Maryams Gesicht und sah für einen Augenblick fast schön aus. »Wie eine flatternde Motte.«

»Er?« Celia runzelte die Stirn.

»Aber natürlich.« Maryam, die ihre Augen nicht von dem

Kind abwenden konnte, nickte. »Es ist doch ein Junge, nicht wahr?«

Während sie sprach, löste sich ein weiterer der Stoffstreifen, in die das Kind eingewickelt war, und entblößte seinen Unterleib. Unwillkürlich wandte Celia den Blick ab.

»Ich … weiß nicht«, murmelte sie, »schwer zu sagen.«

Maryam sah sie ruhig an.

»Es gibt keinen Grund, sich zu schämen.«

»Ich schäme mich nicht.«

»Und warum wirst du rot?«

Maryam hatte Recht, Celias war das Blut in die Wangen gestiegen. *Aber es ist nicht nur Scham, was ich empfinde,* dachte sie, *es ist Abscheu. Ich bekomme bei seinem bloßen Anblick eine Gänsehaut. Und obwohl ich weiß, dass Gott mich dafür strafen wird, gibt es keinen Tag, an dem ich nicht darüber nachdenke, was wohl passieren würde, wenn ich es der Tiefe zurückgäbe.* Aber sie brachte keinen dieser Sätze über die Lippen, ihre Kehle war wie zugeschnürt.

»Meine Eltern haben sich stets für mich geschämt.« Es lag keine Bitterkeit in Maryams Stimme, als sie diesen Satz aussprach. »Ich war schon immer zu groß. Sie hielten mich für eine Missgeburt. Und vermutlich bin ich das auch. Mit elf war ich größer als mein Vater, und er war ein hochgewachsener Mann und auch sehr stark. Sie haben versucht, mich zu verstecken, damit unsere Nachbarn im Dorf mich nicht sahen, sie ließen mich nicht draußen mit den anderen Kindern spielen.« Maryam schüttelte langsam den Kopf, als wollte sie die Erinnerung loswerden. »Aber für diesen Kleinen«, schloss sie und wickelte den Stoff liebevoll wieder um den Fischschwanz, »wird sich niemand schämen.«

»Woher weißt du, dass es ein Junge ist?«

»Ich habe keine Ahnung.«

Das Kind drehte suchend den Kopf hin und her und gab leise, klagende Laute von sich.

»Er hat Hunger«, sagte Maryam.

»Er trinkt nicht.« Celia sah das Kind traurig an.

»Lass mich es versuchen.«

Sie ging fort und kam mit einer Tasse Milch zurück.

Zärtlich nahm sie das Kind hoch und legte es sich in die Armbeuge. Dann tauchte sie den Zeigefinger in die Flüssigkeit und flößte ihm mit unendlicher Geduld Tropfen für Tropfen ein.

»Schau!« Maryams Gesicht strahlte. »Er trinkt!«

Celia beobachtete das Kind, das in Maryams gewaltigem Arm lag. Es war so dünn und schwach und seine Haut war immer noch so rot und runzlig wie die eines Neugeborenen. Auf einmal begriff sie, was Elena schon die ganze Zeit gewusst hatte.

»Es tut mir leid«, sagte sie, und wünschte gleich darauf, sie hätte die Worte zurückgehalten, »aber ich glaube, dass es zu spät ist.«

»Zu spät? Es ist nie zu spät – schau doch.« Maryam gab noch ein paar Tropfen Milch auf ihren Finger und hielt ihn an die Lippen des hungrigen Kindes. »Er trinkt. Er wird kräftiger werden.« Ihre Stimme vibrierte vor Hoffnung. »Wir fahren in die Stadt, nach Venedig, dort gibt es Ärzte im *ospedale,* einer der Seeleute hat mir davon erzählt, du wirst sehen. Ich werde mich um ihn kümmern – immer.«

Ich schwöre es.

Bei meinem Leben.

Kapitel 25

Erst ein paar Stunden vor Sonnenuntergang kehrte Carew zu Constanzas Palazzo zurück.

Er war mit Ambrose im Boot vom Kloster zurückgefahren. An der Rialto-Brücke trennten sie sich, und von dort ging Carew zu Fuß weiter. Nach der frischen Luft und der leichten Brise der Lagune kamen ihm die engen Gassen noch bevölkerter vor als am Morgen. Die Hitze war selbst zu dieser Stunde unerträglich – wie in einem Backofen strahlte sie von den Hauswänden ab. Wäsche hing zum Trocknen aus den Fenstern, und es roch nach dem stinkenden Kanalwasser, gebratenem Fisch und dem Abendessen für das Dienstpersonal größerer Haushalte. Zwei Kinder liefen an ihm vorbei, sie jagten einem Hund nach und hatten *simit* genannte, ringförmige Brötchen dabei.

Anders als Pindar, der normalerweise auf dem Wasser reiste, waren Carew die Gassen der Stadt vertraut, so vertraut wie die Linien seiner Hand, er kannte all die schmalen Brücken, die Fußwege und die Sackgassen, die *calli* mit ihren bröckelnden rosaroten und gelben Fassaden, die *sotoportegi* und die versteckten Höfe, und über allem lag der Gestank der schwarzen Kanäle. Aber diesmal hatte sogar er fast die Orientierung verloren und musste stehenbleiben, um sich zu vergewissern, wo er war.

In der Hand hielt er den kleinen Samtbeutel, den die Nonne fallen gelassen hatte. Seit jenem Moment im Klostergarten ging ihm immer wieder ein Gedanke durch den Kopf: Konnte das wirklich derselbe Beutel sein wie der, in dem sich der Diamant befunden hatte? Oder bildete er sich das nur ein? Es war so dunkel in dem von Kerzenlicht beleuchteten *ridotto* gewesen, und sie hatten den Diamanten nur einen Augenblick lang zu Gesicht bekommen. Wenn es allerdings derselbe Beutel war – wie um alles in der Welt war die Nonne dann darangekommen? Ob sie *möglicherweise* doch die Haremsdame war? Carew strich sich fahrig die Haare aus der Stirn.

Noch etwas anderes beschäftigte ihn. Irgendetwas an ihr kam ihm bekannt vor. Aber was? Es wollte ihm partout nicht einfallen.

Schließlich fand er das Tor, nach dem er gesucht hatte, den Hintereingang zu Constanzas Palazzo. Als er gerade anklopfen wollte, um eingelassen zu werden, bemerkte er zu seiner Verwunderung, dass das Eisentor bereits einen Spalt breit offenstand. Er drückte es vorsichtig auf und trat ein.

Der kleine Hof war noch unaufgeräumter als sonst. Das Holz für das Küchenfeuer, das normalerweise ordentlich gestapelt war, lag in einem wüsten Haufen übereinander, gerade so, wie es angeliefert worden war. Alte, zerbrochene Möbelteile lehnten an den Mauern, und Unkraut wuchs zwischen den Pflastersteinen und auf der Steintreppe, die zu dem Balkon des *piano nobile* führte. Efeu rankte ungezügelt am Mauerwerk hoch und überwucherte alles bis in die dahintergelegene schmale *calle* hinein.

In der Mitte des Hofes befand sich ein alter Steinbrunnen. Eine Frau stand mit dem Rücken zu ihm an dessen Rand und schöpfte mit einem Holzkübel Wasser. Ihre Füße steckten in hohen Trippen, die ihre Schuhe vor dem Straßenschmutz schützen sollten, und die äußeren Rockschöße ihres Kleides waren hochgebunden. Es dauerte eine Weile, bis er sie erkannte.

»Constanza!«

Die Frau drehte sich um, und als sie sah, wer es war, legte sie erschrocken den Handrücken auf die Stirn.

»Ich bin es nur …«

»John Carew!« Sie starrte ihn an wie einen Fremden. »Ihr habt mich erschreckt.«

Kommentarlos nahm er ihr den schweren Kübel ab und trug ihn in die Küche. Constanza folgte ihm langsam.

Auch die Küche wies Anzeichen von Verwahrlosung auf – der Fliesenboden war schmierig, und schmutzige Teller und Gläser stapelten sich auf einer Anrichte. Das Feuer war, wie Carew bemerkte, schon vor langer Zeit erloschen. Auf einen Blick erkannte er, dass hier schon lange nicht mehr gekocht worden war.

»*Senti* –« Constanza wollte etwas sagen, aber Carew unterbrach sie.

»Wie gesagt, ich bin es nur. Ihr braucht nichts zu erklären.«

»Normalerweise betritt auf diesem Weg niemand den Palazzo, außer dem Gesinde. Meine Besucher kommen immer zum Kanaleingang …«, begann sie konfus.

»Wo sind sie alle?« Carew blickte aufmerksam in ihr besorgtes Gesicht. »Euer Gesinde, meine ich.«

»Wer weiß?« Mit einem Achselzucken ließ Constanza die Röcke herunter, um die Unterkleider wieder zu bedecken. »Erinnert Ihr Euch an mein Dienstmädchen Tullia? Sie kommt immer noch ab und zu, aber heute eben nicht. Und was die anderen betrifft« – Constanza seufzte –, »von denen ist schon seit Monaten niemand mehr hier gewesen.«

Carew konnte sich nicht entsinnen, Constanza jemals zuvor bei Tageslicht gesehen zu haben oder überhaupt außerhalb des prachtvollen Raumes mit Ausblick auf den Kanal, in dem sie wie eine mit Juwelen geschmückte, alterslose Sphinx für ihre Besucher Hof hielt. Bei Tageslicht sah Constanza älter aus.

Um ihre Augen zogen sich Fältchen und an ihrem Hals wurde die Haut schon etwas schlaff. Carew kam der Gedanke, dass sie vielleicht bewusst darauf achtete, nur bei Kerzenschein gesehen zu werden. Die meisten Männer, die sie kannte und von denen ihr Lebensunterhalt abhing, waren vermutlich nicht so nachsichtig. Nichts ist so widerlich wie eine alte Hure, meinst du nicht auch?, hatte Francesco neulich Nacht verächtlich gesagt. Trotzdem kam es Carew schon fast blasphemisch vor, als er Constanza jetzt dabei beobachtete, wie sie wie eine gewöhnliche Frau in ihrer Küche nach Brot und Käse kramte.

Als Constanza im oberen Stockwerk wieder in ihrem wunderschönen, abgedunkelten Empfangsraum thronte, schien sie sich wohler zu fühlen. Mit dem gewaltigen Himmelbett in der Mitte und dem kleinen Tisch, auf dem der türkische Teppich lag, wirkte das Zimmer wie eine leere Kirche. Tagsüber wurde stets eine Reihe von Sonnenblenden vor den Balkonfenstern heruntergelassen, um das Zimmer vor der sengenden Hitze abzuschirmen, doch jetzt öffnete Constanza die Fenster weit, in der Hoffnung auf eine Abendbrise.

»*Che caldo!*« Sie tupfte sich Hals und Schläfen mit einem Tuch ab. »O Gott, diese Hitze. Habt Ihr gehört? Man sagt, dass uns im Sommer die Pest wieder heimsuchen wird.«

Das Abendlicht, das vom Kanalwasser reflektiert wurde, tanzte an der Decke über ihren Köpfen. Eine Zeitlang blickte Constanza auf den Kanal hinunter und wandte dabei Carew den Rücken zu. Ihr dunkles Haar hing wie ein dickes geflochtenes Seil an ihrem Rücken herab. Sie trug dasselbe ärmellose osmanische Gewand in Pfauenblau und Gold, in dem Carew sie beim letzten Mal gesehen hatte.

Jetzt lehnte sie die Stirn an eine der kühlen Steinsäulen. »Glaubt Ihr, dass er kommt?«

Carew lächelte ihr zu. »Das habt Ihr mich schon beim letzten Mal gefragt, erinnert Ihr Euch?«

»Ja, so ist es.« Constanza hatte die Augen geschlossen. »Aber wie lautet Eure Antwort diesmal, John Carew?«

»Ich hatte gehofft, dass Ihr es mir verratet.«

»Ach, Ihr seid auch auf der Suche nach ihm? Nun, dann sind wir wohl wieder genau da, wo wir angefangen haben: Wir warten auf Paul Pindar.« Constanza seufzte. »Ihr könnt Euch nicht vorstellen, wie satt ich das Warten habe.«

Sie nestelte gedankenverloren an dem roten Edelstein, der an einer Goldkette um ihren Hals hing.

»Es stimmt, dass er ein paar Nächte hiergeblieben ist, nachdem Ihr diesen Ambrose mitgebracht hattet, aber seitdem habe ich ihn nicht mehr gesehen.« Ihr Blick schweifte aus dem Fenster. »Er ist wohl immer noch in sie verliebt?«

»Verliebt in wen?«

»In dieses Mädchen, in Celia Lamprey.«

»Man kann nicht in jemanden verliebt sein, der tot ist«, erwiderte Carew barscher als beabsichtigt. »Das ergibt für mich keinen Sinn.«

»Woher wisst Ihr, dass sie tot ist?«

»Gestorben für ihn, wie ich schon gesagt habe«, knurrte Carew ungeduldig. »Das läuft doch auf dasselbe hinaus, oder?«

»Da spricht ein wahrer Philosoph.« Constanza wandte sich zu Carew um und lächelte spöttisch. Sie gab sich Mühe, ihre düstere Stimmung abzuschütteln und sagte neckisch: »Bravo, John Carew. Kommt, trinkt ein Glas Wein mit mir, bevor Ihr geht.«

Sie schritt quer durch das Zimmer zu dem Tisch am Fuße des Himmelbettes, auf dem sie etwas Brot und Käse und einen Weinkrug bereitgestellt hatte. Ihre Schritte hallten dumpf auf dem nackten Fußboden.

»Und was ist mit Euch, John?« Sie reichte ihm einen der langstieligen Glaskelche. »Sagt mir«, fuhr sie in ungewohnt ernstem Ton fort, »seid Ihr jemals verliebt gewesen?« Doch als sie seinen Gesichtsausdruck sah, fing sie an zu lachen. »Oh, ich habe alles über Eure nächtlichen Ausflüge ins Kloster gehört … aber Ihr habt nichts von mir zu befürchten.« Sie legte den Kopf schief wie eine schläfrige Katze. »Alles, was ich sagen kann, ist, dass mir das Mädchen leidtut, das sich einmal in Euch verliebt, John Carew.«

Darauf erwiderte Carew nichts. Er trat an den Tisch. Zwischen Papieren und Schreibfedern, einem Tuschstein und einem Messer, mit dem man Schreibfedern zurechtschnitt, lagen die Tarot-Karten, die Constanza bei seinem letzten abendlichen Besuch zum Wahrsagen benutzt hatte. Er betrachtete die rätselhaften Karten genauer: der Magier, der Mond, der Narr, der Gehängte – Letzterer war er, wenn er noch länger hierbliebe. Um weiteren Fragen aus dem Weg zu gehen, nahm er ein Blatt Papier in die Hand, das mit Constanzas Handschrift bedeckt war.

»Erlaubt Euch Paul etwa, seine Papiere zu lesen?«, wollte Constanza mit hochgezogenen Augenbrauen wissen und machte Anstalten, ihm das Blatt abzunehmen.

»Ich wusste nicht, dass Ihr Gedichte schreibt«, entgegnete er und reichte ihr das Blatt.

»Einer meiner Gäste verlangt ausdrücklich danach. Und nach den Karten natürlich. Dieses ist für ein Fest gedacht, das er morgen in seinen Gärten auf der Giudecca gibt.« Sie überflog die Verse und legte sie dann gewissenhaft zur Seite.

Carews Augen wanderten immer wieder zu dem Satz Tarot-Karten zurück, der auf dem Tisch verstreut lag, als habe Constanza die Karten seit Tagen nicht mehr angerührt. Die Kurtisane folgte seinem Blick. »Erinnert Ihr Euch daran, wie ich versucht habe, Euch die Karten zu legen? Nun, da gab es etwas, das mich verwirrt hat …« Constanza setzte sich an den Tisch, schob die Karten zusammen, mischte sie mehrmals und breitete sie dann fächerförmig aus.

»Zieht eine.«

Die für sie so typische Aufgeräumtheit verwandelte sich unversehens in eine Art fieberhafte Erregung, als spiele sie im Theater die Rolle der Wahrsagerin.

»Wie ich schon gesagt habe, Constanza, ich kenne mein Schicksal nur zu gut«, begann Carew, aber um ihr einen Gefallen zu tun, zog er trotzdem eine Karte und reicht sie ihr, ohne sie sich anzusehen. »Und ich werde für Euch auch eine ziehen, wenn Ihr möchtet. Hier ...« Er zog eine zweite Karte aus dem Stapel und legte sie mit dem Bild nach unten neben die erste. Constanza blickte zu ihm auf und betrachtete dann die umgedrehten Karten.

»Wollt Ihr denn nicht wissen, welche Ihr gezogen habt?«

»Nein. Ich bin nicht hergekommen, um mir meine Zukunft weissagen zu lassen. Ich bin eigentlich nur gekommen, um eine Nachricht zu hinterlegen. Für Pindar.«

»Nun, wie Ihr sehen könnt, ist er nicht hier.« Constanza hob den Blick nicht von den Karten.

Carew nahm eines der Messer an seinem Gürtel und schnitt sich damit ein Stück von dem Käse ab. Er wusste, dass er jetzt reden musste. Er musste offenbaren, weshalb er gekommen war – jetzt oder nie. Er steckte den Käse geistesabwesend in den Mund.

»Pindar hat den Diamanten gesehen, von dem Ihr ihm erzähltet. Wir haben ihn beide gesehen.«

Constanza erstarrte. »Der Blaue Stein des Sultans?«

»Genau.«

Carew sah den außergewöhnlichen Stein vor seinem geistigen Auge wieder vor sich. Blaues Eis. Blaues Feuer. Wie aus einer anderen Welt.

»Dann sind also die Geschichten wahr?« Constanza ließ sich gegen die Lehne sinken. »Und wo habt Ihr ihn gesehen? Nein, sagt es mir lieber nicht ...«

»Bei diesem Kerl, den Ihr erwähnt habt. Memmo heißt er, oder?«

»Zuanne Memmo?« Constanza griff erschrocken nach dem roten Spinell an ihrem Hals.

»Da war noch ein anderer Kerl. Francesco, offensichtlich ein Freund von Memmo. Den konnte ich auch nicht besonders leiden.«

Constanza wurde blass. »Francesco Contarini?« Sie presste den Namen hervor, als sei ihr der Hals zugeschnürt.

»Gehe ich recht in der Annahme, dass Ihr ihn kennt?«

»Natürlich kenne ich ihn! Paul kennt ihn auch. Das ist schlimmer, als ich dachte. Er führt nichts Gutes im Schilde, Carew, merkt Euch meine Worte.« Dann schien ihr ein anderer Gedanke in den Sinn zu kommen.

»Aber die beiden haben ihn nicht dazu gebracht ...?«

»Um den Stein zu spielen? Nein, noch nicht.«

»Gott sei Dank.« Constanza, die in ihrer Aufregung aufgestanden war, sank wieder auf den Stuhl zurück. »Gott sei Dank! Francesco und Zuanne! O Gott, warum habe ich ihn nicht aufgehalten, als ich noch die Möglichkeit dazu hatte?«

»Aber er wird zweifellos spielen«, sagte Carew bitter, »sobald er ihnen beweisen kann, dass er genügend Geld zu verlieren hat.«

»Oh, Gott sei Dank, dann haben wir ja noch Zeit.«

»Wofür?«

»Ihn davon abzuhalten, natürlich.«

Carew starrte sie an, als habe er eine Verrückte vor sich. »Niemand wird ihn davon abhalten können.«

Rasch berichtete Carew ihr von dem Gespräch zwischen Paul und Prospero Mendoza, das er in jener Nacht im Ghetto belauscht hatte. Jene Geschichten über die Frau, die ihren Schmuck verkaufte und die angeblich einmal im Harem des Sultans gelebt hatte, und über den mysteriösen Mann aus

Konstantinopel, der den Diamanten beim Kartenspiel verloren hatte und dann verschwunden war.

»Und glaubt Paul, dass diese beiden irgendwie zusammengehören?«, fragte Constanza entgeistert. »Aber wie?«

»Er weiß es nicht mit Sicherheit – niemand weiß es –,aber es wäre doch ein sehr merkwürdiger Zufall. Und es gibt noch etwas, das Ihr wissen solltet.« Carew erzählte ihr in wenigen Worten von der Inschrift auf dem Stein. »Prospero meint, dass der Blaue Stein des Sultans ein ganz besonderer Edelstein ist, er hält ihn für magisch. Weil Pindar in der Lage war, die Inschrift zu entziffern, was sonst niemand konnte, ist er davon überzeugt, dass der Diamant ihn irgendwie zu Celia führen wird, oder wenigstens zu Neuigkeiten über sie.«

Constanza schwieg für eine Weile. »Ihr habt gesagt, dass der geheimnisvolle Mann aus Konstantinopel verschwunden ist. Aber was ist mit der Haremsdame?«

»Es sieht so aus, als ob diese Dame entschieden hat, ihr zurückgezogenes Leben fortzusetzen, und Zuflucht in einem unserer Klöster genommen hat. Das ist die Nachricht, von der ich hoffte, dass Ihr sie ihm übermitteln könnt. Seht her.« Carew griff in sein Hemd und holte das Samtbeutelchen der Nonne heraus. »Ich glaube, ich habe diese Haremsdame gefunden.«

»Und dennoch behauptet Ihr, dass Ihr nicht mit ihr gesprochen habt?«

Der kleine Beutel lag auf Constanzas Handfläche – rosaroter Samt, bestickt mit Silberfäden im osmanischen Stil. Sie untersuchte ihn sorgfältig. Er ließ sich mit einer Kordel verschnüren und hatte ein schwarzes Futter und lange Bänder, mit denen er an einem Taillengürtel befestigt werden konnte. Das Gewebe war recht steif, als ob es noch mit einem anderen Material, Papier oder Pergament, verstärkt wäre.

»Nein, im Grunde nicht.«

»Was meint Ihr mit ›im Grunde nicht‹? Wisst Ihr wenigstens, wie sie heißt?«

Carew starrte zu Boden.

Annetta. Er kannte immerhin ihren Namen. *Ihr Name ist Annetta.* Er konnte sich nicht dazu überwinden, ihn laut auszusprechen. Wie oft hatte er diese wenigen Minuten im Garten schon im Geiste durchlebt – das Gefühl, als er sie zum ersten Mal richtig sah, die dunkle Haarsträhne und das Muttermal auf dem Wangenknochen. Und er war beiseitegetreten und hatte sie gehen lassen – was war nur in ihn gefahren? Er hatte tatenlos zugesehen, wie sie sich von ihm entfernte und aus seinem Blickfeld entschwand.

»John Carew, hört Ihr mir zu? Ich habe gesagt, dass Ihr offenbar keinen schlüssigen Beweis habt.« Constanzas Worte unterbrachen seine Träumereien. »Wie könnt Ihr Euch so sicher sein, dass sie es ist?«

»Ich war mir nicht sicher – jedenfalls nicht sofort.« Er nahm der Kurtisane den Beutel wieder ab, hielt ihn an die Nase und schnupperte daran. Was hatte er sich erhofft? Dass dem Stoff noch irgendetwas von ihr anhaften würde, der Duft ihres Parfums vielleicht? Aber er roch nichts.

»Ich bin mir ziemlich sicher, dass es genau der gleiche Beutel ist wie der, in dem Memmo den Diamanten aufbewahrt.«

»Ist das alles? Davon könnte es Hunderte geben.«

»Nein, es gibt noch etwas anderes.« Carew zögerte. »Ich bin erst später darauf gekommen. Es ist die Art, wie sie geht.«

Constanza starrte ihn an. »Und wie genau geht sie?«

»Als ich in Konstantinopel war, habe ich einmal ein paar Frauen im Harem des Sultans beobachten können. Durch ein Loch in der Mauer.« Er bemerkte Constanzas Blick. »Es ist eine lange Geschichte.«

»Madonna!« Constanza schüttelte ungläubig den Kopf. »Schon damals ein *monarchino!*« Sie schien sich darüber zu

amüsieren, aber als sie Carews Gesicht sah, wurde sie wieder ernst. »Nun, diese Haremsdamen haben also einen charakteristischen Gang, meint Ihr das?«

»Ja, es ist eine Art wiegender Bewegung, eine bestimmte Art, wie sie die Hüften schwenken – schwer zu beschreiben, aber unverwechselbar. Ich wusste, dass mir irgendetwas an der Frau im Kloster bekannt vorkam, aber erst hier fiel mir wieder ein, was es war.«

»Das ist kein unwiderlegbarer Beweis«, sagte Constanza.

»Nein, aber wenn wir Pindar erzählen, was ich bis jetzt herausgefunden habe, könnte das die Sache ein wenig hinauszögern. Uns Zeit geben. Ihn von seiner neuen Besessenheit ablenken.«

»Ihr glaubt wirklich, dass er versuchen wird, um den Diamanten zu spielen?«

Carew sah sie ungerührt an. »Ihr habt doch gesehen, wie es mit ihm und den Karten steht.«

Constanza nickte stumm.

»Er ist wie von Teufeln besessen. Die Spielsucht ist wie eine Krankheit. Er wird nicht aufhören, ehe er alles eingesetzt hat, was er besitzt«, fuhr Carew fort. »Er wird sich dafür sogar in Schulden stürzen. Und wenn er sich bisher noch nicht ruiniert hat, dann wird es bald so weit sein, glaubt mir.«

Constanza stand wieder auf und lief ruhelos zum Fenster.

»Es ist alles meine Schuld«, sagte sie betrübt, »ich hätte es in jener Nacht nicht ausplaudern sollen …«

»Er hätte sowieso von dem Diamanten erfahren und auch von dem Spiel.«

»Aber Ihr versteht das nicht«, widersprach Constanza, »ich hätte ihm irgendetwas erzählen können, wenn ich nur meine Sinne beisammengehabt hätte.«

»Was denn, zum Beispiel?«

»Irgendetwas, das ich von einem meiner Gäste gehört habe.

Dieser Herr, der Poesie mag, liebt auch die Karten – *primero, bessano,* all diese Spiele. Ich erfahre manchmal Geschichten, wenn Männer in einer – wie soll ich es sagen – besonders entspannten Stimmung sind …« Constanza lächelte Carew vielsagend an. »Sie geben Dinge preis, die sie sonst nie aussprechen würden. Dieser Gast, von dem ich rede, würde niemals auch nur in die Nähe von Zuannes *ridotto* gehen, nicht einmal für einen so bedeutenden Gewinn wie den Blauen Stein des Sultans. Wisst Ihr, Zuanne hat keinen sehr guten Ruf. Und was Francesco angeht – ha!« Sie machte eine abwertende Handbewegung. »Noch viel schlimmer. Vor einer Weile wurde bei einem seiner sogenannten Spiele jemand ermordet.«

»Wie kam es dazu?«

»Zu viele Ausländer.«

Carew starrte sie an. »Was hat das damit zu tun?«

»Es bedeutet, dass man leicht betrogen wird.«

»Ihr meint, sie manipulieren das Spiel.«

»Nein, das glaube ich nicht.« Constanza runzelte die Stirn. »Das wäre zu offensichtlich. Es gibt zu viele Zuschauer. Aber merkt Euch meine Worte, es wird irgendeine Art von Betrug geben.«

Eine Pause entstand, während Carew diese Information verdaute. Er betrachtete seine Hände, die über und über mit Narben und den Spuren alter Verbrennungen bedeckt waren.

»Wenn wir ihm das erzählen, wird er sofort argwöhnen, dass wir ihn vom Spielen abhalten wollen«, sagte Carew schließlich. »Er will den Diamanten, Constanza. So wie ich ihn kenne, ist er schon nicht mehr aufzuhalten. Der Diamant soll ihn zu Celia führen.«

Constanza sah ihn traurig an und ersparte sich eine Antwort. »Was habt Ihr vor?«

Jetzt war es Carew, der ratlos ans Fenster trat. Wie lange schien diese endlose Nacht schon zurückzuliegen, in der er hier mit Constanza auf Paul und Ambrose Jones gewartet hatte! Sein Versuch, Pindar von seiner Spielsucht abzubringen, war missglückt. Welche bösen Kräfte hier wirkten, konnte er nicht sagen. Vielleicht hätte er Constanza doch erlauben sollen, ihm zu verraten, was die Karten meinten. Er war auf einmal todmüde. Er hatte nicht vorgehabt, seine Pläne zu offenbaren, aber jetzt beschloss er, Constanza einzuweihen.

»Nächste Woche läuft ein Handelsschiff nach England aus.«

»Ihr reist ab?«

»Ja.«

»Aber Ihr könnt ihn jetzt nicht verlassen!«

»Ihr versteht nicht: Er hat es mir befohlen.« Carew starrte auf das schwarze Wasser des Kanals. »Abgesehen davon gibt es nichts mehr, was ich für ihn tun kann. Ich habe alles getan, was in meiner Macht steht.«

»Aber Ihr müsst noch einmal in dieses Kloster zurück! Noch ist Zeit. Sucht einen Weg, mit dieser Nonne in Ruhe zu sprechen, und findet heraus, was sie weiß.«

Carew drehte sich nicht um. »Ich kann nicht«, murmelte er.

»Wie?«

»Ihr habt mich gehört, ich kann nicht dorthin zurück.«

»Warum nicht?«

Er schwieg.

»Ihr habt also Angst«, reizte sie ihn. »Das sieht Euch nicht ähnlich, John Carew. Ich weiß, die Strafen für Männer, die sich mit unseren Nonnen versündigen, sind hart, aber ich hätte gedacht –«

»Angst?« Carew drehte sich wütend zu ihr um. »Unsinn, ich habe keine Angst. Aber es ist … nun … es ist kompliziert«, murmelte er. »Lasst Ambrose das machen. Er kennt eine der Nonnen dort. Sie malt Bilder. Er sollte sie eigentlich aushorchen, als wir heute dort waren.« Schlagartig wurde ihm bewusst, dass er völlig vergessen hatte, Ambrose zu fragen, ob die malende Nonne Informationen gehabt hatte.

»Ambrose Jones?« Constanza starrte ihn an. »Dieser eingebildete, aufgeblasene, flachsköpfige Pavian?« Sie suchte offensichtlich nach möglichst starken Worten, um ihre Verachtung zum Ausdruck zu bringen. »Ihr glaubt wirklich, dass man Signor Jones vertrauen kann?«

»Ich kann ihn so wenig ausstehen wie Ihr. Aber es hat sich herausgestellt, dass er für die Levante-Kompanie arbeitet, er sammelt Informationen für sie. Er und Pindar kennen sich seit vielen Jahren. Es wäre auf jedem Fall in Jones' Interesse, Paul zu helfen.«

»Seid Ihr Euch da sicher? Worin genau bestehen Signor Ambroses wahre Interessen?«, bemerkte Constanza trocken. »*Ihr* mögt ihm vertrauen, *ich* tue das nicht. Glaubt mir, ich kenne solche Männer. Es gibt nur eines, was sie antreibt: *Avarizia*. Gier. Wer weiß, für wen er sonst noch herumschnüffelt. Was sammelt er noch? Das sind die Fragen, die Ihr Euch stellen solltet. Bestimmt sammelt er nicht nur für die Levante-Kompanie oder für Pauls alten Kaufmannsfreund. Nein, nein, es muss einen anderen Weg geben.« Sie packte Carew erregt am Arm. Er hatte sie noch nie so aufgewühlt erlebt. »Ihr müsst zurück ins Kloster, John! Ihr müsst noch einmal auf die Insel und mit der Nonne sprechen.«

Carew entzog ihr seinen Arm, aber er widersprach nicht sofort. Da wusste sie, dass er sich nicht weigern würde.

»Versprecht mir nur eines: Klettert nicht über Mauern.« Ihre Stimme war wieder sanfter geworden. »Um Himmels willen, John Carew, benutzt dieses eine Mal den Haupteingang.«

Carew zwang sich zu einem Lächeln. »Und das mir mit meiner lebenslangen Erfahrung im Erklimmen von Mauern.« Als er Constanzas besorgte Miene sah, versuchte er sie zu beschwichtigen. »Constanza, ich werde einen Weg finden. Aber bis dahin –«

»Bis dahin werde ich, wenn ich heute zur Giudecca gehe, auch die eine oder andere Frage stellen.«

»Und wenn Ihr etwas herausfindet, was immer es ist …«

»Werde ich Euch benachrichtigen.«

Carew verabschiedete sich, und Constanza blickte ihm nach. Seine Schritte machten keinerlei Geräusch auf den nackten Holzdielen. Sie fühlte sich auf einmal sehr niedergeschlagen, sehr allein in dem leeren Zimmer. Sie goss sich etwas Wein ein, und ihr Blick fiel auf die *tarocchi*-Karten, die mit dem Bild nach unten auf dem Tisch lagen. Eine für Carew, eine für sie. Sie streckte die Hand aus, um sie aufzunehmen …

Und zum ersten Mal zögerte sie.

Zum ersten Mal spürte sie einen leisen Schauer der Vorahnung.

Sie schüttelte sich. Eine Närrin war sie! Es war doch nur ein Spiel, weiter nichts, ein Spiel zum Zeitvertreib!

Mit einer raschen Bewegung drehte sie beide Karten um. Sie konnte sich nicht mehr erinnern, welche Karte Carew für sich gezogen hatte und welche für sie. Vor ihr lagen, wie sie befürchtet hatte, dieselben Karten wie beim letzten Mal.

Die Liebenden.

Der Tod.

Aber welche Liebenden? Und wessen Tod?

Zitternd schob Constanza die Karten in den Stapel zurück.

Kapitel 26

Die Nonne, die am folgenden Tag Annetta in den Empfangsraum rief, war nicht die Pförtnerin.

»Ihr habt einen Besucher, *suora.*«

Annetta blickte überrascht von den Farbpinseln auf, die sie gerade in Suor Veronicas Atelier auswusch. Sie erkannte in Suor Caterina sofort eine jener Nonnen, die sie insgeheim *contesse* nannte – adlige Frauen ohne jegliche Begabung für das kontemplative Leben. Suor Bonifacia, die Äbtissin, gehörte, wie Annetta kürzlich festgestellt hatte, auch dazu, ebenso Suor Purificacion und mindestens ein weiteres halbes Dutzend anderer Klosterfrauen. Angesichts der Berühmtheit und Schönheit des Kräutergartens und der vergleichsweise ungezwungenen Lebensweise – manche würden es Nachlässigkeit nennen –, die Suor Bonifacia zuließ, sowie der vielen Ausnahmen von den üblichen Klosterregeln, deren sich das Kloster wegen der gewerblichen Gärten erfreute, war es bei den Familien des venezianischen Adels, die weibliche Familienmitglieder unterbringen wollten, eine beliebte Wahl.

Als Annetta nach ihrer Zeit in Konstantinopel ins Kloster zurückgekehrt war, hatte Suor Caterina mit ihrem glänzenden Haar und ihren erlesenen Kleidern auf sie durch und durch wie eine Aristokratin gewirkt. Annetta war eingeschüchtert gewesen. Wie die anderen Nonnen aus hochgestellten Familien sprach Caterina ihre Standesgenossinnen –

darunter befanden sich ein Tante und mehrere Cousinen – mit Signora, meine Dame, statt mit dem üblichen *suora,* Schwester, an. Sie und ihresgleichen hätten es sich nicht im Traum einfallen lassen, die Einheitstracht anzulegen, die die Klosterregel eigentlich vorschrieb. Alles, was sie am Leibe trug, hatte sie bei ihrem Eintritt in ihrer *cassa* mitgebracht: Seide, Spitze und Leinen der besten Qualität, vergleichbar der Aussteuer einer Braut, wunderschön genäht und mit Monogramm bestickt.

Aber nicht nur die Qualität der Gewänder, sondern vor allem die Art und Weise, wie sie sie trug, hatte bei Annetta großen Eindruck hinterlassen. Entgegen den Kleidervorschriften des Ordens hatte Caterina den schwarzen Schleier über den Scheitel hochgezogen, sodass das blonde Haar darunter hervorschaute und sich zwei Locken über die Wangen ringelten. An den Füßen trug sie hochhackige Trippen, das Mieder war so weit heruntergezogen, dass die Wölbung ihrer kleinen Brüste unbedeckt war, und ein mit Rubinen und Smaragden besetztes Kreuz hing an einer Goldkette um ihre Taille.

Von allen Chornonnen war Caterina Annetta im Alter am nächsten. Annetta hatte in den ersten Tagen nach ihrer Rückkehr aus Konstantinopel den Fehler gemacht, ihr nachzueifern, indem sie Spitzenbesatz, Trippen und mit Goldfäden bestickte Seidenstrümpfe trug. Darüber hinaus hatte sie versucht, sich mit ihr anzufreunden. Ihre Annäherungsversuche waren jedoch gnadenlos abgewiesen worden. Caterina gab ihr überdeutlich zu verstehen, dass sie als ehemalige *conversa* immer noch den Status eines Dienstmädchens innehatte. Als Emporkömmling würde sie nie gut genug sein, um mit Chornonnen zu verkehren, und schon gar nicht mit den ›Gräfinnen‹. Keine noch so große Mitgift – und mit dreitausend Dukaten war Annettas Mitgift die größte, die das Kloster jemals erhalten hatte – würde ihre Herkunft wettmachen. In den folgenden Wochen hatte Annetta gelernt, sich vor dem schläfrigen Blick zu hüten, unter dem sich ein stolzes und boshaftes Wesen verbarg.

Nun stand Suor Caterina am Eingang zu Suor Veronicas Zimmer.

»Ihr habt Besuch, *suora*«, wiederholte sie.

Sie raffte ihre Röcke und klemmte sie als Schutz vor dem Staub geziert zwischen zwei Finger. In der anderen Hand hielt sie ein kleines Spitzentaschentuch, das sie gegen die Nase presste, um sich gegen den Farbgeruch zu schützen. Die neugierigen Blicke, die sie in Veronicas Atelier warf, verrieten, dass sie selten, wenn überhaupt, so tief in die inneren Bereiche des Kräutergartens vorgedrungen war. Annetta hatte beobachtet, wie sie manchmal, Arm in Arm mit einer ihrer Cousinen, in den Abendstunden unter den Linden spazieren ging. Im Herbarium jedoch, oder gar in Suor Veronicas Werkstätte, hatte sie sich sicher noch nie blicken lassen.

»Ein Besucher, *suora*«, wiederholte Caterina abermals, »im Empfangszimmer.« Als Antwort auf Annettas fragenden Blick fügte sie hinzu: »Er sagt, er habe eine Botschaft von einem gewissen Prospero Mendoza für Euch.«

Obwohl sie einen halben Kopf kleiner als Annetta war, gelang es Suor Caterina immer, den Eindruck zu erwecken, als blicke sie aus illustrer Höhe auf ihre Mitschwestern herab. Unter den schwarzen Gewändern raschelten ihre Unterröcke aus spitzenbesetzter Seide. Auch in dieser Hitze, dachte Annetta neidisch, wirkte sie makellos und frisch wie eine Meeresbrise.

Während Annetta Caterina folgte, fragte sie sich, was wohl mit der eigentlichen Pförtnerin, Suor Chiara, geschehen sein mochte. Normalerweise waren sich die *contesse* zu schade für derart banale Botengänge und höchst erfinderisch darin, sie zu umgehen. Außerhalb der obligatorischen Andachtsstunden in der Kapelle verbrachten sie die meiste Zeit damit, sich gegenseitig in ihren Zellen zu besuchen, wo sie das Obst und das Zuckerwerk verzehrten, das ihnen täglich von ihren Verwandten auf dem Festland geliefert wurde. Sie interessierten sich nicht für den Garten und hatten für ihre hart arbeitenden Mitschwestern wie Veronica und Annunciata, die mit schwieligen Händen und fleckigen Gewändern umherliefen, nur eine Mischung aus Mitleid und Verachtung übrig. Bei den wenigen Gelegenheiten, zu denen sie gezwungenermaßen am normalen Klosterleben teilnehmen mussten, kümmerten sie sich, wie alle wussten, kaum um die Einhaltung der Vorschriften.

Annetta musste sich beeilen, um mit ihr Schritt zu halten.

Obwohl sie nicht die leiseste Ahnung hatte, wer Prospero Mendoza war, warnte sie ein starkes Gefühl davor, ihre Wissenslücke einzugestehen. In diesem Kloster mochte es zwar, was den Empfang von Besuchern anging, nachsichtiger zugehen als in anderen, aber Annetta wusste genau, dass die eigentliche Pförtnerin, Suor Chiara, den Besuch niemals gutgeheißen hätte. Das allein genügte schon, um Annettas Interesse zu wecken. Sie senkte sittsam den Blick, sodass die andere Nonne ihren Gesichtsausdruck nicht erkennen konnte.

»Wo ist Suor Chiara?«

»Sie ist krank. Sie hat ein Fieber«, antwortete ihr Caterina kurz angebunden. »Unsere Mutter Oberin auch – habt Ihr nicht davon gehört?«

»Nein. Und dieser Prospero Mendoza – was will er?«, fragte Annetta mit gespielter Gleichgültigkeit.

»Woher soll ich das wissen?«, erwiderte Caterina gelangweilt. »Ist er nicht ein Edelsteinhändler aus dem Ghetto?«

Sie bedachte Annetta mit einem so kalten Blick, dass diese sich fühlte, als hätte man ihr eisiges Wasser ins Gesicht geschüttet.

»Ihr musstet doch etwas von Eurem Schmuck verkaufen, nicht wahr? Für Eure Mitgift?«

Der Giftpfeil wurde beiläufig abgeschossen, aber er fand sein Ziel. Annetta senkte den Kopf.

Ein Schmuckhändler? Sie verspürte einen Anflug von Besorgnis. Was wollte ein Schmuckhändler von ihr? Annetta ließ ihr Gesicht zu einer ausdruckslosen Maske erstarren, um Caterina auch nicht den geringsten Einblick in ihr Inneres zu geben.

Aber Suor Caterina hatte dennoch Recht: Annetta hatte einmal eine beachtliche Menge an Schmuck besessen. Einige Stücke hatte ihr die Valide im Harem geschenkt, denn sie war immer sehr großzügig gegenüber ihren treuesten Dienerinnen. Das meiste jedoch hatte Annetta nach dem Tod der Valide als Mitgift erhalten, als sie wieder frei war und beschlossen hatte, in ihre Heimatstadt Venedig zurückzukehren. Sie hatte bis gerade eben nicht gewusst, dass der Verkauf dieser Juwelen allgemein bekannt war.

Alle Schmuckstücke waren durch einen Vermittler, den der Erzbischof von Torcello gefunden hatte, verkauft worden. Annetta trauerte dem Schmuck nicht nach. Bei all ihrer Liebe für schöne Kleidung waren ihr Edelsteine nie besonders wichtig gewesen. Im Grunde hatte sie die Haremsmädchen verachtet, die sich darum zankten und ihren hart verdienten Lohn für allen möglichen Tand ausgaben. Für diese Frauen waren Schmuckstücke wohl ein Art Trostpflaster. Für Annetta, die so viel von der Valide gelernt hatte, besaßen die Spinelle und Topase, Türkise und Perlen einen anderen Wert. Sie hatte gelernt, sie als Mittel zum Zweck zu betrachten, als einen Teil der weit verbreiteten, unauffälligen Haremswährung, sie zu nutzen als Tauschmittel für Einfluss und Macht.

Es gab nur einen Stein – den großen Diamanten der Valide, den Blauen Stein des Sultans –, der für sie überhaupt von Interesse war. Aber der war schon lange verschwunden, und sie erwartete nicht, ihn jemals wiederzusehen. Eingetauscht gegen das Wertvollste überhaupt: ein Menschenleben. Aber konnte ein gewöhnlicher venezianischer Edelsteinhändler etwas darüber wissen? Dies war so unwahrscheinlich, dass Annetta den Gedanken gleich wieder von sich wies. Was mochte Prospero Mendoza also von ihr wollen?

Es war noch lange nicht Mittag, und doch war der Tag bereits glühend heiß. Mit ihren langen Rockschößen, die sie noch immer zwischen den Fingern in die Höhe hielt, schwebte Suor Caterina graziös den dunkel gefliesten Gang entlang, so eilig, dass Annetta fast rennen musste, um mit ihr mitzuhalten.

Sie kamen am Herbarium vorbei, in dem es unverkennbar nach trocknenden Kräutern und Blumen duftete, und nahmen dann eine Abkürzung über den Küchenhof. Durch einen seitlichen Torbogen vermochte Annetta einen Blick in den Kräutergarten zu werfen. Scharlachrote und orangefarbene Kürbisse in der Größe von Wagenrädern waren an einer Mauer aufgestapelt, und auf der Türschwelle saß wie gewöhnlich die dicke Anna und schälte Erbsen. Aus der Küche drang der schwache Geruch von Zwiebeln und kochendem Fleisch.

Sie erreichten das Empfangszimmer durch einen Seiteneingang. Annettas Augen waren immer noch so stark vom Sonnenlicht geblendet, dass sie zunächst nur die dunkle Silhouette eines Mannes wahrnahm, der hinter dem Gitter auf sie wartete.

»Der dumme Kerl beharrt darauf, dass er Euch die Botschaft persönlich überbringen soll«, hörte Annetta die näselnde Stimme von Suor Caterina. »Nun dann, geht zu ihm …« – sie spürte eine ungeduldige Hand im Kreuz – »… und passt auf, dass er nicht den ganzen Tag dafür braucht.«

Langsam näherte sich Annetta dem Gitter. Nach der Hitze im Garten war die Luft hier so kühl, dass sie fröstelte. Annetta konnte zwar das Gesicht des Besuchers noch nicht erkennen, aber sie spürte deutlich, wie er sie beobachtete. Sein ganzer Körper war angespannt, und sie wusste, dass er sich fragte, ob sie ihn verraten würde. Hätte sie die Absicht gehabt, ihn bloßzustellen, wäre jetzt der rechte Augenblick gekommen. Hier stand der Eindringling, der Verfolger aus dem Garten, der *monarchino,* der Nonnenverführer – derjenige, der in so würdeloser Hast geflohen war, dass er dabei seinen Schuh hinter einem Blumenbeet verloren hatte. Es war allgemein bekannt, dass der Versuch, eine Nonne zu verführen, sehr hart bestraft wurde: Ein Wort also von ihr, und sein Leben wäre ruiniert.

Doch sie zögerte.

»*Suora?* Ist alles in Ordnung?«

Caterina, die in Abwesenheit von Suor Chiara für Annetta die Anstandsdame spielte, meldete sich aus dem hinteren Teil des Empfangszimmers zu Wort. Annetta öffnete den Mund, aber statt eine Anklage hinauszuschreien, hörte sie sich ganz ruhig sagen: »Macht Euch bitte keine Umstände, *suora* – ich meine Signora Caterina –, ich brauche nicht lange.«

Doch immer noch zögerte sie. Im Halbdunkel des Empfangszimmers trat nach und nach sein Gesicht aus dem Schatten hervor. Er sah blass aus, und seine Augen, die einmal so hart dreingeschaut hatten, wirkten keineswegs mehr wie Steine. Sie spürte, wie sein Blick auf ihr ruhte, und sie hielt diesem Blick stand. Erst jetzt fiel ihr auf, dass sie ihn noch nie richtig betrachtet hatte. Sie hatte ihn immer nur indirekt beobachtet, durch das Fernglas, aus dem Schatten der Klostergänge, in einer Wasserspiegelung. Sogar gestern noch, als er ihr in den Garten gefolgt war und mit ihr sprechen wollte, hatte sie den Blick abgewandt und so lange wie möglich vermieden, ihn anzublicken. Und nun war es so weit. Sie begegneten sich von Angesicht zu Angesicht.

Da Annetta wusste, dass Suor Caterina jede ihrer Regungen belauerte, war ihr klar, dass einer von ihnen beiden endlich etwas sagen musste.

»Ihr habt eine Nachricht für mich?« Ihre Frage klang lauter als beabsichtigt und hallte über die Steinplatten.

»Ja, Schwester«, begann er, »eine Nachricht von meinem Herrn – äh – Prospero Mendoza.«

Sie wusste sofort, dass er log.

So leise, dass Caterina sie nicht hören konnte, erwiderte Annetta: »Denkt Ihr wirklich, dass ich Euch das glaube? Ihr wart mit diesem Mann da, Suor Veronicas englischem Sammler, und der hat nichts mit Prospero Mendoza zu tun.« Sie verstummte. »Wer ist dieser Prospero überhaupt?«

Genauso leise wie Annetta antwortete er: »Prospero Mendoza ist ein Edelsteinhändler. Es tut mir leid, aber etwas Besseres ist mir so kurzfristig nicht eingefallen.« Seine Stimme klang angenehmer, als sie sie in Erinnerung hatte.

»Ich verstehe nicht. Niemand hat Euch gebeten herzukommen.« Sie trat einen Schritt zurück. »Wer seid Ihr? Was wollt Ihr?«

»Kommt näher, und ich werde es Euch sagen.«

»Warum soll ich ausgerechnet Euch glauben? Was Ihr zu sagen habt, könnt Ihr mir auch auf die Entfernung sagen.«

»Wie Ihr wünscht.« Sein Blick huschte zu der anderen Nonne hinüber, die sie vom hinteren Ende des Empfangszimmers aus beobachtete. »Mein Name ist Carew. John Carew. Und Ihr seid Annetta.«

»Ich weiß, wie ich heiße.«

Die altbekannte Wut stieg wieder in ihr auf. Glaubte er wirklich, dass sie eine ebenso leichte Beute war wie die andere? Der Gedanke war so kränkend, dass sie ihm am liebsten ins Gesicht gespuckt hätte, aber sie beherrschte sich. Es gab andere, wirksamere Mittel der Rache. Sie konnte jederzeit jemanden rufen und ihn als *monarchino* entlarven. Aber sie zögerte. Welcher Wahn hatte ihn dazu getrieben, dieses Risiko einzugehen? Das hier war keine billige Verführung, es musste um etwas anderes gehen.

»Nun gut, John Carew«, sagte sie kühl und warf einen kurzen Blick über die Schulter hinweg zu Caterina, die gelangweilt dasaß und ihre Fingernägel inspizierte. »Ihr erklärt besser schnell, warum Ihr hier seid, und macht Euch dann wieder auf den Weg.« Sie sprach so, wie sie es bei den *contesse* gehört hatte, wenn diese mit einem Dienstboten redeten.

Einen Augenblick lang wirkte er niedergeschlagen. Er trat einen Schritt vom Gitter zurück und senkte den Blick. Aber Annettas Triumphgefühl war kurzlebig.

»Nun gut, Schwester«, antwortete er lauter als vorher, damit Caterina ihn hören konnte. »Mein Herr hat mich geschickt. Ich soll Euch ausrichten, dass er glaubt, er habe etwas, das Euch gehört.«

»Was ist das für ein Unsinn? Ich habe noch nie etwas von Eurem Herrn gehört. Er kann also keinesfalls etwas besitzen, das für mich von Interesse wäre.«

»Seid Ihr Euch da ganz sicher?«

»Ganz sicher«, bestätigte sie hochmütig und fuhr dann im Flüsterton fort: »Und bildet Euch nur nicht ein, dass ich Euch nicht durchschaue. Das ist nur wieder einer von Euren dummen Tricks!«

»Darf ich das so verstehen, dass Ihr das hier nicht wollt?« Carew holte den rosaroten Samtbeutel aus seinem Hemd.

Annetta stürzte zum Gitter.

»Ladro!« Sie versuchte, ihm den Beutel durch die Gitterstäbe zu entreißen. »Dieb! Wo habt Ihr das her? Gebt es mir sofort …«

Aber Carew war zu schnell für sie. Er zog den Beutel im letzten Moment wieder zurück und ließ ihn verführerisch an der Kordel baumeln.

»Suora?« Die Geräusche des Handgemenges rissen Suor Caterina aus ihren Tagträumen. »Befindet Ihr Euch wohl?«

Als sie ihre Stimme hörten, wurden beide sofort still.

»Ja, Signora, alles in Ordnung!«, rief Annetta hastig der Nonne zu, die sich schon fast von ihrer Sitzbank erhoben hatte.

»Warum braucht er überhaupt so lange, dieser dumme Kerl?«, rief Caterina verärgert. Verdrossen spähte sie zum Gitter. Sie schien nicht recht zu wissen, wie sie sich verhalten sollte.

»Es ist ... eine komplizierte Angelegenheit.« Annetta lag auf einmal unglaublich viel daran, Caterina fernzuhalten. »Wegen meiner Mitgift. Ihr hattet Recht, Signora. Bitte – ich komme gleich zum Ende.«

»Also gut.« Caterinas angeborene Trägheit gewann die Oberhand, und sie setzte sich wieder hin.

Carew reichte Annetta den Beutel durch das Gitter.

»Ihr habt ihn verloren«, erklärte er, »auf dem Gartenweg. Ihr seid davongelaufen, bevor ich ihn Euch zurückgeben konnte.«

Annetta nahm das Beutelchen schweigend entgegen. Carew beobachtete, wie sie mit den Fingern über die steife Stickerei strich. Dann hielt sie den Beutel ans Ohr, als würde sie auf etwas lauschen.

»Ich habe nichts herausgenommen, er war leer, als ich ihn aufhob.«

»Leer?« Annettas Finger zitterten so sehr, dass sie kaum die Kordel aufknoten konnte. »Ihr habt nur nicht gründlich genug nachgesehen.« Sie schaute ihn verstört an. »Habt Ihr eine Ahnung, wie sehr ich danach gesucht habe? Ich habe das ganze Kloster auf den Kopf gestellt.«

Er sah zu, wie sie an einem Faden zog, einen Teil der Stickerei auftrennte und das Seidenfutter von der bestickten Samthülle löste. Und nachdem sie Zeigefinger und Daumen in die Lücke geschoben hatte, zog sie ein kleines zusammengefaltetes Blatt Papier heraus und hielt es hoch, damit er es sehen konnte.

»Papier?«

»Ein Gedicht.«

»Ein Gedicht?«

Die ganze Aufregung wegen eines Papierfetzens, auf dem ein paar Verse geschrieben standen! Er erkannte blasse Buchstaben in einer winzig kleinen Handschrift, eine Schrift wie von Geisterhand. Aber er durfte jetzt nichts sagen, was sie beunruhigen mochte, denn ihm blieb nicht mehr viel Zeit. Er musste die Fragen stellen, derentwegen er gekommen war, und dann verschwinden. Es war leichtsinnig gewesen, am helllichten Tage und unter einem so fadenscheinigen Vorwand ins Kloster zurückzukehren. Er konnte jeden Augenblick von der anderen Nonne erkannt werden.

»Habt Ihr das geschrieben?«

Sie warf den Kopf in den Nacken. »Nein.«

Das führte nicht weiter. Carew zermarterte sich den Kopf.

»Darf ich es lesen?«

Darauf antwortete sie nicht, sondern führte lediglich das Papier kurz an die Lippen und steckte es dann behutsam wieder in sein Versteck im Futter des Beutels. Carew vermochte den Blick nicht von ihr zu wenden – die Art, wie sie den Hals drehte, das kleine Muttermal, das wie ein Schönheitsfleck seitlich auf ihrer Wange saß. Ihre Augen, beinahe mandelförmig.

»Was auch immer darauf geschrieben steht, es muss für Euch sehr wertvoll sein.«

»Es wurde von jemandem geschrieben, den ich einst kannte, jemandem, der für mich verloren ist. Sie hat mich gebeten, es für sie aufzubewahren.«

»War sie ebenfalls eine Nonne?«

Annetta lachte spöttisch. »Ich hoffe nicht. Ich soll es dem

Mann geben, für den sie es geschrieben hat. Ihrem Liebsten.« Sie sprach so stockend, als erwähnte sie ihre Freundin zum ersten Mal und hätte Angst, durch ihre Worte etwas Heiliges zu entweihen.

»Der Mann, für den es bestimmt ist, lebt weit entfernt von hier. Und ich …«

Annetta griff unwillkürlich nach einem der Eisenstäbe, die sie voneinander trennten. Impulsiv streckte auch Carew die Hand aus. Annetta fühlte, wie sich seine Finger über ihren schlossen, spürte die warme Berührung seiner Haut. Merkte, wie sie den Atem anhielt.

Stumm standen sie sich gegenüber und schauten sich in die Augen. Sein Blick war intensiv wie eine Berührung, ihr schien, als würde er ihre Wangen, ihr Haar, ihre geöffneten Lippen mit den Fingern nachzeichnen.

»Hört auf damit.«

»Wie?«

»Hört einfach auf.«

Annetta schloss die Augen, aber als sie sie wieder öffnete, starrte er sie immer noch an. Seine Blick wanderte von ihren Lippen zur Halsbeuge, und er sah dort sowohl Verlangen als auch Zärtlichkeit.

»Ich werde Euch nicht verletzen, das schwöre ich … um keinen Preis der Welt.«

Er war ihr jetzt so nahe, dass sie seinen Atem hörte, ihn an ihrer Wange spürte.

In diesem Augenblick kam Bewegung ins Empfangszimmer. Annetta fuhr auf wie von der Tarantel gestochen. Suor Caterina hatte sich von ihrem Platz erhoben, stand mit dem Rücken zu ihnen an der Tür und sprach mit einer Person, die verdeckt war.

»Ich muss gehen …«

Ängstlich spähte Annetta zu den zwei Gestalten hinüber.

Die Anwesenheit der zweiten Nonne und die flüsternden Stimmen erfüllten sie plötzlich mit einer bösen Vorahnung.

»Ich muss gehen!«, wiederholte sie verzweifelt.

»Nein, geht nicht, noch nicht.«

Es war seine letzte Chance. Carew wusste, dass er keinen Augenblick mehr zögern durfte.

»Es gibt etwas, das ich Euch fragen muss.«

»Wir haben keine Zeit mehr.« Sie hatte sich bereits halb von ihm abgewandt. »Bitte, niemand darf Euch hier sehen.«

»Es geht um einen Diamanten«, sagte er schnell. »Einen Diamanten, den man den Blauen Stein des Sultans nennt.«

Die Worte waren ihm gegen seinen Willen entschlüpft. Er hatte vielmehr fragen wollen, ob sie die Dame aus dem Harem in Konstantinopel war. Doch die Erwähnung des Diamanten hatte eine unmittelbare Wirkung auf Annetta. Sie fuhr herum und starrte ihn an.

»Was wisst Ihr über den Blauen Stein des Sultans?« Sie packte die Eisenstäbe so fest mit beiden Händen, dass ihre Fingerknöchel weiß wurden.

Aber es war zu spät. Er hatte zu lange gewartet. In der Ferne erklang das klagende Geläut der Kapellenglocke.

»*Suora!*« Caterina rauschte mit raschelnden Seidenunterröcken auf sie zu. Als sich Annetta nicht umdrehte, rief sie in strengerem Ton: »Suor Annetta! Die Glocke für die Andacht läutet, hört Ihr sie nicht?«

Aber Annetta hielt sich immer noch am Gitter fest. Sie wusste etwas über den Blauen Stein des Sultans, daran bestand für Carew kein Zweifel. Aber was – und woher wusste sie es?

Hilflos sah Carew zu, wie Suor Caterina Annetta fortführte.

Kapitel 27

Als Annetta Suor Caterina aus dem Empfangsraum folgte, war sie so benommen, dass es eine Weile dauerte, bis ihr auffiel, dass es ungewöhnlich früh für das Mittagsgebet war und die Kapellenglocke einen vollkommen anderen Klang hatte als den, mit dem normalerweise die Nonnen zusammengerufen wurden. Es war ein langes, trübseliges Geläut, das auch nicht aufhörte, als sich alle Nonnen schon längst in der Kapelle eingefunden hatten.

Das Innere der Kapelle war dunkel und von wohlriechenden Düften erfüllt. Sonst fand Annetta immer ein wenig Trost in den langen Stunden, die sie hier verbrachte, doch heute trat sie wie in Trance, wie blind und taub mit den anderen schwarz gekleideten Gestalten durch die Pforte und ging zu ihrem üblichen Platz bei den jüngsten Chornonnen, wo sie sich zwischen Francesca und Ursia setzte.

Der Blaue Stein des Sultans! Das war unglaublich, nein, unmöglich.

Francesca musste Annettas Anspannung gespürt haben, denn sie legte ihr die Hand auf den Arm und drückte ihn mitfühlend.

»Du hast also die Neuigkeit gehört?«

»Neuigkeit?« Annetta starrte sie verständnislos an. »Was für eine Neuigkeit?«

»Von unserer Mutter Oberin. Ich dachte, du hättest es

schon erfahren.« Sie schaute Annetta besorgt an. »Dir scheint nicht wohl zu sein, *suora*. Dein Gesicht ist ganz weiß.«

Mit Mühe versuchte sich Annetta auf das zu konzentrieren, was Francesca gerade zu ihr sagte. »Was ist mit unserer Mutter Oberin?«

»Du weißt es nicht? Sie ist tot!« Francesca bekreuzigte sich schnell. »Unsere Ehrwürdige Mutter Oberin ist entschlafen. Vor einer halben Stunde.«

»Suor Bonifacia?« Annetta schien momentan unfähig, selbst die einfachsten Dinge zu erfassen. »Tot? Das ist unmöglich! Ich habe erst vor ein paar Tagen mit ihr gesprochen!«

»Aber es stimmt, und es kam ganz plötzlich. *Poverina!* Ein Fieber, wie ich gehört habe. Suor Chiara hat es auch.« Francesca versagte die Stimme und sie schüttelte traurig den Kopf. »Die gütige Dame war eine Heilige! Möge ihre Seele in Frieden ruhen.«

»Suor Bonifacia war alt«, mischte sich Ursia flüsternd ein, die ein etwas pragmatischeres Naturell hatte. »Die Frage ist, wer wird unsere neue Mutter Oberin?«

Sie blickte in Richtung Suor Purificacion, die bereits zum Gebet am Altar kniete.

»Darüber muss natürlich abgestimmt werden. Im Ordenskapitel. So wird es doch immer gehalten.«

»Nun, meine Stimme bekommt sie nicht …«

In das aufgeregte Flüstern von Francesca und Ursia stimmten noch weitere Chornonnen ein. Annetta nahm sie kaum wahr. Ihr dröhnten die Ohren. Sie konnte die Stimmen nicht ertragen, sie musste sie ausblenden und unbedingt in Ruhe nachdenken. Im Augenblick war es ihr vollkommen gleichgültig, wer die neue Äbtissin des Klosters werden würde. Sie vermochte noch nicht einmal eine Träne über Suor Bonifacias Tod zu vergießen. Sie kniete nieder und vergrub das Gesicht in den Händen, als wäre sie ins Gebet vertieft.

Annettas Gedanken drehten sich im Kreis. Sie konnte nur noch an eines denken: *Der Blaue Stein des Sultans!* War er der Grund, warum dieser John Carew ins Kloster gekommen war? Was mochte er wohl darüber wissen? Hatte man sie etwa ausfindig gemacht? Sie hätte geschworen, dass sie im Kloster sicher war, dass niemand auch nur auf die Idee kam, hier nach ihr zu suchen, aber jetzt ... Annetta spürte, wie panische Angst sie ergriff.

Endlich war der Priester eingetroffen. Er stand am Altar, sprach Gebete und bat die Nonnen, sich ihrer heimgegangenen Schwester zu erinnern, woraufhin sich die Stimmen der Nonnen erhoben und den Tod der Äbtissin beklagten. Annetta bemühte sich verzweifelt, ihre Gedanken wieder auf die Gegenwart zu lenken. Sie versuchte sich vorzustellen, wie Suor Bonifacia wohl auf ihrem Totenbett aussah, sie versuchte, sich dieses Gesicht vorzustellen, das sogar im hohen Alter noch so viel Schönheit ausstrahlte – das silberne Haar, das auf einem Kissen ausgebreitet lag. Doch immer wieder schob sich ein anderes Bild vor das der alten Dame: der leblose Körper der toten Valide.

Annetta erinnerte sich an den Schrecken, der sie erfasst hatte, als sie in das halb geöffnete Auge der toten Sultansmutter geblickt hatte, das ihr in den blaugrünen Schatten des Schlafgemachs zuzublinzeln schien. Sie erinnerte sich an deren harte, kalte, klauenähnliche Hand, die den Diamanten umklammerte, und daran, wie sie verzweifelt an dem toten Fleisch gerissen hatte, um das Juwel dem eisernen Griff zu entwinden. Und sie erinnerte sich daran, wie sie den gestohlenen Diamanten heimlich in ihr Beutelchen gesteckt hatte.

Kapitel 28

In jener Nacht wachte Annetta davon auf, dass jemand an ihr rüttelte.

»Gänschen?« Mit einem Ruck schreckte sie hoch und schaute verwirrt umher. »Bist du das?«

»Wen nennst du Gänschen?«, flüsterte eine schlaftrunkene Stimme neben ihr. »Ich bin's, Eufemia. Du hast wieder im Schlaf geredet.«

»Tut mir leid. Habe ich dich geweckt?«

»Hast du wieder von deiner Freundin Kaya geträumt? Von der, an die ich dich erinnere?«

Annetta runzelte die Stirn. »Sie heißt nicht Kaya.«

»Aber du hast gesagt –«

»Habe ich auch. Aber Kaya war nicht ihr richtiger Name. Sie hieß in Wahrheit Celia Lamprey.«

»Klingt fremdländisch.«

»Ja.«

»Und – hast du von ihr geträumt?«

»Ja.«

»Dann war es also ein guter Traum?«

»Ich … es ist …« Annetta zögerte. »Es ist nicht so einfach.«

Die kleine *conversa* vertraute der Menschenkenntnis, die ihre bäuerliche Herkunft ihr mitgegeben hatte, blieb ruhig neben Annetta liegen und wartete, bis diese weitersprach.

»Es war kein richtiger Traum, eher eine Erinnerung. Eine

Erinnerung an unser letztes Zusammensein«, begann Annetta schließlich.

»Ist das etwas Schlimmes?«

Annetta antwortete nicht. Sie war jetzt vollkommen wach, lag auf dem Rücken und starrte in die Dunkelheit. In den ersten Momenten nach dem Erwachen hatte sie sich noch in den Harem zurückversetzt geglaubt. Statt der weiß gekalkten Wände ihrer Zelle hatte sie die grün und rot gekachelten Wände der Kammer vor sich gesehen, die sie mit sechs der anderen *kislar,* der jungen Mädchen, teilte. Nur der Herrgott wusste, wie sie in all den Monaten darum gekämpft hatte, dass sie und Kaya beieinanderbleiben konnten. Und irgendwie war es ihnen gelungen.

Und nun begann Annetta in der Stille ihrer Zelle, die nur spärlich vom Licht der flackernden Kerzen im Flur erhellt wurde, ihre Geschichte zu erzählen.

»Celia und ich wurden zusammen nach einem Schiffbruch von Korsaren gefangen genommen. Das habe ich dir, glaube ich, schon erzählt. Wir wussten nicht, was aus uns werden würde, aber wir waren fest entschlossen zusammenzubleiben, was auch immer geschah. Ich bin ja eher ein dunkler Typ, aber Celia war eine englische Rose, wie man in ihrem Land zu sagen pflegt. Sie hatte helle Haut und rotgoldenes Haar, das von den Türken hoch geschätzt wird. Ich habe oft meinen Arm um sie gelegt und meine Wange an ihre – so etwa.« Annetta beugte sich zu Eufemia hinüber. ›Die Dunkle und die Helle zusammen, meine Gebieterin. Schaut, wir könnten Zwillinge sein‹, habe ich oft zur Mutter des Sultans gesagt, und sie hat gelächelt.

Wir wurden als Pärchen von einer Sklavenhändlerin in Konstantinopel gekauft. Sie war es, die unsere Namen änderte, von Annetta und Celia in Aysche und Kaya. Und sie war es auch, die uns an die Lieblingsfrau des Sultans verkaufte, eine Dame, die uns allen als Haseki bekannt war und die uns der Valide, der Sultansmutter, schenkte. Unsere gemeinsamen Jahre im Harem verbrachten wir als Kammerdienerinnen der Valide.« Annetta verstummte und hing ihren Erinnerungen nach.

»Es war keine unglückliche Zeit«, fuhr sie nach einer Weile fort, »zumindest nicht für mich. Ganz und gar nicht. Ich hatte hier im Kloster schon als *conversa* gelebt, weil meine Mutter mich als kleines Mädchen hergegeben hat. Ich hatte nichts dagegen, aber es war kein leichtes Leben. Du weißt selbst, wie die *converse* von den Chornonnen behandelt werden – nicht viel besser als Dienstboten. Aber im Harem war alles ganz anders. Niemand kümmert sich darum, aus welcher Familie du stammst. Sie haben sich kein Deut darum geschert, ob dein Name im Goldenen Buch steht oder ob dein Großvater im Rat der Zehn gesessen hat. Alle *kislar* waren gleich. Mir ist es sehr gut ergangen, ganz ehrlich.« Annetta lächelte in sich hinein. »Ich war vielleicht nicht so schön wie Celia, aber ich lerne sehr schnell. Die Valide fand Gefallen an mir. Ich sah, was für eine Frau sie war und wie sie bestimmte Dinge erledigt haben wollte, und lernte, jedes ihrer Bedürfnisse vorauszuahnen. Es dauerte nicht lange, und sie machte mich zu einer ihrer vier Kammerdienerinnen. Ich war ja daran gewöhnt, Botendienste für andere Leute zu verrichten, aber im Harem ging es ganz anders zu als hier! Im Harem war das eine wichtige Arbeit. Ich bekam wunderschöne Kleider und sogar Schmuck. All die anderen Mädchen blickten damals zu mir auf. Alle respektierten mich, sogar die älteren Frauen wie die Haremsverwalterin und die Aufseherin der *cariye,* der jungen Mädchen, weil ich der Valide nahestand und ihr Vertrauen besaß.

Aber für Celia war alles anders. Celia konnte sich überhaupt nicht an ihr neues Leben gewöhnen. Sie dachte immer nur an das Zuhause, das sie verloren hatte, an ihren Vater, der bei dem Schiffbruch umgekommen war, und an den Kaufmann, in den sie verliebt war und den sie heiraten wollte. *Madonna!* Besonders an den!« Annetta zog die Brauen zusammen. »Immer dieses Jammern und Klagen und die endlosen Fragen, ob er wohl jemals erfahren würde, was aus ihr geworden war, oder ob er wohl dachte, dass sie tot neben ihren kostbaren Mitgifttruhen auf dem Meeresgrund läge.« Sie schnalzte ungeduldig mit der Zunge. »Manchmal hätte ich sie am liebsten geschüttelt. Sie wollte ihn sich einfach nicht aus dem Kopf schlagen, sie träumte jede Nacht von ihm.

›In dem Fall wäre es fast besser, wenn du nicht schläfst‹, sagte ich immer wieder zu ihr. ›Vergiss deine Träume. Vergiss all das, du dummes Mädchen. Die Vergangenheit ist dir hier nicht von Nutzen, verstehst du? Denk an die Zukunft, Gänschen, sie ist deine einzige Hoffnung.‹ Aber es half nichts. Auch nicht, als sie *gözde* wurde.«

»Was bedeutet das?«

»*Gözde* heißt ›im Auge‹. Im Auge des Padischahs.«

»Du meinst, der Sultan wollte ...«, flüsterte Eufemia entsetzt.

»Mit ihr Unzucht treiben«, ergänzte Annetta knapp. »Ja, so ist es. Ein hübscher, frischer *culo* für einen fetten alten Mann, habe ich damals immer gesagt«, fügte sie bissig hinzu. »Was das angeht, war der Harem wie ein Bordell mit nur einem Kunden. Wie auch immer, eines Tages wurde Celia ausgewählt.«

»Und dann?«

»Na, ich brauche dir wohl nicht zu sagen, dass sie nicht so recht mit dem Herzen dabei war«, sagte Annetta trocken. »Ein ganzes Monatsgehalt habe ich ihr gegeben, damit sie eine der alten Haremsdamen bestechen konnte – die sollte sie wenigstens möglichst gut darauf vorbereiten. Aber war sie dankbar?

Oh, nein. Sie war die ganze Zeit so verkrampft, als würde ihr allein der Gedanke an den Sultan Schmerzen bereiten. ›Kannst du nicht für mich gehen?‹, hat sie immer wieder gefragt. ›Kannst du nicht an meiner Stelle gehen?‹«

Eufemia starrte Annetta fasziniert an.

»›Bist du verrückt?‹, habe ich zu ihr gesagt.« Annetta erwärmte sich langsam für ihre Geschichte. »›Weißt du nicht, was das bedeutet? Hast du nicht gesehen, wie alle dich anschauen, jetzt, wo du *gözde* bist? Wir haben diese eine Chance, und die bist du, carissima. Also machst du jetzt weiter – und mach es vor allem richtig.‹«

»Und hat der Sultan sie … gemocht?«

»Ja, aber nicht genug. Er hat sie zwei Mal kommen lassen, aber beide Male wurde sie … ausmanövriert.« Annetta sprach langsamer, als wisse sie nicht recht, wie sie fortfahren sollte.

»Und?« Eufemia stupste sie in die Seite.

»Dann geschah etwas, das all unseren Hoffnungen für immer ein Ende setzte.«

»Was denn?«

»Celia fand heraus, dass dieser Mann, ihr Kaufmann, in Konstantinopel war. Sie wusste, dass er einige Jahre zuvor mit einer englischen Gesandtschaft dorthin gereist war, kurz bevor sie mit ihrem Vater zu der verhängnisvollen Reise aufbrach. Aber sie hatte bis dahin nicht gewusst, dass die Geschäfte der Gesandtschaft sich verzögerten. Ihr Kaufmann war nicht nach England zurückgekehrt, wie sie geglaubt hatte, sondern hielt sich immer noch in der Stadt auf. Und als wenn das nicht schon außergewöhnlich genug gewesen wäre, hatte er tatsächlich irgendwie erfahren, dass sie noch am Leben war. *Santissima Madonna!* Er wusste nicht nur, dass sie bei dem Schiffbruch nicht ertrunken war, sondern auch, dass sie im Palast des Padischahs lebte, praktisch dirckt vor seiner Nase. Ja, er muss jeden Tag die Dächer und Baumkronen gesehen haben, die den Palast abschirmten, denn er lebte in dem Stadtviertel auf der anderen Seite des Bosporus, in dem die fremden Kaufleute ihre Villen haben.«

»Aber wie in aller Welt hat sie das herausgefunden?«, unterbrach Eufemia Annetta ungeduldig. »Hat er ihr eine Nachricht geschickt?«

»Eine Nachricht! Das wäre doch reiner Wahnsinn gewesen – von einem Mann und noch dazu einem Christen an eine der Frauen des Padischahs! Nein, dafür war er zu schlau. Er wusste, dass jede Nachricht, ob schriftlich oder mündlich, abgefangen werden konnte. Also schickte er ihr einen Gegenstand, von dem nur sie allein wissen konnte, dass er von ihm stammte.«

»Und was war das?«

»Ein merkwürdiges Instrument, das er immer bei sich trug – ein Kompendium hat sie es, glaube ich, genannt. Es hatte unten ein Geheimfach, das sie kannte, in dem er ihr Bild aufbewahrte.« Annetta schüttelte traurig den Kopf. »Es lag immer noch in dem Geheimfach. Ich habe es mit meinen eigenen Augen gesehen.«

»Poverina!«, seufzte Eufemia. »Die arme Frau!«

»Arme Celia.« Annetta nickte. »So viel zu meinen Warnungen. Danach fand sie natürlich keine Ruhe mehr. Der Gedanke an ihren Verlobten lastete so schwer auf ihr, dass ich Angst um sie bekam und befürchtete, sie würde noch an ihrem gebrochenen Herzen sterben. Und dann beging sie den schlimmsten Fehler ihres Lebens. Sie zeigte das Kompendium einer anderen Person. Ausgerechnet der Valide musste sie es zeigen. Mein Gott! Ich glaube, sie hat ihr tatsächlich die ganze Geschichte anvertraut.« Annetta hob die geballten Fäuste. »Glaub mir, das war das Dümmste, was sie tun konnte.«

»War es wirklich so schlimm? Was konnte diese Dame ihr denn antun?«

»Was die Valide ihr antun konnte?« Annetta starrte Eufemia aus weit aufgerissenen Augen an. »Du hast wohl gar nichts begriffen! Am Abend jenes Tages trafen Celia und ich uns rein zufällig im Hof der Valide. Alle anderen waren schon herbeigeeilt, um das großartige Geschenk zu bestaunen, das die englischen Kaufleute dem Sultan an diesem Nachmittag übergeben hatten. Ich machte mir solche Sorgen! Ich wusste, dass die Valide nach Celia geschickt hatte und dass die beiden ein langes Gespräch miteinander geführt hatten, aber ich wusste zu diesem Zeitpunkt nicht, worüber sie gesprochen hatten. Celia wirkte anders als sonst, irgendwie … ruhelos. Sie drückte die Hand gegen die Seite, als hätte sie Schmerzen. Da wusste ich, dass etwas passiert war. Zuerst wollte sie es mir nicht erzählen. Die arme Celia, sie kannte mich gut, sie wusste ganz genau, wie ich reagieren würde. ›Die Valide meint, ich kann ihn ein allerletztes Mal sehen‹, flüsterte sie mir zu. ›Heute Abend, am Vogelhaustor.‹

›Was?‹, fragte ich, und mir schlug das Herz bis zum Hals. ›Das hat sie zu dir gesagt?‹

›Wenn ich ihn nur noch einmal sehen könnte, sein Gesicht sehen, seine Stimme hören, dann wäre ich so glücklich.‹

Und dann zeigte sie mir das Kompendium.

›Ich habe ihren Segen.‹ Den Segen der Valide, einen Mann zu sehen und zu sprechen! Armes verblendetes Mädchen! Ich wusste, dass es eine Falle war. Ich habe es ihr gesagt, aber sie wollte nicht auf mich hören. ›Sie stellt dich auf die Probe, merkst du das nicht?‹ Ich schrie fast. ›Damit sie sieht, ob sie sich auf dich verlassen kann. Loyalität bedeutete der Valide alles. Wenn du gehst, hast du versagt!‹

›Aber das ist meine Chance‹, sagte sie immer wieder, ›das ist meine einzige Chance. Ich muss sie nutzen. Das Vogelhaustor, heute Abend. Sieh her, ich habe den Schlüssel.‹ Sie trug ihn an einer Kette um den Hals und hielt ihn hoch, damit ich ihn sehen konnte. ›Sie sagt, er wird da sein …‹ Sie muss gewusst haben, dass die Valide ihr in dieser Nacht eine Falle stellen würde. Später fand ich heraus, dass es tatsächlich so war. Mir war nur eines vollkommen klar: Wenn sie zu diesem Tor ging, würde sie nie mehr zurückkommen. Nach allem, was wir durchgemacht hatten, um zusammenzubleiben! Ich fühlte mich, als würde ich jeden Moment wahnsinnig werden. ›Geh nicht, lass mich nicht allein, bitte nicht …‹ Ich weinte, weil ich so große Angst vor der Zukunft hatte. ›Bitte nicht! Ich glaube nicht, dass ich hier ohne dich weiterleben kann …‹ Aber sie wollte nicht auf mich hören.

Die Abenddämmerung brach an. Über uns war ein kleines Stückchen Himmel sichtbar. Ich erinnere mich, wie das Licht immer schwächer wurde, wie das Rosarot des Himmels zu einem Grauton verblasste. Ich erinnere mich, wie die ersten Fledermäuse über uns hinwegschwirrten. Wir saßen lange Zeit in dem verlassenen Zimmer eng beieinander und hielten uns umschlungen.

›Ist es Zeit?‹, fragte ich immer wieder. ›Ist es Zeit?‹

Und jedes Mal schaute sie zum Himmel und sagte zu mir: ›Nein, noch nicht.‹

Sie war glücklich, glaube ich …« Annetta konnte nicht mehr weitersprechen. Als sie sich wieder gefasst hatte, fuhr sie fort: »Ich war diejenige, die sich fühlte, als ginge sie dem Tod entgegen. Und dann war es so weit. Ich erinnere mich, wie sie auf der Schwelle der kleinen Kammer stand. Ich erinnere mich, dass ich dachte, sie sieht aus wie ein Vogel, der gleich losfliegen wird.

›Sei glücklich um meinetwillen, Annetta‹, sagte sie. Ihr Gesicht strahlte. Und dann tat sie etwas Merkwürdiges. Sie nahm ein Blatt Papier aus ihrem Beutel und gab es mir. ›Das ist für Paul‹, sagte sie – das war der Name ihres Kaufmanns –, ›versprich mir, dass du einen Weg finden wirst, es ihm zu geben.‹«

Annetta brach ab, als fiele es ihr zu schwer, diese Worte auszusprechen. Sie holte tief Luft.

»Ich habe es immer noch.« Sie fasste in ihren Beutel, holte das Blatt Papier heraus, faltete es behutsam auseinander und hielt es in das trübe Licht der Morgendämmerung, damit Eufemia es sehen konnte. »Es ist ein Gedicht. Ein Liebesbrief, wenn man so will. Und gleichzeitig die Antwort auf die Frage, die ich mir schon immer gestellt hatte. Ich glaube, Celia wusste im Grunde ihres Herzens die ganze Zeit über, dass die Valide ihr eine Falle stellen wollte. Sie nahm das Gedicht nicht mit, weil sie wusste, dass ihr Liebster nicht am Vogelhaustor sein würde. Dass, wenn sie den Schlüssel benutzen und auch nur einen Fuß aus dem Vogelhaustor hinaussetzen würde, wie die Valide ihr geraten hatte, auf der anderen Seite nicht Paul und die Freiheit auf sie warten würden, sondern die Eunuchen mit ihren Krummsäbeln, begierig darauf, sie niederzumetzeln.

Da wurde mir klar, was geschehen war: Eine Art Fieberwahn hatte sie befallen. Aber als ich aufsah, war es zu spät. Sie war fort. Und ich musste sie um jeden Preis aufhalten.«

Kapitel 29

»Ich rannte hinter ihr her. Ich rannte so schnell, dass ich immer wieder über meinen Kleidersaum stolperte und beinahe auf die Steinplatten gestürzt wäre. Meine Haare lösten sich und fielen mir ins Gesicht, bis ich sie im Mund und vor den Augen hatte und fast blind weiterstürmte. Ich folgte rein instinktiv dem Weg, den sie meiner Ansicht nach genommen haben musste, bis zu dem Pfad, der zum Vogelhaustor am anderen Ende des Haremsgartens führte.

Ich nahm an, dass Celia nicht den Weg durch den Hauptteil des Harems gewählt hatte, vorbei an den Wohnräumen der Valide, wo man sie hätte entdecken und aufhalten können, sondern einen anderen, längeren, über den Hof und dann entlang des Goldenen Weges – das ist der breite, geflieste Gang, auf dem die Eunuchen die vom Sultan auserwählten Frauen zu seinem Schlafgemach führen.

Und ich hatte richtig vermutet. Ich erreichte den Gang gerade noch rechtzeitig. Vor mir tauchte ihre Gestalt in den Schatten ein. Wenn ich mich beeilte, konnte ich sie vielleicht im letzten Moment aufhalten, bevor sie den Ausgang erreichte – bevor es zu spät war.

Und dann geschah das Unglück. Mein Fuß blieb an einer Unebenheit im Stein hängen. Ich fiel hart zu Boden und schrammte mir dic Knie auf. Wie konnte ich nur so ungeschickt sein? Ich weinte, nicht nur vor Schmerz, sondern auch vor Angst und Verzweiflung. Ich hatte keine Chance mehr, Celia noch einzuholen.

Aber dann hörte ich auf einmal Stimmen und Schritte, und noch bevor ich wieder auf den Beinen war, tauchten auch schon zwei Eunuchen hinter mir auf. Sie hielten brennende Fackeln in den Händen. *Madonna!* Sie stutzten, als sie mich bemerkten, und ich beschloss, die Gelegenheit zu nutzen. ›Haltet sie‹, rief ich ihnen zu, ›haltet sie, haltet sie, die *kadin* läuft weg!‹ Und ich zeigte mit dem Finger den Gang hinunter, den Celia entlanggelaufen war.

Sie schienen mich kaum wahrzunehmen, sie liefen an mir vorbei, als ob ich ein unsichtbarer Palastdschinn wäre, obwohl ich doch lang ausgestreckt auf dem Boden lag.

Ich kam mühsam auf die Beine und humpelte, so schnell ich konnte, hinter ihnen her. Ich fand den Weg in die Haremsgärten, wo sich mir ein außergewöhnliches Bild bot. In jener Nacht schien zwar der Mond, aber er war gerade hinter Wolken verschwunden, sodass es in den Gärten sehr dunkel war. Zunächst war von Celia überhaupt nichts zu sehen. Ich schaute mich nach allen Seiten um. Und dann – der Herr sei gepriesen! – entdeckte ich sie, gerade als sie durch den Rosengarten lief. Es war noch nicht alles verloren. Sie wirkte so klein, wie ein heller Nachtfalter, nur ihre blonden Haare und ihre weißen Ärmel leuchteten in der Dunkelheit. Wenn es den Eunuchen und mir gelang, sie vor dem Tor abzufangen, hatte sie noch kein Verbrechen begangen.

›Da ist sie, da hinten!‹ Ich zeigte mit dem Finger auf sie und rief: ›Haltet sie auf!‹ Aber die beiden Eunuchen hatten sie bereits entdeckt. Und während ich sie beobachtete, sah ich zu meinem Erstaunen, dass auf der anderen Seite des Gartens zwei weitere Eunuchen auftauchten. Und dann noch zwei. Es waren insgesamt sechs, und alle hielten brennende Fackeln in der Hand. Die Valide ließ ihre Falle zuschnappen, ohne darauf zu warten, dass Celia tatsächlich das Vogelhaustor durchschritt.

Diese Eunuchen waren große, massige Gestalten, wie Männer eben aussehen, wenn sie keine *testicolos* mehr haben« – Annetta schauderte leicht –, »und sie holten Celia rasch ein. Dann tauchte der Mond hinter der Wolke auf und ich erkannte deutlich, was ich vorher nicht hatte sehen können. Einer von den Eunuchen hielt in seiner freien Hand ein gezücktes Schwert. Ach, Eufemia! Was hatte ich nur getan!« Annetta griff nach dem Arm der jungen Nonne und drückte ihn so fest, dass die kleine *conversa* beinahe aufgeschrien hätte. »Gott, vergib mir! In diesem Moment wurde mir klar, dass eine Rettung nicht mehr möglich war. Der Eunuch wollte Celia töten, noch bevor sie überhaupt den Ausgang erreicht hatte.

›Wartet!‹, schrie ich laut und versuchte, mit meinen schmerzenden Knien zu ihr zu rennen. Ich war wie von Sinnen. ›Rührt sie nicht an, tut ihr nicht weh, sie hat nichts getan …‹

Und dann – es war, als würde ein Wunder geschehen …« Annettas Blicke schweifte durch die Zelle, ohne ihre Umgebung wahrzunehmen. »Dann bekam der Eunuch sie zu fassen, aber als er meine Stimme hörte, senkte er das Schwert. Ich rannte schluchzend auf ihn zu, schrie ihn an, ich wusste kaum noch, was ich tat. ›Tut ihr nicht weh, tut ihr nicht weh! Sie hat nichts getan!‹ Er schaute sich um, wunderte sich, wer da so laut schrie, und schien sich unsicher zu sein, was er tun sollte. Ich sah Celias verzweifeltes Gesicht. Und in diesem Augenblick bemerkte sie mich. ›Du!‹

Ich hatte noch nie zuvor einen solchen Ausdruck auf ihrem Gesicht gesehen.

›Was?‹ Zuerst war ich verwirrt. Ich wusste nicht, was sie meinte. ›Du hast die Wachen gerufen!‹

›Nein!‹

›Natürlich warst du das!‹

›Celia … bitte …‹ Ich konnte kaum sprechen. ›Hör mir zu …‹

Aber sie hörte nicht auf mich. Sie riss sich mit Gewalt von ihrem Fänger los und versuchte wegzulaufen. Ein zweiter Eunuch, der gerade dazugekommen war, schlug mit seinem Schwert nach ihren Beinen. Er war flink und geschickt wie ein Metzger mit seinem Messer. Ich sah die Klinge im Mondlicht aufblitzen. Zwei schnelle Schnitte. Eins, zwei, ungefähr so.« Annetta hieb mit dem Arm durch die Luft.

»Celia fiel einfach hin.« Annetta kniete jetzt auf dem Bett, ihr Gesicht glich einer Maske. »Celia, gefällt wie ein Baum, vor meinen Augen. Der Eunuch hatte die Rückseite ihrer Beine aufgeschlitzt und ihr dabei beide Kniesehnen durchtrennt.« Annetta versagte fast die Stimme. »Das wird manchmal mit Sklaven gemacht«, fuhr sie leise fort, »um uns am Fortlaufen zu hindern.«

Die beiden Frauen schwiegen lange. Irgendwo läutete eine Glocke. Sie hörten, wie sich die Nonnen in den anderen Zellen auf das erste Morgengebet vorbereiteten. Annetta und Eufemia jedoch rührten sich nicht, als hätten sie sich heimlich abgesprochen.

Als die letzte Nonne polternd die Treppe zur Kapelle hinabgestiegen war und sie sich allein im Dormitorium wussten, wandte sich Eufemia wieder Annetta zu.

»Was ist aus ihr geworden?« Sie schien von Celias Schicksal beinahe genauso ergriffen zu sein wie Annetta selbst.

»Es hat sehr, sehr lange gedauert, bis ich das herausfand.« Annetta legte sich wieder ins Bett und zog zitternd die Decken über sich. »Sie war nicht tot, dessen war ich mir ziemlich sicher, denn sonst hätte ich die Kanonen gehört, die sie in einem solchen Fall abfeuern. Irgendjemand sagte mir, sie sei in die Krankenstation gebracht worden, aber danach …«

Annetta zuckte die Achseln. »Niemand schien etwas zu wissen. Alle taten, als hätte sie nie existiert. Als hätte sie sich in Luft aufgelöst, einfach so – paff.« Annetta machte eine rasche Handbewegung.

Der kleine Spatz auf der Fensterbank regte sich und begrüßte den Tag, indem er die Flügel aufplusterte und in seinem Käfig zu zwitschern begann. Nach einer Weile nahm Annetta den Faden der Geschichte wieder auf.

»Das Leben im Harem ging weiter wie bisher. Niemand sprach über Celia oder Kaya, wie sie dort genannt wurde. Noch nicht einmal die *kislar,* die Konkubinen, wie ihre Freundinnen Gülbarhar und Türkan. Ich wusste, dass mich die Valide scharf beobachtete, ganz so, wie sie Celia beobachtet haben musste. Ich glaube, dass sie sich sogar über mich wunderte. Hatte ich wirklich meine Freundin verraten wollen? Das traute sie mir eigentlich nicht zu. Aber ich musste mitspielen, ich musste sie in diesem Glauben lassen. Ich dufte auf keinen Fall zeigen, wie sehr ich Celia vermisste, wie dringend ich wissen wollte, wo sie war, was mit ihr geschehen war. Also hielt ich die Augen offen, aber den Mund geschlossen. Ich setzte eine perfekte Maske auf. Aber ich schwor, dass ich sie eines Tages finden und uns beide aus dem Harem herausbringen würde.

Die Jahre vergingen – insgesamt vier –, und jedes glich dem vorigen. Und dann ereigneten sich fast gleichzeitig zwei sehr ungewöhnliche Dinge. Als Erstes erfuhr ich endlich, wo Celia war.«

»Wie das?«

»Ausgerechnet die Valide hat es mir verraten.« Annetta schüttelte den Kopf. »Sie hatte sich eine Zeitlang im Alten Palast – im Tränenpalast, wie er genannt wurde – aufgehalten, das ist der Ort, an den die Frauen des Padischahs ziehen, wenn dieser stirbt. Ich wartete ihr in ihren Privatgemächern auf, und plötzlich hörte ich sie sagen: ›Ich habe heute deine Freundin Kaya gesehen.‹ Sie erwähnte es so beiläufig, als ob sie über das Wetter spräche. Eufemia!« Annetta legte die Hand auf ihr wild schlagendes Herz. »Kannst du dir vorstellen, was ich in diesem Moment fühlte? Ich traute meinen Ohren nicht!

Ich habe deine Freundin Kaya gesehen. Hatte ich sie wirklich richtig verstanden? Ich spürte, wie die Knie unter mir nachgaben. Glücklicherweise hatte ich mich schon an ihre kleinen Tricks gewöhnt – sie wurde damals allmählich alt und gehässig – und war so geistesgegenwärtig, den Blick gesenkt zu halten, sodass sie meinen Gesichtsausdruck nicht deuten konnte.

›Majestät?‹

›Ich habe gesagt, dass ich deine Freundin Kaya heute im Alten Palast gesehen habe.‹

›Kaya? Ah, ja ... Majestät‹, stammelte ich.

Celia war am Leben! Und nicht nur das – sie lebte sogar ganz in meiner Nähe. Die ganze Zeit! Ich konnte nur darauf hoffen, dass meine Stimme mich nicht allzu sehr verraten würde.

Eine Zeitlang sagte die Valide nichts mehr. Sie ließ mich eines ihrer Schultertücher bringen, und ich half ihr zu ihrem Lieblingsplatz am Fenster. Wie gern hatte sie dort immer gesessen! Ich erinnerte mich plötzlich wieder daran, wie ich sie zum ersten Mal in diesem Raum bedient hatte. Ich hatte mich so gelangweilt! Wir waren zu viert, ihre vier Lieblingsdienerinnen. Wir mussten natürlich stehen. Wie uns der Rücken wehtat! Die Valide saß stundenlang am Fenster und beobachtete den Schiffsverkehr am Goldenen Horn – die Handelsschiffe, die anlegten und abfuhren. Sie beobachtete, träumte oder schmiedete Pläne. An jenem Tag kam es mir vor, als hätte ich nie etwas anderes getan.

›Es war wirklich bedauerlich‹, sagte die Valide nach einer

Weile nachdenklich und blickte dabei nach wie vor starr aufs Wasser. ›Der Padischah hat sie immer gemocht.‹

Sie sah mich dabei nicht an, aber ich hütete mich dennoch, unvorsichtig zu werden. Meine Augen blieben gesenkt. Sie hatte diese Gabe, einen zu beobachten, selbst wenn sie den Blick abgewandt hatte. Ich weiß nicht, wie sie es anstellte, aber man musste immer darauf gefasst sein.

›Du bist so ungewöhnlich still heute, Aysche‹, sagte sie nach einer Weile.

Still? Du lieber Gott! Mein Hals brannte so sehr, dass ich zu ersticken meinte. Ich wusste in diesem Moment nicht, ob ich sie liebte oder hasste. Ich wollte ihr antworten, aber ich brachte keinen Ton heraus.

›Weine nicht, Aysche‹, hörte ich sie ganz freundlich sagen. ›Ich weiß, wie es ist, einen Freund zu lieben.‹«

Einen Augenblick lang war es in der kleinen, weiß gekalkten Klosterzelle vollkommen still. Eufemia rührte sich nicht, sie wollte den Bann nicht brechen. Und als Annetta weitersprach, war ihre Stimme ruhig und fest.

»Das waren die letzten Worte, die sie zu mir sagte. Zwei Tage später war sie tot.«

»Was, die Königin ist gestorben?«

»So haben wir zuerst auch reagiert.« Annetta musste über Eufemias entsetztes Gesicht lächeln. »Die Valide gestorben! Das war einfach nicht möglich. Und doch. Sie starb in der Nacht. Und ich habe sie gefunden.«

Annetta drehte sich auf den Rücken und starrte zur Decke. Ihre Gedanken wanderten zurück in das Schlafgemach der Valide. Sie sah den Körper dort liegen, die schon leicht gelbliche Haut, den erschlafften Mund, die ordentlich übereinandergelegten Hände. Sie hatte den starken Eindruck gehabt, dass endlich ein Zauber gebrochen worden war und sie zum ersten Mal die Wahrheit erkannte, die Wahrheit über die Valide und die Wahrheit über den Tod.

Hatte das sie dazu bewogen, den Diamanten zu stehlen?

Bei dem Gedanken daran bekam Annetta auch jetzt noch Schweißausbrüche. Der Diamant war so groß, dass er nicht vollständig in die geballte Faust der Valide gepasst hatte. Der Blaue Stein des Sultans!

Wie oft hatte sie seitdem die Schrecken dieser endlosen Minuten durchlebt, den Kampf um den Diamanten mit dem bereits erstarrenden Körper. Annetta setzte sich entschlossen auf, als wollte sie die unangenehmen Gedanken abschütteln, und lehnte sich mit dem Rücken gegen die Wand.

»Da ich der Valide persönlich als Kammerdienerin unterstanden hatte, war ich jetzt frei. Sie hatte mir die Freiheit geschenkt«, sagte Annetta und wählte dabei ihre Worte mit Bedacht. »Und sie hat mir noch etwas hinterlassen. Etwas von großem Wert. Einen Diamanten.«

»Was?«

»Man nennt ihn den Blauen Stein des Sultans.«

»Sie hat ihn dir geschenkt?«

»Nein, du Dummkopf. Sie war tot, hast du das vergessen?« Annetta hatte nicht vorgehabt, Eufemia so heftig anzufahren. »Ich habe ihn ihr gestohlen.«

»Wie bitte?«

»Hatte sie *mir* nicht auch genug gestohlen?« Annettas schwarze Augen funkelten. »Ja, ich habe ihn gestohlen, ich habe ihren wertvollen Diamanten gestohlen! Und er hat mir sehr geholfen.«

»Was hast du damit gemacht? Hast du ihn noch?«, fragte Eufemia atemlos.

»Nein! Ich habe geglaubt, dass es ein Vermögen kosten würde, Celia aus dem Alten Palast freizukaufen – und nun besaß ich die Mittel! Es gab nur eines, was ich wollte: Celias

Freiheit erkaufen.« Annetta lehnte sich zurück, als ob sie plötzlich erschöpft wäre. »Es gab da eine *kira,* der ich vertraute, eine Jüdin, die manchmal für die Haremsfrauen kleine Aufträge erledigte. Sie wusste natürlich nicht, worum es ging. Ich machte ein Päckchen fertig, das aussah wie ein Ölkrug, und darin versteckt war der Stein und ein Brief an Celia. Die Jüdin war bereit, es für mich zum Alten Palast zu bringen, und versprach, das Päckchen Celia persönlich zu übergeben. Ich habe sie großzügig dafür entlohnt. Und wie es weiterging – nun, das sollte Celias Sache sein.«

Annetta legte die Hand auf die Brust, als habe sie Schmerzen.

»Das ist schon über ein Jahr her, und ich hatte nichts von ihr gehört. Ich wusste nicht, ob sie lebt oder tot ist. Oder was aus dem Stein geworden ist. Bis heute. Bis dieser Mann kam, von dem ich dir erzählte. John Carew. Eufemia! Er weiß etwas. Da bin ich mir ganz sicher! Du musst mir helfen, ihn zu finden.«

Kapitel 30

Als Carew zu Constanzas Palazzo zurückkehrte, wirkte dieser wieder völlig menschenleer. Er ging über den Hof, anschließend durch die Küche und die Vorratsräume im Erdgeschoss und stieg schließlich die Außentreppe hinauf, die zum *piano nobile* führte.

Hier fand er auch Constanzas schönes Empfangszimmer verlassen vor. Wie stets waren die Sonnenblenden halb über die Fenster herabgezogen, um das Zimmer vor der brütenden Hitze zu schützen. Die Überreste vom Vortag waren noch nicht fortgeräumt – die Teller mit dem angebissenen Brot und Käse standen neben den fast vollen Weingläsern, ein Stapel *tarocchi*-Karten lag in einer Lache von Kerzenwachs. Da keine Kerzen brannten, roch man den fauligen, unheilvollen Gestank, der vom Kanalwasser zu den Räumen heraufzog. Der Palast wirkte noch vernachlässigter als am Tag zuvor. Staubflocken schwebten träge am Fußboden. Offensichtlich waren Constanzas Dienstboten nicht zurückgekehrt.

Von Constanza selbst war ebenfalls nichts zu sehen. Doch als sich Carew daranmachte, die Leinenblenden hochzuziehen, merkte er plötzlich, dass er nicht allein war.

Paul saß an die Polster gelehnt im Dunkeln auf dem großen Himmelbett. Er trug ein schmutziges, bis zur Taille offenes Hemd, und sein Bart war seit mehreren Tagen nicht gestutzt worden.

»Sieh an, wen haben wir denn da.« Paul betrachtete Carew aus zusammengekniffenen Augen. »Wie ich sehe, hast du gelernt, es dir hier gemütlich zu machen«, bemerkte er giftig.

»Auch Euch einen recht guten Tag, Master Pindar, mein Gebieter.« Mit einer heftigen Armbewegung zog Carew die letzte Sonnenblende hoch. Er blickte sich suchend im Zimmer um. »Wo ist Constanza?«

Pindar zuckte die Achseln. Die beiden Männer beäugten sich feindselig.

»Ich dachte, du wärst längst weg«, sagte Paul schließlich.

In dem harten Licht, das jetzt ins Zimmer strömte, wirkte Pindar noch blasser als gewöhnlich, aber wenigstens war er einigermaßen nüchtern. »Ambrose hat gesagt, dass du abgesegelt bist. Zurück nach England, meinte er. Auf einem der Handelsschiffe der Kompanie.«

»Es tut mir leid, dich enttäuschen zu müssen.« Carew baute sich streitlustig vor ihm auf. »Es sieht so aus, als wäre Ambrose doch nicht solch ein überragender Geheimagent, wie er sich einbildet. Wenn du mich fragst, interessierte er sich für nichts anderes als für diese Meerjungfrau, die er für Parvishs Kuriositätenkabinett in die Finger kriegen will. *Pfui!*«, Carew schüttelte sich. »Er konnte gar nicht mehr aufhören, davon zu schwadronieren, als ich ihn das letzte Mal sah. *›Es ist un-natür-lich‹*«, ahmte er Ambroses gezierte Sprechweise nach.

»Zur Hölle mit Parvish und seinem verflixten Kabinett!«, schimpfte Paul gereizt. »Und zur Hölle mit diesem Ambrose. Ich will wissen, was du über deine kleine Nonne herausgefunden hast. Die Nonne mit dem Beutel.«

»Ich darf also annehmen, dass du mit Constanza gesprochen hast?«

»Sie war so freundlich, mir deine Nachricht weiterzugeben.«

»Nun ja, ich habe eine der Nonnen getroffen«, begann Carew unwillig. »Aber sie ist nicht Celia.« Er verstummte und fragte sich, wie er jemals sich selbst – geschweige denn einem anderen – erklären sollte, was sich am Nachmittag im Kloster abgespielt hatte.

»Du weißt etwas.« Paul beobachtete ihn aufmerksam.

»Nein, ich weiß nichts ...«

»O doch.« Mit erstaunlicher Behändigkeit sprang Paul vom Bett und ging drohend auf Carew zu.

»Ich hatte noch keine Möglichkeit –«

»Und das soll ich dir glauben? Ich kenne diesen Blick, ich kenne ihn schon seit langem. Ich sehe das Weiße in deinen Augen, und das bedeutet immer Ärger. Du weißt etwas, du verdammter Rattenfänger, und erzählst es mir nicht.«

Aus dem Gürtel unter seinem Hemd zog Paul einen kurzen Dolch hervor, und Carew spürte die kalte, scharf geschliffene Spitze, mit der Paul über seine Wange fuhr, der langen hellen Narbe folgend, die von einem Ohr zum Mundwinkel führte.

»Sag es mir oder ich schneide dir diesmal das ganze Ohr ab.«

Carew roch Pauls schalen Atem.

»Schon gut, schon gut, ich habe ja noch eins ... *Ah! Verdammt!*« Carew fuhr sich mit der Hand an den Kopf und riss sich heftig los. »Musste das sein?« Er spürte, wie das Blut klebrig und warm an seinem Hals hinunterlief. Er betastete sein Ohr. Ein kleiner Hautfetzen hing herunter. »Maria und Jesus, du hast mir wirklich das Ohr abgeschnitten!«

»Du hast wohl gedacht, dass ich nur scherze? Dann möchte ich dich daran erinnern, dass ich dies niemals tue«, sagte Paul kalt. »Stell dich nicht so an, es ist nur das Ohrläppchen.« Er wischte die Klinge sorgfältig an seinem Hemdzipfel ab. »Abgesehen davon hast du ja noch ein anderes, wie du gerade so frohgemut meintest.«

»Großer Gott …«

Carew ging zu Constanzas Tisch, griff nach der Flasche, goss etwas Wein auf eine der Leinenservietten und presste sie an sein Ohr.

Paul setzte sich auf die Kante von Constanzas Bett und betrachtete Carew ungerührt. »Tut es weh?«

Carew antwortete nicht. Stattdessen nahm er eines der Küchenmesser aus seinem Hüftgürtel und führte es an sein blutendes Ohr.

»Du kannst mir nicht wehtun, Pindar.«

Mit einem geübten Schnitt, so als würde er ein Stück Fleisch filetieren, trennte er den Rest seines Ohrläppchens ab. Ein Stück Haut von der Größe eines Viertelpennys landete zu Pauls Füßen.

Pindar starrte darauf.

»Es tut mir leid.«

Carew lehnte sich gegen die Wand und rutschte daran hinunter, bis er auf dem Boden hockte.

»Das glaube ich dir nicht.«

Für eine Weile saßen sich beide schweigend gegenüber. Die Sonne war gewandert und strahlendes Sonnenlicht strömte ins Zimmer. Dadurch sah man, dass ein Stück der verzierten Ledertäfelung fehlte und dass der Damast der Bettvorhänge ausgefranst war.

»Wie du aussiehst!« Carew presste das Tuch gegen sein pochendes Ohr. »Was ist nur aus dir geworden! Was würde dein Vater denken, wenn er dich so sähe?«

»Du hältst ihn da raus.«

Carew schnaubte.

»Ambrose glaubt, dass du schwermütig geworden bist.«

Pindar streckte sich wieder auf dem Bett aus.

»Zur Hölle mit Ambrose«, sagte er leise, »zur Hölle mit euch allen.«

»Warum, Paul? Warum hasst du mich so sehr?«

»Du hast Unrecht. Ich hasse dich nicht.« Pauls Stimme wurde leiser. »Jedenfalls nicht ununterbrochen.«

»Was ist es dann?«

»Du bist derjenige, der Celia gesehen hat. Ich nicht. Du hättest mit deinen bloßen Händen die Mauern niederreißen müssen, um sie zu retten.«

»Das war unmöglich.«

»Ich weiß. Aber denkst du etwa, das macht für mich einen Unterschied?«

»Komm mit mir nach England zurück, Paul. Das Schiff legt in ein paar Tagen ab – vielleicht sogar schon morgen, wenn die Winde günstig sind.«

Für eine Weile schien Pindar darüber nachzudenken. Dann schüttelte er den Kopf. »Ich kann nicht. Ich kann mich dort nicht zeigen, nicht in diesem Zustand. Außerdem … Ich habe mich verpflichtet, an dem Spiel teilzunehmen.«

Carew schloss resigniert die Augen.

»An welchem Spiel?«

Als ob er die Antwort nicht schon kannte.

»Was glaubst du? Zuanne Memmos Spiel natürlich. Das große.«

»Ich dachte, er wollte dich nicht dabeihaben. Ich dachte, die Wetteinsätze seien zu hoch?«

»Was? Glaubst du wirklich, ich lasse mir so ein Spiel entgehen? Für wie dumm hältst du mich? Was meinst du wohl, was ich in den letzten Tagen gemacht habe?«

Carew antwortete nicht.

»Interessiert es dich nicht, wie ich ihn überredet habe, mich mitspielen zu lassen?«

»Nicht sonderlich.«

»Ich habe meine Edelsteine als Sicherheit geboten«, sagte Paul leise und schnell, als säße er in einem Beichtstuhl. »Ich habe alle meine Anteile an der Levante-Kompanie verkauft, um die Steine kaufen zu können. Und jetzt liegen sie bei Zuanne Memmo.«

»Du hast ihm alles gegeben, was dir gehört, damit du an diesem einen Spiel teilnehmen kannst?«

»Alles, was mir gehört, damit ich diesen Diamanten gewinne, den Blauen Stein des Sultans. Ich muss ihn haben, John, ich muss!«, Paul schluckte. »Alles oder nichts. Mir gefällt das, dir nicht?«

»Hast du nicht gehört, was Constanza gesagt hat? Hat sie dich nicht gewarnt –«

»Ja, ja.« Paul machte eine abwehrende Handbewegung. »Natürlich hat sie mich gewarnt. Und du hast sie dazu angestiftet, das weiß ich.«

Carew brummte etwas Unverständliches. »Du ruinierst dich!«

»Dieses Spiel werde ich nicht verlieren.«

»Woher willst du das wissen?«

Paul biss die Zähne zusammen. »Weil ich es spüre. Mein Glück ist nahe.«

»Du wirst dich ruinieren«, wiederholte Carew.

»Du verstehst das nicht.« Zum ersten Mal suchte Pindar Carews Blick. Seine Augen hatten den glasigen, abwesenden Ausdruck eines Menschen, der monatelang schlecht geschlafen hat. »Was auch immer geschieht, ich werde mich wenigstens lebendig fühlen.«

Ambroses Gondel schrammte über die Stufen zu Constanzas Palazzo. Gleich hinter ihm bog eine zweite Gondel um die Ecke, die direkt auf ihn zusteuerte und neben ihm hielt.

Von dem ölig schwarzen Kanalwasser stieg ein überwältigender Gestank auf. Ambrose presste angeekelt ein mit Rosenöl beträufeltes Stück Baumwollbatist gegen seine riesige Nase.

»Entschuldigt, Signore, ist das der Palazzo der Dame, die Donna Constanza Fabia genannt wird?«, rief ihm ein etwa zwölf- oder dreizehnjähriges Mädchen in schäbiger Nonnentracht von der Gondel aus zu.

Ambrose betrachtete das junge Mädchen wenig begeistert. Wenn sie nichts zu den Papiersammlungen oder Kuriositätenkabinetten beitragen konnten, für die er mit Leidenschaft die Welt durchkämmte, vermochte Ambrose mit Nonnen wenig anzufangen. Damit er sich für sie interessierte, mussten sie ihm schon besondere Raritäten liefern, etwa ein erlesenes Botanik-Aquarell, wie es Schwester Veronica malte, oder eine heilige Reliquie aus einer Kapelle. So etwas erwarb er gern, ohne allzu viele Fragen zu stellen – ein Stück vom Schienbein des heiligen Johannes und ein Tropfen Muttermilch von Unserer Lieben Frau waren zwei besonders befriedigende Neuerwerbungen.

Aber nun: Warum wohl wollte eine Nonne eine Kurtisane ausfindig machen? Das war selbst in dieser Stadt des immerwährenden Lasters ungewöhnlich. Sein Interesse war jetzt doch geweckt.

»Die *Kurtisane* Constanza Fabia?«

»Si signore. La cortegiana honesta.«

»Und wer, wenn ich diese dreiste Frage stellen darf, wünscht das zu wissen?«

»Eufemia«, antwortete das Mädchen in breitestem venezianischen Dialekt, der auf Ambrose leicht schnarrend und schrill wirkte. »Suor Eufemia«, fügte sie stolz hinzu. Als sie das Inselkloster, zu dessen Orden sie gehörte, nannte, zuckte eine von Ambroses blonden Augenbrauen in die Höhe.

»Nun, meine Liebe, dann seid Ihr weit fort von zu Hause.«

Ambrose kannte das Kloster von seinen häufigen Besuchen in den Gärten und bei Suor Veronica sehr gut, doch er hielt es nicht für angebracht, mit dieser Information herauszurücken.

»Ist es nicht recht ungewohnt für Euch, in der Stadt unterwegs zu sein?« Er zwinkerte ihr zu. »Ich dachte, Euer Orden sei ein geschlossener.«

»Ach nein, mein Herr. Ich bin eine Laiennonne, Signore, das, was wir *conversa* nennen.« Eufemia lächelte ihn an. »Die Regeln gelten nicht für uns, nur für die Chornonnen. Obwohl keine von uns noch draußen sein dürfte, wenn der alte Sauertopf ... ich meine Suor Purificacion ihren Willen hätte. *Sie* sagt, dass es zu grober Unmoral führt und nicht erlaubt sein sollte, aber wir kümmern uns einfach nicht darum, was sie denkt, jetzt, wo unsere Ehrwürdige Mutter Oberin Suor Bonifacia den Löffel abgegeben hat, möge ihre Seele in Frieden ruhen –«

»Gut, gut, das reicht, ich danke Euch sehr, ich denke, ich habe verstanden.« Immer noch mit dem süßlich duftenden Taschentuch vor der Nase, betrachtete Ambrose Eufemia leidenschaftslos.

»Sagt mir, Schwester ...«

»Ihr könnt mich Femia nennen, wenn Ihr wollt.«

»Darf ich wirklich? Wie freundlich, Femia.« Ambrose entblößte beim Lächeln seine schlechten Zähne. »Und könnt Ihr mir sagen, wie Ihr hierhergefunden habt?«

Die kleine Nonne in ihrer schäbigen Mietgondel wirkte fröhlich wie jemand, der unerwartet einen freien Tag genießt.

»Prospero Mendoza, Signore. Er hat mir ausrichten lassen, dass ich herkommen soll.«

»Prospero Mendoza?« Ambrose ließ erstaunt das Taschentuch sinken. »Der Edelsteinhändler aus dem Ghetto?«

»Ja. Ist er ein Freund von Euch? Er hat mir gesagt, dass ich höchstwahrscheinlich den ausländischen Herrn hier finde.«

Eufemia, die wie gebannt auf Ambroses gewaltige Nase starrte, brauchte einen Augenblick, um sich zu fassen. Da sie an seiner stockenden Redeweise erkannt hatte, dass er ihre

Muttersprache nicht gut beherrschte, kam ihr eine Idee. »Ihr seid doch ein ausländischer Herr, oder?«

»Das ist richtig, Schwester … äh, Femia … Ich kann Euch vielleicht helfen, wenn Ihr erlaubt.« Ambrose lächelte sie wie ein freundlicher Onkel an. »Ihr habt Glück, muss ich sagen. Ich kenne *jeden* hier in diesem Viertel. Darf ich mich erdreisten, nach dem Namen des Herrn zu fragen, den Ihr treffen sollt?«

Als er ihre Antwort hörte, warf er theatralisch die Hände in die Höhe.

»Gelobt sei Gott!«, rief er aus, »Ihr habt einen unfehlbaren Instinkt!« Geschmeichelt gratulierte sich Eufemia stumm zu ihrem Scharfsinn. Offenbar war diese Begegnung kein Zufall, sondern ausschließlich ihrer Intelligenz zu verdanken. »John Carew! Ist das zu glauben? John Carew ist mein *spezieller* Freund. Ein überaus *faszinierender* Mann.« Ambrose klopfte auf den Sitz neben sich. »Wenn Ihr herkommt und Euch für einen Augenblick zu mir setzt, könnt Ihr mir erklären, worum es überhaupt geht.« Er warf einen flüchtigen Blick zu Constanzas Fenster hinauf, aber zu seiner Beruhigung waren die leinenen Sonnenblenden noch geschlossen.

»O nein, Signore, das geht nicht!« Eufemia schüttelte entschieden den Kopf.

»Seid nicht albern, mein Kind, warum denn nicht?« Ambrose versuchte, sich seine Gereiztheit nicht anmerken zu lassen.

»Ich soll dem Herrn eine Nachricht von der *suora* überbringen und anschließend gleich wieder nach Hause kommen. Das heißt, ihm die Nachricht geben und den Brief zeigen, den ihre englische Freundin an ihren Kaufmann in Konstantinopel geschrieben hat.« Sie klopfte auf etwas, das in den Falten ihrer Klostertracht verborgen war. Dabei wirkte sie nervös wie jemand, dem man einen kostbaren Gegenstand anvertraut hat und der eine Todesangst davor hat, ihn zu verlieren. »Dann wird er wissen, dass sie es wirklich ist.«

Ambroses Gesicht, das bereits von der starken Nachmittagshitze gerötet war, überzog sich mit einem noch leuchtenderen Scharlachrot. Ihm schien etwas auf der Zunge zu liegen, aber er besann sich eines Besseren und schwieg. Für einen Moment sah er aus wie ein Ballon, aus dem die Luft entweicht, und als er das Wort ergriff, tat er das mit vollkommen gleichmütiger Miene.

»Ach so, es geht um das Rendezvous eines Liebespärchens. Natürlich, ich verstehe. Nun, wie Ihr meint.« Scheinbar gelangweilt tauchte er einen Finger in das stinkende Kanalwasser. »Und was für ein braves Mädchen Ihr seid. Ich wünschte nur, meine Diener wären ebenso umsichtig.« Mit der anderen Hand griff er nach einem Fächer und begann, sich Luft zuzufächeln. »Ein Schäferstündchen, wie banal. Falls es das ist.« Er blickte verschmitzt in ihre Richtung. »Nun, um Euretwillen hoffe ich, dass es das ist und nichts Wichtigeres. Wenn ich daran denke, dass ich ihm hätte helfen können. *Poverino!* Armer John!« Laut aufseufzend beschäftigte sich Ambrose demonstrativ mit den Sammelboxen zu seinen Füßen. »Nun, ich muss mich auf den Weg machen.«

»Wieso *poverino?*«

»Oh, er ist fort. Davongesegelt. *Disaparu*. All dieses Gerede von der Pest, wisst Ihr«, murmelte Ambrose undeutlich mit gesenktem Kopf, während er sich weiterhin am Boden der Gondel zu schaffen machte. »Ich habe ihm gesagt, dass es das Beste ist.«

»Was, er hat die Stadt verlassen?«, sagte Eufemia niedergeschlagen. »Dann kennt Ihr ihn also wirklich, diesen ausländischen Herrn?«

»Sicherlich.« Ambrose setzte sich auf, das Gesicht rot vor Anstrengung. »Ich glaube zwar nicht, dass das Handelsschiff schon fort ist.« Seine großen blassen Augen blickten sie traurig an. »Aber für Euch ist es zu spät, fürchte ich, liebe … äh, Femia. Es sei denn, Ihr hättet jemanden wie mich, der Euch hilft.«

»Zu spät? Warum?«

»Nun, Ihr wisst doch, was die Seeleute davon halten, wenn eine Frau an Bord kommt. Sie glauben, dass es Unglück bringt.«

»Na, so etwas!« Eufemia runzelte argwöhnisch die Stirn. »Davon hab ich noch nie gehört.«

»Auf englischen Schiffen. Die sind anders.«

»Oh, die arme *suora!* Sie wird nie die Wahrheit über ihre Freundin und diesen Diamanten erfahren … ach herrje!« Entsetzt schlug Eufemie die Hand vor den Mund. »Ich und mein loses Mundwerk!«

»Sagtet Ihr … sagtet Ihr *Diamant?*«

Ambrose starrte sie an, als ob er einen Goldfisch verschluckt hätte.

»O gütiger Jesus!«, Eufemia verdrehte die Augen, »das hätte ich jetzt nicht verraten dürfen, oder?«

»Nein, meine Liebe.« Ambrose schüttelte bedächtig den Kopf. »Das hättet Ihr wirklich nicht tun sollen.« Er bedachte sie mit einem ernsten, tadelnden Blick. »Dies ist eindeutig eine wichtigere Angelegenheit, als ich dachte. Ich wollte mich nicht einmischen, es geht mich ja eigentlich nichts an, aber nun muss ich Euch wohl wirklich behilflich sein. Es ist sehr ärgerlich, aber ich habe wohl keine Wahl. Ach je, wenn dieser John Carew nur nicht so ein besonders teurer Freund wäre …«

In diesem Augenblick ertönte unmittelbar über ihren Köpfen ein lautes Geräusch. Sie blickten hoch und sahen, dass jemand im ersten Stock die Leinenblenden hochzog. Eufemia wollte etwas rufen, aber Ambrose hielt sie davon ab.

»Psst!« Er legte die Finger auf die Lippen. »Seid still, Kind.

Die Wände haben Ohren, wisst Ihr das nicht? Kommt und setzt Euch zu mir. Wir wollen doch nicht, dass die ganze Welt unser Gespräch belauscht, oder?« Er wies auf Constanzas offenes Fenster und klopfte dann wieder auf den Sitz neben sich. »Und jetzt«, sagte er entschieden, »sollten wir noch einmal ganz von vorn anfangen.«

»Ach, Signore, ich weiß wirklich nicht recht …« Eufemia wollte einen Rückzieher machen, aber Ambrose hielt sie am Arm fest. Seine kräftigen Finger kniffen sie durch das grobgewebte Nonnengewand ins Fleisch.

»Ich habe *nein* gesagt, Herr …«

»So ein Unsinn, Mädchen! Soll ich Euch helfen oder nicht?«

»Si, Signore«, antwortete sie zaghaft.

»Nun, dann lasst Euch nicht länger bitten, ich habe nämlich nicht den ganzen Tag Zeit. Als Erstes möchte ich, dass Ihr mir den Brief zeigt. Ich weiß, Ihr habt ihn irgendwo am Leib versteckt …«

Carew blieb nicht verborgen, dass sich vor Constanzas Palazzo zwei Menschen miteinander unterhielten. Er hörte, wie eine abfahrende Gondel gegen die Hausmauern stieß und die Bootsführer etwas riefen. Und er hörte eine wohlbekannte Stimme, englisch, fröhlich und unverkennbar.

Carew trat ans Fenster. Es war so, wie er vermutet hatte: Ambrose. Verdammt! Er zog sich rasch in den Schatten zurück und hoffte, dass man ihn nicht bemerkt hatte. Doch vorher hatte er noch gesehen, dass ein zweiter Passagier in seiner Gondel saß, mit dem Ambrose offensichtlich ins Gespräch vertieft war. Merkwürdig, man könnte die Person fast für eine Frau halten, dachte Carew. Vorsichtig spähte er über das Balkongeländer, um einen verstohlenen Blick auf den Kanal zu werfen. Er sah Ambroses vertraute Rückenansicht, stämmig und unbeweglich. Auf seinen Gesprächspartner war die Sicht versperrt, da er sich zum Schutz vor der Sonne unter ein kleines Sonnensegel zurückgezogen hatte.

Carew ging ins Zimmer zurück.

»Das war dein Freund, der Geheimagent Jones«, teilte Carew Paul mit säuerlicher Miene mit. »Ich habe ein Rätsel für dich: Was ist der Unterschied zwischen Ambrose und einem toten Fisch? Antwort: Es gibt keinen. Beide riechen mit jedem Tag ekliger und verfaulter.«

»Ambrose?« Paul setzte sich auf. »Er hat sich viel Zeit gelassen. Ich habe Geschäftliches mit ihm zu besprechen, deshalb habe ich nach ihm geschickt, um mich hier mit ihm zu treffen.« Er stand vom Bett auf. »Wartet auf dich nicht ein Schiff?«

Carew nahm die rotbefleckte Serviette vom Ohr. Die Blutung hatte endlich aufgehört. »Ist das alles, was du mir zu sagen hast?«

»Ja.«

»Dann bist du wirklich entschlossen, bei diesem Spiel mitzuhalten?«

Paul schaute ihn spöttisch an. »Ja, das werde ich.« Während er sprach, näherten sich auf der Außentreppe eilige Schritte. »Und wenn du Ambrose gegenüber auch nur die leiseste Andeutung machst, schneide ich dir auch noch dein anderes Ohrläppchen ab.«

Kaum hatte er ausgeredet, stürzte Ambrose ins Zimmer.

»Ah! Meine lieben Freunde! Meine sehr lieben Freunde! Was für ein Glück, Euch beide hier vorzufinden!« Er streckte die Arme aus und blickte mit einem verzückten Lächeln von einem zum anderem. »Genau die beiden, die ich treffen wollte!«

»Was gibt es Neues, Ambrose?«, fragte Paul. »Ihr strahlt auf uns nieder wie ein Meteorit!«

»Paul, mein guter, teurer Paul …« Ambrose ging zu Pindar

und umarmte ihn liebevoll. »Ich bringe großartige Neuigkeiten.«

»Um Himmels willen, Ambrose, welche denn? Dass die gesamte portugiesische Flotte an den Felsen vor Buena Esperanza zerschellt ist?« Paul schob ihn von sich fort, halb amüsiert, halb irritiert. »Nein, sagt nichts – ich weiß: Ihr habt eine Gans entdeckt, die goldene Muskatnüsse legt.«

»Nein, nein, nichts dergleichen.« Ambrose setzte seinen gelben Turban ab und wischte sich die Schweißperlen von der feuchten Stirn. »Ja, könnt Ihr es nicht erraten? Es ist das, wonach wir die ganzen Jahre gesucht haben.«

Paul und Carew starrten ihn verständnislos an.

»Ich hoffe, Ihr habt mich nicht schon in der Gondel darüber sprechen hören, ich möchte Euch auf keinen Fall die Überraschung verderben.« Lauernd blickte Ambrose von einem zum anderen.

»Ambrose, um Himmels willen, raus mit der Sprache.«

»Wie Ihr wünscht. Ich glaube«, sagte Ambrose mit vor Erregung heiserer Stimme, »ich glaube, ich habe sie gefunden … Guter Gott, es ist kaum zu glauben! Nach so langer Zeit.«

»Sie gefunden?« Pauls Gesicht war kreidebleich. »Wovon redet Ihr?«

»Von der Meerjungfrau für Parvishs Kabinett natürlich. Wonach sonst habe ich denn die ganzen Jahre über Ausschau gehalten?« In seinen Augen standen Tränen. »Sie ist hier, Pindar. Meine Meerjungfrau. Sie ist endlich in Venedig angekommen.«

Kapitel 31

Carew zog es zurück in seine Unterkunft, aber sein Kopf war so voll von dem, was sich zwischen ihm und Paul bei Constanza abgespielt hatte, dass er schon fast am Rialto war, ehe er merkte, wohin ihn seine Füße trugen.

Der Marktpatz von Venedig war an jenem Nachmittag ungewöhnlich stark bevölkert. Auf der Brücke musste sich Carew einen Weg durch die dichte Menschenmenge bahnen, in der Straßenhändler, ausländische Kaufleute und jüdische Gold- und Edelsteinverkäufer ihre Waren feilboten und eine fahrende Gauklertruppe für ihre Vorstellung warb. Er war gerade auf der anderen Seite angelangt, als er mit einem alten Mann zusammenstieß, der aus der Gegenrichtung kam.

»He, Engländer«, protestierte eine Stimme, die ihm vage vertraut vorkam. »Wo brennt's? Könnt Ihr nicht aufpassen, wo Ihr hinlauft?«

Carew blieb stehen und erkannte die zwergenhafte, bärtige Gestalt von Prospero Mendoza, der ihn von unten herauf böse anfunkelte.

»Prospero!«

»Ihr schon wieder, Engländer!« Der Alte musterte Carew missbilligend. »Und immer mit solch einem grimmigen Gesicht. Was ist los, ist jemand gestorben?« Dann blinzelte er mit schief gelegtem Kopf Carew von der Seite an. »Was ist mit Eurem Ohr passiert?« Wenn die Juwelierlupe seine Augen nicht verdeckte, bemerkte man erst, wie scharf sein Blick war. »Es sieht aus, als hätte ein Hund daran genagt.« Der Gedanke schien ihn außerordentlich zu belustigen.

»Ein Hund?« Carew legte die Hand auf seine vernarbte linke Wange und kratzte an dem getrockneten Blut, das noch daran klebte. Er war so in seine Grübeleien vertieft gewesen, dass er sein Ohr ganz vergessen hatte. »So etwas Ähnliches.«

»Ihr Engländer! Was ist nur los mit euch? Immer kämpfen, immer Blut.« Prospero zuckte mit den Achseln. »Wohin wollt Ihr überhaupt?«

Als Carew ihm erklärte, wo seine Unterkunft lag, sagte Prospero, er habe auch in dieser Gegend zu tun, und die beiden Männer machten sich gemeinsam auf den Weg.

Sie gingen an der Südseite des Canal Grande zwischen den Marktständen hindurch, vorbei an Verkäufern von Obst und Gemüse, die ihre Waren zu leuchtend bunten Pyramiden aufgestapelt hatten, nahmen eine Abkürzung durch den überdachten Fischmarkt, vorbei an Kisten mit lebenden Krabben, an Holzregalen mit Makrelen und Sardinen und an winzigen Sardellen, die silbern glänzend aus Kästen quollen.

»Und Kaufmann Pindar, wie geht es ihm? Er hat mich gestern aufgesucht und wollte, dass ich all seine Edelsteine schätze. Ihr erinnert Euch, ich habe sie Euch gezeigt, als Ihr neulich in meine Werkstatt gekommen seid – die Steine, die er immer in meiner Obhut lässt.«

Aber Carew war nicht in Plauderstimmung und schwieg.

Nach einer Weile fuhr der alte Mann fort: »Diesmal hatte er jemand anderen mitgebracht. Einen Herrn aus Venedig. Keine Manieren, aber das war ja zu erwarten. Und schmuddelig dazu. Er hat gesagt, es sei ein Freund aus alten Zeiten, aber mir hat er nicht gefallen. Er nahm alle Edelsteine des Kaufmanns mit und sagte, dass er sie jetzt aufbewahren werde.« Prospero sah Carew betrübt von der Seite an. »Warum, Engländer? Euer Herr wollte es mir nicht sagen. Worum geht es eigentlich?«

»Schmuddelig, sagt Ihr?« Carew verzog das Gesicht. »Das muss Francesco gewesen sein.«

»Ja, richtig. Francesco. Jetzt erinnere ich mich wieder an den Namen.«

»Nun, in diesem Fall wundert es mich nicht, dass er Euch nichts erzählt hat, denn Ihr habt die beiden zum letzten Mal gesehen«, brummte Carew. »Habt Ihr nichts davon gehört? Euer schwachsinniger Kaufmannfreund wird an Zuanne Memmos Spiel teilnehmen.«

»Ah!« Prospero strich sich den Bart, als sei nun alles klar. Mit neu erwachtem Interesse wandte er sich Carew zu.

»Demnach habt Ihr den Diamanten gesehen?« Prospero rannte fast, um mit Carew Schritt zu halten, der mit langen Schritten vor ihm hereilte.

»Der Diamant? O ja, ich habe ihn gesehen«, stieß Carew wütend hervor. »Verflucht sei der Tag, an dem auch Pindar ihn zu Gesicht bekommen hat!«

»Dann ist er dem Spielwahn verfallen?«, fragte Prospero traurig.

»Ja«, bestätigte Carew, »das kann man wohl so sagen.«

Rialto-Brücke und Markt lagen inzwischen weit hinter ihnen, und ihr Weg führte die beiden Männer nun über eine Reihe kleinerer Kanäle und Gassen in eine der ärmeren Gegenden der Stadt. Die Menge lichtete sich und die Gassen wurden immer enger und leerer, bis sie beinahe verlassen wirkten. Blasser, rosafarbener und roter Verputz blätterte von den Fassaden, Frauen unterhielten sich laut in den oberen Stockwerken von Haus zu Haus und hängten ihre Wäsche aus den Fenstern zum Trocknen auf. Eine Schar halbnackter, zerlumpter Kinder spielte im Staub. Aus einem Hauseingang trat eine Frau mit den karmesinrot gefärbten Wangen und absurd hohen Trippen einer gewöhnlichen Kurtisane. Als die Kinder sie sahen, hob eines von ihnen einen Stein auf und warf ihn nach ihr. *»Puttana, puttana«*, kreischten sie mit ihren hohen Stimmen. Der Stein verfehlte die Frau, aber er streifte dafür Prosperos Schulter. Mit gesenktem Kopf eilte dieser weiter, doch die Kinder hatten ihn schon bemerkt und riefen: *»Ebreo, Ebreo«*, während sie wie boshafte kleine Zwerge um ihn herumtanzten, bis Carew sie verscheuchte.

»Ach, übrigens, hat sie Euch gefunden?«, fragte Prospero, als sie wieder allein waren.

»Wer soll mich gefunden haben?«

»Diese kleine *monarche,* die heute Vormittag in meine Werkstatt kam.«

»Eine *monarche?* Eine Nonne?« Carew blieb wie angewurzelt stehen. Er fühlte sich, als hätte er einen Schlag in die Magengrube bekommen. »Welche Nonne?«

»Ich weiß wirklich nicht, warum sie geglaubt hat, ich wüsste, wie man Euch findet. Ich sagte, sie solle es im Haus von Constanza Fabia versuchen …«

»Aber ich komme gerade von dort und habe keine Nonne gesehen.« Carew packte Prospero an beiden Armen und schüttelte ihn. War es möglich, war es tatsächlich möglich, dass Annetta auf der Suche nach ihm war? »Wie hat sie ausgesehen?«

»Wie hat sie ausgesehen?«, äffte Prospero ihn nach. »Wie sie alle aussehen! Schwarzes Gewand, schwarzer Schleier. Wie eine Nonne hat sie ausgesehen, Dummkopf!«

»Hört zu, alter Mann, das kriegt Ihr besser hin.« Carew schüttelte ihn noch einmal so kräftig, dass er ihn fast in die Luft hob. »Alt? Jung? Dunkel? Blond?«

Er sah Annettas Gesicht vor sich und ihm wurde bewusst, dass er seit ihrer letzten Begegnung unablässig an sie gedacht hatte. Constanzas Worte fielen ihm ein: *Ich bedauere das arme Mädchen, das sich in Euch verliebt, Carew.*

»Hatte sie hier einen Schönheitsfleck?«, fragte er und deutete auf seine Wange.

»Was für ein Unsinn, eine *monarche* mit einem Schönheitsfleck!«, erwiderte Prospero sarkastisch. »Es reicht jetzt, ich habe genug gehört. Kein Wunder, dass Ihr nur ein Ohr habt.« Er versuchte, sich aus Carews Griff herauszuwinden. »Und wollt Ihr wohl Eure Hände von mir nehmen, junger Mann.«

»Nein, es ist nicht so, wie Ihr denkt. So ist es ganz und gar nicht.« Carew ließ die Hände sinken. »Verzeiht, Prospero. Aber was hat sie gewollt?«

»Woher soll ich das wissen?« Verärgert rieb sich Prospero die Oberarme. »Sie mochte es mir nicht sagen. Sie hat nur ihren Namen genannt, Eufemia.« Ungehalten starrte er Carew an. »Und sie hatte *keinen* Schönheitsfleck.«

Sie waren gerade dabei, in einen kleinen *campo* einzubiegen, als Carew spürte, wie Prospero ihn am Ärmel zog.

»Wartet einen Moment, Engländer«, hörte er die Stimme des Alten dicht neben sich, »geht da nicht hin.«

Von der anderen Seite des *campo* näherte sich ihnen mit langsamen Schritten ein maskierter Mann. Er hielt einen langen Stock in der Hand und war trotz der sommerlichen Hitze in einen Mantel gehüllt, der bis zum Boden reichte und dessen Stoff so steif war, als wäre er in Teer oder Wachs getaucht worden. Die Maske stellte einen Vogelschnabel da, einen Raben oder eine Krähe. Ein Unglücksvogel, daran bestand für Carew kein Zweifel.

Die Ungeduld trieb ihn voran, aber Prospero hielt ihn am Ärmel fest.

»Was ist los mit Euch, Engländer?«, flüsterte er aufgeregt. »Wollt Ihr sterben? Erkennt Ihr einen Pestarzt nicht?« Zitternd deutete er auf die finstere Gestalt. »Dann ist die Pest also doch in der Stadt! Es hieß, sie würde kommen!« Prosperos

Stimme bebte vor Angst. »Es wäre Wahnsinn, durch dieses Viertel zu gehen.«

»Ich muss aber. Ich will meine Sachen holen.«

»Hört auf meinen Rat. Lasst sie dort. Ihr solltet nicht in Eure Unterkunft zurückkehren.«

»Aber mein Schiff segelt in ein paar Tagen. Es dauert nicht lange.«

Prospero seufzte. »Dann kommt mit, rasch, ich zeige Euch einen anderen Weg. Er ist sicherer.«

Schweigend gingen sie weiter. Carew folgte nun Prospero, der überraschend flink durch die Gassen eilte. Sie waren fast menschenleer, und auch zahlreiche Häuser – die brüchigen Behausungen der Armen – wirkten unbewohnt. Ihre groben Holzläden waren gegen den Brodem von Krankheit und Seuche verbarrikadiert. Selbst Carew nahm die seltsam drückende Atmosphäre wahr. Angst und Krankheit schienen an seiner Haut zu kleben wie Schweiß.

Irgendwo in der Nähe rief das klagende Gebimmel der Kirchenglocken zu einer Totenmesse. Dann bogen sie um eine Ecke und fanden sich vor einem zweiten, viel größeren *campo* wieder. Obwohl in der Mitte eine Kirche stand, wirkte der Platz schäbig, fast verwahrlost. Unkraut wucherte zwischen den Pflastersteinen. Im Gegensatz zu den meisten Kirchen der Stadt war diese schlicht und schmucklos – eine arme Kirche für arme Leute.

Vor der Pforte hatte sich eine merkwürdig zusammengewürfelte Gruppe versammelt. Eine blasse Frau mit zwei kleinen Mädchen, zwei weitere Frauen und daneben ein Riese von Mann, der eine kleine, rechteckige Kiste trug. Es dauerte ein paar Sekunden, bis Carew begriff, was es war: ein Kindersarg.

Als Prospero der Trauergesellschaft ansichtig wurde, blieb er abrupt stehen.

»Bis hierhin konnte ich Euch begleiten, Engländer, weiter nicht. Seid Ihr sicher, dass Ihr nicht doch umkehren wollt? Ihr solltet hier nicht bleiben. Es ist zu unsicher.«

»Macht Euch um mich keine Sorgen, Prospero. Ich muss ohnehin zu Constanzas Haus zurück, ich werde mich nicht lange aufhalten.«

»Nun gut, dann geht unter diesem *portego* hindurch und den Kanal entlang, bis Ihr auf das *Ospedale degli Incurabili* stoßt ...«

Aber Carew achtete nicht auf Prosperos Erklärungen. Sein Blick war unverwandt auf die kleine Menschenansammlung gerichtet.

»Hört Ihr mir zu? Ich sagte ...«

»Ich weiß, was Ihr gesagt habt. Aber seht doch da drüben ... das kann doch nicht sein ... Ist das *Ambrose?*«

Carew deutete auf einen der beiden Männer, die am anderen Ende des *campo* standen und ebenfalls die Gruppe mit dem Sarg beobachteten. Der zweite Mann trug einen großen Lederranzen über der Schulter.

»Fragt mich nicht, ich bin ein alter Mann. Wie soll ich so weit sehen können?«

»Himmelherrgott, dieser Mann ist einfach überall!«, rief Carew aus. »Wie macht er das? Vor ein paar Minuten habe ich ihn noch bei Constanza gesehen.«

»Nun, so lebt wohl. Ich nehme nicht an, dass wir uns wiedersehen werden.« Prospero wandte sich ab und trat den Rückweg an, doch dann fiel ihm noch etwas ein. Er blieb stehen und rief Carew zu: »Eines noch, Engländer ...«

»Was?«, erwiderte Carew, schon halb auf dem Platz.

»Die *monarche*. Ich weiß jetzt wieder, dass sie gesagt hat, sie käme von einem Inselkloster, wisst Ihr, das mit dem botanischen Garten ...«

Hatte Carew ihn gehört? Er war sich nicht sicher. Der Engländer lief wie gehetzt über die unebenen Pflastersteine davon. Es würde Ärger geben, das spürte Prospero in den Knochen.

»Diese Engländer«, murmelte er kopfschüttelnd, während er Carew nachblickte, »immer kämpfen, immer Blut.«

Blut! Damit hatte er Recht. In dem Moment, als Carew Ambrose erblickt hatte, wie er so selbstgefällig grinsend, so unendlich selbstsicher auf der anderen Seite des *campo* stand, hatte er rotgesehen. Blutrot! Und zwar, wenn irgend möglich, das Rot von Ambroses Blut.

Ein Bild stieg deutlich vor seinem inneren Auge auf, so klar und scharf wie das Winterlicht: Er stand auf dem Balkon von Constanzas Palazzo und blickte auf die Gondel, sah darin Ambroses massiven Rücken und den gelben Turban. Neben ihm saß eine Frau, unter dem Sonnensegel verborgen. Aber er hatte ihre Stimme gehört. Und er war sich auf einmal absolut sicher, dass er Eufemia gehört hatte, Eufemia aus dem Inselkloster. Und ebenso sicher war er sich – und diese Gewissheit löste sowohl Verzweiflung wie auch Jubel in ihm aus –, dass Annetta sie geschickt hatte. Doch Ambrose hatte nicht nur beschlossen, ihm Annettas Nachricht *nicht* zu übermitteln, er hatte Eufemia noch nicht einmal erwähnt, ja, sie aller Wahrscheinlichkeit nach sogar mit voller Absicht fortgeschickt.

Carew hielt sich nicht mit der Frage auf, warum Ambrose ihm Böses wünschte. Und er dachte auch keine Sekunde lang darüber nach, was er in diesem pestverseuchten, armseligen Stadtviertel zu suchen hatte. Als Carew auf Ambrose zurannte, hatte er nur eines im Sinn: seine Hände um die Gurgel des Mannes zu legen und dem fetten Widerling den Kopf abzureißen, dieses arrogante Lächeln auf den Pflastersteinen zu zerschmettern, es für alle Zeit von seinem Gesicht zu wischen.

Aber dazu sollte es nicht kommen. Ein anderer war schneller. Als Carew auf der Mitte des Platzes angekommen war, sah er, dass um Ambrose und seinen unbekannten Begleiter eine heftige Auseinandersetzung im Gange war. Zu seiner Überraschung waren offenbar auch die Trauernden an der Kirchentür darin verwickelt. Der *campo,* der eben noch verlassen gewirkt hatte, füllte sich mit Menschen, als hätten die Anwohner nur auf das Spektakel gewartet. Die Atmosphäre war plötzlich zum Zerreißen gespannt.

Sein Instinkt sagte Carew, dass gleich etwas passieren würde.

Kapitel 32

Die Kirchenpforte war geschlossen.

»Macht die Tür auf!« Maryam, die den kleinen Kindersarg unter einen Arm geklemmt hatte, hämmerte mit der freien Faust gegen das Holz. »Wir sind gekommen, um unseren Toten segnen zu lassen.«

Eine Zeitlang rührte sich nichts. Sie klopfte noch einmal. »Nur ein Segensspruch, ich bitte Euch, Padre. Für unser totes Kind.«

Endlich ließ sich aus der Kirche eine gedämpfte Stimme vernehmen, aber die Tür blieb geschlossen.

Ein unzufriedenes Murmeln ging durch die Gruppe.

Betroffen drehte sich Maryam zu der Frau um, die hinter ihr stand. »Es hilft nichts, Elena, er öffnet nicht.«

In diesem Moment ertönte hinter ihr eine Männerstimme: »Was erwartet ihr? Es ist ja schließlich kein menschliches Wesen.«

Ambroses Begleiter, der Mann mit dem Lederranzen über der Schulter, hatte sich unbemerkt der kleinen Gesellschaft genähert. Als Maryam ihn erblickte, fuhr sie so entsetzt zurück, als sei ihr der Leibhaftige erschienen.

»Panagia mou!« Instinktiv stellte sie sich schützend vor Elena und die beiden kleinen Mädchen. »Was in Gottes Namen tut Ihr hier?«

Maryams Erschrecken bewirkte, dass sich der Mann noch

mehr in die Brust warf, als sei es ihm eine besondere Genugtuung, sie zu ängstigen. Breitbeinig stolzierte er auf sie zu.

»Wie ich Euch gesagt habe«, wandte er sich an Ambrose, »hässlich wie ein Nilpferd.« Er schnaubte verächtlich. »Und ein Schnurrbart, wahrhaftig. Das war mir nicht mehr in Erinnerung.«

Maryam fand endlich ihre Stimme wieder, obwohl ihr der Hals noch wie zugeschnürt war. »Bocelli!« Dann hatte sie ihn tatsächlich damals in dem Dorf am Meer gesehen. Ein ungutes Gefühl durchfuhr sie. »Was wollt Ihr?«

»Um den heißen Brei herumreden ist nicht deine Sache, was?« Bocelli lachte und zeigte dabei seine schwärzlichen Zahnstummel. »Was glaubst du wohl, was ich will? Das da will ich, verstehst du?« Er machte eine verächtliche Kopfbewegung hin zu dem kleinen Sarg. Und damit es alle hören konnten, fügte er mit lauter Stimme hinzu: »Ich bin gekommen, um zu holen, was mir gehört.«

Maryam starrte ihn fassungslos an. »Was habt Ihr vor?«

»Du hast mich verstanden«, warf er ihr kaltschnäuzig hin. »Ich hole mir, was mir gehört.«

Maryam war klar, dass ihr schnell etwas einfallen musste. Die kleine Schar der Schaulustigen tuschelte, und immer mehr Leute strömten aus den Häusern, um das Schauspiel nur ja nicht zu verpassen. Maryam kannte sich mit Menschenmengen aus. Sie trat noch einen Schritt zurück, dichter an Elena und die Mädchen heran.

»Ich weiß nicht, wovon Ihr sprecht, Bocelli.«

»Du hast dieses … das, was da in der Kiste liegt, nach Venedig gebracht, und jetzt will ich es zurückhaben.«

»Das kann nicht sein.« Maryam versuchte, ihrer Stimme einen möglichst vernünftigen Klang zu geben. »Ihr habt mich inständig gebeten, es Euch abzunehmen.« Ihr Herz klopfte zum Zerspringen. »Ihr habt mir dafür ein Pferd gegeben«, ergänzte sie, so ruhig sie konnte, »Ihr habt mir sogar zwei Pferde gegeben, wisst Ihr das nicht mehr?«

»Ja, so ist es, ich habe euch sehr ordentlich entlohnt.« Bocelli trat drohend auf sie zu. »Damit ihr es am Leben haltet, bis ihr die Serenissima erreicht.«

»Nein! Das war nie unsere Abmachung!«

»Du hast gesagt, dass ihr nach Venedig weiterziehen und es lebendig herbringen werdet. Nun seid doch vernünftig, wie hätte ich mich denn um das Balg kümmern sollen? Man sah doch, dass die Mutter nicht mehr lange zu leben hatte.« Er zuckte gleichgültig die Achseln. »Dann sah ich euren Auftritt in Messina, ein Haufen Frauen, selbst Missgeburten« – Bocelli prustete höhnisch –, »das war perfekt! Gib es doch zu, ihr wart froh, dass ihr es ausstellen konntet. Du hast gesagt, es wäre gut fürs Geschäft.«

»Das habe ich nie gesagt!« Maryam drückte den kleinen Sarg schützend an die Brust. Ihr Arm kribbelte eigenartig. »*Niemals* hätte ich so etwas über die Lippen gebracht.«

»Hör gut zu, du großer, ungehobelter Ackergaul …« Bocelli, den die Gegenwart der vielen Menschen nervöser machte, als er sich eingestehen wollte, verlor allmählich die Geduld. Er trat so dicht vor Maryam, dass sie seinen ekelhaften Zwiebelatem riechen konnte. »Das Balg war gut für euer Geschäft, solange es gelebt hat«, zischte er ihr wütend zu, »und jetzt, wo es tot ist, ist es gut für *mein* Geschäft, kapiert? Nun gib es endlich her.«

Er streckte die Arme aus, um ihr den Sarg abzunehmen, aber Maryam, die ihn um gut zwei Köpfe überragte, ließ sich nicht einschüchtern. Die Menge hielt den Atem an.

»Es?«, fragte Maryam mit so tiefer Stimme, dass es fast wie ein Knurren klang.

»Du weißt genau, wovon ich rede. Mach dich nicht lächerlicher, als du schon bist. Siehst du den Mann da?« Bocelli deutete in Ambroses Richtung. »Den mit dem Turban? Er wird sehr anständig dafür bezahlen. Sehr, sehr anständig.« In seinem gierigen Bestreben, den Sarg endlich in die Finger zu bekommen, verlegte er sich aufs Bitten. »Ich werde zusehen, dass ihr etwas davon abbekommt, als Entschädigung für eure Mühen. Aber keiner von uns hat etwas davon, wenn das Ding anfängt zu verwesen.«

»Signor Bocelli!« Elena konnte nicht mehr an sich halten. Sie trat vor und starrte Bocelli fassungslos an. »Was will dieser Mann mit unserem toten Kind?« Elena wandte sich an die Menge der Schaulustigen. »Ja, es ist ein totes Kind. Gott sei seiner Seele gnädig.«

Leya, eine von Elenas Töchtern, fing an zu weinen.

»Wir sind zur Einsegnung gekommen, wir wollen ihn nach kirchlichem Ritus begraben. Bitte lasst uns in Frieden ziehen.«

»Schande über Euch!«, rief eine Frau im grünen Kopftuch Bocelli zu.

»Ja, Schande über Euch!«, rief auch eine Wäscherin mit roten, rissigen Händen, die aus einem Fenster lehnte. »Lasst die armen Leute gehen, lasst sie ihr Kind begraben!« Von unsichtbarer Hand geworfen, landete ein fauler Apfel zu Bocellis Füßen.

»Wartet!«

Bisher hatte sich Ambrose schweigend im Hintergrund gehalten. Offensichtlich angewidert von dem Schmutz seiner Umgebung, hielt er sich ein Tuch vor die Nase, das ihn vor üblen Gerüchen und Krankheiten schützen sollte. Nur seine blauen, hervorquellenden Augen verrieten, dass er den Geschehnissen mit der Aufmerksamkeit eines Chirurgen folgte.

»Wartet!« Seine laute, befehlsgewohnte Stimme hallte über den Platz. »Ihr guten Leute von Dosduoro, warum verschwendet ihr euer Mitgefühl an diese Frauen? Sie sind Fremde in eurer Mitte. Nicht besser als Zigeuner …« Er machte eine Pause. »Und wir wissen alle, wie Zigeuner sind.«

Verglichen mit dem groben Dialekt der Einheimischen, klang Ambroses Italienisch trotz seiner abgehackten englischen Aussprache bezwingend herrschaftlich. Seine Worte durchschnitten das Gemurmel des Volkes mit eisiger Autorität. »Wir alle wissen, was Zigeuner tun, nicht wahr?«, fuhr er fort. »Sie lügen. Sie betrügen. Und sie stehlen …«

»Sie stehlen Kinder!«, rief ein Mann mit einem Kropf, »das wissen alle.«

»Richtig.« Ambrose zwirbelte das Tuch zwischen den Fingern. »Und Säuglinge auch, möchte ich meinen.«

Er wartete ein paar Sekunden, bis seine Behauptung sich in den Köpfen der Menschen festgesetzt hatte.

»Wer weiß, ob dieses Kind – wenn wirklich eines in der Kiste liegt – überhaupt ihnen gehört.«

Mit theatralischer Geste drückte er das Tuch wieder an die Nase. In der nun folgenden Pause breitete sich auf dem Platz ein gespanntes Schweigen aus.

»So verratet uns denn«, sprach Ambrose schließlich weiter, »wer von euch beiden die Mutter ist?« Er fixierte erst Elena und dann Maryam. Aller Augen waren auf die Frauen vor der Kirchenpforte gerichtet. Als keine von beiden antwortete, ergriff Ambrose wieder das Wort. Kopfschüttelnd seufzte er: »Keine. Ja, das habe ich mir gedacht.«

Die Zuschauer reagierten mit einem unwilligen Gemurmel, in das sich unterschwelliger Zorn mischte.

»Zigeuner bringen nichts als Schmutz und Krankheit!« Ambrose wusste, dass er die Menge nun auf seiner Seite hatte, und ging noch einen Schritt weiter: »Wer weiß, vielleicht sogar … die Pest!«

»Madonna! Was hat er gesagt?« – »Hat er gesagt, die Pest?« –

»Ja, die Pest, die Pest …« – »Also war es tatsächlich der Pestarzt, den wir gesehen haben!«

Furcht und Wut lagen in der Luft. Maryam konnte beides förmlich riechen, sie hatte fast das Gefühl, der Geruch breite sich in Schwaden um sie herum aus. Wieder spürte sie diesen Druck auf der Brust. Sie bekam kaum noch Luft.

»Ja, so ist es, die Pest!« Ambrose blickte triumphierend in die Runde. »Warum verschwendet ihr euer Mitgefühl an dieses Gewürm? Wo doch sie – diese dreckigen Zigeunerinnen hier – die schreckliche Plage zu euch gebracht haben!«

Mitgerissen von seinen eigenen rhetorischen Fähigkeiten, geriet Ambrose immer mehr in Fahrt. Aber halt! Was war das? Eine wohlbekannte englische Stimme sagte ihm etwas ins Ohr.

»Zigeunerinnen? Die Zigeuner, die ich kenne, sehen aber anders aus, Mr Ambrose.«

Ambrose fuhr herum. Als er Carew erkannte, blieb ihm der Mund offen stehen.

»Ihr seid das! Warum müsst Ihr Euch immer hinterrücks an einen heranschleichen?«

»Wer tut hier etwas hinterrücks, Mr Ambrose?«

Carew scherte sich nicht im mindesten um die Frauen oder ihr totes Kind, aber er begriff genau, was Ambrose vorhatte.

»Diese Frauen sind keine Zigeunerinnen!«, rief er der Menge zu. »Sehen sie aus wie die Zigeuner, die ihr kennt?« Er blickte in die angstverzerrten Gesichter der Zuschauer. »Warum hört ihr ihm überhaupt zu?« Er deutete mit dem Finger auf Ambrose. »Er ist ein Ausländer, ein Fremder. Wer sagt, dass nicht er es war, der die Pest mitgebracht hat?«

»Carew!« Ambrose fielen fast die Augen aus dem Kopf. »Seid Ihr verrückt geworden? Ja, so muss es sein. Ich glaube, Ihr seid geisteskrank …«

Ambroses elegante Kleidung und sein souveränes Auftreten hatten die Menschen eingeschüchtert und ihnen Achtung eingeflößt, aber bei Carew merkten sie instinktiv, dass er einer von ihnen war. Zu Ambroses Ärger hörten sie ihm gespannt zu.

»Ich kenne diesen Mann«, fuhr Carew fort, auf den immer nervöseren Ambrose deutend, »und wenn jemand ein Lügner und Betrüger ist, dann er.«

»Carew!« Ambrose senkte beschwörend die Stimme. »Was tut Ihr da? Sie werden uns in Stücke reißen …« Er warf einen angstvollen Blick auf die Umstehenden.

Aber Carew legte nur die Lippen an sein Ohr und säuselte: »Wenn sie es nicht tun, dann mache ich es. Und das ist nur die Vorspeise.«

»Was? Was maßt Ihr Euch an? Ich werde mich bei Pindar beschweren. Ich sorge dafür, dass Ihr ausgepeitscht werdet, dass man Euch kielholt …«

Carew ignorierte ihn. »Warum habt Ihr die Nachricht nicht an mich weitergegeben?«

Ambrose starrte ihn verständnislos an. »Welche Nachricht? Ich weiß nicht, was Ihr –«

»O doch, das wisst Ihr sehr gut«, unterbrach Carew ihn kalt. »Warum habt Ihr mir die Botschaft nicht ausgerichtet, Ambrose? Ich glaube, Constanza hat Euch von Anfang an richtig eingeschätzt. Ihr kennt die Geheimnisse von allen, nicht wahr? Aber keiner von uns weiß wirklich, auf welcher Seite Ihr steht.«

Der Gedanken an das, was Ambrose getan hatte, erfüllte Carew mit einem so mörderischen Zorn, dass er ihm am liebsten an Ort und Stelle den Hals umgedreht hätte. Aber er verzichtete – wenn auch widerstrebend – auf das Vergnügen, Ambroses große Nase zu Brei zu schlagen und seinen dicken, kahlen Schädel wie Eierschalen zu zerquetschen, denn es bot sich nun die Gelegenheit zu einer anderen, möglicherweise noch schmerzhafteren Strafe.

Es war klar, was sich in dem Sarg befand. Es konnte nur einen einzigen Grund geben, aus dem Ambrose hinter dem Inhalt her war: Die Kiste enthielt die kleine Meerjungfrau, auf die Ambrose schon so lange spekulierte. Carew wusste, dass er jetzt rasch handeln musste.

»Bildet Euch nicht ein, dass ich nicht weiß, worauf Ihr aus seid. Ich weiß, was in dem Sarg liegt. Ich werde Euch durch den Fleischwolf drehen«, zischte Carew Ambrose ins Ohr, »aber vorher tue ich etwas, das Euch noch viel mehr schmerzen wird.« Damit wies er auf die Frauen vor der Kirche.

»Wartet, nein ... nicht so schnell ... Ihr versteht das nicht. Ihr habt keine Ahnung, wie schwierig es war, dieses ... Wesen hierherzubekommen.« Ambrose warf Bocelli, der der Szene zwischen ihm und Carew aufmerksam gefolgt war, einen flehentlichen Blick zu. »Die Meerjungfrau ist *echt,* das schwöre ich! Es hat noch nie eine wie diese gegeben. Sie ist ein *Vermögen* wert, John!« Ambrose war das Lächeln vergangen, auf seinem Gesicht wechselten Furcht und Gier. »Sie ist unbezahlbar, ein Vermögen wert. Mehr als der Blaue Stein des Sultans!«

»Nur darum geht es Euch, nicht wahr? Was wolltet Ihr mit dem toten Kind machen?«

»Kind? Wovon sprecht Ihr? Es ist eine Missgeburt ...«

»Diese armen Frauen glauben das aber nicht.« Carews Blick ruhte einen Moment lang auf dem trostlosen Häuflein. »Sie wollen ihm ein anständiges Begräbnis geben. Und Ihr, Ambrose, was habt Ihr mit ihm vor? Es in eine Flasche einlegen, wie eine Gurke? Es räuchern wie einen Schinken? Oder vielleicht meint Ihr, in Salz hält es sich am besten? Was würden diese braven Bürger hier wohl davon halten? Ich nehme nicht an, dass sie viel über Eure Kuriositätenkabinette wissen. Ach, ich weiß: Wir fragen sie! Was haltet Ihr davon?«

»Nicht!«, stieß Ambrose mit letzter Kraft hervor.

Doch Carew marschierte schon auf die Gruppe zu. Die Aussicht, seinen Schatz zu verlieren, wirkte auf Ambrose wie ein Eimer kaltes Wasser. Er wandte sich an Bocelli, der immer noch verblüfft neben ihm stand. »Seht Euch diesen Mann genau an.«

Bocelli nickte.

»Schafft ihn mir vom Hals.«

Bocelli schien nicht gleich zu verstehen. »Aber, Signore …«

»Los schon, Mann. Es ist mir gleich, wie Ihr es anstellt. Bringt ihn um, wenn es sein muss.«

Als Maryam Carew auf sich zukommen sah, konnte sie nicht ahnen, dass er ihr nichts Böses wollte. Sie hatte versucht, dem Wortwechsel zwischen den beiden Männern zu folgen, aber ein Großteil davon hatte sich in einer Sprache abgespielt, die sie nicht verstand.

Während sie lauschte, drückte sie den kleinen Sarg an sich. Obwohl er nicht mehr wog als ein Sack Getreide, fiel es ihr immer schwerer, ihn mit festem Griff zu halten. Einer ihrer Arme fühlte sich bis zu den Fingerspitzen hinab taub an. Nicht mehr lange, dann würde ihr die Kiste aus den Händen rutschen. Elena zerrte an ihrem Ärmel, wollte ihr etwas sagen, aber Maryam hörte nichts, und als sie etwas sagen wollte, brachte sie kein Wort heraus. In ihren Ohren rauschte es.

Der *campo* war voller Menschen. Sie sah die von Angst und Hass verzerrten Gesichter, sah die Bewegung der Lippen, die Sehnen an den gereckten Hälsen. Und gleichzeitig fühlte sie sich wie in eine große Stille eingehüllt.

Die Stille war auch das Erste gewesen, das Maryam aufgefallen war, als sie die Lagune erreicht hatten. Nach so vielen Wochen auf dem offenen Meer lag das Wasser der Lagune wie farbiges Glas vor ihnen. Die Ufer der Inseln waren so flach, dass sie wie langgezogene Flöße aussahen. Kein Windhauch regte sich. Die Segel hingen nutzlos an den Masten, das einzige Geräusch an Bord war das leise Klatschen der Ruder.

Die Stadt war zum Greifen nahe, da starb das Kind. Es geschah sehr früh am Morgen, während eines Sonnenaufgangs von so exquisiter Schönheit, dass Maryam, die mit dem schlafenden Kind im Arm wie verzaubert an Deck stand, meinte, sie habe noch nie etwas so Wunderbares gesehen. Als sie den Blick senkte, sah sie, dass das Kind aufgewacht war. Zärtlich steckte sie eine Ecke der Windel fest, die sich gelöst hatte. Dann strich sie vorsichtig mit ihrem ungeübten Finger über den winzigen Kopf, auf dem feine, flaumige Haare wuchsen. Das Kind drehte den Kopf, suchte nach der Brust der Mutter, aber es weinte nicht, sondern stieß nur schwach den Atem aus. Maryam zerriss es das Herz bei diesem Anblick.

»Schau nur, *agapi mou,* schau nur, wir sind fast da. Wir werden einen Arzt finden, der uns hilft ... Einer der Matrosen kennt einen Ort ...«

Mit aller Macht schob Maryam Elenas Worte von sich fort, doch sie drängten sich trotzdem immer wieder in ihre Gedanken. *Es hat keinen Sinn, Maryam, du musst darauf gefasst sein,* hatte die Freundin traurig gesagt. *Das Kind ist inzwischen zu schwach zum Saugen. Du darfst der Mutter nicht die Schuld geben, es ist schrecklich, wenn man weiß, dass das eigene Kind sterben muss, selbst eines ... selbst eines wie dieses. Es ist Gottes Wille, Maryam.* Elena hatte tröstend die Hand auf Maryams Arm gelegt. *Aber es wird andere Kinder geben.*

Aber nicht für mich!, wollte Maryam schreien. Es gibt keinen Gott für solche wie mich! Und ich werde keine anderen Kinder haben!

Hatte sie diese schrecklichen, gotteslästerlichen Worte etwa laut ausgesprochen? Vielleicht, aber sie merkte, dass es sie nicht mehr kümmerte. Sollten sie doch über sie lachen, so viel sie wollten. Sie kannte den Ekel auf ihren Gesichtern, wenn sie die Windel abnahm, um den Säugling zu säubern, sie spürte ihr Entsetzen angesichts der Missbildung. Maryam sah das alles nicht. Sie bewunderte nur die makellosen kleinen Füßchen, die perfekten kleinen Zehen, die Fußnägel, die wie Perlmutttröpfchen glänzten.

Doch während die in Dunst gehüllte Stadt immer näher rückte, fühlten sich ihre Arme schon leer an. »Fast schon da, mein süßer Kleiner, wir finden Hilfe, du wirst sehen … Ich gebe nicht auf, ich gebe doch nie auf …«

Maryam hielt ihm den Finger hin und fühlte, wie sich die kleine Faust leichter als eine Wolke darum schloss. Es war eine Empfindung, die sie bis ins Innerste rührte. Sie ertrug kaum den Schmerz von so viel Liebe.

Als sie den Ruf eines Matrosen hörte, blickte sie auf. Er deutete auf den Horizont. Zuerst erkannte sie nichts. In der Ferne erhoben sich große, schneebedeckte Berge wie Wächter. Vor ihr lagen Nebelschwaden über dem Wasser. Die glasige Lagune war von derselben Farbe wie der Himmel. Wieder rief der Mann etwas. Ein Schwarm Vögel flatterte über den Bug des Schiffes, strich dicht über das Wasser und schoss dann wieder in die Höhe. Ihre verlorenen Schreie zerrissen die Stille.

Und dann sah sie es. Der Nebel teilte sich, und vor ihnen lag endlich die märchenhafte Stadt. Sie leuchtete rosig und golden in der Morgendämmerung, und es kam Maryam vor, als müsse sie von Engeln statt von Menschen bewohnt sein.

Als sie sich liebevoll dem Kind zuwandte, war dessen Brustkorb ganz ruhig. Seine Augen waren geöffnet, aber glasig und starr. Alle vier Matrosen mussten Maryam festhalten, damit Elena ihr das tote Kind aus den Armen nehmen konnte.

Immer mehr Menschen strömten in den *campo,* und Maryam fühlte sich sterbensmüde.

Dabei hatte sie sich für so schlau gehalten, als sie Bocelli dazu gebracht hatte, ihr für die Meerjungfrau und ihr Kind zwei Pferde zu geben. In Wirklichkeit war es genau umgekehrt gewesen: Er hatte *sie* nach Strich und Faden betrogen. Und sie hatte es ihm so leicht gemacht! Das Segelboot, das gerade zur rechten Zeit eintraf, die Matrosen, die so bereitwillig die Frauen auf den weiten Weg nach Venedig mitgenommen hatten, all das hätte sie stutzig machen müssen. Die Seeleute hatten sogar gewusst, dass man das Kind zum *Ospedale degli Incurabili* bringen konnte. Es war alles furchtbar offensichtlich. Sie war die ganze Zeit nur eine Marionette gewesen, die nach der Melodie eines anderen tanzte.

Als Carew nun auf sie zueilte, wurde alte Erinnerungen wieder lebendig, und sie sah nicht ihn, sondern die Gesichter all jener Männer, die sie vor so vielen Jahren missbraucht, gequält und verspottet hatten.

Maryam rannte los. Mit dem winzigen Sarg in den Armen drängte sie sich blindlings durch die Menge. Männer und Frauen stoben auseinander, manche stürzten zu Boden. Maryam bemerkte es nicht, in ihrer Welt war es totenstill geworden. Ihr Herz hämmerte, während sie zur Rückseite der Kirche lief und versuchte, die Gasse wiederzufinden, die zum Ospedale zurückführte, aber sie bog in die falsche ein. Eine schmale Brücke führte über einen Kanal, und Maryam stellte fest, dass sie hier noch nie gewesen war. Sie stand plötzlich vor einer Hauswand. Ging es rechts oder links richtig weiter? Sie zögerte für einen Moment und entschied sich für den *portego* zu ihrer Linken. Nach wenigen Metern hörte auch dieser Weg auf.

Vor ihr lag eine ausgedehnte Wasserfläche. Hinter sich hörte sie das Keuchen ihrer Verfolger. Es gab keinen Ausweg mehr, keine Fluchtmöglichkeit. Als sie sich umdrehte, sah sie in Bocellis Hand etwas Metallisches aufblitzen.

Da wusste sie, was ihr bevorstand. Sie würde kämpfen müssen. Hatten die Männer Hunde mitgebracht? Irgendwo kläfften Hunde. Maryam hatte einen seltsamen Geschmack im Mund und glaubte einen Moment lang, sie werde sich übergeben müssen. Sie hatte das Neugeborene in seinem kurzen, mühseligen Leben nicht retten können. Aber jetzt würde sie es retten, und wenn es das Letzte war, was sie tat. Sie würde es nicht diesen Männern ausliefern.

Was immer geschah, sie durften ihr dieses Kind nicht entreißen. Das hatte sie versprochen.

Ich schwöre es.

Bei meinem Leben.

Aber als sich Maryam umdrehte, begriff sie, dass sie keine Kraft mehr zum Kämpfen hatte. In der nächsten Sekunde wusste sie, was sie zu tun hatte. Mit dem kleinen Sarg in den Armen trat sie dicht ans Wasser und sprang.

Maryam und das Kind sanken gemeinsam in die Tiefe und wurden vom grünlichen Wasser verschlungen. Nichts konnte sie mehr trennen.

Kapitel 33

Als Carew zu sich kam, läuteten Glocken. Er lag auf dem Pflaster einer feuchtkalten Sackgasse, den Geruch von altem Urin in der Nase. Am Hinterkopf verspürte er ein dumpfes, beunruhigendes Pochen.

Ein paar Sekunden lang wusste er nicht, wo er war. Er setzte sich auf und griff sich an den Schädel. Unter den verklebten Haaren hatte sich eine eiförmige Beule gebildet. Irgendwo in der Nähe weinte jemand.

Wenige Meter entfernt stand eine Frau am Rand des Canale della Guidecca und starrte ins Wasser. Als sie hörte, dass er sich bewegte, drehte sie sich zu ihm um. Ihr Gesicht war tränenüberströmt.

Carew wollte etwas sagen, aber er stellte fest, dass er kein Wort herausbrachte. Die beiden sahen sich wortlos an, wie Überlebende eines Schiffbruchs. Die Frau sank zu Boden und bedeckte das Gesicht mit den Händen. Carew stemmte sich in eine halb sitzende Position hoch. Er spürte, dass er bis auf die Haut durchnässt war. In seinen Ohren klingelte es.

Allmählich kehrte die Erinnerung zurück: die Szene auf dem *campo,* die Frauen, die sich vor der Kirche zusammendrängten, das unerwartete Auftauchen von Ambrose und dessen Begleiter, der anscheinend für ihn arbeitete. Und dann die große, hässliche Frau, die er zunächst für einen Mann gehalten hatte, mit dem winzigen Sarg in den Armen, die fortlief …

»Was ist mit ihnen passiert?«, rief er der zusammengesunkenen Frau zu, aber sie schien ihn nicht zu hören.

Carew richtete sich mühsam ein Stück weiter auf und ächzte vor Schmerz. Nicht nur sein Kopf brummte, auch die Rippen taten ihm weh, als hätte jemand gegen seinen Brustkorb getreten.

»Wie heißt du?«

Der Frau liefen die Tränen übers Gesicht. »*To onoma mou inai Elena.* Elena.«

»Elena.« Er erinnerte sich dunkel an die beiden Kinder, zwei Mädchen, die sie auf dem *campo* bei sich gehabt hatte. »Wo sind deine beiden Kleinen?«

»Ich habe sie ins *Ospedale* geschickt«, erwiderte die Frau matt, »jemand muss es der Mutter sagen.«

»Der Mutter?«

»Der Mutter des toten Kindes.«

Das hatte Carew erst einmal zu verdauen.

»Die Mutter kann nicht gehen … ihre Beine …« Elena konnte vor Erschöpfung kaum weitersprechen. »Sie erinnert sich jetzt wieder an manches … aber nicht an alles.«

Grundgütiger! Carew schloss die Augen. Wovon sprach die Frau? Und was zum Teufel machte er hier? *So, sie haben dich also halbtot in einer gottverlassenen Sackgasse liegen gelassen,* hörte er im Geiste Pauls spöttische Stimme. Welch eine Überraschung.

Er würde sich schnellstens davonmachen. Was gingen ihn diese Frauen mit ihrem toten Kind an? Gar nichts. Er war auf dem Rückweg zum Kloster gewesen. Und dort wäre er jetzt bereits, hätte ihm Ambrose Annettas Botschaft ausgerichtet. Er versuchte aufzustehen, aber der Schmerz packte ihn und er sank aufstöhnend wieder in sich zusammen.

Ambrose! Ambrose und seine verdammte Meerjungfrau! Na, immerhin würde er sie jetzt nicht in die Finger bekommen. Beim Gedanken daran, was für ein Gesicht Ambrose ziehen würde, wenn ihm das klar wurde, musste Carew lachen – aber das Lachen verging ihm, als ihm ein stechender Schmerz zwischen die Rippen fuhr.

Er beschloss, sich noch ein paar Minuten auszuruhen, und schloss die Augen. »Wohin sind sie – die beiden Männer?«, rief er zu der Frau am Wasser hinüber. »Hast du sie gesehen?«

Als sie nicht antwortete, öffnete er die Augen und sah, dass ihr Blick auf ihn gerichtet war. Aus ihrer kummervollen Miene sprach eine klare, wache Intelligenz.

»Dieser Mann, dieser Bocelli, wollte Euch umbringen«, sagte sie nach einer Weile.

»Der mit dem Lederranzen?«

»Ja, der.«

Bocelli. So hieß er also.

»Der andere hat ihn dazu aufgehetzt, der mit dem gelben Turban. Ich habe sie beobachtet. Er hat Euch von hinten auf den Kopf geschlagen und Ihr seid in den Kanal gefallen. Ihr habt versucht, Maryam vom Springen abzuhalten.«

Er starrte sie an. Dann hatte Ambrose also seinen Tod gewünscht. Das war unglaublich. Die Frage lautete nur – warum?

»Der Mann mit dem gelben Turban? Bist du sicher?«

»Ja. Der stämmige. Er hat Bocelli sein Messer gegeben …« Aus den Falten ihres exotischen, langärmeligen Gewandes zog die Frau einen kleinen Dolch mit einem Griff aus Knochen. »Zum Glück konnte ich es ihm abnehmen«, fügte sie sachlich hinzu, »deshalb hat er dann seinen Stock benutzt.«

Der Dolch, den sie in der ausgestreckten Hand gehalten hatte, damit Carew ihn inspizieren konnte, schien sich durch eine kaum wahrnehmbare Bewegung in Luft aufzulösen.

Carew war sprachlos.

»Wie hast du das gemacht?«

Elena brachte ein schwaches Lächeln zustande. »Entschuldigt. Reine Gewohnheit.« Und bevor sich Carew noch von seiner Überraschung erholt hatte, lag der Dolch wieder auf ihrer Hand.

»Davon lebe ich.«

»Das verstehe ich nicht.«

»Ich ziehe mit einer Gauklertruppe durch die Lande, wir sind nur Frauen.« Sie verstummte. »Aber ich weiß nicht, was jetzt aus uns wird, wo Maryam …« Ihre Stimme brach, doch sie fasste sich wieder und fuhr fort: »Meine Spezialität sind Zauberkunststücke. Illusionen.« Sie lächelte versonnen. »Einmal sind wir in Konstantinopel vor dem Sultan aufgetreten.«

Konstantinopel! Schon wieder musste jemand diesen verhassten Ort erwähnen!

»Ihr solltet Euch etwas für die Wunde am Kopf besorgen«, sagte Elena stirnrunzelnd.

Carews Hand fuhr zu der blutigen Beule auf dem Hinterkopf. »Immerhin lebe ich noch, oder?«

»Und was ist mit Eurem Ohr passiert?«

Das Ohr. Verdammt! Das hatte er ganz vergessen.

»Ihr könnt mit mir ins *Ospedale* kommen, wenn Ihr wollt«, bot die Frau an, als habe sie seine Gedanken gelesen. »Dort gibt es Wasser. Ich kann die Wunde auswaschen.«

»Vielen Dank, lieber nicht.« Mühsam richtete sich Carew auf. Auf keinen Fall wollte er sich noch länger mit diesen Frauen abgeben. »Ich wohne gleich um die Ecke … glaube ich wenigstens«, sagte er vage. Ihm war so schwindlig, dass er sich mit einer Hand an der Hauswand abstützen musste. Doch er schaffte es, auf die Beine zu kommen.

»Dann leb wohl. Es tut mir leid um deine Freundin.«

Er wusste, er hätte die Frau nach ihrer Zeit in Konstantinopel ausfragen sollen, Paul zuliebe, aber diese Überlegung wich rasch dem Ärger über das, was Paul mit seinem Ohr angestellt hatte.

Harem. Juwelen. Celia Lamprey. Zur Hölle mit alledem! Eine Woge der Übelkeit überkam ihn. Sollten sie ihn doch alle in Ruhe lassen. Pindar konnte sich allein mit dieser Geschichte herumplagen.

»Leb wohl«, wiederholte er und hob eine zittrige Hand als Abschiedsgruß. Aber die Frau schien ihn nicht zu hören. Einsam und allein saß sie mit ihrem langen, blassen Gesicht am Rand des Kanals, als könne sie immer noch nicht recht glauben, dass ihre große Freundin darin verschwunden war, als hoffe sie, dass sie wieder aus den Fluten auftauchen werde.

Was würde jetzt aus ihr werden?, fragte sich Carew. Aus ihr und den beiden kleinen Mädchen? Würde die Gruppe auseinanderbrechen? Würden die Zauberkunststücke für ihren Lebensunterhalt ausreichen oder würde sie andere Dinge tun müssen, um zu überleben? Er hatte Frauen wie sie in ganz Europa getroffen und wusste nur zu gut, welches Schicksal sie im Zweifelsfall erwartete.

Aber das sollte nicht sein Problem sein. Er würde ein letztes Mal versuchen, Annetta im Kloster wiederzusehen, und in ein paar Tagen wäre er fort. Jenseits des Wassers konnte er in der Ferne schwach die Insel Giudecca erahnen, deren Kirchen und Lustgärten das Licht auffingen. Ob Constanza wohl noch dort war? Würde er *sie* je wiedersehen? Zahlreiche Gondeln und Kähne fuhren über den belebten Kanal, das Leben ging weiter, als sei nichts geschehen.

Schweigend wandte sich Carew ab und taumelte durch die menschenleere Gasse zurück in Richtung Kirche. Die Stimme der Frau holte ihn ein.

»Kyrie!«, rief sie ihm nach, »dieser Bocelli …«

Widerstrebend blieb Carew stehen. »Was ist mit ihm?« Er war noch nie im Leben so müde gewesen.

»Wisst Ihr, wo ich ihn finden kann?«

»Nach allem, was du mir erzählt hast, würde ich ihm lieber aus dem Weg gehen, wenn ich du wäre.«

»Er ist ein Lügner und ein Dieb.« Carew musste sich anstrengen, ihre Worte zu verstehen.

»Unter anderem«, erwiderte er trocken.

Aber Elena hing ihren eigenen Gedanken nach. »Die Mutter des Säuglings –«

»Was ist mit ihr?«, unterbrach sie Carew ungeduldig.

»Er hat ihr etwas gestohlen, das weiß ich genau«, stieß sie empört hervor. »Es muss Bocelli gewesen sein.«

Carew verstand nicht recht, was sie ihm mitteilen wollte, und schwieg.

»Sie kann sich nicht mehr daran erinnern, was es war, aber sie hört nicht auf, danach zu suchen.« Elena schüttelte ratlos den Kopf. »Sie hat einen Namen dafür, aber ich kann nichts damit anfangen.«

»Ich auch nicht«, murmelte Carew vor sich hin.

Entschlossen drehte er sich um und ging. Annetta wiederzusehen, das war das Einzige, was er noch wollte. Ihr Gesicht ging ihm nicht mehr aus dem Sinn. Sie finden – und dieser ganzen Hässlichkeit entkommen.

»Signore«, hörte er Elenas Stimme schon weit hinter sich, »bitte, Signore, bleibt doch noch einen Augenblick stehen …«

Aber der Schmerz in ihren Augen war Carew plötzlich unerträglich. Er tat so, als habe er sie nicht gehört, und beschleunigte die Schritte.

Kapitel 34

Zuanne Memmo legte einen Samtbeutel mitten auf den runden Tisch.

»Meine Dame, meine Herren …« Er blickte sich Aufmerksamkeit heischend in dem achteckigen Raum um, in dem sich die maskierten Spieler zum ersten Mal eingefunden hatten. Als er sicher sein konnte, dass ihm alle zuhörten, kippte er den Inhalt des Beutels auf die Tischplatte. Klappernd rollte ein runder Gegenstand von unbestimmbarer Farbe auf die Platte.

Im Raum herrschte atemloses Schweigen, während aller Augen auf den Hauptgewinn gerichtet waren. Paul Pindar spürte, wie sich vor Aufregung seine Nackenhaare sträubten.

So lange hatte er darauf gewartet! Er sah zu, wie Memmo das Prunkstück an sich nahm und auf der leicht zitternden Handfläche wog. Ohne ein Wort ließ er die Versammelten den Vorgeschmack auf das Kommende genießen.

»Meine Dame, meine Herren«, wiederholte Memmo leise, während sein Blick von einem zum anderen wanderte, »ich präsentiere: den Blauen Stein des Sultans.«

Ein unterdrücktes Murmeln erhob sich im Raum. Der Diamant funkelte im Widerschein von hundert Kerzen und sandte eigentümliche Lichtstrahlen aus, eisfarben, mysteriös wie das Mondlicht, aber so klar, so rein, dass das Licht von einer tief im Stein verborgenen Quelle herzurühren schien.

Für Pauls Empfinden leuchtete er doppelt so hell wie beim ersten Mal.

In diesem Moment betrat ein Diener den Raum und flüsterte Memmo etwas zu.

»Ich bitte um Verzeihung, meine Herrschaften«, sagte dieser, »es wird nicht lange dauern.«

Als Memmo fort war, legte sich ein angespanntes Schweigen über den Raum. Sechs Personen waren zum Spiel zugelassen worden, fünf Männer und, zu Pauls nicht gelinder Überraschung, eine Frau. Alle waren sorgfältig maskiert. Ihrer aller Gewinne beim *primero* sowie Wertgegenstände oder Bargeld im Wert von zehntausend Dukaten, die Memmo im Voraus von jedem Einzelnen verlangt hatte, dienten als Sicherheit für die enormen Verluste, die bis auf einen Spieler, den Gewinner, alle in dieser Nacht zu gewärtigen hatten. Zuanne Memmo ging keine Risiken ein.

Die maskierten Gestalten, die bisher starr und stumm wie Wachsfiguren am Tisch gesessen hatten, erwachten langsam wieder zum Leben. Einander zugeneigt wie Verschwörer, tauschten sie geflüsterte Bemerkungen aus. Nur Paul Pindar, der wie üblich schwarz gekleidet war, nahm nicht an der Unterhaltung teil. Er beobachtete die Runde, um seine Gegner im kommenden Spiel besser einschätzen zu können.

Dann meldete sich der Mann rechts neben Paul zu Wort. »Bei allen Heiligen«, sagte er, »habt Ihr jemals so etwas gesehen? Dreihundert Karat!«

Paul musterte seinen Nachbarn durch die schmalen Augenschlitze der Gesichtsmaske. An einem Daumen steckte ein schwerer goldener Siegelring. Demnach ein älterer Mann, und, nach der Stimme zu urteilen, ein Patrizier. Ein Liebhaber schöner Dinge. Die Qualität seiner Kleidung – das feine Leinen seines Untergewands war mit Goldfäden durchwirkt – verriet seine adelige Herkunft. Ein Aristokrat, der das über

Generationen erworbene Vermögen einer alten venezianischen Familie nach Belieben an Spieltischen verschleudern konnte.

»Dreihundert Karat? Der Blaue Stein des Sultans hat dreihundertundzwanzig Karat. Ich habe mit eigenen Augen gesehen, wie er gewogen wurde. Ein vollkommener Diamant, makellos, unfassbar«, ließ sich ein zweiter Spieler vernehmen, der in Ermangelung weiterer Worte nur noch den Kopf schütteln konnte.

»Aber woher Memmo ihn bekommen hat, das wüsste ich gern«, warf ein dritter Spieler ein, der Paul gegenüber auf der anderen Seite des Tisches betont lässig auf seinem Stuhl fläzte.

»Eine Spielschuld natürlich, wie wäre er sonst an so etwas Kostbares gelangt?«, erwiderte der erste Spieler im Brustton der Überzeugung. »Irgendein armer Narr hat ihn am Kartentisch verloren.«

»Den Blauen Stein des Sultans beim Kartenspiel verloren?«, entgegnete der Mann, der Paul gegenübersaß. Er lachte trocken. »Dann muss er verdammtes Pech gehabt haben.«

Seine Stimmlage und sein schmaler Körperbau deuteten darauf hin, dass er viel jünger als die ersten beiden war. Paul hatte ihn durch die Augenschlitze genau im Blickfeld. Auch der jüngere Spieler war unverkennbar ein Aristokrat, seine Ausstattung und sein arroganter Ton ließen keinen anderen Schluss zu. Paul kannte diese Sorte Edelmann nur zu gut, denn er hatte häufig gegen sie gespielt: junge Männer, noch fast Jugendliche, die leichtsinnig ein Vermögen aufs Spiel setzten, das sie noch nicht einmal geerbt hatten.

»Er hat Recht, woher sollen wir wissen, dass der Stein nicht gestohlen ist?«, wandte der zweite Spieler ein.

»Pah! Was spielt das für eine Rolle? Ich wüsste lieber, warum der Cavaliere ihn nicht einfach behält?« Das war die Stimme der einzigen Frau in der Runde, einer Kurtisane mit dem tiefen Dekolleté ihres Berufsstandes und der auffälligen Frisur, die ihn ebenfalls kennzeichnete – zwei Haarrollen an den Schläfen. Paul hörte genau hin und fragte sich, ob er die Frau bei Constanza wohl einmal getroffen hatte. Aber die Maske dämpfte ihre Stimme und er konnte sie nicht zuordnen. Sie war ihm so fremd wie die anderen drei am Tisch.

»Was, Zuanne Memmo sollte den Blauen Stein des Sultans behalten?«, entgegnete der Mann mit dem Siegelring verächtlich. »Was könnte ein Mann wie er wohl damit anfangen? Der Stein bedeutet ihm nichts. Er hat keinen Sinn für Schönheit. Geld ist das Einzige, was ihn interessiert.«

»Aber den Blauen Stein besitzen … Er ist ein Vermögen wert!« Die Stimme der Kurtisane klang gepresst, als bekäme sie in der stickigen Atmosphäre des kleinen Raums keine Luft.

»Und was würde der Cavaliere damit anfangen?« Der alte Edelmann spuckte die Worte förmlich aus. »Der Stein als solcher hat keinen Wert für ihn.« Er lachte höhnisch auf. »Genau darum geht es, Madame: Der Blaue Stein des Sultans ist nichts wert – und er ist gleichzeitig von unschätzbarem Wert.«

»Er ist wertlos? Ist es das, was Ihr sagen wollt?« Der junge Mann lehnte sich zurück und stemmte die Füße gegen den Tisch. »Nicht, dass es mich kümmert«, fügte er prahlerisch hinzu, »ich bin hier, um Karten zu spielen, nicht wegen eines Stückchens farbigem Glas.«

Paul spürte am Tisch die leichten Vibrationen, die der junge Mann verursachte, indem er unablässig mit einem Fuß gegen den anderen stieß. Nicht ganz so unbekümmert, wie er tut, dachte Paul. Man erkannte sofort, dass er eine sorgfältig einstudierte Rolle spielte. Unter seiner scheinbaren Gelassenheit war er gespannt wie eine Sprungfeder, voller nervöser Energie. Er würde Fehler machen.

»Nein, mein Herr«, erwiderte der ältere Mann kühl. »Ich

wollte nicht andeuten, dass der Stein wertlos sei. Er ist unbezahlbar.«

»Was dieser werte Herr sagen will, Madame, ist, dass der Diamant nur so viel wert ist, wie jemand für ihn zu geben bereit ist.« Pauls Nachbar zur Linken sprach mit leichtem Akzent und musste, wie Paul an seiner relativ nüchternen Kleidung erkannte, ein Kaufmann sein wie er selbst. An die Kurtisane gewandt, die links neben ihm saß, fuhr der Mann in höflichem Ton fort: »Ich hörte, dass der Cavaliere einen Käufer gesucht hat, aber niemand wollte ihm den Stein abkaufen.«

»Und ich habe gehört, dass er den Diamanten möglichst rasch loswerden wollte«, mischte sich der junge Adelige ein. »Er hat Angst, dass der Rat der Stadt von diesem *ridotto* erfährt. Manche behaupten sogar, der *ridotto* könnte jeden Moment geschlossen werden. Ihr wisst, wie es in Venedig zugeht. Alle wissen von dem Stein. Ich schätze, Memmo hat Angst, dass sie ihm auf die Schliche kommen, bevor er ihn loswird. Deshalb hat er das Spiel so hastig arrangiert.«

»Nicht schnell genug, wenn Ihr mich fragt. Wie lange will er uns noch warten lassen?«, beschwerte sich der ältere Adelige ungeduldig. »Wohin ist der Idiot verschwunden?«

Er drehte sich um und sah zur Tür, aber von Memmo keine Spur.

Die Spieler versanken erneut in Schweigen und betrachteten den Diamanten, der auf der schwarzen Tischplatte auf seinem Samtbett lag.

Einer der Spieler hatte, wie Paul, bisher noch kein Wort von sich gegeben. Der sechste in der Runde war ein dunkelhaariger junger Mann mit einer goldenen Maske, möglicherweise noch jünger als der unruhige Geselle, neben dem er saß. Er konnte seine Neugier nicht bezwingen und streckte die Hand nach dem Diamanten aus. Fast hätte er ihn angefasst, hätte die Kurtisane nicht erschrocken seinen Arm zur Seite geschoben.

»Seid Ihr noch bei Trost, Signore? Hat Euch niemand von dem Fluch erzählt?«, fragte sie entsetzt. »Nur der rechtmäßige Besitzer des Steines darf ihn berühren. Wenn ihn ein anderer anfasst, bringe es ihm *sfortuna* – Unglück, großes Unglück.«

»Ach, diese Altweibermärchen!«, bemerkte der Mann mit dem Siegelring abfällig.

»Wir kennen diese Geschichte alle«, sagte der Kaufmann. »Der Stein bringt der Person, die ihn besitzt, Glück oder Unglück – wer will das entscheiden?« Er zuckte die Achseln. »Aber Ihr solltet nicht alles glauben, was am Rialto erzählt wird.« Man konnte hören, dass er bei diesen Worten lächelte.

»Aber glaubt mir, es ist *sfortuna*, ich versichere es Euch ...« Die Kurtisane zog die Hand vom Tisch.

Paul bemerkte, dass der junge Mann wie erstarrt auf seinem Stuhl saß und keinen Versuch mehr unternahm, den Stein zu berühren. Er fasste einen Entschluss. »Seht her«, forderte er die Umsitzenden auf, »ich habe keine Angst.« Er streckte den rechten Arm aus, nahm den Diamanten zwischen Daumen und Zeigefinger und legte ihn sich vorsichtig auf die ausgestreckte Linke. Er spürte ein schwaches Kribbeln. Die Kurtisane hielt schockiert den Atem an. Die anderen schwiegen betreten und beobachteten Paul argwöhnisch.

»Wenn wir diese Geschichten glauben – wer von uns soll den Stein dann überhaupt je berühren?«, fragte Paul seine Mitspieler. »Wer will entscheiden, wem ein solcher Stein gehören soll? Einer aus unserer Runde wird den Stein heute gewinnen, aber ist er damit der rechtmäßige Besitzer? Wir alle wissen, wie der Stein hierherkam – eine Spielschuld, behauptete Memmo –, aber woher hatte der Spieler ihn, der ihn verlor? Ihr habt Recht, mein Herr, wenn Ihr sagt, der Stein sei von unschätzbarem Wert«, wandte er sich an den Mann mit dem Siegelring. »Es heißt, prächtige Edelsteine wie dieser würden selten auf dem Markt gekauft und verkauft. Sie werden verschenkt. Oder, was wahrscheinlicher ist, mit Gewalt genommen. Und glaubt Ihr etwa, Memmo würde uns die Wahrheit sagen, selbst wenn er sie wüsste?«

Der Stein blitzte bläulich und geheimnisvoll auf seiner Hand. Paul strich mit dem Finger über die winzige arabische Inschrift. »Hier steht *A'az ma yutlab,* mein Herzenswunsch.«

Einige Minuten lang sagte niemand etwas.

Dann brach der junge Edelmann mit einem künstlichen Lachen das Schweigen. »Seht an, der englische Kadaver hat tatsächlich eine Stimme.«

»Kein Kadaver, sondern ein Philosoph«, korrigierte der ältere Mann und nahm Paul interessiert in Augenschein.

»Was wollt Ihr damit andeuten, Signore?«, fragte die Kurtisane. Sie hob ihren Schleier und fächelte sich träge Luft zu. »Ihr wollt doch sicher nicht vorschlagen, dass wir den Diamanten dem Großtürken zurückgeben?«

»Nein, Madame«, entgegnete Paul brüsk. »Der Großtürke hat schon genug in seinem Besitz, was ihm nicht gehört.«

Seine Hand zitterte. Prosperos Worte fielen ihm ein: *Man sagt, dass Edelsteine weiterwandern. Es hat keinen Sinn, nach dem Warum zu fragen oder es verhindern zu wollen.* Paul starrte auf den Diamanten. Würde er bei ihm bleiben? Er hatte alles auf ihn gesetzt, seinen gesamten Besitz. Aber was empfand er jetzt? Das Kribbeln hatte aufgehört. Er empfand gar nichts. War er verrückt, wie Carew immer meinte? Vielleicht. Ein Stein konnte ihm Celia nicht zurückbringen. Wie hatte er das nur glauben können? Ein furchterregendes, böses Leuchten schien plötzlich von dem eisblauen Diamanten auszugehen, wie von einem lebendigen Wesen. Rasch legte Paul ihn auf seine samtene Hülle zurück.

Die anderen Spieler wandten sich der Tür zu. Memmo war eingetreten.

»Seid Ihr bereit?«

Ein Diener raffte den schweren Vorhang vor der Durchgangstür und die Spieler standen auf, um Memmo in den Spielsaal zu folgen.

»Aber, Signore«, flüsterte die Kurtisane Paul im Gehen zu, »wenn es stimmt, was Ihr sagt, was sollen wir dann tun?«

»Wir tun das Einzige, was wir können. Wir spielen Karten.« Paul nahm einen tiefen Atmenzug. »Lassen wir Fortuna entscheiden.«

Es gab kein Zurück mehr.

Kapitel 35

Später konnte Paul sich nicht mehr erinnern, wie lange sie gespielt hatten. Es mochten zwei, genauso gut aber auch drei volle Tage und Nächte gewesen sein. Er bezweifelte, dass irgendeiner von ihnen außer Zuanne Memmo es hätte sagen können.

In der Welt jenseits des schönen, hohen Raums mit seinen spiegelverglasten Wänden musste das Leben weitergegangen sein wie immer, in dieser Welt, in der die Sonne auf- und unterging, Kaufleute ihre Geschäften tätigten, Schiffe andockten und ablegten. Dieser Welt, in der Frauen und Männer einander begegneten, sich verliebten, starben. Doch in Zuanne Memmos *ridotto* war es immer Nacht, die schweren Samtvorhänge blieben stets geschlossen, und ständig brannten tausend Kerzen.

Am ersten Abend glaubte Paul noch ein Gefühl für die natürlichen Rhythmen seines Körpers zu haben. Dachte, er wüsste, wann sein Körper etwas zu essen oder zu trinken oder Schlaf brauchte. Doch bald verlor er jedes Gefühl für seine körperlichen Bedürfnisse und gab sich mit Leib und Seele den Karten hin, die ihm das Hirn benebelten und die Seele zermalmten.

Aufdecken. Setzen. Tauschen. Legen. Mitgehen. Aussteigen. Überbieten.

War er glücklich? Er wusste es nicht. Er konnte nicht denken.

Er lebte. Das war genug.

Mischen.

Aufdecken, um festzustellen, wer gibt.

»Ich habe ein Ass.«

»Ich eine Vier.«

»Ich eine Bildkarte.«

»Ich auch.«

»Ich auch.«

»Und ich eine Sieben.«

Die Karten an den Geber weiterreichen, den mit der Sieben.

Austeilen.

Eins, zwei. Eins, zwei. Eins, zwei. Eins, zwei. Eins, zwei. Eins, zwei.

Kelche. Münzen. Stäbe. Schwerter.

»Passe.«

»Passe.«

»Passe.«

»Ich setze hundert Dukaten.«

»Weg.«

»Weg.«

»Ich auch.«

»Das muss ich mir anschauen. Gebt.«

Der Geber teilt weitere Karten aus.

Eins, zwei. Eins, zwei. Eins, zwei. Eins, zwei. Eins, zwei. Eins, zwei.

Jetzt hat jeder Spieler vier Karten.

»Ich will sehen, wie viel Ihr habt.«

»Seht hier. Lasst alle sich beteiligen.«

»Ich muss wieder passen.«

»Ich auch.«

»Und ich.«

»Ich setze alles.«

»Ich will sehen.«

»Da kann ich nicht mithalten.«

»Es war eine *primiera.*«

»Ich hatte einen *fluxus.*«

Und so weiter und so fort. Von Zeit zu Zeit kam Bewegung in die Sache. Statt einer *primiera,* einer Karte von jeder Farbe, gab es einen *supremus* oder einen *numerus* oder einen *fluxus.* Nur das höchste Blatt, vier Karten gleichen Werts – ein *chorus* –, war keinem von ihnen vergönnt.

Die ganze Zeit über wuchs und schrumpfte der Dukatenstapel vor jedem Spieler wie der Wasserspiegel im Meer, der sich im Lauf der Gezeiten hebt und senkt.

Gelegentlich brachte ein Lakai eine Platte kaltes Fleisch, etwas Brot und Obst, ein Glas Wein. Gelegentlich entfernte sich der eine oder andere Spieler für ein paar Minuten, um sich auf dem *po* hinter der Tür zu erleichtern. Weitere Diener kamen herein, um die verlöschenden Kerzen zu ersetzen oder die Binsenmatten auf dem Fußboden zu befeuchten. Bei diesen Gelegenheiten entspannen sich halbherzige Gespräche unter den Spielern. Als Paul einmal sein Kompendium herausnahm, fiel ihm auf, dass die anderen ihn neugierig ansahen.

»Was habt Ihr da? Ist das Euer Glücksbringer, Engländer?« Der ältere Aristokrat mit dem Daumenring lehnte sich zu ihm hinüber.

Paul küsste die Messingverkleidung mit den verschlungenen Lampreten und steckte das Gerät kommentarlos fort.

»Zwei Aale! Ich hoffe, die bringen Euch mehr Glück als bisher.« Gelangweilt streckte der alte Mann die Arme über den Kopf, doch Paul hörte den Spott in seiner Stimme. »Aber nicht heute Nacht, oder was meint Ihr, mein Herr?«

Die dichte Menge von Zuschauern, die sich zu Beginn des Spiels um sie versammelt hatte, war bald auf eine Handvoll Unermüdlicher geschrumpft. In seinem angestrengten Bemühen, sich auf das Spiel zu konzentrieren, seine Gegner zu durchschauen und die eigene Taktik zu verbergen, nahm Paul sie kaum war. Aus der Ferne war leises Glockengeläut zu hören, ein hohler, blecherner Klang, der sich mal entfernte und mal näher kam. Brach bereits der Morgen an? Paul versuchte sich auszumalen, wie die Dämmerung die Lagune erhellte und wie schön das war: die erste köstliche Morgenbrise nach einer langen, schwülen Nacht. Unter den Fenstern die sich sanft kräuselnde Wasseroberfläche, die im ersten Licht klar und blau erglänzte ...

Doch die Vision verging schnell. Es gab keine andere Welt als diese hier, und er wollte auch keine andere. Als er aufblickte, stellte er überrascht fest, dass die sechs Spieler den großen Raum nahezu für sich hatten. Die fieberhafte Ausgelassenheit der Zuschauer war einer matten Teilnahmslosigkeit gewichen. Es hatte den Anschein, als seien sogar die Spieler selbst gelangweilt. Zuanne Memmo döste in einem Sessel. Der junge Adlige las in einem schmalen, in Leder gebundenen Gedichtband und warf nur hin und wieder einen prüfenden Blick auf seine Karten. Paul wäre fast auf diesen Trick hereingefallen, hätte er nicht instinktiv gespürt, dass er beobachtet wurde, und gelegentlich einen scharfen Blick aufgefangen, der zwischen den Spielern hin und her huschte und sehr oft auf ihm, Paul, ruhte. Da versuchte jemand, sein Blatt zu ergründen, ihm die Gedanken aus dem Hirn zu saugen wie das Mark aus einem Knochen.

Jeder von ihnen spielte Theater, auch wenn es den Außenstehenden verborgen blieb. Der Kaufmann zog einen Zettel hervor und vertiefte sich in säuberlich geschriebene Zahlenkolonnen. Irgendwann wurde Paul gewahr, dass der ältere Adlige mit dem Gesicht nach unten über dem Tisch zusammengesackt war – nicht tot, wie Paul erst dachte, sondern vom Schlaf übermannt. Nur der Mann mit der goldenen Maske schien sich rundum wohl zu fühlen. Er sprach nur, wenn es unbedingt nötig war.

Zunächst war Paul fasziniert von diesem stummen Spieler in ihrer Mitte. Obwohl er sein Gesicht nicht sehen konnte, wurde ihm schnell klar, dass der Mann älter sein musste, als es zunächst den Anschein gehabt hatte. Irgendetwas an ihm – die Art, wie er saß oder wie er die Karten mischte – kam Paul vertraut vor. Wahrscheinlich hatte er schon einmal gegen ihn gespielt, im Zeichen des Pierro oder einem der anderen *ridotti,* die er in den letzten Monaten so oft aufgesucht hatte.

Zu Beginn hatte er versucht, sich die charakteristische Spielweise jedes einzelnen seiner Gegner einzuprägen. Am leichtesten zu durchschauen waren der Kaufmann und der ältere Adlige. Der eine war übervorsichtig und stand zu sehr unter Spannung, der andere machte zu viel Wind. Paul wusste von Anfang an, dass beide keine echte Bedrohung darstellten. Der junge Adlige hingegen erwies sich als mit allen Wassern gewaschener, raffinierter Spieler, der keineswegs so unbesonnen war, wie Paul es von einem Mann seines Alters und Standes erwartet hätte.

Alle fühlten sich durch die Anwesenheit der Kurtisane gestört.

»Was habt Ihr damit bezweckt, dass Ihr diese Frau zugelassen habt, Zuanne?«, beschwerte sich der Adlige, als die Dame sich einmal kurz entfernt hatte.

»Was hätte ich tun können? Sie hat die Bürgschaft geleistet.« Memmo zuckte bloß die Schultern. »Kein Gesetz verbietet es, Monsignore.« Seine Mundwinkel verzogen sich zu einem künstlichen Lächeln. »Der Rat in seiner unendlichen Weisheit hat beinahe zu jedem Thema eine *parte* verfasst – aber dazu nicht. Oder noch nicht, wenn Eure Eminenz mir die Bemerkung erlauben.«

»Nun, das ist ein Versäumnis«, klagte der Adlige, »jemand sollte dafür Sorge tragen, dass dies anders wird.«

In dem Spielsaal, in dem es zwischendurch etwas abgekühlt war – was Paul der frühmorgendlichen kühlen Brise zuschrieb –, wurde es wieder heiß. Die Kerzen in den goldenen Wandlüstern zischten in der stickigen Luft. Die Männer hatten ihre Oberbekleidung bis auf die Baumwollunterhemden abgelegt. Die Kurtisane hatte ihren äußeren Rock und ihren Kragen, ja sogar die Ärmel ausgezogen und trug nur noch eine Bluse und ein Mieder, die kaum ihre Brüste bedeckten.

In der schwülen Hitze konnte Paul seine Maske kaum ertragen. Die schlecht sitzende Holzlarve drückte gegen seinen Nasenrücken und scheuerte an einer Wange. Er fühlte sich wie ein Verdurstender in der Wüste und vermochte an nichts anderes mehr zu denken als daran, wie gern er die Maske abnehmen würde. Doch es gab kein Entrinnen.

Mischen.

Aufdecken, um festzustellen, wer gibt.

»Ich habe eine Sechs.«

»Ich eine Sieben.«

»Ich eine Drei.«

»Ich auch.«

»Ich ebenfalls.«

»Ich habe eine Bildkarte.«

Dem Geber die Karten reichen.

Austeilen.

Eins, zwei. Eins, zwei. Eins, zwei. Eins, zwei. Eins, zwei. Eins, zwei.

Kelche. Münzen. Stäbe. Schwerter.

Sie setzten.

Noch einmal bekam jeder zwei Karten.

Und weiter. Und weiter.

Am Ende war es die Kurtisane, die als Erste kapitulierte.

»Zuanne, ich bedauere. Ich halte das nicht mehr aus. Ich muss die Maske abnehmen.«

»Was meint Ihr, meine Herren?« Memmo blickte in die Runde. »Bei einer Dame können wir, glaube ich, eine Ausnahme machen.«

Die Kurtisane hatte bereits begonnen, die Bänder zu lösen, mit denen die Maske an ihrem Kopf befestigt war. Sie ließ sich – sei es aus Gewohnheit, sei es absichtlich – viel Zeit dabei. Ihre müden Finger hantierten ungeschickt an den Knoten. Fast erwartete Paul, dass einer der anderen Spieler sich gegen die Entschleierung der einzigen Frau in ihrer Runde aussprechen würde, aber er irrte sich. Alle starrten sie nur gierig an. Auf einmal lag wieder Spannung im Raum. Die Männer sahen zu, wie sich die schönen, wohlgerundeten Arme hoben und senkten. Zwischen den Brüsten schimmerte ein Rinnsal aus Schweiß wie eine winzige silberne Narbe.

Endlich nahm die Kurtisane die Maske ab, löste die hornförmigen Haarteile, schüttelte den Kopf und fuhr sich erleichtert aufseufzend mit den Fingern durchs Haar. Als sie sich wieder den Männern zuwandte, glaubte Paul für einen Moment zu träumen. Die Art, wie sie das schwere Haar hob, um ihren Nacken zu kühlen, kam ihm so vertraut vor, dass sich sein Magen zusammenkrampfte. Er sprang auf.

Ein Glas, das neben ihm auf dem Tisch gestanden hatte, fiel auf den Boden und zersprang in tausend Stücke.

»Mein Gott … kann das sein …?«

Ihr offenes Haar schimmerte rötlich golden im Kerzenlicht und fiel in Wellen auf ihre Schultern. Doch im selben Augenblick wusste er, dass er sich geirrt hatte. Es war eine Fremde, die seinen Blick erwiderte, eine Frau, die er nie zuvor gesehen hatte. Es war nicht Celia Lamprey.

»Aber, Signore …« Die Kurtisane heftete die Augen zuerst auf Paul und dann auf das zerbrochene Glas. Jetzt, wo sie den

Blicken der Männer ausgesetzt war, wurde sie sich plötzlich der Wirkung ihres Körpers bewusst und lächelte kokett. »Was ist mit Euch? Kennt Ihr mich?«

»Ich bitte um Entschuldigung, meine Dame.« Paul ließ sich auf den Sitz zurückfallen. War es die Müdigkeit gewesen? »Ihr seht jemandem sehr ähnlich – aber nein, ich glaube nicht, dass ich Euch kenne.«

Die Stimmung im Raum war wieder umgeschlagen. Die Spannung ließ sich nun mit Händen greifen. Paul versuchte, die Kurtisane zu ignorieren, um sich nicht ablenken zu lassen – der Wunsch, eine Frau beim Kartenspielen zu schlagen, ließ Männer stets leichtsinnig werden –, aber er konnte den Blick nicht abwenden. Ihre Ähnlichkeit mit Celia war geradezu unheimlich. War das ein Trick, um ihn aus dem Konzept zu bringen? Der Verdacht fraß sich wie ein kleiner Wurm in die hintersten Winkel seines Gehirns. Hatten Carew und Constanza mit ihrer Warnung letztlich doch Recht gehabt? Aber nein, das war unmöglich. Niemand in diesem Raum, niemand in ganz Venedig – Carew und Ambrose ausgenommen – wusste, wie Celia aussah.

Wie hoch war die Wahrscheinlichkeit, dass eine Frau, die aussah wie Celia Lamprey, bei dem alles entscheidenden Spiel um den Blauen Stein des Sultans auftauchte? Der Gedanke surrte in seinem Kopf umher wie eine Fliege auf dem Fensterbrett. Einmal meinte er, einen heimlichen Blickwechsel zwischen Memmo und der Kurtisane bemerkt zu haben. Ein anderes Mal schien ihm der Mann mit der goldenen Maske der Komplizenschaft verdächtig.

Wenn er so weitermachte, würde er wahnsinnig. Es war unerträglich, er konnte weder frei atmen noch denken. Seine Maske machte ihn verrückt. Er musste sie einfach abnehmen, wenn auch nur für ein paar Momente. Paul entschuldigte sich und ging in das kleine Vestibül hinter dem Vorhang. Hastig löste er die Bänder und nahm die Maske ab. Neben dem *po* stand ein Becken mit kaltem, klarem Wasser und etwas Leinzeug. Er begann sich Wasser ins Gesicht zu spritzen, tauchte dann aber kurz entschlossen den ganzen Kopf ins Becken und spürte, dass der Nebel darin sich etwas lichtete.

Es war zweifellos nur die Erschöpfung gewesen, die ihm einen Streich gespielt hatte. Es konnte gar nicht anders sein. Er wusste, dass Schlafmangel manchmal zu Wachträumen führte. Doch irgendwo hatte sich ein peinigender Misston festgesetzt, der im Raum widerhallte, fast unhörbar und weit entfernt wie das Läuten einer winzigen, gesprungenen Glocke.

Die Demaskierung der Kurtisane hatte alle verwirrt. Absichtlich oder unabsichtlich – Paul wusste es nicht – spielten sie nun anders. Der Kaufmann und der ältere Adlige, die beide bereits hohe Verluste hatten hinnehmen müssen, stießen bald an ihre Grenzen. Der Kaufmann gab als Erster auf. Mit einem Gesicht, dem man die Bestürzung ansah, stand er auf und taumelte wortlos aus dem Zimmer. Der Adlige folgte ihm wenig später, nachdem Paul seinen *fluxus* mit einem Siebener-*chorus* überboten hatte.

Der Adlige stand auf, nahm die Maske ab und verbeugte sich würdevoll vor jedem Einzelnen.

»Ich gratuliere Euch, Engländer.« Obwohl er genauso erschöpft aussah wie der Kaufmann, schenkte er Paul ein fahles Lächeln. »Es sieht so aus, als brächten Euch die Aale am Ende doch noch Glück.«

Die restlichen vier Spieler blickten ihm stumm nach. Als die Tür sich endgültig hinter den beiden ausgeschiedenen Mitspielern geschlossen hatte, sah der junge Edelmann Paul forschend an.

»Aale?«

»Nein, keine Aale. Lampreten.«

»Lampreten?«, wiederholte der junge Mann zweifelnd.

»Nun, wenn Ihr meint, mein Freund.« Mit einem blasierten Lachen krempelte er sich die Ärmel hoch. »Kommt, worauf wartet Ihr? Lasst uns spielen.«

Worauf wartete er? Das war die Frage. Wie oft hatte Paul sie sich schon gestellt! Wartete er auf den Moment, in dem er mit endgültiger Sicherheit wissen würde, dass Celia nie zurückkehrte? Auf den Moment, in dem er ein anderes Leben beginnen konnte? Darauf, wieder einmal irgendetwas zu fühlen? Doch welches Leben gab es für ihn außerhalb dieses Raums? Wie auch immer dieses Leben aussehen mochte, er war sich nicht sicher, ob er es überhaupt noch wollte.

Er hatte sein ganzes Vermögen aufs Spiel gesetzt, um herauszufinden, was das Schicksal für ihn als Gegengabe auf Lager hatte. Alles oder nichts. Eine Art Tod. Eine Sühne, könnte man fast sagen. Ganz gleich, was Carew dazu sagte, er musste alles aufs Spiel setzen, weniger hätte keinen Sinn gehabt.

Am frühen Morgen des dritten Tages sah es so aus, als sollte er vom Schicksal eine Antwort erhalten. Die Kurtisane hatte sich inzwischen auch aus dem Spiel zurückgezogen, sodass sie nur noch zu dritt waren: der junge Adlige, der Mann mit der goldenen Maske und Paul.

Der Raum füllte sich erneut mit Schaulustigen. Aasgeier, die auf die Beute warten, dachte Paul. Irgendwann meinte er aus dem Augenwinkel eine vertraute Gestalt mit Turban zu sehen. War das etwa Ambrose? Was um aller Welt tat er hier? Doch als er noch einmal hinsah, war die Gestalt verschwunden.

Und dann geschah es, dass das Glück ihm wie durch ein Wunder endlich hold war.

Mit einem *fluxus* gewann er neunundsechzig, mit einem *numerus* fünfundfünfzig Punkte. Der Stapel aus Gold- und Silbermünzen vor ihm auf dem Tisch wurde immer höher.

Die Kurtisane rückte ihren Stuhl näher zu ihm heran.

»Es sieht so aus, als ob ich Eure Glücksfee wäre, Engländer«, flüsterte sie ihm ins Ohr. Nach zwei Nächten ohne Schlaf roch ihr Atem schal, doch Paul war zu vertieft in seine Karten, um darauf zu achten.

Die Zuschauer drängten sich um den Tisch, doch er nahm sie kaum wahr. Sein Herz schlug gleichmäßig und schnell, das Blut strömte warm durch seine Adern. Sein Inneres, seine Haut, seine Fingerspitzen pulsierten vor Energie. Er fühlte sich lebendiger als je zuvor in seinem Leben.

Alles außer den Karten war vergessen. Sein Kampf mit Carew. Celia. Sogar der Blaue Stein des Sultans. Der ferne Klang der warnenden Glocke war verhallt, die dissonanten Töne verklungen.

Mit einem Sechser-Lauf zwang er den Mann mit der goldenen Maske zur Aufgabe.

Das Glück lächelte ihm zu. Er war unbesiegbar.

Memmo brachte neue Karten. Gab sie dem jungen Adligen zum Mischen. Sie deckten auf, teilten aus. Jetzt waren sie nur noch zu zweit. Und plötzlich brach wie aus dem Nichts ein Tumult am Tisch aus. Der Mann mit der goldenen Maske war aufgestanden und schrie.

»Ich habe es gesehen, Signore!« Er hatte ein Glas Wein ergriffen und dem jungen Adligen den Inhalt ins Gesicht geschüttet. »Diese Karten sind gezinkt.«

Paul spürte, wie sich die Kurtisane an seinen Arm klammerte, fühlte mehr, als dass er es sah, wie sich um ihn herum ein Aufruhr erhob. Der Tisch war umgestürzt, Karten flogen durch die Luft. Glas splitterte.

Das Spiel war aus. Er hatte gewonnen.

Paul stand auf und nahm seine Maske ab. Ihm wurde schwarz vor Augen. Er hielt sich am Tisch fest, um nicht zu stürzen.

Um ihn drängten sich erhitzte Körper. Das Empfinden übermenschlicher Energie begann sich aufzulösen. Es war vorbei. Ein Gefühl der Benommenheit machte sich in seinem Kopf breit. Er sah zwar, wie sich die Münder der Leute öffneten und schlossen, doch kurzzeitig hörte er nichts außer einem Dröhnen in seinen Ohren, das wie Meeresrauschen klang. Jemand reichte ihm ein Glas Wein. Er leerte es in einem Zug, ließ sich nachschenken und kippte auch das zweite Glas hinunter. Jemand hatte eine der Gardinen aufgezogen. Mattes Tageslicht fiel ein, Lichtreflexe vom Canal Grande huschten durch den Raum. Die Helligkeit tat ihm in den Augen weh.

Er wurde gewahr, dass der junge Adlige hinausgeführt wurde und nach ihm die Kurtisane. Doch das alles kümmerte ihn nicht mehr. Jemand redete leise und besänftigend auf ihn ein, doch irgendwie kam es ihm vor, als spräche er in einer fremden Sprache.

Und dann stand Zuanne Memmo vor ihm. Er hielt ihm das rosafarbene Samtbeutelchen hin.

»Das gehört Euch, Engländer.« Paul begriff vage, dass ihm der Diamant überreicht wurde. Als er keine Anstalten machte, ihn an sich zu nehmen, packte Memmo seine Hand, drückte ihm das Beutelchen in die Handfläche und schloss seine Finger darüber.

»Das gehört Euch, Engländer. Der Blaue Stein des Sultans.«

Paul spürte den Druck des Diamanten in seiner Handfläche. Er wartete auf so etwas wie Hochstimmung oder Freude, doch er empfand nichts. Eine Hand lag auf seinem Arm, und als er sich umdrehte, erblickte er Ambroses vertraute Gestalt neben sich.

Paul blinzelte bestürzt. Ambrose – was wollte er denn hier? Der Wein verhinderte, dass er einen klaren Gedanken fassen konnte. In seinen Adern brannte es, als habe er Schnaps getrunken.

»Gratuliere, Pindar.«

»Danke.«

»Es sieht so aus, als sei der Stein weitergewandert.«

»Ja.«

Trotz seines benebelten Zustands spürte Paul die Feindseligkeit, die von Ambrose ausging.

»Ich werde mit Euch darum knobeln, Pindar.«

»Was?« Paul starrte Ambrose mit offenem Mund an, als wäre dieser nicht ganz bei Trost.

»Ich sagte, ich werde mit Euch darum knobeln.«

Paul lachte. »Wovon, um Himmels willen, sprecht Ihr, Ambrose?«

»Ihr habt es gehört.«

»Ja, sicher.« Immer noch lachend, wischte Paul sich eine Träne aus dem Auge. Er fürchtete, gleich ohnmächtig zu werden. »Das meint Ihr nicht ernst?«

Doch ein Blick in Ambroses Gesicht belehrte ihn eines Besseren.

»Ihr seid ihn mir schuldig.«

»Euch schuldig?«, wiederholte Paul. »Wieso?«

»Nach allem, was dieser Mann ...« – Ambrose brachte die Worte kaum über die Lippen – »... ich will seinen Namen nicht nennen, mein Herr. Doch nach allem, was Euer *Diener* mir angetan hat ... Ihr könnt Euch gar nicht vorstellen, was Ihr mir alles schuldet.«

Paul starrte Ambrose immer noch an.

Wieder dieser leise, disharmonische Klang. Wenn sein Verstand nur klarer wäre! »Aber der Blaue Stein des Sultans ...« Paul stockte. Es war still geworden im Raum. »Der Stein ist unbezahlbar, Ambrose«, sagte er langsam.

»Ich habe auch etwas Unbezahlbares.« Ambrose griff in seine Tasche und zog ein dünnes Blatt Papier hervor.

»Ein Stück Papier?«

»Spionage, mein Herr. Das ist mein Metier. Ich bin sicher, Ihr wollt es haben. Es bedeutet Euch viel, viel mehr als irgendein Stein.«

»Wie dumm müsst Ihr sein, zu glauben, dass ich den Blauen Stein des Sultans eintausche.«

»Einige Informationen über Celia Lamprey sind in meinen Besitz gelangt. Um genau zu sein, ein Gedicht. Es ist offenbar an Euch gerichtet, Pindar.« Ambrose verdrehte die Augen. »Eine Art Botschaft, eigenhändig verfasst von Celia Lamprey, die aus dem Harem des Großtürken in Konstantinopel hierhergelangt ist. Eine wahrhaft rührende Geschichte.«

Er hielt das Blatt so dicht vor Pauls Gesicht, dass dieser die Schrift erkennen konnte. Kleine, zarte Bleistiftbuchstaben. Celias Handschrift. Er hätte sie überall erkannt.

»Leb wohl, mein Lieb ...« Ambrose las den Titel des Gedichts laut vor und machte eine theatralische Kunstpause. »Nun, Pindar, Ihr seht ziemlich blass aus. Ich garantiere Euch, hier steht alles drin, was Ihr wissen wollt, alles, weswegen Ihr Euch all die Jahre gequält habt.« Ambrose lächelte schwach. »Perfekt, nicht wahr? ›Euer Herzenswunsch‹.«

»Woher soll ich wissen, dass Ihr die Wahrheit sagt?«, fragte Paul nach einer langen Pause. Er wusste, dass er Zeit gewinnen, darüber nachdenken musste, was zu tun sei, doch sein Körper war bleischwer, sein Geist wie betäubt.

»Offenbar hat es eine Haremsdame hinausgebracht.«

»Ich glaube Euch nicht.«

»Gott ist mein Zeuge.« Ambroses hellblaue Augen bohrten sich in Pauls. »Vertraut mir. Nur ein einziger Münzwurf, das ist alles, worum ich Euch bitte. Ganz gleich, wer gewinnt, das Gedicht gehört Euch. Alles in allem ist das mehr als großzügig.«

»Und wenn ich ablehne?«

Ambrose hielt das Blatt an eine Kerze, die auf dem Tisch

stand, und schon begannen die Flammen an einer Ecke zu lecken. »Glaubt nur nicht, ich würde es nicht tun.«

»Halt, halt …« Paul streckte die Hand aus. »Nicht so nahe, ich bitte Euch.«

Er schwitzte, sein Herz hämmerte. Was konnte er Ambrose entgegenhalten? Er musste sich schnell etwas ausdenken, ehe es zu spät war.

»Der Stein ist weitergewandert, Ambrose. Jetzt habe ich ihn.« Er hoffte, dass man ihm seine Verzweiflung nicht anmerkte. »Ihr könnt nicht gewinnen. Der Diamant hat mich erwählt.«

»Dann habt Ihr nichts zu befürchten.« Ambroses Stimme war weich wie Seide. »Kommt schon, Pindar«, flüsterte er, »denkt an den Ruhm.«

Als Paul ihm die Antwort schuldig blieb, hielt er ihm eine Münze hin, einen Silberdukaten.

»Bei Kopf gewinne ich den Diamanten«, sagte er geschäftsmäßig, »bei Wappen bleibt er in Eurem Besitz.«

Paul nickte widerstrebend.

»Cavaliere Memmo«, wandte sich Ambrose an den Besitzer des *ridotto,* »Ihr seid mein Zeuge.« Er sah sich im Raum um. »Alle hier sind Zeugen. Wenn ich den Diamanten gewinne, dann in einem fairen Wettbewerb. Niemand kann etwas anderes behaupten.«

Vielstimmiges zustimmendes Gemurmel war die Antwort.

»Schlagt ein, Engländer.«

»Bravo.«

Memmo nahm das Silberstück an sich und bedeutete Ambrose, ihm auch das Blatt zu geben. Er wandte sich an Paul.

»Signor Pindar, seid Ihr sicher, dass Ihr das wollt?«, fragte er fast mitleidig. »Ich weiß, dass Ihr ein Hasardeur seid, aber das alles … für ein Stück Papier?«

»Ihr versteht das nicht.« Pauls Kinn zuckte. »Werft einfach die Münze.«

»Also gut.« Memmo schüttelte den Kopf. »Wenn Ihr es sagt.«

Mit einer geschmeidigen Bewegung warf er den Silberdukaten in die Luft.

Kapitel 36

Als Paul Zuanne Memmos *ridotto* schließlich verließ, stellte er fest, dass es in der Nacht geregnet hatte. Die Temperatur war stark gefallen, und es war frostig. Er stand auf den Treppen des Weinladens und blinzelte ins Morgenlicht. Wie lange war es her, dass er mit Carew und Francesco zum ersten Mal dort gewesen war? Eine Woche, einen Monat, ein Leben? Er hätte es nicht sagen können, er hatte jedes Zeitgefühl verloren. Er sog die Luft ein. Wie süß sie roch, verglichen mit der verbrauchten Luft in dem stickigen Spielsaal mit den dicken Vorhängen! Ein durchscheinender Dunst, ein feiner, fast unsichtbarer Regen – Engelstränen, wie die Venezianer ihn nannten –, hing wie ein Schleier über der Stadt und ließ das Gold des heraufdämmernden Morgens, das ihm seine Phantasie vorgaukelte, zu einem fahlen Weiß verblassen.

In der Hand hielt er das Papier, das Memmo ihm überreicht hatte, als Ambrose den Diamanten als sein Eigentum reklamiert hatte.

Paul setzte sich auf die Treppe des Weinladens und schützte das Papier sorgfältig vor dem Regen. Seine Hand zitterte. Vielleicht war der Blaue Stein des Sultans wirklich ein magischer Stein, vielleicht musste man ihn nicht besitzen, damit sein Zauber wirkte. Auf diesem unscheinbaren Blatt standen Worte, die Celia von den Toten auferstehen ließen, Worte, die am Ende vielleicht die Vergangenheit enthüllen und ihn befreien würden. Doch jetzt, da der Moment gekommen war, verließ ihn der Mut. Er saß wie erstarrt dort. Wenn Ambrose nun gelogen hatte? Ein Kälteschauer durchlief ihn. Er glaubte zwar, Celias Handschrift erkannt zu haben, aber er konnte sich durchaus auch irren. Wenn nun eine andere die Zeilen verfasst hatte? Jemand, der gar nichts mit ihr zu tun hatte?

Es gab nur eine Möglichkeit, das herauszufinden. Sanft strich er mit dem Finger über das Blatt. Es war sorgfältig dreifach zusammengefaltet. Er hielt es sich unter die Nase, roch daran. Es verströmte einen süßen, exotischen Geruch. Langsam faltete er es auseinander. Es war mit Bleistift beschrieben, in einer so kleinen und zarten Handschrift, dass er es zum Lesen dicht vor die Augen halten musste. Eine Stimme aus dem Reich der Toten.

Leb wohl, mein Lieb –
Als ich am Thor dich sah, ein Weilchen bloß,
da ich, gekettet an mein Sklavenlos,
Wohl wusste, was mein ganzes Sein begehrt –
dein Anblick – wird für immerdar verwehrt:
O Lieb, da brach mein Herze schier,
Heiß strömten Thränen für und für.

So wünsch ich mich zu dir, dass ich dir sag:
Vielleicht nimmt ja nach diesem bitt'ren Tag
Das Schicksal einen gütigeren Lauf,
Hebt uns're bitt're Trennung auf:
Und hält es mich auch noch gefangen hier,
Mein wehes Herz, o Liebster, ist bei dir.

Doch in der allertiefsten Nacht,
Wenn selbst der Mond ums Augenlicht gebracht,
Und von den dunklen Thürmen der Moscheen

Der Heiden seltsam klagend Seufzer wehn,
Da lieg ich wach und hör der Wahrheit Wort:
Du bist verloren mir, auf immer fort.

O denk an mich, vergiss mich nicht,
Siehst du von Englands sanftem Licht
Mit weichem güld'nem Schimmer übergossen
Die Gärten, die einst wandelnd wir genossen,
Da unser war die Welt und alle Zeit.
Unendlich der Gedanken Seligkeit.

O denk an mich, die am Gestade
Des Bosporus verlassen, ohne Gnade,
Geht unter fremder Bäume Blütenflor,
Den theuren Namen flüstert vor dem Thor.
Denn meine Liebe lebt und wird bestehn,
Muss auch mein Herz daran zugrunde gehn.

Sie hatte es also gewusst! Die ganze Zeit über hatte Celia gewusst, dass er noch in Konstantinopel war. Ob sie es durch Carews Zuckerschiff oder sein eigenes Kompendium erfahren hatte, spielte keine Rolle. So viel war zumindest aus dem Gedicht zu erfahren. Doch was den Rest anging ... Es sah so aus, als habe ihr jemand eingeredet, dass sie ihn wiedersehen würde. Sie hatte irgendwo gewartet, in der Hoffnung, ihn zu sehen, geglaubt, dass er zu ihr kommen würde – doch natürlich war er nie gekommen. Hatte sie sich im Stich gelassen gefühlt? Lieber Gott! Hätte er doch dieses teuflische Papier niemals zu Gesicht bekommen. Weit davon entfernt, ihn von seinem Kummer zu befreien, vergrößerte es seine Pein nur noch.

Von quälenden Gedanken heimgesucht, setzte sich Paul in Bewegung, schlängelte sich durch schmale *calli* und über zahllose Brücken. Das Wasser in den Kanälen war pechschwarz. Er hatte keine Ahnung, wohin er ging, seine Füße stolperten wie von selbst vorwärts. So gelangte er auf einen kleinen *campo* mit einem Stein in der Mitte und sah, dass zwei Häuser vernagelt und mit schwarzen Kreuzen markiert waren. Erschrocken taumelte er weiter.

Irgendwann fand er sich auf einer breiteren Straße wieder, und dann gewahrte er zu seiner Überraschung in der Ferne eine schemenhafte Gestalt mit einem Turban, die vor ihm durch den Nebel huschte. Konnte es sein, dass … Ja, in der Tat, es war Ambrose!

Paul folgte ihm, auch wenn er nicht genau wusste, warum er es tat. Vielleicht trieb ihn der Gedanke an, dass Ambrose den Diamanten – seinen Diamanten! – irgendwo in den voluminösen Falten seiner Kleidung versteckt haben musste. Er wurde von ihm angezogen wie von einem Irrlicht, und ihm kam auf einmal die Idee, dass er Ambrose einholen, ihn von hinten erdolchen, ihm den Diamanten abnehmen und ihn wie ein abgestochenes Schwein in einer nach Urin stinkenden Gasse seinem Schickal überlassen sollte. Doch das würde ihm nie gelingen, denn die schlaflosen Tage und Nächte und der viele Wein hatten ihn vollständig entkräftet – und außerdem wurde ihm nun klar, dass er seinen Dolch im *ridotto* zurückgelassen hatte.

Wenn doch Carew hier wäre! Im Geist hörte Paul das befriedigende Knacken eines zerberstenden Schädels, den Carew mit bloßen Händen zerdrückte. Doch Carew war nicht bei ihm, und wahrscheinlich würde er es nie wieder sein. Er hatte ihn mit seinen bitteren Anklagen vertrieben. *Was hatte er getan?* Selbst Carew hatte ihn verlassen. Bei diesem Gedanken verspürte er einen schmerzlichen Stich des Bedauerns.

Paul zitterte, ob vor Erschütterung oder Kälte, wusste er selbst nicht. Erst in diesem Moment wurde ihm klar, dass der

Dolch nicht das Einzige war, was er zurückgelassen hatte. Im Gegensatz zu Ambrose, der sich gut gegen den Regen geschützt hatte, war Paul hemdsärmelig unterwegs. Er hatte bei seinem überstürzten Aufbruch den Rest seiner Kleidung in Memmos *ridotto* vergessen – sein Wams und die Ärmel, sogar den Hut.

Die Engelstränen drangen langsam, aber sicher in sein dünnes Batistunterhemd ein. Es würde nicht lange dauern, und er wäre vollkommen durchnässt. Doch Paul achtete nicht auf die Nässe, und zudem gab es kein Zurück mehr. In seiner Betäubung zweifelte er daran, ob er jemals in der Lage sein würde, den geheimnisvollen Spielsalon wiederzufinden. Zuanne Memmos *ridotto* erschien ihm auf einmal so unwirklich wie ein untergegangenes Land aus der Phantasie der Seeleute: ein Ort zerschmetterter Träume, von Phantomen bevölkert.

Ambrose immer ein Stück vor sich, aber in Sichtweite, stolperte Paul weiter und stand plötzlich auf einem großen Platz, der leer wirkte. Der Nebel war so dicht, dass er eine Weile brauchte, um zu begreifen, wo er sich befand: vergoldete Kuppeln, Mosaiken, aufblitzendes Rosa und Weiß – es musste der Markusplatz sein.

Irgendwo in der Nähe erklang Musik, zwei Zimbeln, eine Rohrflöte, eine Trommel. Die schwermütige Melodie wurde vom Nebel halb verschluckt. Am Kanalufer hatten sich einige Zuschauer versammelt, in lange schwarze Mänteln gehüllt. Ambrose näherte sich der Gruppe und Paul folgte ihm, ohne sich aus der Deckung zu begeben.

Vor dem Dogenpalast gab eine Gauklertruppe eine Vorstellung. Paul hatte schon viele solcher Truppen auf Jahrmärkten erlebt – Musikanten und Akrobaten, Zauberer und Gewichtheber und einmal sogar einen Drahtseilartisten. Alle landeten irgendwann in der Serenissima. Ambrose, der jetzt entschlossen auf eine am Kai vertäute Gondel zusteuerte, musste dicht an ihnen vorbei. Paul, der Ambrose immer noch beschattete, folgte der Musik ebenfalls bis zum Kanal, wo das Wasser der Lagune gegen die Steinbefestigung plätscherte.

Zu den Gauklern gehörte eine Gestalt, die Pauls Blick wie magisch anzog. Es war eine Frau mit einem schmalen, traurigen Gesicht, das sie mit Kalk oder Puder weiß bemalt hatte. Sie trug ein Gewand aus leuchtend buntem Stoff, das über und über mit Silberpailletten bestickt war. Zunächst hielt Paul sie für eine Tänzerin, doch als er näher kam, sah er, dass sie die kleine Zuschauermenge immer wieder umkreiste, mit seltsam geschmeidigen Bewegungen über den Boden gleitend, nicht gehend, nicht tanzend, sondern vielmehr so, als habe sie gut geölte Räder unter den Füßen.

Der Nebel begann sich zu lichten, wässrig gelbe Sonnenstrahlen durchbrachen das Weiß. Sie fingen sich in den Pailletten, mit denen das Gewand der Frau bestickt war, bis ihre Gestalt zu strahlen schien wie ein engelsgleiches Wesen.

Sogar Ambrose ließ sich von diesem erstaunlichen Anblick zu einem kurzen Halt hinreißen und beobachtete die Frau im Paillettenkostüm einige Minuten lang interessiert. Paul tat es ihm gleich, und dann sah er, dass die Gauklerin beim Umkreisen der Menge auf mysteriöse Weise Gegenstände auftauchen und wieder verschwinden ließ.

Aus dem Gewand eines Zuschauers und dem Ärmel eines anderen zog sie Federn, Blumen und Obststücke hervor. Aus dem Taschentuch einer Frau pflückte sie eine Rose. Zwei Männern, die direkt vor Ambrose standen, entlockte sie ein paar bestickte Taschentücher, die sie nacheinander in ihre Faust stopfte und dann mit einer schnellen, gewandten Bewegung wieder hervorzog – als einen einzigen flatternden Regenbogen aus Seide. Einem kleinen Kind, das mit seiner Mutter in der ersten Reihe der Zuschauer stand, zauberte sie hinter jedem Ohr ein Ei hervor. Dann warf sie beide Eier in die Luft, ließ sie wieder verschwinden und holte sie schließlich aus dem Schoß eines anderen Kindes hervor, wo sie sich in Form zweier leise piepsender Küken materialisiert hatten.

Die Musik wurde lauter und der Trommelrhythmus schneller. Die Frau blieb vor Ambrose stehen. Sie streckte den Arm aus und nahm etwas aus seinem Turban. Ambrose hob die Hand, als ob er sie abwehren wollte, doch sie war zu schnell. Sie hielt etwas in der Hand, das sie den Zuschauern zeigte. Paul reckte den Hals, doch die Menge verdeckte ihm die Sicht. Dann fiel sein Blick auf Ambrose. Dessen schreckensstarres Gesicht verriet ihm unmissverständlich, was die Frau in den gelben Falten seines Turbans gefunden hatte. Die Zauberkünstlerin hatte sich wieder in Bewegung gesetzt und wirbelte jetzt auch an Paul vorbei. Kein Zweifel, sie hielt den rosafarbenen, bestickten Beutel in der Hand. Der Blaue Stein des Sultans!

Ambrose wurde erst totenblass und dann hochrot, und seine blassblauen Augen traten noch mehr hervor als sonst. Er öffnete den Mund, brachte aber keinen Ton heraus. Die Frau winkelte den Arm an, bog den Oberkörper nach hinten und tat so, als wollte sie das kleine Samtbeutelchen in die Luft werfen.

»Halt! Du Diebin!« Ambrose hatte seine Stimme wiedergefunden. Doch es war zu spät.

Vor den verblüfften Zuschauern löste sich der Beutel einfach in Luft auf.

Sie streckte Ambrose die Hand hin. Auf der Handfläche lag eine kleine Silbermünze.

Ambrose warf einen kurzen Blick darauf und schlug ihr das Geldstück wutschnaubend aus der Hand.

»*Ladra!* Diebin! Wo ist er?« Er stürzte sich auf sie. »Was hast du mit meinem … mit meinem … meinem Eigentum getan?« Er packte die weißgesichtige Frau an der Kehle und schüttelte sie wie eine Ratte. »Her damit, du Taschendiebin!«, brüllte er wie ein wütender Stier, »was hast du damit gemacht, du Wanze? Gib es mir sofort zurück!«

»Es tut mir leid, Signore, ich habe es nicht böse gemeint …«, keuchte die Frau.

Doch Ambrose hatte die Hände um ihre Kehle gelegt. Die drei Musikerinnen legten ihre Instrumente zu Boden und eilten zu Hilfe. »Halt, halt, lasst sie los!«, schrien sie aufgeregt.

Einige Männer lösten sich aus der Zuschauermenge, um Ambrose von der Frau fortzuziehen. Erst zu dritt hatten sie Erfolg.

Die Frau lag nach Luft ringend am Boden. Sie war auf das Gesicht gefallen und hatte eine Schramme an der Wange. Sie wühlte in ihrem Kostüm und zog den kleinen Beutel hervor, den sie Ambrose zuwarf.

»Hier ist der Beutel, Signore«, ächzte sie. »Nehmt ihn. Ich habe es nicht böse gemeint.«

Ambrose nahm ihn ungeschickt in beide Hände. Sein von Wut und Gier verzerrtes Gesicht war rot gefleckt. Mit zitternden Fingern zog er an der Kordel, spähte in den Beutel, wog ihn in seiner Handfläche und schien zufrieden. Er drehte sich um und hastete blindlings auf die wartende Gondel zu.

Paul blickte ihm nach. Er sah, wie die schwarze Gondel sich neigte und schaukelte, als Ambrose einstieg, hörte, wie das Wasser der Lagune gegen die Kaimauer klatschte, beobachtete, wie der Gondoliere sich abstieß und das schlanke schwarze Gefährt schließlich im Nebel verschwand.

Die Vorführung war vorbei. Langsam zerstreute sich die Zuschauermenge. Paul setzte sich auf den Boden und ließ den Kopf zwischen die Knie sinken. Er war so erschöpft, dass er fast eingeschlafen wäre.

Es dauerte eine Weile, ehe er begriff, dass jemand neben

ihm stand. Als er aufblickte, sah er die Frau mit dem weißen Gesicht und dem glitzernden Gauklerkleid. Er langte in seine Tasche, fand aber nicht einmal eine minderwertige Kupfermünze, die er ihr hätte geben können.

»Es tut mir leid –«, begann er, doch sie unterbrach ihn.

»Paul Pindar?«

Allmählich überraschte ihn fast gar nichts mehr. »Bitte?«

»Seid Ihr der englische Kaufmann, der unter dem Namen Paul Pindar bekannt ist?«

Sie war der Sprache nach keine Venezianerin. Eine Griechin vielleicht?

»Ja«, erwiderte er, »zumindest glaube ich das … so hieß ich einmal … früher … vielleicht.«

»*Panagia mou!*«, seufzte sie sehr sanft.

Sie blickte hinaus auf die Lagune, wo sich Ambroses Gondel entfernte. Ein unheimliches Lächeln spielte um ihre Lippen.

»Ist er fort?«, fragte sie.

»Ja«, antwortete Paul einfach, denn mehr gab es nicht zu sagen.

Und es stimmte, die geisterhafte Silhouette von Ambroses Gondel wurde gerade vom Dunst verschluckt. Paul fühlte sich seltsam unbeschwert, als sei ihm eine große Last von den Schultern genommen worden.

»Dann kann ich Euch, glaube ich, dies hier gefahrlos zeigen.«

Sie reichte ihm etwas Kleines, Glänzendes. Er nahm es ihr verständnislos aus der Hand. Es war eine Silbermünze – die Münze, die Ambrose ihr kurz zuvor aus der Hand geschlagen hatte.

»Was ist das?«

»Schaut genau hin.«

Paul drehte die Münze zwischen den Fingern hin und her:

Auf beiden Seiten war ein Kopf abgebildet. Schweigend gab er sie der Frau zurück.

»Diese Münze hat er verwendet, um Euch den Diamanten abzunehmen. Euer Freund John Carew war überzeugt, dass er einen Betrug versuchen würde. Obwohl es Signora Constanza war, die die Sache mit der Münze herausgefunden hat. Ihr schuldet den beiden großen Dank, Signor Pindar. Und vor allem John Carew. Wisst Ihr, damals in der Gasse ist er schließlich doch noch umgekehrt.«

Carew war umgekehrt? In einer Gasse? Paul hatte keine Ahnung, wovon sie sprach, und es war ihm auch gleichgültig. Es war zu müde, um allen Windungen dieser eigentümlichen Erzählung folgen zu können.

»Es hätte ohnehin nichts geändert«, entgegnete er schließlich resigniert. »Es heißt, jeder Versuch, den Stein aufzuhalten, sei zwecklos …«

»Ah, gut.« Zum ersten Mal lächelte die Frau. »Vielleicht hätte das jemand Eurem Freund Ambrose sagen sollen.«

Vage fragte er sich, woher sie die Namen von Ambrose, John und Constanza kannte. Und seinen eigenen.

»Was meint Ihr damit?«

»Ich meine, dass der Stein schon viele, viele Monate unterwegs ist, Signor Pindar.«

Sie streckte die Hand aus, und als er den Blick darauf senkte, sah er, dass sie ihm etwas hinhielt: einen rosafarbenen, bestickten Beutel. »Nehmt ihn, Signor Pindar. Den Blauen Stein des Sultans.«

In diesem Augenblick näherten sich die drei Frauen, die sie auf ihren Instrumenten begleitet hatten, und umringten sie.

»Es ist Zeit, Elena«, sagte eine von ihnen.

»Ist sie da?«

»Ja, sieh nur, da kommen sie gerade.« Eine andere zeigte hinaus auf die Lagune.

»Schnell, hilf ihm auf.« Paul spürte, wie freundliche Hände ihn hochzogen. »Sachte, sachte.«

»Ihr müsst wissen, dass sie sich noch nicht an alles erinnert. Möglicherweise wird ihr das auch nie ganz gelingen«, sagte die Frau, die sie Elena genannt hatten, eindringlich zu ihm. »Und das ist ein Segen. Ich weiß, dass Maryam … dass Maryam davon überzeugt war.«

Paul verstand immer weniger.

»Und die Beine, müsst Ihr wissen, sie waren nicht gebrochen, wie ich gedacht hatte. Ihre Kniekehlen waren voller Schnittwunden, und diese sind nicht gut verheilt. Der Arzt im *Ospedale* sagt, es sei ein Wunder, dass sie die Sehnen verfehlt haben. *Panagia mou!* Er ist sehr zuversichtlich, dass sie eines Tages wieder normal gehen kann.«

»Ihre Beine?« Paul packte sie am Arm. »Wessen Beine?« Sein Herz hämmerte, eine Ahnung beschlich ihn. »Wovon redet Ihr?«

Doch als sie den Kopf hob, sah er, dass die Frau lautlos weinte.

»Paul Pindar«, flüsterte sie, »könnt Ihr es nicht erraten?« Ihr Blick war unendlich traurig, unendlich süß. »Aus welchem anderen Grund, meint Ihr, hat der Diamant den Weg zu Euch gefunden?«

Im nächsten Moment, so kam es ihm vor, war er allein am Kai. Die Frauen waren verschwunden, Paul wusste nicht, wohin so schnell. Als er auf das graugrüne Wasser der Lagune starrte, vermochte er zunächst nichts zu erkennen. Dann machte er im Nebel die niedrige Silhouette einer Gondel aus, die langsam auf ihn zuglitt.

An Deck befanden sich zwei Personen, ein Mann und eine Frau. Der Mann stand, die Frau saß zu seinen Füßen. Als sie näher kamen, sah Paul, dass es Carew war, der am Bug verharrte. Um die Frau waberten Nebelschwaden und verdunkelten ihr Gesicht.

Das kann nicht sein –

Hatte er das laut ausgesprochen?

O Gott, bitte –

Alles um ihn her wurde still.

O lieber Gott, bitte –

Seine Augen schwammen in Tränen, er sah nichts mehr.

Doch sie hatte ihn gesehen. Carew half ihr aufzustehen. Sie rief nach ihm. Rief seinen Namen.

O Gott, bitte –

Er fiel im Regen auf die Knie.

Celia. Meine Celia. Meine Celia.

Kapitel 37

Als Carew schließlich beim Kloster ankam, fiel ein feiner Sprühregen. Engelstränen hüllten die alten Gemäuer des Kräutergartens in weißen Dunst, ließen die Fenster und die Wipfel der Linden im Ungefähren verschwimmen und gaben ihnen ein melancholisches Aussehen.

Diesmal fand er sich am Haupttor ein. Dort empfing ihn eine Nonne, deren Stimme er nicht kannte.

»Ihr habt hier nichts verloren«, vernahm er von der anderen Seite des Tors. »Ihr müsst gehen.«

Doch Carew ließ sich nicht abweisen. Mit beiden Fäusten schlug er gegen die große Holztür. Schließlich öffnete sich die Luke einen Spalt weit, und ein Paar ängstliche braune Augen blickten zu ihm auf.

»Was wollt Ihr, mein Herr?« Ihr Dialekt war so stark, dass er sie kaum verstand. »Wir verkaufen keine Kräuter mehr. Es heißt, sie seien ansteckend. Der Erzbischof hat es verboten, bis keine Gefahr mehr droht.«

»Gefahr? Welche Gefahr?«

»Habt Ihr es nicht gehört? In diesem Haus wütet die Pest. Wir dürfen keine Fremden einlassen. Auf Befehl des Erzbischofs.«

Die Nonne war drauf und dran, die Luke wieder zu schließen, doch Carew war schneller. »Ich pfeife auf jeden einzelnen Eurer Erzbischöfe«, sagte er, zog blitzschnell eines seiner

Messer heraus und blockierte mit dem Griff die Luke. Mit Befriedigung hörte er, dass die Nonne auf seine blasphemische Äußerung hin entsetzt keuchte. »Öffnet die Tür! Wenn es sein muss, zerlege ich sie mit meinen bloßen Händen!«

Auf der anderen Seite war es jetzt still. Durch die winzige Öffnung in der Luke sah Carew, dass die Nonne mit gesenktem Kopf dastand.

»Hört zu, ich will Euch nicht in Schwierigkeiten bringen, *suora*«, fuhr er in versöhnlicherem Ton fort, »und wenn Ihr wollt, bitte ich bei Eurer Äbtissin um Erlaubnis.«

»Unsere selige Suor Bonifacia ist tot, mein Herr. Sie ist vor vier Tagen gestorben, und ihre Dienerin auch.« Die hohe, dünne Kinderstimme der Pförtnerin bebte. »Und Suor Purificacion ist todkrank, obwohl wir dachten, nicht einmal der Teufel persönlich würde sich mit ihr anlegen. Die meisten alten Nonnen auch, die *discrete* …« Ihre Stimme verklang. »Alles ging so schnell! Auch die *educande,* sie sind alle fort, nach Hause geschickt worden. Geht, mein Herr. Ihr wollt das Kloster gar nicht betreten.«

Carew überlegte. Trotz seiner Drohungen, die Tür kurz und klein zu schlagen, würde er ohne die Hilfe der Pförtnerin nicht durch das Haupttor gelangen. Vielleicht konnte er durch Suor Veronicas Eingang einbrechen oder im Garten – dort, wo er einst seinen Schuh verloren hatte –, eine Linde hochklettern und über die Mauer steigen, doch irgendwie war ihm die Lust auf solche Abenteuer vergangen.

Er atmete tief durch. »*Suora,* es tut mir leid, wenn ich Euch erschreckt habe.« Es fiel Carew nicht leicht, sich in Geduld zu üben, doch seine Beharrlichkeit wurde mit einem leisen Schniefen hinter der Luke belohnt.

»Wie heißt Ihr?«

»Eufemia, Signor.«

»Hört mir zu, Eufemia. Es ist sehr wichtig.« Er zwang sich,

langsam und ruhig zu sprechen. »Ich habe mit einer der *suore* etwas Dringendes zu besprechen. Glaubt Ihr, Ihr könntet mir helfen? Ihr Name ist Annetta.«

»Suor Annetta?« Er hörte einen Funken Interesse in ihrer Stimme.

»Ja, Suor Annetta, gewiss.«

Lieber Gott, wie hatte ihm so etwas passieren können? Er lehnte die Stirn gegen die hölzerne Tür. »Es ist wichtig – könnt Ihr sie herholen, die *suora?* Bitte.«

Lange geschah nichts, dann hörte er plötzlich, dass der Riegel polternd zurückgezogen wurde.

Kaum hatten sich die großen Türflügel einen Spalt breit geöffnet, da klemmte Carew schon seinen Stiefel dazwischen. Als sie aufschwangen, bot sich ihm ein seltsamer Anblick. Vor ihm auf der Schwelle des Pförtnerhauses stand eine sehr kleine Nonne, nicht älter als zwölf oder dreizehn.

Sie trug ein schlechtsitzendes Habit aus speckigem schwarzem Gewebe, das aussah, als habe es schon viele Nonnengenerationen erlebt. Ihre Füße steckten in groben Holzpantinen.

Rechts und links im Flur lagen zwei rauchende Strohhaufen – der wenig erfolgversprechende Versuch, die Waren oder Kleidungsstücke, die in das Kloster hinein – oder aus ihm hinausbefördert wurden, von Krankheitskeimen zu befreien.

»Ihr wollt Suor Annetta sprechen?«, fragte Eufemia.

»Ja«, antwortete Carew.

»Ah, dann seid Ihr derjenige, welcher«, sagte sie, neugierig zu ihm aufblickend.

»Derjenige, welcher?«

»Der, dem ich in Prospero Mendozas Werkstatt das Blatt Papier geben sollte.« Sie schaute ihn mit unschuldigen Kinderaugen an. »Derjenige, um den sie in den letzten Tagen weint.«

Carew fixierte sie einen Moment lang schweigend. »Derjenige, um den sie weint?«

Um Gottes willen, was war los mit ihm? Carew hätte sich selbst ohrfeigen können. Musste er wie ein Bauerntölpel alles nachplappern, was dieses Mädchen von sich gab? Doch in seinen Ärger über sich selbst mischten sich einige der seltsamsten Empfindungen, die er je gehabt hatte, Gefühle, die er nicht benennen konnte, eine wilde, verrückte Euphorie, als brause ein Sturm durch seine Seele. Sie weint um *mich?*, wollte er jubeln, die Nonne in die Arme nehmen und sie hochheben und noch einmal die wunderbaren Worte wiederholen, so laut er konnte: *Sie weint um mich?* Nur damit die Kleine sie auch noch einmal wiederholte und er sie noch einmal hören konnte, vielleicht sogar mehr als einmal, und sicher sein konnte, vollkommen sicher, dass er sich nicht verhört hatte und dass tatsächlich er gemeint war. Doch er tat es nicht, weil er fürchtete, die Stimme würde ihm versagen.

»Sie sagt, es ist, weil ich das Papier dem Falschen gegeben habe«, fuhr Eufemia mit ihrer hohen Stimme fort, »diesem großen fetten Kerl mit dem verrückten gelben Hut, der gesagt hat, dass er Euch kennt. Dem mit der Nase, die aussieht wie ein preisverdächtiger *zucchino.* Er hat mich reingelegt« – ihre Augen wurden schmal –, »er hat mich dazu überredet, es ihm statt Euch zu geben, und jetzt sagt sie, sie kann das Versprechen, das sie ihrer Freundin gegeben hat, nicht halten ... Aber als Ihr nicht gekommen seid und sie nicht gewusst hat, wie sie Euch finden soll ... na ja, aber das war nicht der einzige Grund für ihre Tränen.«

»Bitte, *suora* ... Eufemia ..., könnt Ihr sie holen?«, unterbrach Carew ihren Wortschwall. »Ich habe Neuigkeiten für sie, die ihre Freundin betreffen.« Er sah die junge Nonne aufmunternd an. »Und für Euch auch.« Er griff in sein Hemd. »Ich habe das Papier dabei, um ihr zu beweisen, dass ich es ehrlich meine.«

Eufemia musterte ihn misstrauisch. »Wie habt Ihr es an Euch gebracht?«

»Dieser Mann, der mit der Nase wie ein preisverdächtiger *zucchino*«, sagte Carew ernst, »hat mir das Blatt zurückgegeben. Sozusagen.«

»Also gut, ich hole sie«, entschied Eufemia plötzlich. Sie wandte sich um und gab ihm ein Zeichen, ihr in den Hof zu folgen. »Aber eins sage ich Euch, Signor, ich würde das für keinen anderen tun.«

Carew folgte Eufemia in den Hof und durch einen von Säulen gesäumten Korridor in den Besucherraum. Er sah das Eisengitter, das das Empfangszimmer vom Besuchszimmer der Nonnen trennte, und erinnerte sich an sein letztes Gespräch mit Annetta. Zu seiner Überraschung machte Eufemia keine Anstalten, ihn dort warten zu lassen, sondern winkte ihn durch die achtlos geöffnete Tür in den inneren Bereich des Klosters.

Erst da merkte Carew, dass im gesamten Kloster eine eigenartige Stille herrschte. Normalerweise war immer ein geschäftiges Treiben zu bemerken – *educande* liefen lachend durch die Flure, Wasser rann plätschernd in den großen Garten hinter den Mauern, die Nonnen waren mit ihren Hacken und Wasserkannen beschäftigt, aus der nahegelegenen Küche drang der Duft nach brutzelndem Fleisch und Zwiebeln. Jetzt dagegen lag eine düstere, dumpfe Atmosphäre über dem Ort.

Sie trafen auf niemanden, und die kleine Nonne wirkte sehr einsam, als sie durch die beiden Empfangszimmer hastete und ihre Holzschuhe auf dem Steinboden laut klapperten. Etwa in der Mitte des Gebäudes gelangten sie zu einer offenen Tür, vor der sie stehen blieben. Carew blickte hindurch und erkannte, dass sie ihn an einen Ort gebracht hatte, den er bei seinen nächtlichen Wanderungen aus unerfindlichen Gründen nie betreten hatte.

Das Refektorium war groß und besaß eine hohe, mit dunklem Holz verkleidete Decke. Ein einfaches Kruzifix hing an der Wand gegenüber der Tür, und darüber, fast in den Dachsparren, eine wenig ansprechende Darstellung des letzten Abendmahls. In der Mitte des Raums standen sich in einigem Abstand zwei Bischofsstühle mit hohen, beschnitzten Lehnen gegenüber. Zwischen ihnen lag halbverbranntes Stroh, so als hätte hier kürzlich eine Unterredung stattgefunden.

»Ihr müsst hierbleiben, bis sie kommt.« Eufemia wies auf den Stuhl, der der Tür am nächsten stand. »Ihr rührt Euch nicht vom Fleck, *capisce?*«

»Capisco.«

Carew setzte sich auf die Stuhlkante und sah sich um. An drei Seiten des Raums waren lange Tafeln aufgebockt. Vor jedem Gedeck standen ein kleiner Tiegel Salz und eine Flasche Olivenöl, doch damit endete die anheimelnde Häuslichkeit auch schon. Als er näher hinsah, bemerkte er, dass die weißen Tischtücher fleckig waren und dass Brotreste, Überbleibsel einer lange vergangenen Mahlzeit, verstreut an den Kopfenden der Tische lagen. Kleine braune Spatzen flogen piepsend zwischen den Dachsparren umher und stürzten sich ungehindert auf die Krümel.

Es schien kaum möglich, dass sich innerhalb weniger Tage so viel verändert haben konnte. Carew fragte sich, wie er sich verhalten sollte, wenn eine der anderen Nonnen hereinkäme und ihn hier sitzen sähe, doch obwohl er angespannt lauschte, drangen keinerlei menschlichen Geräusche, nicht einmal Fußschritte oder Stimmen, an sein Ohr.

Schließlich hörte er, wie am anderen Ende des Raums eine Tür geöffnet wurde. Und als er aufblickte, stand sie da. Ihr zarter Teint war etwas blasser als gewöhnlich. Sie trug die schwarze Tracht, nicht aber ihre Haube, und ihr dunkles Haar floss offen über die Schultern.

Zunächst wusste sie wohl nicht recht, ob sie sich ihm nähern sollte oder nicht, doch sein Anblick schien sie fast zu erzürnen.

»Was ist das für eine verrückte Idee?«

Als er nicht antwortete, kam sie ein paar Schritte auf ihn zu.

»Wisst Ihr nicht, dass in diesem Haus die Pest wütet?« Sie zeigte auf das noch glimmende Stroh auf dem Fußboden. »Ihr wärt besser nicht gekommen.« Annetta hatte den Stuhl erreicht und sah Carew ins Gesicht, eine Hand auf der Rückenlehne.

»Ihr wärt besser nicht gekommen«, wiederholte sie sanft, fast flüsternd, »nicht hierher, nicht jetzt.«

Carew stand auf. »Ich musste kommen. Ich musste es Euch sagen. Celia Lamprey wurde gefunden. Sie ist in Venedig. Keine fünf Kilometer entfernt von hier.«

»Celia?« Annetta runzelte ungläubig die Stirn. »Woher kennt Ihr diesen Namen?« Dann erst schien zu ihr durchzudringen, was er gesagt hatte. »Gefunden?«

»Ja, gefunden.«

Er sah, wie sich ihre Hand fester um die Lehne krampfte. »Das kann nicht wahr sein. Aber … woher wisst Ihr das?«

»Ich bin Paul Pindars Diener.«

»Was –?« Sie starrte ihn an. »Ihr? Der *monarchino* …?«

»Ja«, sagte Carew. »Und Ihr seid die Haremsdame. Die, die wir die ganze Zeit gesucht haben. Ich habe nicht geahnt –«

Doch sie unterbrach ihn.

»Ihr?«, stieß sie hervor. »Nein, nein, das ist nicht möglich. Als Ihr mich über den Blauen Stein des Sultans ausgefragt habt, dachte ich … Die Wahrheit ist, dass ich herausfinden wollte, was Ihr wisst, deshalb habe ich Eufemia geschickt, um Euch zu suchen. Doch dass Ihr der Diener des Kaufmanns wärt – die ganze Zeit …« Ihre Stimme bebte. »Und Kaufmann Pindar – ist er auch hier?«

»Sie ist bei ihm.«

Annetta gab einen unartikulierten Laut von sich und legte die Hand auf die Brust, als ob dieser Gedanke ihr eine geradezu schmerzhafte Wonne bereitete.

»Bitte, wollt Ihr Euch nicht setzen?« Er zeigte auf den Stuhl, aber sie schüttelte den Kopf.

»Nein, ich kann nicht bleiben.«

Er sah, dass ihre Augen in Tränen schwammen.

»Celia sagt, Ihr hättet der Valide den Diamanten gestohlen und ihr gegeben …«, begann er.

»… damit sie die Eunuchen bestechen konnte und diese jemanden fänden, der sie hierher nach Venedig bringen würde. Doch das ist jetzt ein Jahr her.« Annetta klammerte sich an der Rückenlehne fest, als würden ihre Beine gleich unter ihr nachgeben. »Die ganze Zeit über wusste ich nicht – ich hatte keine Ahnung, was aus ihr geworden ist … die ganze Zeit, Ihr könnt Euch nicht vorstellen, wie furchtbar das war.« Sie blickte ihn forschend an. »Aber wie geht es ihr?« Sie glaubte, eine unterschwellige Besorgnis an ihm wahrzunehmen. »Geht es ihr gut?«

»Es wird ihr wieder gut gehen, mit der Zeit.« Carew wählte seine Worte mit Bedacht. »Doch ich muss Euch darauf aufmerksam machen, dass ihre Reise lang und schwer war.«

»Wieso?«

»Sie sagt, man habe versucht, sie zu ertränken. Der Diamant hat ihr das Leben gerettet.«

Annetta schlug die Hand vor den Mund. »Mein armes Gänschen.«

»Daran zumindest kann sie sich erinnern.« Carew überlegte, wie er ihr den Rest von Celias Geschichte beibringen sollte. »Doch wer immer es auch war, dem sie den Diamanten gegeben hat, er hat sie gezwungen, ihm beizuwohnen, entweder er oder irgendein anderer … und sie hat ein Kind geboren.«

Annetta starrte ihn an. »Sie hat ein Kind?«

»Sie hatte ein Kind, das aber, soweit ich hörte, nie lebensfähig war.«

Dann berichtete er das, was er von Celias Reise wusste. Es war eine sehr abenteuerliche Geschichte. Sie handelte von einem Kind, das aussah wie eine Meerjungfrau, und einem gestohlenen Diamanten, von der Gier der Männer und der Freundlichkeit Fremder. Von Ambrose Jones und seinem Mittelsmann und Helfershelfer Bocelli, von Elena und Maryam, den Gauklerinnen, und von Constanza. Von dem aufregenden Kartenspiel um den Blauen Stein des Sultans. Sogar von seinem, Carews, eigenen unbedeutenden Beitrag. Wie er damals, nachdem er in der Gasse niedergeschlagen worden war, schließlich doch noch umgekehrt und zu Elena zurückgegangen war.

Als er geendet hatte, dauerte es eine Weile, bis Annetta die Sprache wiederfand.

»Ich kann nicht glauben, dass das alles wahr ist«, sagte sie nach einer Weile.

»Bei meinem Leben. Ich schwöre, alles ist wahr.«

Was war los mit ihm? Er konnte seine Augen nicht von ihrem Gesicht abwenden. Er hatte Angst, sich zu bewegen, aus Sorge, sie zu vertreiben. Er glaubte, es nicht ertragen zu können, wenn sie jetzt ginge. Lange Zeit sprachen beide kein Wort. Nur die Spatzen in den Dachsparren erfüllten das leere Refektorium mit ihrem Zwitschern.

»Und jetzt?«

»Celia hat mich gebeten, Euch zu besuchen. Sie möchte Euch sehen.«

»Nun, das geht nicht«, erklärte Annetta unwirsch. »Versteht Ihr denn nicht? Vorläufig kann mich niemand besuchen.« Sie sah sich in dem verlassenen Speisesaal um, betrachtete das verbrannte Stroh. »Auch Ihr solltet nicht hier sein! Was für ein verrückter Einfall.«

Warum war er gekommen? Er war nicht mehr der Alte, das stimmte. Seit jenem Tag, an dem er Annettas Samtbeutelchen im Garten aufgehoben hatte, kannte er sich selbst kaum noch. Er wusste, dass er ehrlich sein musste, doch wie vermochte er, John Carew, solche Worte auszusprechen? »Ich bin gekommen, weil ich ... weil ich es nicht länger ausgehalten habe fernzubleiben.«

Die Worte waren heraus, und er hatte das seltsame Gefühl, dass ein anderer aus ihm sprach.

Ihre Augen leuchteten. »Aber ich – ich fürchte ...«

»Habt keine Angst!« Er wand sich vor Unbehagen. »Damals im Garten ... Ich hätte Euch niemals etwas getan. Ich schwöre bei Gott, dass Ihr nichts zu fürchten habt.«

»Aber ich fürchte mich dennoch.«

»Was fürchtet Ihr?«

»Dass ich Euch nicht mehr bedeute als die anderen – dass Ihr mich als eine Art Freiwild betrachtet.«

»Nein, niemals, ich schwöre es.«

»Ich könnte es nicht ertragen, nur eine Beute für Euch zu sein.«

»Niemals! Bei meinem Leben.«

Er spürte den Impuls, sich vor ihr auf die Knie zu werfen. Er ertrug es nicht länger. Ungestüm streckte er die Arme nach ihr aus. Sie wich einen Schritt zurück.

»Nein, das dürft Ihr nicht! Ihr dürft nicht näher kommen.«

Sie standen kaum eine Armlänge voneinander entfernt, zwischen sich nur noch das Stroh. Er sah den sanften Schwung ihres langen Halses, die Rundung ihrer schönen Oberlippe, den Wangenknochen mit dem winzigen braunen Muttermal. Nicht einmal Suor Veronica hätte diesem herzzerreißend schönen Anblick mit ihrer Malkunst gerecht werden können.

»Geht, John Carew.« Annettas Stimme zitterte. »Ihr müsst hier fort. Geht jetzt.«

»Ich kann nicht.«

»Geht bitte!« Als er nicht antwortete, wiederholte sie: »Ihr wisst, dass Ihr nicht bleiben könnt.«

»Wie könnt Ihr mich wegschicken, wenn Ihr all die Tage um mich geweint habt?«, fragte er leise.

»Woher wisst Ihr …?«

»Weil auch ich um Euch geweint habe.«

»Ich dachte, Ihr würdet nicht kommen.« Eine einzelne Träne rann über ihre Wange. »Ich dachte, ich würde Euch nie wiedersehen.« Sie griff sich an die Brust, als sei ihr eine Verletzung zugefügt worden. »Aber Ihr seid da.«

»Und ich verlasse Euch nie mehr.«

»Redet keinen Unsinn, John Carew!« Sie wischte die Träne hastig fort. »Macht Euch davon. Ehe es zu spät ist.«

»Lasst mich Euch halten, lasst mich Euch küssen, nur einmal.«

Noch nie in seinem Leben hatte er etwas so stark begehrt: Er wollte ihren Körper in seinen Armen halten, sich mit ihr vereinigen, ihr Herz an seinem schlagen hören. Er fühlte sich imstande, ganze Wälder zu roden, Wände niederzureißen, mit bloßen Händen Felsbrocken zu spalten, um zu ihr zu gelangen – doch es war zwecklos. Sie waren einander so nahe, dass er den Duft ihres Haares zu spüren glaubte, die geheime, zarte Stelle hinter dem Ohr, und doch trennte ihn ein unüberbrückbarer, abgrundtiefer Graben von ihr.

»Nein!« Sie schüttelte den Kopf.

»Ich kann Euch nicht hierlassen.«

»Das müsst Ihr.«

Carew sah sich um, als würde er verfolgt. »Kommt mit mir!«

»Jetzt bin ich mir sicher, dass Ihr verrückt seid.«

»Es ist mir ernst, kommt mit. Seht, die Tür ist offen.« Carew zeigte in Richtung Besuchsraum. »Niemand wird uns aufhalten. Kommt mit mir, ich habe eine Überfahrt für ein Handelsschiff, das heute Abend ablegt.«

»Nein! Ich will das nicht hören.« Annetta hielt sich die Ohren zu. »Ich werde Euch nicht zuhören! Wenn Ihr noch länger hierbleibt, seid Ihr in Todesgefahr.«

»Und wenn *Ihr* hierbleibt, werdet Ihr sterben.«

»Vielleicht. Vielleicht habe ich schon die Pest. Aber angenommen, ich überlebe?« Jetzt weinte sie. »Ich brauche …« – sie rang nach Worten – »Ich brauche …«

»Was braucht Ihr?« Er musste sich anstrengen, um sie zu hören. »Sagt mir, was Ihr braucht – was es auch sein mag.«

»Ich brauche etwas, wofür ich leben kann.«

Und irgendwie gelang es Carew, das Refektorium zu verlassen. Er schritt durch den hallenden Flur, durch den Empfangsraum und über den Hof, trat durch die Tür des Pförtnerhauses hinaus in eine Welt, in der noch immer Engelstränen fielen.

Denken konnte er nicht mehr. Dafür spürte er einen unbekannten Schmerz, der sich anfühlte, als ob etwas tief in seinem Innern zerrissen sei. Er dachte weder an Annetta noch an Celia und schon gar nicht an sich selbst. Nur Paul sah er vor sich, wie dieser im Regen auf die Knie gesunken war, als Celia schluchzend auf ihn zugewankt war.

In diesem Augenblick begriff er endlich, was er zuvor niemals richtig verstanden hatte: was es bedeutete, den Menschen zu verlieren, den man am meisten auf der Welt liebte.

John Carew stolperte hinaus in den Regen.

Justus Pfaue
Ein Paradies für alle

488 Seiten | Gebunden mit Schutzumschlag
ISBN 978-3-547-71168-4

Eine verbotene Liebe in dramatischen Zeiten

Der Kaufhauskönig Georg Wertheim verliebt sich unsterblich in die junge Hanna. Sie erwidert seine Liebe von ganzem Herzen. Doch seine Familie und ein von Hanna sorgfältig verborgenes Geheimnis verhindern die Hochzeit der beiden. Er heiratet eine andere, Hanna aber bleibt die Liebe seines Lebens. Als Georg von den Nazis bedroht wird, steht plötzlich auch ihr Leben auf dem Spiel.

Katerina Timm
Die Kosakenbraut

Historischer Roman | 432 Seiten | ISBN 978-3-547-71136-3

Ein Roman, so atemberaubend wie die Weite der Steppe

Südrussland, um 1600: Elja, die Tochter eines Kosakenführers, flieht vor der Grausamkeit ihres Vaters. In der Fremde entdeckt sie die Liebe – und ihre magische Macht über Träume. Mit großem historischem Wissen und einer packenden Liebesgeschichte erweckt Katerina Timm das Kosakenreich des 17. Jahrhunderts zu farbenprächtigem Leben.

Marion von Schröder